엉터리 선비의 횡설수설

常山 박인희 편저

이야기로 풀어보는 한자 이야기!

漢字(한자)를 알면 세상이 보인다

漢字(한자)는 과학이다

용(龍)이 두 마리만 되어도 서로 간의 경쟁이 치열한 것이 불을 보듯
뻔한데, 네 마리나 모였으니 그 다툼이야 말해 무엇하겠는가?
그렇다 치더라도 용(龍)자의 획수가 16획인데,
용이 네 개가 합쳐졌으니 글자 한 자가 무려 64획이나 되는 것이다.
이것이 세계 문자(文字) 역사상 신기록으로 남아 있다.

한누리미디어

| 책을 펴내면서 |

수년 전부터 서당에서 그동안 수업했던 내용과 외부 강연했던 것을 토대로 책을 엮으라는 사람들이 있었다. 주로 친구들과 제자들이다. 그들은 마치 필자의 두뇌가 녹슬어 총기가 옛날 같지 않다는 것을 눈치라도 챘는지, 흡사 엄마 몰래 나쁜 짓을 하다 들켜버린 어린아이처럼 필자를 당황스럽게 만들곤 했다.

필자의 입장에선 뚜렷이 내세울만한 학식도 없이 개똥철학으로 강의에 임한 삶이었기에 자못 망설여지기도 했지만 몇몇 분들의 진심 어린 격려에 용기를 내어 강의 내용을 정리하게 되었다. 그리고 책의 제목은 '엉터리 선비의 횡설수설' 로 정했다.

작금의 시대적인 상황은 학교에서의 수업은 물론 대다수의 인쇄물을 비롯한 실생활에서 한자(漢字)가 거의 쓰이질 않으니 가르쳐서 무엇 하며 배워서 무엇 하겠느냐는 자조(自嘲) 속에 번민했던 적도 있었지만 한글 전용화 교육을 받은 후배들 상당수가 국어사전을 펴놓고서도 동음이자(同音異字)를 구분 못하는 문해력(文解力) 결핍의 현실을 보면서 마음을 다잡았다.

금년(2022) 2월 26일에 타계하신 석학 이어령 교수께서도 "말은 수학이 아니다. 한자(漢字)에서 온 말에 우리의 통속어를 붙여서 온 말 자체가 한국말의 특성이요, 한국인의 마음이다" 라고 하셨던 말씀이 기억난다.

대다수의 국민들이 한자(漢字)는 중국 글자로 오해하고 있지만 실은 우리의 문법과 어법을 사용하여 우리의 사고방식에 맞추어 천년이 훨씬 넘는 세월을 활용해 온 어엿한 우리 민족의 국어임을 알아야 한다. 우리 국어 어휘의 70% 이상이 한자(漢字) 낱말로 이루어져 있다는 것이 이를 증명한다.

한자(漢字)는 곰팡이 냄새를 풍기는 고리타분한 문자가 아니다. 한글과 더불어 세계에서 가장 주목받고 인정받는 과학적인 문자이다. 글자를 쪼개고 해부하여(破字; 파자) 다시 조립하는 과정을 통해 무한한 창조력을 키워주는 연상학문(聯想學文)이요, 천년도 넘는 세월을 거치면서 시대에 적응하여 발전해 온 지극히 현실적인 문자이다.

날로 흉악해지는 범죄가 TV 브라운관을 도배하고 있는 현시점에서 청소년들의 범죄연령이 날로 낮아지고 있는 현실이 우리를 슬프게 한다. 이 모두가 가정과 학교에서의 인성교육과 예절교육이 결여된 탓이다.

필자는 한자(漢字)를 배우면 자연스럽게 이러한 문제점들이 해결된다고 생각한다. 한자(漢字) 속에 인성과 예절 교육이 녹아있기 때문이다.

하다못해 초등학교 때부터 삼강오륜(三綱五倫)만이라도 숙지시켜 보자. 초등학교 시절에 배웠던 동요는 평생을 잊어버리지 않는 법이다.

아무쪼록 보잘것없는 이 책이 한자(漢字)에 관심이 있는 학생이나 일반인들에게 흥미를 유발시키고, 마음을 일으키는 데 일조할 수 있다면 더 이상의 바람은 없다.

두서없이 쏟아놓은 글들이 선배제현들의 눈을 어지럽혔다면 용서를 빌면서, 날로 심화되는 어려운 출판여건 속에서도 양서 출판을 위하여 노력하고, 무엇보다 완성도 높은 책을 선보이고자 원고 교정에 심혈을 기울여 주신 한누리미디어 김재엽 대표님을 비롯한 임직원 여러분들에게도 심심한 감사의 인사를 드린다.

임인년 향긋한 들국화 냄새에 취해

常山齋(상산재)에서

| 추천사 |

이 책의 저자 박인희 선생께서는 제도권 밖의 교육기관에 몸담아 특별히 인성교육을 위해 평생 동안 정열을 쏟아온 분이시다. 인성교육이 필요할 만큼 고전문학에 소외되어 있던 고등학생들을 대상으로 고사성어, 사자성어 등의 한자이야기를 강의하면서 사적으로는 한문서당을 설립하여 운영하고 있고, 일반 성인들에게는 도덕성 함양을 위한 한자교육을 실행해 오다 이번에 '엉터리 선비의 횡설수설' 이라 제목을 붙여 한 권의 책으로 엮으신 저자의 노고에 힘찬 박수와 함께 감사의 인사를 드린다.

한자는 세종대왕께서 한글을 창제하기 전까지만 해도 전적으로 통용되던 우리 한민족의 문자로서 실용성과 함께 삶의 지혜가 녹아 있는 과학적인 문자로 정평이 나 있다. 무엇보다 K-문화열풍이 세계를 강타하고 있는 이 시대에 선조들의 지혜가 담긴 과학 문명을 회복시키고 도덕성 또한 회복시켜 우리 모두가 함께 하는 삶의 가치를 일깨우는 지도자가 필요한 시점에 한자문화 전문가인 박인희 선생의 등장은 매우 뜻 깊은 경사라 하겠다.

특히 이 책《엉터리 선비의 횡설수설》은 저자가 평생을 한자교육에 봉사해 오면서 쌓은 경험으로 얻은 지혜를 모아서 엮은 생활의 교본이라 할 수 있는 바, 문명과 문화가 급변하는 이 시대에 온고지신의 지혜를 열어 상생과 공존의 사회로 만들어가는 데 마중물이 되리라 믿으며 독자들께 일독을 권해 드린다.

부산경호고등학교 설립자 겸 교장 **김 재 두**

차례

제 1 편 _ 한자漢字는 과학科學이다

차례

차례

차례

제3편 _ 한자漢字를 알면 세상이 보인다

차례

梁惠王章句上

凡七章

孟子見梁惠王

梁惠王魏侯罃於耕反也都大梁趙氏曰按初都安邑

漢河東郡安邑縣至惠王徙大梁在漢陳留郡浚儀縣僭稱王謚曰

史記惠王三十五年新安倪氏曰按綱目顯王三十三年乙酉

惠王三十五年卑禮厚幣以招賢者而孟軻至梁

子不見諸侯其見惠王何也朱子曰不見侯不先往見也見惠王荅其禮也先王之

未仕不得見諸侯時士鮮自重而孟子猶旣禮致所居之國未仕必君先就見然後

제 1 편

한자漢字는 과학科學이다

蚊

모기 문

곤충 문학박사 모기

곤충 중의 문학박사는 단연코 '모기' 이다.

인간을 귀찮게 괴롭힐 뿐 아니라 여차하면 말라리아 같은 전염병으로 인간의 목숨마저 앗아갈 수 있는 해충(害蟲)이 어떻게 영예스런 문학박사의 칭호를 얻게 되었을까?

옛날에 주경야독(晝耕夜讀)하느라 피곤한 몸으로 등불 아래서 책을 읽다 보면, 잠시 졸음에 겨워 졸고 있는 학생들에게 모기가 귓전에서 '웽~' 하고 일차 공습경고를 한다. 공습경고에도 계속 졸고 있으면, "요놈!" 하면서 사정없이 피부 깊숙이 침을 박아버린다.

모기를 스승삼아 과거시험에 급제한 숱한 선비들이 모기에게 글월 문(文)자를 붙여주며 대문호의 작위를 준 것은 한낱 해학을 넘어 어쩌면 당연한 처사인지도 모를 일이다.

鮫

모기 문

물고기 문학박사 문어

곤충 중의 문학박사가 모기라면 물고기 중의 문학박사는 말할 필요 없이 '문어' 이다. 이유를 묻지 마라. 정답은 머리에 먹물이 들어 있기 때문이다.

龘龘
龘龘

수다스러울 **절**

64획이나 되는 글자

용(龍)은 구름을 일으키고 비를 관장하는 신(神)적인 존재다.『주역; 周易』「문언전; 文言傳」에는, "구름은 용을 따르고, 바람은 범을 따른다(雲從龍 風從虎; 운종용 풍종호)"라 했다.

용(龍)은 십이지(十二支) 가운데 하나로 '진(辰)'으로 표현되는데 십이지 중에서는 유일하게 실제로 존재하지 않는 상징적 동물이기도 하다.

용(龍)은 농사를 '천하지대본(天下之大本)'으로 삼던 농경시대에서는 영(靈)적인 존재로 숭앙받았는데, 비와 홍수(洪水) 등 물을 다스린다고 믿었기 때문이다. 뿐만 아니라 바다에서는 용왕(龍王)으로 변신하여 모든 물고기들을 관장하기에 어업(漁業)을 생업으로 살아가는 어민(漁民)들은 '용왕제(龍王祭)'를 지내며 풍어(豊漁)와 무사(無事)를 기원했다.

그런가 하면 불교(佛敎)에서는 불법(佛法)을 수호하는 신(神)으로서 자리매김을 했기에 용왕의 환심을 사기 위해 방생(放生)을 통한 불교의식이 아직도 전해지고 있다.

이처럼 용은 우주만물의 질서를 관장하는 제왕(帝王)을 상징했기에 임금도 용에 비유하였다. 그래서 임금의 얼굴을 용안(龍顔), 임금이 앉는 자리를 용상(龍床), 임금이 타는 수레를 용여(龍輿), 임금이 입는 옷을 용포(龍袍)라 한 것이다. 또 용은 '여의주(如意珠)'를 가지고 온갖 조화를 부리기에 전지전능(全知全能)한 왕에다 비유했음직하다.

한자(漢字)에서 분류하는 용(龍)을 보면, 용(龍)이 두 개가 겹쳐지면 '두 마리 용 답'(龖)이 되고, 용(龍)이 세 개가 겹쳐지면 '용이 가는 모양 답'(龘)이 되며, 용(龍)이 네 개가 겹쳐지면 '수다스러울 절'(𪚥)이 되는데 그 획수가 자그마치 64획이나 된다.

龖

두마리 용 **답**

龘

용이 가는 모양 **답**

용(龍)이 두 마리만 되어도 서로 간의 경쟁이 치열한 것이 불을 보듯 뻔한데, 네 마리나 모였으니 그 다툼이야 말해 무엇 하겠는가?

그렇다 치더라도 용(龍)자의 획수가 16획인데, 용이 네 개가 합쳐졌으니 글자 한 자가 무려 64획이나 되는 것이다. 이것이 세계 문자(文字) 역사상 문자 획수의 신기록으로 남아 있다.

중국 위(魏)나라 때 사람 장읍(張揖)이 지은 〈광아; 廣雅〉에 보면, 용(龍)은 아홉 가지 동물들의 모습을 지니고 있다고 했다.

사슴의 뿔(鹿角; 녹각)과 낙타의 머리(駝頭; 타두), 토끼의 눈(兎眼; 토안) 소의 귀(牛耳; 우이), 뱀의 목덜미(蛇項; 사항), 큰 조개의 배(蜃腹; 신복), 잉어의 비늘(鯉鱗; 이린), 매의 발톱(鷹爪; 응조) 그리고 범의 발바닥(虎掌; 호장)이 그것이다.

용(龍)도 여러 종류가 있는데,

잠룡(潛龍): 아직 때를 만나지 못한 물속의 용.
교룡(蛟龍)이라고도 한다.
현룡(見龍): 드디어 땅으로 올라온 용.
현(見)을 여기서는 '뵈올 현' 으로 읽는다.
약룡(躍龍): 하늘로 도약하는 용.
비룡(飛龍): 하늘을 나는 용.
항룡(亢龍): 하늘 꼭대기까지 올라간 용.

『주역; 周易』의 「건괘; 乾卦」에 보면, '항룡유회; 亢龍有悔' 란 말이 나온다. 항룡(亢龍)은 하늘 끝까지 올라간 용이다.

이젠 더 이상 올라갈 곳이 없다. 내려올 일만 남아 있다 보니 한숨과 눈물뿐이다.

우리네 인간사도 다를 바 하나 없다. 특히나 정치하는 사람들 중에 수단과 방법을 가리지 않고 목표를 달성해서 그 자리에 도달하고 나면 그것이 얼마나 허망한지를 깨닫게 된다.

인기는 시들고 자리를 내려오게 될 무렵쯤이면 그동안 해서는 안 되는 말과 행동에 대한 후회의 눈물을 흘리게 된다. 지금은 무서울 것 없이 권력을 휘두르지만 결국 끝까지 올라간 용은 눈물을 흘리게 되어 있다.

아무리 돈 많고 지위가 올라갔다 하더라도 교만한 마음을 버리고 매사에 세심한 인정(人情)을 쓸 일이다. 그래야 자리에서 내려올 적에 눈물 대신 영광된 꽃다발을 받으며 내려올 수 있다.

愛

사랑 **애**

사랑은 지극한 정성이다

이 세상에서 사랑만큼 아름답고 위대한 것은 없다.

그것이 남녀 간의 불타는 사랑이든, 부모자식 간의 숭고한 사랑이든 간에 이것을 부정하는 사람은 아무도 없을 것이다.

한자에서 愛(사랑 애)자를 어떻게 표기해 놓았는지 보자.

爪(손톱 조: 손이란 뜻도 내포하고 있다)와 心(마음 심) 사이에 冖(덮을 멱: 귀한 물건을 정성껏 비단 같은 보자기로 싼다. 예단이나 용돈봉투 등)이 있고, 夊(뒤처져올 치: 스스로를 낮추어 남의 뒤에 처져서 간다)로 합성되어 있다.

마음의 정성을 다하여 공손하게 무언가를 받쳐 들고, 상대보다 자신을 낮추는 행동이 사랑이다. 사랑이야말로 생명존중이요, 아름다운 희생이며 평화의 상징이다.

親

친할 **친**

하해(河海) 같은 부모님의 자식 사랑

우리는 흔히 親(친할 친)자를 친구를 상징하는 글자로만 알고 있다. 높은 나무(木; 나무 목) 위에 올라서서(立; 설 립) 내려다보는(見; 볼 견) 글자가 親(친할 친)이다.

즉, 훤히 내려다보이는 높은 곳에서 언제나 자식이 잘 되기를 기원하며 잠시도 눈을 떼지 않는 부모님의 심정을 담은 글자가 친(親)인 것이다(부친, 모친, 양친부모 등).

그런데 親(친)자가 친구를 대신하게 된 것은 옛말에 "부모 팔아 친구 산다"는 말이 있듯이 부모 사후에 친구가 부모만큼 중요하다는 뜻을 간직하고 있다. 그래서 오늘 처음 사귄 사람도 뜻이 통하면 구(舊; 옛 구)자를 써서 스스럼없이 친구(親舊)라고 하는 것이다.

數

셈 수

별 하나 나 하나, 별 둘 나 둘

숫자를 상징하는 수(數; 셈 수)자는 별을 세는 데서부터 비롯되었다. '별 누' (婁)와 '칠 복' (攵; 攴의 변형)을 합친 글자로 별을 하나 둘 센다는 뜻을 가진 글자이다.

"저 별은 나의 별 저 별은 너의 별" 노래가사에도 나오듯이 어릴 적 친구들끼리 모여 별을 헤며 놀았던 기억들이 있을 것이다.

셈 수(數)는 하늘의 별들을 하나 둘 세는 모습이 기원이 되었다 하니 대단히 낭만적이다. 도시의 요즘 아이들은 대기오염으로 인하여 별마저 제대로 볼 수 없게 되었으니 안쓰럽기까지 하다.

별 보고 나갔다가 별 보고 돌아오던 칠팔십 년대, 지친 도회지 생활은 무척이나 고달팠지만 하늘엔 총총 피곤한 어깨를 다독여 주던 별들이 있었다.

所

바 소

일정한 장소(場所)를 말하는 글자

보일러가 없던 옛날에는 산에서 나무를 잘라다 장작을 이용한 난방을 할 수밖에 없었다. 뿐만 아니라 취사를 하더라도 장작이 필요했으며, 장작을 얻기 위해서는 도끼(斤; 도끼 근)는 필수품이었다.

도끼는 멀리 두어서는 안 되었기에 눈에 잘 띄는 곳에 두기 마련인데, 창문(戶; 창문 호) 아래 같은 일정한 곳에 두어야만 했다(所; 바 소, 장소 소).

눈에 잘 띄고 가까운 곳에는 언제나 도끼가 있었기에 천천히 가더라도(辶; 쉬엄쉬엄 갈 착) 안심이 된다.

近
가까울 근

즉 도끼는 언제나 가까운 곳에 있어야만 했다(近; 가까울 근). 행여 도끼를 분실하기라도 하면 구들장에 군불도 지필 수 없고, 밥도 지을 수 없어 굶어야 했으므로 여간 낭패가 아니었다.

欣
기쁠 흔

온 식구가 출동하여 어렵사리 도끼(斤; 도끼 근)를 찾으면 안도의 한숨(欠; 하품 흠, 들숨, 날숨)을 쉬게 되는데 합쳐진 글자가 흔(欣; 기쁠 흔)자이다.

요즘같이 각종 전자제품이 넘쳐나는 편리한 시대를 살면서도 귀찮다는 핑계로 밥도 제대로 챙겨 먹지 않고 외식만을 고집하는 젊은 부부들이 많다고들 하는데 호강이 넘쳐서 일어나는 일이다.

知
알 지

활터에서 과녁의 명중(命中)을 알려주던 글자

우리 선조들은 무관(武官)은 물론, 선비사회에서도 평상시 활쏘기를 통하여 심신을 연마했었다.

여럿이 무리를 지어 활터 사선에서 활을 쏘게 되면 과녁에서 조금 떨어진 곳에 기(旗)를 든 기수(旗手)가 기(旗)를 흔들며 화살(矢; 화살 시)의 명중과 불발을 큰 소리로(口; 입 구) 알려준다(知; 알 지).

만일 쏜 화살이 과녁을 넘어가서 분실하게 되면(失; 잃을 실)이 된다.

활쏘기가 우리 생활에 얼마나 큰 비중을 차지했었는지 되새겨 볼 일이다.

籍
문서 **적**

알아야 미인(美人)을 얻는다

천석꾼 최진사네 셋째 딸은 온 고을이 알아주는 천하절색이다. 게다가 요조숙녀로서 한 치의 모자람이 없는 데다 문장 또한 특출해서 온 동네 총각들이 몸살을 한다.

문제는 이 셋째 딸이 지아비의 조건으로, 학식이 뛰어나며 자신과의 문장소통 정도는 되어야만 한다는 것이다.

숱한 총각들이 퇴짜를 맞는 가운데, 부친사후 가세가 기울어 홀어머니와 둘이서 주경야독하며 어렵게 살아가는 김 총각이 도전장을 내었다.

김 총각은 백지에다 '이사간언하심; 二糸間言下心' 여섯 글자를 써서 봉투에 봉한 다음 최진사네 셋째 딸에게 보냈다.

답장이 왔다.

거기에는 '籍' (문서 적, 호적 적) 단 한 글자만 적혀 있었다.

戀
사모할 **연**

김 총각은 뛸 듯이 기뻤다.

'二糸間言下心; 이사간언하심' 을 파자(破字)하면, "낭자를 사모(戀; 사모할 연)합니다" 라는 고백을 전한 글이 된다.

두(二) 사(糸) 사이에 언(言), 그 아래 마음 심(心).

그렇다면 답장에 적혀 있는 '籍' (문서 적, 호적 적) 한 글자만 보고도 김 총각은 왜 그리 환호했을까?

'籍' 을 파자해 보면, 대밭(竹; 대 죽) 아래로 오십시오(耒/ 來; 올 래의 변형). 그 옆에 이십(廿), 일(一), 날(日; 날 일)이 된다. 즉 "대밭으로 이십일일에 오십시오" 가 된다.

비록 가세는 기울었지만 글공부를 게을리하지 않았던 효자 김 총각은 천하절색 아내를 얻은 것은 물론 천석꾼 최진사네 사위가 된 것은 말할 필요가 없다.

法

법 법

물 흐르듯 자연스런 법칙(法則)이 법(法)이다

위정자들 중에는 가끔 자신의 지위를 이용하여 법 위에 군림하며 살아가는 사람들이 있다. 법 앞에서는 만인이 평등해야 한다는 것은 삼척동자도 알고 있는 사실이건만 현실은 그렇지가 않다.

학연, 지연이 있는 자들에게 법을 어겨가며 혜택을 주는 것은 말할 것도 없고, 힘 없고 빽 없는 서민들을 올가미를 씌우는가 하면, 위정자 자신이 법을 어겨가며 검은 돈을 착복하다 패가망신하는 일들이 비일비재하다.

법(法)은 물(氵; 삼수변)이 자연스럽게 흘러가는(去; 갈 거) 글자이다.

물은 자연을 거스르는 법이 없다. 높은 곳에서 낮은 곳으로 자연스럽게 흐른다.

큰 바위를 만나면 옆으로 비켜가고, 웅덩이를 만나면 채워주고 나서 제 갈 길을 간다.

가다가 다른 동무를 만나면 맑은 물, 탁한 물 가리지 않고 어우러져 한 몸이 되어서 같이 흐른다.

동물과 식물을 가리지 않고 윤택하게 해 줄 뿐만 아니라 새로운 생명을 탄생시킨다.

그러다 보면 어느덧 강물이 되고 마침내 큰 바다에 이르게 되는 것이다.

'강해하백천(江海下百川)' 이라 했다. 강(江)과 바다(海)는 모든 개천의 아래에 있기 때문에 위대한 법이다. 자연스럽게 흐르는 것은 하늘의 도(道)이다.

하늘의 도(道)를 거스르고도 대대손손 영화를 누리며 사는 사람이 없다는 것은 역사가 증명하고 있다.

노자(老子)의 『도덕경; 道德經』에도 상선약수(上善若水)가 보인다.

지극히 가장 아름다운 인생은 물처럼 사는 것이다.

물은 곧 법(法)이요, 물은 곧 하늘이다.

선각자(先覺者)는 남들보다 하루를 일찍 시작한다

옛 성현들의 말씀에 그 집안의 흥망성쇠는 가족들의 기상(起床) 시간을 보면 알 수 있다고 했다. 남들보다 앞선 사고방식을 가진 자들을 선각자 혹은 선생님이라 부른다.

선각자(先覺者)는 '먼저 선' (先), '깨달을 각' (覺), '인칭 자' (者)이다.

먼저 선(先)을 보자. 소 우(牛)와 어진 사람 인(儿)을 합쳐놓은 글자이다.

先
먼저 **선**

覺
깨어날 **각**

옛날의 농경사회에서는 아침 일찍 일어나 그날 할 일을 점검하고 제일 먼저 소를 몰고 풀을 먹인다. 논밭을 경작하려면 소의 힘이 절대적으로 필요했기 때문이다.

남들보다 먼저 일어나 소를 먹이러 가는 사람이 남들보다 깨어 있는(覺; 깨어날 각) 사람이다.

예나 지금이나 성공한 사람들은 남들보다 아침을 일찍 연다. 그리고는 하루의 일과를 계획한다. 순서를 정하고 차질 없이 실천하는 것이다.

이 땅의 모든 선생님들도 아침 일찍 일어나 오늘 하루 사랑스런 제자들에게 전수할 수업내용들을 점검하고 예습한다. 이 땅의 훌륭하신 선생님들과 자기분야에서 성공한 사람들 치고 늦잠 자는 사람들을 보지 못했다.

선각자와 선생님들은 언제나 깨어있는 사고방식으로 뒤처진 사람들을 일깨우고 그들을 바른 길로 인도하는 진정한 영웅들이다.

酒
술 **주**

술(酒)은 닭이 물을 먹듯이 마셔라

예로부터 술(酒; 술 주)은 인간이 발명한 최고의 식품이다. 술이 없으면 하늘에 제사를 올릴 수 없었고, 조상들에게 치성을 드릴 수도 없었다. 철천지 원수지간에도, 사소한 다툼 뒤에도 술은 화해의 상징이었다.

그런가 하면 병(病)을 고치는 의사를 지칭하는 '의원 의'(醫)자에도 술병을 형상화한 '술병 유'(酉)는 어김없이 들어간다.

醫
의원 **의**

즉, 술은 만병을 고치는 백약지장(百藥之長)인 것이다.

과유불급(過猶不及)이라 했던가? 술을 지나치게 마셔서 패가망신은 물론이요, 나라마저 잃고 마는 망국지주(亡國之主)들이 역사에 자주 등장한다.

그래서 한자(漢字)에서는 경고한다. 술은 닭이 물을 마시듯이 천천히 조금씩만 마시라고.

술이 항아리에 들어있는 모습을 형상화 한 글자가 '술병 유'(酉)이다. 이 '술병 유'(酉)는 '닭 유'(酉)라고도 하는데, 닭이 물을 먹는 모습을 보면, 물 한 모금 먹고 하늘 한 번 쳐다보고, 물 한 모금 먹고 하늘 한 번 쳐다보기를 계속해서 반복한다.

酉
닭 **유**

모름지기 술(酒)은 닭(酉)이 물(氵)을 먹듯이 마시라는 것이다. 종합하면 한 잔의 술을 세 번씩 나누어 마시라는 뜻이다.

한편 오후 다섯 시에서 일곱 시 사이를 유시(酉時)라고 하는데, 닭은 유시(酉時)가 되면 어김없이 홰에 올라가서 깊은 잠을 잔다. 이때에는 쥐가 와서 파먹어도 모른다.

그래서 결혼을 앞둔 남녀 간에 궁합을 볼 때에는 닭띠와 쥐띠 간에는 결혼을 안 한다는 속설이 존재한다.

그런데 현실은 닭이 물을 먹듯이 술을 먹다가는 쪼잔한 인간이 되고 만다. 두 번 다시 회식자리에 초대받지도 못할 뿐더러 마음 터놓을 친구 한 명 사귀기도 힘들 것이다.

거룩하신 스승께서 나이 든 제자들에게 일갈훈시를 하신다.

"술은 닭이 물을 먹듯이 세 번으로 꺾어 마시되, 석 잔 이상은 마시지 말라는 뜻으로, '술병 유' (酉)에다 '삼수변' (氵)이 합쳐져서, '술 주' (酒)자가 탄생했느니라. 에헴!"

장난기 심한 제자가 그 말씀을 받았다.

"스승님! 제가 보기에는 '술 주' (酒)자에 있는 '삼수변' (氵)은 아침에도 먹고, 오후에도 먹고, 저녁에도 먹으라는 것 같은데요?"

소주(燒酎)와 탁주(濁酒)

清
맑을 **청**

濁
흐릴 **탁**

쌀과 누룩, 그리고 물을 일정하게 빚어서 걸러낸 맑은 술을 '청주' (淸; 맑을 청, 酒; 술 주)라 하고, 청주를 걷어내고 밑에 가라앉아 있는 앙금을 걸러낸 술을 '탁주' (濁酒)라 한다.

맑은 술을 걸러내고 남은 찌꺼기를 막 걸러낸 술이라 하여 '막걸리' 라고도 한다.

술의 신선(神仙)이라고 불리우는 중국의 이태백(李太白)의 〈월하독작〉(月下獨酌: 달 아래 나 홀로 술 마시며)이라는 시(詩)에 보면, 청주를 마시면 성인(聖人)이 되고, 탁주를 마시면 현인(賢人)이 된다고 했으니, 술의 예찬론자 치고는 따를 자가 없다 하겠다.

서민들에게 제일 사랑받는 술을 네 가지 정도만 꼽으라면, '탁주' '청주' '소주' '맥주' 정도가 되겠는데, 탁주는 찌꺼기를 막 걸렀다 하여 '흐릴 탁' (濁), 청주는 위에 맑게 뜬 부분만 걷어내니 '맑을 청' (淸), 소주는 시루에 불을 때서 증류를 하다 보니 '태울 소' (燒), 맥주는 재료를 보리로 쓰다 보니 '보리 맥' (麥)을 쓴다.

여기서 퀴즈 하나!

위에 열거한 네 가지 술을 한자(漢字)로 적어 보세요.

열에 팔구는 탁주(濁酒), 청주(淸酒), 소주(燒酒), 맥주(麥酒)라고 적는다.

정답부터 말하자면, 100점 만점에 75점이다.

燒
태울 **소**

소주는 한자로 '燒酎' (燒: 태울 소, 酎: 세 번 빚은 술 주)라고 써야 한다. 현재 시중에 판매되고 있는 소주에는 겉 종이 상표에 분명히 희석식 소주(燒酎)라고 인쇄되어 있다

酎
세 번 빚은 술 **주**

옛말에 시집 온 지 삼년 만에 시어머니 성(姓)씨 물어본다는 말이 있다.

오십 년을 하루같이 술을 마셔온 대기업 임원을 지낸 주당 친구 역시 소주(燒酎)를 소주(燒酒)로만 알고 마셨다고 하니, 막 걸른 술과 증류한 술을 구분도 못하고 마셔댄 셈이다.

酌
술 따를 **작**

술은 넘치게 따라서는 안 된다: 짐작(斟酌)

술은 마음이 통하는 벗과 마셔야 제 맛이 난다. 마주앉아 주거니 받거니 오고 가는 잔 속에 백년지기 우정이 꽃핀다.

對
대할 **대**

이렇게 마주앉아 마시는 술을 '대작' (對; 대할 대, 酌; 술 따를 작)이라 한다. 그러다 술잔을 주고 받는 것을 '수작' (酬; 갚을 수, 酌; 술 따를 작)이라고 하는데 흔히 어두운 곳에서 좋지 않은 일을 꾸밀 때 사용하는 그 수작이다.

酬
갚을 **수**

술잔이 오고 가면서 소곤소곤 나누는 정담(情談)이 수작의 원조가 되었다. 잔을 받았으니 상대에게 갚는다는 뜻으로 생긴 단어가 잘못 와전된 경우이다.

斟
짐작할 **짐**

여기서 술병은 물론 술잔마저 온통 도자기 일색이다.

유리나 크리스탈이 발명되기 전이다 보니 조절하기가 힘들어 술잔이 넘치도록 따르는 일이 비일비재했다.

그래서 요즘 쓰는 속된 표현으로 '통박' 으로 술을 따를 수밖에 없는데

이를 '짐작'(斟; 짐작할 짐, 酌; 술 따를 작)이라 한다.

취해서 짐작 없이 넘치도록 막 따르는 술을 '무작정'(無; 없을 무, 酌; 술 따를 작, 定; 정할 정)이라 한다.

이렇게 무작정 마시다가 잔이 넘쳐 상대방의 옷을 적셔서 낭패를 본다.

그러나 고의적으로 일어난 일이 아니기에 너그럽게 이해하고 넘어간다.

參

헤아릴 **참**

이를 '참작'(參; 참여할 참, 헤아릴 참, 酌; 술 따를 작)이라 한다. 즉, 상대가 실수를 했지만 헤아려 살펴준다는 말이다.

요즘은 법조계에서 많이 쓰는데 재판관이 피고인의 형량을 선고할 때 죄는 있으나 고의적이라고 볼 수 없어 정상을 참작한다고 할 때 사용한다.

이렇듯 술과 관련된 용어들이 일상생활에 적용되어 사용된 것을 보면 우리 민족은 술을 사랑한 민족임에는 틀림이 없다.

遙

멀 **요**

술 취해서 집으로 가는 길은 멀기만 하다

앞에서 언급했듯이 술을 마시다 보면 항아리 속에 든 술이 얼마나 남았는지 짐작이 가지 않는다. 그래서 술 항아리를 들고 흔들어 봄으로써 술이 얼마나 남아 있는지 짐작할 수 있었다(搖: 흔들 요).

이 '흔들 요'(搖)를 파자(破字)해 보자.

재방변(扌=手; 손 수)에다 '질그릇 요'(夕; 저녁 석, 丶; 점 주, 缶; 장군 부—배가 불룩하고 목이 좁은 질그릇, 또는 항아리/ 물을 담으면 물장군, 밭에 주는 거름을 담으면 똥장군이라 부르는데 간혹 나무로 만든 것도 있음)가 합쳐져서 저녁나절, 손으로 항아리를 흔든다는 말이다. 술자리가 끝났는데도 손에 술병을 들고 길을 나섰다는 것은 취했다는 증거이다.

게걸음으로 일보전진 이보후퇴를 거듭하다 보니 길은 멀 수밖에 없다

(遙: 멀 요).

손(扌)에 술항아리(缶)를 들고 쉬엄쉬엄 가니(辶: 쉬엄쉬엄 갈 착) 집이 멀 수밖에 없다.

어디 그 뿐인가? 술병을 든 상태에서 흥얼흥얼 노래도 부른다.

술병을 든 상태에서 '말씀 언(言)' 을 붙여주면 '노래 요(謠)' 가 된다. 흔히 민요(民謠)니 가요(歌謠)니 하는 그 노래요(謠)이다.

謠
노래 요

옛 사람들은 술을 일러 수수(壽水; 壽-목숨 수, 水-물 수)라 했다.

적당히 반주삼아 마시면 우리 몸의 신진대사를 촉진시키고 혈액순환에도 좋지만 과하게 마시면 제 수명을 부지하지 못한다는 뜻이다. 손에 술병을 들고 고성방가하는 사람이 요즘도 있기야 하겠는가만 있다면 이런 사람은 올림픽과 월드컵은 물론 엑스포까지 치른 문화민족으로서 부끄러움을 알아야 할 일이다.

道
길 도

주도론(酒道論)

술(酒)은 '백약지장(百藥之長)' 이란 말도 있지만, "술(酒)은 온갖 병(病)의 뿌리" 란 속담도 있다.

술은 어떻게 마시느냐에 따라 약(藥)도 될 수 있고, 독(毒)도 될 수 있는 것이다. 술을 마시는 데에도 예절이 있다.

처음 술을 배울 때 잘못 배우면 술버릇이 고약해진다. 그래서 옛날에는 남자아이가 어느 정도 나이가 들면 집안의 어른들이 술을 가르쳤는데 주로 작은아버지나 당숙(堂叔)아저씨들이 맡아서 했다.

그렇게 엄하게 술을 배운 사람은 어지간히 마셔도 자세가 흐트러지지 않는다. 술에도 도(道)가 있다. 그것이 주도(酒道)이다.

서양 사람들의 술 문화는 자기 술잔에 자신이 따라서 마시는 자작문화(自酌文化)이고, 중국이나 러시아 사람들은 잔을 마주치는 대작문화(對酌文化)인데, 우리에게 익숙한 술잔을 돌려가며 마시는 문화는 일제시대에 일본에서 들어온 음주방식이다.

권하는 것은 술이지 잔이어서는 안 된다.

조선시대 사대부들 사이에서도 주도론(酒道論)이 있었다.

그 중에서도 '취객십경(醉客十景)' 에 보면, 양반과 상놈의 술버릇을 기록해 놓았는데 지금에 와서 보더라도 절로 고개가 끄떡여진다.

양반오경(兩班五景)

*즐기고(樂; 낙), 얘기하고(說; 설), 웃고(笑; 소), 춤추고(舞; 무), 노래(唱; 창)한다.

상놈오경(常者五景)

*주정하고(鬧; 요), 욕하고(罵; 매), 때리고(打; 타), 울고(哭; 곡), 토(吐; 토)한다.

옛날부터 사람의 근본을 따질 적에 그 집안의 가문을 보는 것은 다 이유가 있다.

사마천(司馬遷)이 저술한 『사기; 史記』에도, "교천예묘(郊天禮廟)는 비주불향(非酒不享)이요, 군신붕우(君臣朋友)는 비주불의(非酒不義)요, 투쟁상화(鬪爭相和)는 비주불권(非酒不勸)이라" 했다.

"하늘에 제사지내고 '사당' (廟; 묘)에 제례 올림에도 술이 아니면 제례를 올리지 못할 것이요, 임금과 신하 그리고 벗과 벗 사이에도 술이 아니면 의리가 두터워지지 않을 것이다. 싸움을 하고 서로 화해함에도 술이 아니면 서로 권하지 못할 것이다"라고 못 박고 있다.

술에 하늘과 땅의 순리가 있으며, 인생사 모든 도리가 있으니 그 이치를 깨달아서 거기에 부합되도록 마셔야 할 일이다.

黨
무리 당

술(酒)도 멋있게 먹어야 한다: 주당(酒黨)

주당(酒黨)이란 말을 사전적 의미로는 "술을 즐기고 아주 잘 마시는 사람, 혹은 그 무리"라고 정의하고 있다.

예로부터 우리 선조들은 술(酒)을 '수수; 壽水'라 하여 목숨을 좌우하는 물이라 했다.

하늘에 제(祭)를 올릴 때에는 하늘과 공감하고, 조상에게 제를 올릴 때 역시 음복(飮福)을 통하여 선조들과 혼연일체를 인식했으며, 풍류(風流)를 즐길 때에도 술은 빠져서는 안 되는 필수품이었다.

그러기에 술을 마실 적에도 동기를 부여하면서 멋진 낭만 속에 마셨다.

예를 들어 '정월 대보름날'에는 호탕한 친구와 술을 마신다 했다.

연초(年初)니만치 대보름달만큼이나 크나큰 스케줄을 잡고 호걸적인 기질을 뽐내며 천하를 보듬을 수 있는 호연지기 속에 술을 마신다는 것이다.

그리고 단오(端午)날에는 고운 벗과 잔을 나눈다 했다.

단오날은 일 년 중 양(陽)의 기운이 가장 왕성한 날이다. 그러기에 한반도에서 양(陽)의 기운이 가장 강하다고 하는 강원도 양양(陽襄)과 강릉(江陵)에서는 조선시대 때부터 해마다 '단오제; 端午祭'를 개최하고 있을 뿐 아니라, 2005년에는 유네스코의 '세계무형유산'에도 등재되었다.

그러니 만큼 팔도의 한량들은 단오날에 너도 나도 강릉으로 몰려와서 술을 먹어야만 직성이 풀렸는데 그 중에서도 경치가 제일 좋다고 하는 경포대(鏡浦臺) 누각 위에서 마시는 것을 최고로 쳤었다.

단오날 밤에 경포대 누각 위에서 술을 마시면, 달이 다섯 개나 뜬다고 했다. 하늘에 한 개가 뜨고, 해맞이로 유명한 정동진(正東津) 앞바다에 한 개가 뜨고, 경포호수(鏡浦湖水) 위에 한 개가 뜨고, 마주앉은 님의 술잔 속에 한 개가 뜨며, 마지막으로 사랑하는 님의 눈동자 속에 한 개가 뜬다고 했다.

이런 멋진 풍류 속에 칠석(七夕)날에는 운치 있는 벗과 마신다 했다.

칠석날에는 견우(牽牛)와 직녀(織女)가 일 년에 단 하루 만나는 날이다.

그래서 기쁨의 눈물인지 아니면, 뼈가 저리는 서러움의 눈물인지 비가 내린다. 이런 날에는 낭만적이고 운치 있는 벗과 빗소리를 들으며 잔잔한 샹송이 흐르는 카페에서 잔을 나눈다고 상상해 보자.

멋진 그림이 나오지 않는가? 마주앉은 벗이 옛날에 짝사랑하던 첫사랑이라면 더더욱 운치가 있을 것이다.

그리고 추석(秋夕)날 밤에는 담박(淡泊)한 벗과 잔을 나눈다 했다.

"더도 말고 덜도 말고 한가위만 같아라" 라는 말이 있듯이 오곡백과가 지천으로 널려 있는 풍요로움 속에 절약과 검소함을 지키라는 고귀한 뜻이 담겨져 있다.

먹을 것이 지천에 널려 있는 가운데 행여 소외된 이웃이 없나 챙겨보며, 맑고 청렴한 친구와 담백한 술안주로 잔을 나누는 것이다.

그리고 중양절(重陽節)에는 대쪽 같은 기개(氣槪)를 가진 벗과 술을 마신다 했다.

이날 마시는 술은 무조건 국화주(菊花酒)이어야 한다. 모든 꽃들이 시들어 죽어가는 가을날에 서리(霜; 상)를 비웃으며 피어나는 국화(菊花)는 참된 선비의 정신이 담겨 있는 꽃이다.

'오상고절(傲霜孤節)' 이라 해서 서릿발 같은 추위에도 굴함이 없이 외로이 절개를 지키는 모습이 세상의 사악(邪惡)함에 영합하지 않고 지조(志操)를 지키는 꿋꿋한 선비를 연상케 한다.

불사이군(不事二君)을 외치며 죽어간 사육신(死六臣)이 그러했고, 모진 고문 속에서도 당당했던 구한말 독립투사들이 그러했다.

마지막으로 세모(歲暮)에 마시는 술은 뜻이 높은 고고한 벗과 잔을 나눈다 했다. 금년 한해 뒤돌아보면서 덕담을 나누며 차분한 마음으로 다가오는 새해를 설계하면서 잔을 나누는 것이다.

세모에는 누구나 희비(喜悲)가 교차하면서 마음이 들뜬다. 지난 한해 만족할 만큼 성공한 한해였다면, 계승하여 발전시키면서 자만하지 않겠다는 다짐의 술잔을, 부족함이 많았던 한해였다면 반성과 함께 지혜로운 성찰(省察)로 새로운 각오를 다짐하는 술잔으로, 고고한 벗과 함께 멋있는 덕담 속에 서로를 격려하면서 한해를 마무리할 수 있다는 것은 인생의 타고난 행복이다. 고고한 선비의 기풍이 흐르는 풍류를 아는 친구는 나의 영혼을 살찌워주는 고귀한 친구이다.

級
등급 급

주당(酒黨)에도 등급(等級)이 있다

중국에 술의 신선(酒仙) '이태백'이 있다면, 우리나라에는 술의 신(酒神) '이규보'가 있었다. 두 인물에 조금도 기울지 않는 근대 인물로는 청록파(青鹿派) 시인으로 널리 알려진 '조지훈(趙芝薰)'이 있는데, 뛰어난 문학(文學) 못지않게 주당파(酒黨派)로서도 명성을 날렸었다.

그는 바둑(棋; 기)의 급수에 빗대어 술꾼들에게도 18등급의 차별을 두었으니, 이른바 주당(酒黨)의 18등급이다.

| 주당 18등급

9급 불주(不酒): 술을 아주 못 먹진 않지만 안 먹는 사람.

8급 외주(畏酒): 술을 마시긴 마시는데 두려워하는 사람.

7급 민주(憫酒): 마실 줄도 알고 겁내지는 않으나 취하는 것을 겁내는 사람.

6급 은주(隱酒): 마실 줄도 알고 겁내지도 않고 취할 줄도 알지만 돈이 아까워서 혼자 숨어서 마시는 사람.

5급 상주(商酒): 마실 줄도 알고 좋아도 하면서 무슨 잇속이 있을 때만 술값을 내는 사람.

4급 색주(色酒): 성(性) 생활을 위해서만 마시는 사람.

3급 수주(睡酒): 잠이 안 와서 마시는 사람.

2급 반주(飯酒): 밥맛을 돋우기 위해서 마시는 사람.

1급 학주(學酒): 술의 진경(眞景)을 배우기 위해 마시는 사람.

1단 애주(愛酒): 술을 취미로 맛보는 사람－주도(酒道 1단)

2단 기주(嗜酒): 술의 아름다움에 반한 사람－주객(酒喀 2단)

3단 탐주(耽酒): 술의 진경(眞景)을 터득한 사람－주호(酒豪 3단)

4단 폭주(暴酒): 주도(酒道)를 수련하는 사람－주광(酒狂 4단)

5단 장주(長酒): 주도삼매(酒道三昧)에 든 사람－주선(酒仙 5단)

6단 석주(惜酒): 술을 아끼고 인정을 아끼는 사람－주현(酒賢 6단)

7단 낙주(樂酒): 마셔도 그만, 안 마셔도 그만, 술과 함께 유유자적하는 사람
－주성(酒聖 7단)

8단 관주(關酒): 술을 보고 즐거워하되 이미 마실 수 없는 사람
－주종(酒宗 8단)

9단 주폐(酒廢): 술로 인해 다른 세상으로 떠나게 된 사람－주졸(酒卒 9단)

불교에도 상당한 지식이 있었던 조지훈은 한때 오대산 월정사(月精寺) 강원(講院)에서 강사(講師)를 지낸 적이 있는데 그때 직접 술을 빚어 삼도주(三途酒)라 이름 지었다.

'공자(孔子)가 애써 가꾸신 쌀과, 노자(老子)가 손수 만든 누룩과, 석존(釋尊)이 길어온 샘물로 빚은 술이기에 유교, 도교, 불교의 정신이 함축되어 있는 술' 이란 뜻이다.

이만하면 계수나무 아래에서 술 마시던 주선(酒仙)도, 청산을 술로 빚어 마시던 주신(酒神)도, 삼라만상을 술잔에 띄워 마시는 조지훈(趙芝薰)의 호연지기에 견주어 과히 벗할 만하다 하겠다.

瓷
오지그릇 **자**

남자는 도자기(陶瓷器) 여자는 본 차이나(bon china)

옛날 중국에서도 '남아선호사상' 이 심했나 보다.

결혼해서 아들을 얻으면 '농장지경(弄璋之慶)' 이라 축하했다

농장지경(弄; 가지고 놀 농, 璋; 옥돌 장, 之; 어조사지, 慶; 경사 경), 즉 옥노리개를 가지고 놀 귀한 자식을 얻은 것을 축하한다는 말이다.

반면, 딸을 얻으면 농와지경(弄瓦之慶)이라 했는데(弄; 가지고 놀 농, 瓦; 기와 와, 실패 와, 之; 어조사 지, 慶; 경사 경) 기왓장으로 만든 실패를 갖고 놀 딸자식의 태어남을 축하한다는 뜻이다.

玉
구슬 **옥**

옥(玉)은 귀한 보석으로서 임금이 앉는 의자를 '옥좌' (玉; 구슬 옥, 座; 좌석 좌)라 하고, 임금의 권위를 상징하는 도장을 '옥새' (玉; 구슬 옥, 璽; 도장 새)라 한다.

반면 기와(瓦)는 점토를 틀에 넣어 적당한 온도에서 구워낸 건축재이다.

고온에 유약을 발라서 만든 도자기보다는 훨씬 질이 떨어지는 일종의 토기(土; 흙 토, 器; 그릇 기)이다.

옥(玉)과는 비교가 되지 않는다.

우리 한민족(韓民族) 역시 남아선호사상이 중국보다 더했으면 더했지 한 치도 모자라지 않는다. 모든 생활의 패턴 자체가 모두 남자 위주로 짜여져 있다 보니 여자들은 글자 그대로 반쪽인생을 살아야만 했다.

좋은 것은 딸보다는 아들이 독차지했고, 부모유산도 제사를 모신다는 핑계로 아들이 몽땅 차지했다(조선중기 이후). 여자는 시집을 가서도 시댁족보 책에 본관(本貫)과 성씨(姓氏)만 올렸지 이름은 찾아볼 수 없다.

'삼종지도(三從之道)' 라는 틀 속에서 태어나서는 아버지의 뜻에 따라야 하고, 출가해서는 남편의 뜻에 따라야 했으며, 남편 사후에는 아들의 뜻에 따라 살아야만 했으니 평생을 미숙아(未熟兒)로 살아야만 했다.

"암탉이 울면 집구석이 망한다"고 하면서 여자들의 기(氣)를 죽이는가

하면, "아들 못난 것은 제 집구석만 망하지만 딸자식 똑똑한 것은 양사돈이 망한다" 고 해서 딸자식은 글공부도 제대로 가르치지 않았다.

남편이 첩살림을 차려도 질투를 했다가는 당장에 칠거지악(七去之惡)으로 내몰려 소박당하기 일쑤였다. 옛날은 그렇다 치고라도 요 근대에 와서도 남녀 간의 간격을 좁히지 못했었다.

가수(歌手) 이미자의 '여자의 일생' 이란 노랫말에, "여자이기 때문에 참아야만 한다" 는 대목을 따라 부르시며 눈물을 글썽이던 돌아가신 어머님의 모습이 떠오른다.

그러던 것이 1980년대 중반을 기점으로 남녀 간의 처지는 180도 바뀌게 된다. 상전벽해(桑田碧海/ 桑; 뽕나무 상, 田; 밭 전, 碧; 푸를 벽, 海; 바다 해)가 일어난 것이다.

결혼한 남성 직장인들의 봉급이 몽땅 아내의 통장으로 입금이 되기 시작하면서, 드디어 여자들이 집안의 경제권을 가지게 된 것이다. 뼈 빠지게 일해 봐야 노동의 대가는 아내의 수중으로 들어가고 용돈 한 푼 더 받아내기 위해서 낯간지러운 아양을 떨어야만 한다. 남편의 위신은 물론 아버지로서의 체면이 말이 아니다.

뿐만 아니라 여성들의 사회진출이 늘어나면서 능력 있는 여성들은 남편의 수입보다 많이 벌다 보니 남편들의 목소리는 더 기어들어갈 수밖에 없다. 집안의 웬만한 대소사의 결정은 아버지보다 어머니의 뜻대로 결정이 난다. 이를 보고 자란 자식들 역시 아버지보다 어머니의 힘이 더 세다는 것을 자연스럽게 배우며 성장한다.

아이들이 성인이 되어 연애를 해도, 결혼을 해도 여자들의 무소불위 권력 앞에 남자들은 감히 대들 엄두조차 못한다.

신혼여행을 가서도, '신부는 신나고, 신랑은 혼난다' 고 해서 신혼여행이라고 한다. 애지중지(?) 키워서 장가라고 보내놨더니 며느리한테 쥐어사는 아들을 본 아버지가 쓴웃음 지며, "우리 때만 해도 남편노릇 해 먹을 만했었는데…, 쩝~.” 입맛을 다실 뿐이다.

《구약성서; 舊約聖書》에 보면, 하나님께서 최초로 인간을 만들 때, 흙으로 빚고 불에 구워서 ‘아담’ 이라는 남자를 만든 것으로 인류의 역사가 시작된다.

혼자서 심심해 하던 아담이 하느님에게 친구를 한 명만 더 만들어 달라고 하도 졸라대어서 아담의 갈비뼈 한 개를 끄집어내어 흙과 함께 빚어서 ‘이브’ 라는 여자를 만든다. 이 지구상 최초로 여자의 탄생이다.

흙으로 빚은 아담이 일반 도자기(陶瓷器)라면, 뼈와 흙으로 빚어진 이브는 본 차이나(bon china)이다.

상식적으로 생각해도 어느 것이 더 값이 나가겠는가?

그렇다! 여자가 남자보다 고귀한 것은 기독교가 말하는 천지창조 때부터 결정이 나 있었다. 인간이 늦게 깨달았을 뿐이다.

叔 아재비 숙

조카들의 염라대왕, 작은아버지

자고로 자식교육은 부모가 직접 하지 못한다.

눈에 넣어도 아프지 않을 내 새끼를 엄하게 다룰 자신이 없기 때문이다. 그래서 가정교육은 주로 작은아버지가 맡아서 했다. 부모 형제를 제외하면 제일 가까운 핏줄이 숙부이다(물론, 백부와 고모도 있지만). 그래서 촌수로 삼촌이다. 삼촌의 교육방식이 좀 과해도 맡긴 부모나 교육생 자신이나 한 치의 원망과 불평은 있을 수 없다. 삼촌의 권력(?)은 얼마나 막대한지 조카들의 단백질 공급의 권한마저 가지고 있다.

‘콩 숙’ (尗)과 ‘손 우’ (又)가 합쳐진 글자가 아재비 숙(叔)이다.

즉 단백질 공급마저도 삼촌 손에 달렸다. 여기서 단백질이란 콩 같은 식물성뿐만 아니라, 계란 같은 동물성도 포함된다. 단백질(蛋白質)의 단(蛋;

새알 단)은 포괄적으로 '새의 알'을 뜻하지만 여기서는 집에서 쉽게 구할 수 있는 계란 정도가 되겠다.

조카들의 얼차려 교육이 필요할 때면, 삼촌의 손에 들려지는 것은 콩 대신 회초리이다.

회초리(回; 돌 회, 初; 처음 초, 理; 이치 리)의 뜻은 처음처럼 초심으로 돌려놓는다는 말이다. 맹자(孟子)의 성선설(性善說)이 여기에 속한다.

아이들끼리 분탕지게 놀다가도 삼촌이 떴다 하면 바로 적막강산으로 변한다. '아재비 숙'(叔) 위에다 집을 뜻하는 '집 면'(宀)을 얹으면 '고요할 적'(寂)이 된다.

작은아버지는 숨은 사랑으로 조카들을 인성교육 시키는 진정한 스승이요, 이승의 살아 있는 염라대왕이다. 요즘은 핵가족시대이다 보니 거의가 외동자식이라 눈을 비비고 찾아봐도 삼촌 찾아보기가 힘든 세상이다.

浣
빨 완

옛날 관원(官員)들의 휴가제도

조선시대 관원들은 열흘에 한 번, 한 달에 세 번의 휴가제도가 있었다. 휴가 명목은 더러워진 관복을 빨아 입으라는 것이다.

그래서 초순(初旬)에 얻는 휴가를 상완(上浣), 중순에 얻는 휴가를 중완(中浣), 하순 휴가를 하완(下浣)이라 했다.

휴가를 다른 말로 완사(浣紗)라고도 했는데, '빨 완'(浣)에다 비단을 뜻하는 '깁 사'(紗)다. 관복이 비단으로 만들어졌기 때문이다.

열흘에 한 번씩 돌아오는 휴가 날에는 관복뿐만 아니라 찌든 육신의 때를 벗기는 것 역시 두 말하면 잔소리다.

요즘 공무원들은 주 5일 근무를 하면서도 피곤의 누적을 호소하는 것을 보면 옛 조상들의 과다했던 업무가 안쓰럽기까지 하다.

聖 성인 **성**

성인(聖人)은 남의 말을 잘 들어주는 사람이다

사리에 통달하고 덕과 지혜가 뛰어나서 길이길이 우러러 받들어지고, 만인의 스승이 될 만한 사람을 일컬어 성인(聖; 성인 성, 人; 사람 인)이라 한다. 성인(聖人)은 뛰어난 지혜와 말솜씨로 중생들을 깨우쳐주는 것 같지만 사실은 남의 말을 잘 들어주는 사람을 말한다.

'성인 성' (聖)은 귀 이(耳)와 입 구(口) 아래 임금 왕(王)이 합쳐진 글자이다. 입(口)보다는 귀(耳)가 우선한다.

즉, 말을 잘 하기 전에 상대방의 이야기를 더 잘 들어주는 사람이 왕이다. 위대한 성인이라는 뜻이다.

'격화소양(隔靴搔癢)' 이라는 말이 있다.

신발을 신은 채로 발바닥을 긁는다는 말이다.

진실된 성인은 고통 받는 민초들의 하소연을 충분히 듣고 살펴서 거기에 걸맞는 치유법으로 진실을 설명하는 법이다. 상대방의 말은 듣지도 않고 자신의 주장만을 내세우며 교활한 말솜씨로 혹세무민(惑世誣民)하는 엉터리 성인(聖人)들이 왕왕 세상을 시끄럽게 한다.

조물주가 인간을 만들 때, 한 개의 입에다 두 개의 귀를 만든 이유가 바로 여기에 있다.

宗 마루 **종**

살아 있는 부처, 종부(宗婦)

마루 종(宗)은 큰집(宀; 집 면)에서 제사(示; 보일 시)상 위에다 제수를 가득 차려놓는 모양을 형상화한 글자이다.

그래서 제주(祭主)를 종손(宗孫)이라 하고, 종손이 사는 집을 종가(宗家)라고 한다.

종손이라는 말은, '맏 종'(宗)에다 '손자 손'(孫)으로 자식의(子; 아들 자) 대를 이어주는(系; 이을 계) 자손을 말한다.

종손의 아내를 종부(宗; 맏 종, 婦; 며느리 부)라고 하는데 소위 명문가의 종부는 자신의 삶 같은 것은 있을 수 없었다.

일 년에 받드는 제사만 해도 평균 열 대여섯 개가 넘고, 집안 친척의 왕래는 차치하고라도 타문중의 방문도 손으로 셀 수가 없다.

종가에서 접대하는 음식에는 겸상(兼床)이 있을 수 없다. 모두가 독상(獨床)이다. 그래서 종갓집에는 조그마한 개다리소반이 몇 백 개씩 구비되어 있다.

특히나 불천위(不; 아닐 불, 遷; 옮길 천, 位; 자리 위) 제사는 4대 기제사, 5대 봉제사의 법칙과는 관계없이 조상님 중에 큰 학자(學者) 분이나 나라에 큰 공을 세우신 분을 임금의 명에 의해서 대대손손 맥을 이어 지내는 제사를 말하는데, 주로 중시조(中始祖)나 파시조(波始祖) 어른이 이에 해당된다.

이 불천위 제사는 전국에 흩어져 살고 있는 피붙이들이 모두 참석하는 문중의 제일 큰 제사이다. 거기에다 한식(寒食)이나 음력 10월 달에 지내는 시제(時祭) 역시 전국의 일가들이 다 모인다.

제사는 죽은 조상과 살아 있는 후손들의 맥을 이어주는 의식이다.

종부는 음식솜씨 또한 정갈하면서도 뛰어나야 하며 손이 커서 음식도 푸짐하게 내놓아야 한다. 어디 그뿐인가? 종부는 그 문중의 꽃이요, 얼굴이다. 행동거지 하나하나 자세를 흐트러뜨릴 수 없다. 인품과 덕성을 갖추어야만 하고 언제나 넉넉한 인심으로 미소를 잃지 말아야 한다.

심지어 시장에 가서 장을 볼 때에도 값을 깎지도 못한다. 종부라는 직책이 타고난 원죄가 아닐진대 너무나 가혹하게 혹사시키면서 너무나 많은 것을 요구한다.

그래서 요즘 신세대 여성들은 종손이라 하면 쳐다보지도 않는다. 각 문중마다 종부 구하기가 하늘의 별따기보다 어렵다.

그래서 탄생한 것이 문중과 문중간의 계약 결혼이다.

그러다 보니 겹사돈이 판을 친다. 우리나라 최고의 양반골은 안동(安東)을 위시한 경북지방이다.

그곳에서 지금 난리가 났다. 과다한 업무(?)에 시달리던 종부들이 교회에 나가면서 종교를 핑계 삼아 제사를 거부하는 사태가 발생한 것이다. 소위 말하는 6.25 때 난리는 난리도 아니다.

이러한 종부들의 행동을 나무랄 사람은 아무도 없겠지만 그렇다고 잘했다고 치부할 수도 없는 형편이고 보면 세계의 석학 '아놀드 토인비' 박사의, "이 지구가 내일 멸망한다는 가정 하에, 화성(火星)으로 피난을 가면서 이 지구상에서 꼭 한 가지만 가지고 가야 한다면, 그것은 한국의 효(孝)사상이다"라는 말의 의미를 되새길 필요도 없이 정녕 당면한 이 숙제를 해결할 방법은 없는 것인가?

오호라! 효(孝)사상을 최고의 덕목으로 삼았던 동방예의지국의 미풍양속(美風良俗)이 바람 앞의 등불이 되었다.

贈 줄 증

남을 도와주려면 시간을 늦추지 마라

"배고플 때 나물밥 한 그릇이 배부를 때 진수성찬보다 낫다"라는 속담이 있다. 이왕 적선을 하려고 마음을 먹었으면 시간을 늦추지 말고 일찍 베풀라고 가르치는 글자가 '줄 증' (贈)이다.

'조개 패' (貝; 패물 패)에다 '일찍 증' (曾)을 합친 글자이다.

아름다운 조개는 인류가 화폐를 개발하기 이전에 화폐 대용으로 널리 사용되어 왔다. 그래서 조개라는 뜻보다는 패물(화폐)로 더 많이 사용되었다.

우리 주위에 불우한 이웃을 돕는 사회단체가 제법 많다. 개중에는 간혹 어려운 이웃에게 구호품을 전달하기보다는 자신들의 선행을 자랑하고 알리는 데에만 급급한, 저급한 사람들도 종종 보인다.

재난을 당한 이재민들은 구호품이 일초가 여삼추이다.

방송국 기자가 올 때까지 시간을 늦추고 비뚤어진 넥타이를 고쳐 매고 한대서야 기증자들이 존경스럽게 느껴질 리가 없다. 봉사활동은 봉사정신으로 해야만 한다. 사리사욕을 채우기 위한 봉사활동을 하다가는 진짜 눈먼 봉사가 되고 만다는 것을 명심해야 할 것이다.

酸

실 산

술에 찌든 사람, 식초병(食醋甁)

알코올 중독자를 무식한 경상도 말로 '초삐이' 라고 한다. '식초병' 이라는 뜻이다.

막걸리를 따뜻한 부엌 가마솥 옆에 얼마간 두면 식초가 된다. 그러니까 술이 상하면 식초가 되는 것이다. 흔히 상한 음식을 '맛이 갔다' 라고 표현한다. 술(酉; 술병 유)의 맛이 가면(夋; 갈 준) '실 산' (酸)이 된다. 즉, 식초가 되는 것이다. 좋은 술 먹고 맛이 간 '초삐이' 들이 세상을 풍자하고 있다.

무식한 '초삐이' 들의 음주운전이 세상을 멍들게 하고 있다.

悶

번민할 민

글공부냐 연애냐 그것이 문제로다

고전 《춘향전》을 보면, 이몽룡이 대문 문지방에다 양다리를 걸쳐놓고 고민하는 대목이 나온다. 밖으로 나가서 죽고 못 사는 춘향이를 만나서 사랑놀음을 할 것이냐, 아니면 아버님의 지시대로 방안에서 책을 읽을 것이냐로 고민하는 모습. 바로 '번민할 민' (悶)이다. 대문을 뜻하는 문(門; 문 문) 사이에서 번민하고 있는 마음(心; 마음 심)을 형상화하고 있다.

결국 이몽룡의 결정은 뒷담을 넘어 춘향이에게로 향한다. 그렇게 노닥거리고도 나중에 장원급제를 하는 모순을 보면서 왜 옛 어른들이 춘향전을 금서(禁; 금할 금, 書; 글 서)로 지목하고 자식들에게 읽지 못하게 했었는지 이해가 간다.

이 외에도 문(門)과 관계되는 대표적인 글을 몇 개만 꼽아보면, 문(門)에다 대고 입(口; 입 구)으로 "계십니까?"를 외치면 '물을 문' (問), 문(門)에다 귀(耳; 귀 이)를 대고 안의 소리를 듣는 것은 '들을 문' (聞)이다. 그런가 하면 대문을 안에서 가로질러 놓은 긴 막대기가 빗장(閂; 빗장 산)인데, 요즘말로 하자면 자물통이다.

그 빗장을 열 적에는 무게 때문에 두 손(廾; 두 손 맞잡을 공)을 사용해야 한다. 그래야 문을 열 수 있다(開; 열 개).

반대로 문(門)에다 가로, 세로, 열 십자로 못을 박아놓고 비스듬하게 어깃장을 놓은 글자(才)가 '닫을 폐' (閉)이다.

또한 고요한 밤에 대문 사이로 달빛이 들면, 낭만적으로 한가롭다(閒; 한가로울 한). 그런데 문(門) 사이에 풀이 자라서 그 풀이 나무가 될 지경이면 삭막해진다(閑; 한가로울 한). 사람이 오랫동안 살지 않아서 폐가(廢家)가 된 삭막하기 그지없는 한가로움이다.

이렇게 한가로움이라는 단어 한 개를 가지고도 그 뜻을 나누어 유추할 수 있는 것이 한자(漢字)만의 멋이다.

容
얼굴 **용**

깊은 산 계곡에선 마음 놓고 씻어 보자

양반들은 체면을 목숨보다 귀하게 여겼다.

길을 가다 소나기를 만나도 절대로 뛰어서는 안 되었고, 삼복더위에도 맨살을 드러내는 법이 없었다.

소매를 걷어 올리기는커녕 바지 끝자락도 대님으로 꼭꼭 묶어서 통풍이라곤 어림 반 푼어치도 없다.

외출이라도 할라치면 바지저고리 위에다 도포를 걸치고, 머리에는 망건에다 갓을 얹어 치장을 했으니 답답하기가 오죽했을까?

이렇게 고지식하고 깐깐하기가 이를 데 없는 양반님네들도 깊은 산골에서 계곡을 만났다 하면 사정은 달라진다. 시원스럽게 흐르는 계곡의 물은 양반이 아닌 인간의 본능을 자극한다.

마침 보는 사람도 없겠다, 체면이고 뭐고 없다. 아예 갓을 벗어놓고(宀; 집 면, 갓이라고도 한다) 계곡(谷; 골 곡) 물에다 땀으로 범벅이 된 얼굴(容; 얼굴 용)을 씻는다.

浴
목욕할 **욕**

내친 김에 머리도 감고(沐; 머리감을 목), 때(垢; 때 구)에 찌든 몸도 씻는다(浴; 목욕할 욕). 그리고는 널찍한 바위에 누워 땀띠가 날 정도로 고생한 거시기(?)를 곧추세워 통풍을 한다. 이른바 거풍(擧; 들 거, 風; 바람 풍)이다.

원래 거풍이란 말은 장마철에 햇빛이 든 날을 골라서 곰팡이가 슬까 염려하여 바람이 잘 통하는 곳에서 책을 말리는 의식을 말함인데, 점잖은 양반님네들이 억지로 갖다 붙인 용어이다.

裕
넉넉할 **유**

성스러운 거풍의식이 끝나면 한동안 옷도 편하게 입고 여가를 즐기는데, '옷 의' (衤) 변에 '골짜기 곡' (谷)을 합치면 '넉넉할 유' (裕)가 되니, 편한 차림으로 인간의 본능을 즐긴다. 본능은 양반의 체면도 말아 먹는다.

辱

욕될 욕

계절을 모르면 욕(辱)을 먹는다

옛날 달력도 없던 시절 농경사회에서는 달이나 별의 상태를 보고 농사를 지었다. 바다에서 어업에 종사하는 어부 역시 마찬가지였다.

한여름에 털옷을 입고 거리를 활보한다거나 반대로 한겨울에 홑옷을 입는다면 남들로부터 철(계절) 모르는 놈이라고 손가락질을 받을 것은 불을 보듯 뻔하다. 농사도 마찬가지이다.

'별 진'(辰) 위에다 나락가마니(曲; 굽을 곡)를 얹어 놓은 글자가 '농사 농'(農)이다. 여기서 '굽을 곡'(曲)은 나락가마니를 본뜬 상형문자이다.

봄에 파종을 하고 여름에 길러서 가을에 수확하여 겨울에 저장하는 것이 농사법이라는 것은 삼척동자도 알고 있는 일이건만, 파종이나 수확의 시기도 모르고 농사를 망친 못난이를 보고 사람들은 철(계절) 모르는 놈이라고 손가락질해 댄다.

'철부지'란 말도 '철'(계절), '不'(아닐 부), '知'(알 지)로 철을 알지 못한다는 데서 온 말이다.

계절(辰; 별 진)을 모르니 손가락(寸; 마디 촌)질 받는 것은 당연하다(辱; 욕될 욕). 그렇게 욕을 얻어먹던 철부지가 계절을 파악하고 제때에 맞춰서 농사를 짓는다. 이름 하여, "그놈, 철들었네!" 칭찬일색이다.

霖

장마 림

매실(梅實)이 익을 때 내리는 비

장마(霖; 장마 림)라는 말은 우리나라에서만 있는 말이다.

대개 유월 중순부터 칠월 말까지 길게 내리는 비를 말함인데, 우리나라를 포함한 동아시아지역의 여름철에 상층 Z기류가 북상하고, 북태평양 고기압의 발달과 더불어 하층 남서풍에 의한 습한 공기의 유입이 강화되면서 장마가 시작된다.

이웃나라 중국(中國)과 일본(日本)에서는 장마라는 말 대신 매실(梅實)이 익을 때쯤 내리는 비라고 해서 '매화 매' (梅), '비 우' (雨)를 써서 매우(梅雨)라 한다.

梅
매화 매

중국식 발음으로는 '메이위' 라 하고, 일본식 발음으로는 '바이우' 라고 하는데, 장마를 경험하지 못한 네덜란드나 포르투갈 상인들에 의해 일본의 장마가 서양(西洋)으로 소개되면서 영어사전에는 장마를 일본발음을 인용해서 'baiu' 라고 소개하고 있다.

雨
비 우

우리 선조들에게 비(雨)는 그 해 농사의 성패와 직결되어 있기에 굉장한 관심과 연구가 있었다. 내리는 비(雨)의 시기에 맞춰 각각 이름을 붙여 불렀는데, 첨단 과학시설을 갖춘 지금에 와서 음미해 봐도 그 정확성에 감탄이 절로 나온다.

아래에 소개하는 날짜는 음력(陰曆)이다.

- 5월 15일: 태종우(太宗雨)

조선의 3대 임금 태종(太宗)은 늘그막에 삼남 충녕대군(훗날 세종)에게 왕위를 물려주고 상왕(上王)의 자리에 있었는데, 임종(臨終)시에 나라에 큰 가뭄이 들어 민심이 흉흉해지자, "자신이 죽으면 용(龍)이 되어 이 땅에 비를 내려주겠노라" 고 유언하고 죽었는데 과연 단비가 내려 가뭄을 극복할 수 있었다.

1990년대에 KBS에서 인기리에 방영한 '용의 눈물' 이란 대하드라마의 타이틀은 여기에서 따왔다.

- 6월 15일: 유두우(流頭雨)

절기상 유두(流頭)일에 내리는 이 비는 3일 연속으로 내리는데, 유두일에는 냇가나 계곡으로 나가 흐르는 물에 머리를 감으며, 농사에 찌든 육신을 달래는 풍습이 있었다. 그것을 외면한 채 비가 내리니, 부녀(婦女)들의 한(恨)이 서린 달갑잖은 비다.

- 6월 29일: 남강우(南江雨)

일명 논개우(論介雨)라고도 불리는 남강우는 임진왜란 때 촉석루 의암(義巖)에서 적장(賊將) '게야무라 로쿠스케' (毛谷村六組)를 끌어안고 분사(憤死)한 논개의 한(恨)이 서린 비다.

- 7월 7일: 칠석우(七夕雨)

견우(牽牛)와 직녀(織女)가 옥황상제(玉皇上帝)의 노여움을 받아 은하수(銀河水) 양쪽으로 귀양을 갔다가 일 년에 한 번씩 재회를 하는데 그 때 흘리는 서러움의 눈물 비다.

- 7월 10일: 광해우(光海雨)

조선 제 15대 임금 광해군(光海君)이 인조반정(仁祖反正)으로 폐위되어 유배지 제주도(濟州道)에서 생을 마감하면서 서린 한(恨)이 변하여 내리는 비를 말한다.

- 삼복우(三伏雨)

무쇠도 녹아내린다는 삼복(三伏) 더위에 내리는 '눈물 비' 라고도 한다. 충북 보은, 청주지역은 대추(棗) 농사가 유명한데, 삼복(三伏)철에 장마가 지면 대추농사가 흉작이 들어 그 해 시집을 못 간다는 속설에서 유래하였다.

이처럼 우리 선조들은 내리는 '비' 에다 이름을 지어 동기부여를 했으니 참으로 과학적이면서도 낭만적이다.

農
농사 농

농사의 시작을 알리는 설렁탕

농경사회에서 농사는 천하지대본(天下之大本)이었다.

그러다 보니 농사철이 되면, 농사의 창시자 신농(神農)씨와 순(舜) 임금으로부터 농사일을 위임받아 새로운 경작법의 성공을 거둔 후직(后稷)씨를 기리는 제(祭)를 올렸는데, 동대문(東大門) 밖 야외(東郊; 동교)에다 단(壇)을 차려놓고 임금이 문무백관들과 함께 직접 납시어 풍년을 기원하는 의식을 행한 후, 직접 소를 몰고 농사의 시작을 알린다.

이때 쌓은 단(壇)을 '선농단'(先農壇)이라 했으며, 농사의 시범을 보인 소(牛)를 제물로 삼아 군신(君臣)과 백성들이 함께 국을 끓여 먹었는데, 이를 '선농탕'(先農湯)이라 했다.

그 '선농탕'이 세월이 흐르면서 '설렁탕'이 되었다. 또한 임금이 선농제(先農祭)를 지냈던 곳이라 해서 그 곳을 '제사 제'(祭), '터 기'(基)를 써 '제기동'(祭基洞)이라 불렀는데, 지금의 동대문구 제기동이 생긴 유래이다. 임금이 풍년을 기원하며 농사의 시범을 보였다면 왕비(王妃)는 명주(明紬)실의 생산을 위해 누에(蠶; 누에 잠)의 신(神)인 '잠신'(蠶神)에게 제사(祭祀)를 지냈다.

왕비 역시 제사의식이 끝나면 직접 누에를 치는 '친잠례'(親蠶禮)를 거행했는데 이 터를 '선잠단'(先蠶壇)이라 했다. 특히 세종 임금은 '양잠'(養蠶)을 크게 장려하였다.

인간이 살아가기 위한 생활의 기본요소가 의식주(衣食住)이다.

그 중에서도 먹는 것과 입는 것은 잠시도 멀리 할 수가 없다.

맹자(孟子)는 치국(治國)의 도(道)를 묻는 양(梁)나라 혜왕(惠王)에게, "백성들에게 고정된 생업(生業)이 없으면 방탕(放蕩)하고 편벽(偏僻)하며, 간사(奸邪)해지기 쉬운 법입니다. 백성들에게 생업을 제정해 주되 반드시 위로는 부모를 섬기기에 충분하게 하고, 아래로는 처자(妻子)를 먹여 살리도록 장려하여야 합니다" 라고 했다.

의식(衣食)이 풍부한 다음에라야 올바른 정치를 구현할 수가 있다는 것이다. 경제(經濟)란 말도 경세제민(經世濟民) 즉, 세상을 경영함에 있어 핵심은 백성을 가난에서 구제한다는 말의 준말이다.

예로부터 경제부흥의 발단에는 백성들의 풍족한 삶의 영위를 위한 임금의 갈망이 있었고, 농사의 시작을 알리는 '설렁탕' 이 있었다.

麻

삼 마

구황작물(救荒作物) 고구마

고구마는 감자와 더불어 보릿고개를 넘을 때 큰 도움을 준 구황작물(救荒作物)이다.

원산지가 중남미 북부지역으로 알려져 있는데 콜럼버스의 신대륙 발견과 더불어 유럽으로 전해졌다가 이후 필리핀을 통해 중국과 일본으로 전해졌다. 우리나라에는 조선시대 영조(英祖) 때 조선통신사 조엄(趙曮)에 의해서 도입이 되었다.

헌종(憲宗) 때 영의정(領議政)을 지낸 그의 손자 조인영(趙寅永)이 저술한 〈운석유고(雲石遺稿)〉에 보면, 1763년 조선통신사 조엄(趙晻)이 대마도(對馬島)에서 몰래 종자(種字)를 들여왔다고 되어 있다.

고구마란 이름은 일본어 '고귀위마' (高貴爲麻)에서 유래되었다는 설과 대마도에서 칭하는 '고고이모' (孝行藷)에서 비롯되었다는 설이 있는데 둘 다 고구마와 발음이 비슷하다.

통신사 조엄(趙曮)은, "이 종자를 조선에 가져가 잘 키워서 널리 보급한다면, 문익점(文益漸)이 목화를 퍼뜨린 것처럼 어찌 우리 백성들에게 큰 도움이 되지 않겠는가?" 라고 조선통신사 공식 공문서(公文書) '사행기록' (使行記錄)에 적고 있다.

조엄의 바람대로 한반도 남부의 육지(동래)와 섬(영도, 거제도)에서 재배에 성공하여 전국으로 널리 보급되었으며 흉년이 들었을 때는 물론, 나는 새도 넘기 어렵다는 보릿고개를 타고 넘는 구황작물(救荒作物)로서 민초들의 크나큰 환영을 받았다.

지금은 농가소득 증대와 식량증산으로 인해 쌀이 남아도는 세상이 되어 고구마는 끼니를 잇는 식량이라기보다 다이어트 식품과 각종 성인병 예방식품으로서 인기를 얻고 있지만, 근대 1970년대 중반까지만 하더라도 고구마는 서민들에게 없어서는 안 되는 귀한 식량이었다.

요즘 일부 몰지각한 지방의원들이 국민의 혈세로 해외연수를 가서 향락을 즐기다 언론에 뭇매를 맞는 것을 종종 본다. 관리(官吏)로서 타국에 사신(使臣)으로 가 풀이파리, 채소 한 포기마저 예사로 보아 넘기지 않고 애민정신(愛民精神)을 바탕으로 현실정치에 접목시킨 문익공(文翼公) 조엄(趙曮) 선생은 고구마 시배지(始培地) 영도(影島)의 특산품 '조내기 고구마' 로 재탄생되었을 뿐 아니라 '영도 조내기 고구마 역사관' 의 주인공으로 민족의 등불이 되어 우리들 가슴 속에 영원히 살아 숨 쉬고 있다.

德

덕 덕

김치의 5덕(五德)

예로부터 우리네 한민족(韓民族)에게는 겨울철 부식(副食)이 생존의 큰 과제였었다. 농경사회에서 살아온 우리네 조상들은 겨울철에 채소를 상하지 않게 소금물에 절여서 장기간 보관하여 먹는 지혜가 있었는데, 그 중에 배추나 무를 저장하여 보관한 것이 김치의 시초란 것이 대체적인 시각이다.

소금물에 채소를 담궈 먹는다 하여 침채(沈菜; 가라앉을 침, 나물 채)라 부르던 것이 딤채, 짐채, 김채, 김치로 불리게 되었다. 지금도 모 전자회사

沈
가라앉을 침

菜
나물 채

김치냉장고 이름을 '딤채' 라고 사용하는 회사가 있다.

무 역시 겨울철에 소금물에 담궈 먹는다 하여 동침(冬沈; 겨울 동, 가라앉을 침), 동치미라 했었다. 그러던 것이 조선시대 임진왜란 이후 고추가 도입되어 재배되면서 오늘날의 김치로 자리를 잡게 되었는데, 조선 후기 나라에 큰 기근(饑饉)이 들어 산천초목(山川草木)이 다 말라버려 소금을 만들 땔감이 귀해지자 고추를 가루 내어 소금 대신 보충하게 된 것을 그 시초로 보고 있다.

젓갈김치도, 산초김치도 이때부터 널리 애용되었다.

그러나 토종배추는 포기가 작아서 서민들은 마음 놓고 김치를 먹을 형편이 되지 못했으나 1950년대 우장춘(禹長春) 박사에 의해 품종개량(品種改良)이 되면서 크고 잎이 두꺼운 배추 생산으로 인해 서민들도 쉽게 먹을 수 있게 되었다.

우리에게는 월남전(越南戰)으로 잘 알려진 베트남 전투 때에는 파월(派越) 장병들의 열화와 같은 하소연 속에 정부에서는 국내산 통조림 김치를 배급하기로 결정했었는데, 1960년대 당시만 해도 국내 기술력의 한계로 인해 베트남에 도착한 김치통조림은 부풀어 오르고 쉬어서 도저히 먹을 수 없는 상태가 되고 말았다.

장병들의 불만이 터져 나오자 파월 사령관 채명신(蔡明信) 장군은 병사들에게, "너희들이 신선하고 맛있는 김치를 원한다면 일본(日本)에다 김치를 발주할 수도 있다. 그러나 그것은 일본을 더욱 부강한 나라로 만들어 줄 뿐만 아니라 조국의 근대화는 그만큼 더 늦어질 것이다" 라 했는데, 사령관의 이 한 마디에 전쟁터의 장병들은 고국에 계시는 부모님과 처자식을 생각하며 쉰 김치를 꿀맛으로 여기며 먹었다 한다.

"전쟁터에선 장군인 나의 목숨이나 이등병인 제군들의 목숨이나 모두가 소중하다. 우리 모두 무사히 임무를 마치고 건강한 모습으로 고국의 부모

형제에게 돌아가도록 하자" 라며 병사들을 독려했던 대한민국의 영웅 채명신(蔡明信) 장군! 장군께서는 평소 살아생전 자신의 유언대로 국립묘지 '장군묘역' 을 마다하고 '장병묘역' 에 병사들과 함께 잠들어 계신다. 어쩌면 월남전에서 먼저 하늘나라로 간 병사들에게 대한민국을 대표해서 미안한 마음으로 사죄하고 있을지도 모른다. 이러한 애잔한 역사를 가진 김치는 세월이 아무리 흘러도 우리의 밥상에서 빠져서는 안 되는 신성불가침의 영역에 올라있다.

2013년에는 모방을 잘하는 일본(日本)의 경쟁을 따돌리고, 유네스코 '인류무형유산' 으로 등재되어 대한민국의 식품을 전세계에 과시하는 쾌거를 이루기도 하였다.

옛 선조들은 김치에는 다섯 가지의 덕(德)이 있다고 했다. 김치의 주재료가 되는 배추나 무는 평생 다섯 번을 죽는다고 한다.

땅에서 뽑힐 때 한 번 죽고, 칼로 배를 가를 때 또 한 번 죽으며, 소금에 절일 때 세 번째 죽고, 고춧가루와 양념에 절임을 당할 때 또 한 번 죽고, 마지막으로 장독에 들어가 땅 속에 묻힐 때 또 한 번 죽는다는 것이다. 그래서 김치를 먹는다는 것은 참을 인(忍)을 다섯 번이나 먹는 셈이 된다.

인류에게 건강한 먹거리로서 지대한 공을 상납한 김치는 오늘도 우리의 식탁에서 진정으로 참는다는 것이 어떠한 것인지 무언의 가르침으로 교훈(教訓)을 주고 있다.

醬

장 장

된장의 5덕(五德)

된장은 김치와 더불어 우리네 건강을 책임지는 대표적인 식품이다. 가족들의 건강과 직결되는 된장은 항아리에 담겨져 장독대에 모셔진다. 장독대는 외부인들의 출입을 금하며 가족 중에서도 주부들만이 드나드는 장독신(神)이 계시는 성지(聖地)이다.

우리의 할머니들은 장독대 주위에다 맨드라미나 봉선화 등을 심어 놓았었는데, 붉은색 꽃이 질병(疾病)과 부정(不淨)을 물리친다고 믿었기 때문이다. 거기다 맨드라미꽃은 닭의 벼슬을 닮았다 하여 자식들이 과거에 급제하여 벼슬길에 올랐으면 하는 어머니의 기원이 담겨 있다.

뿐만 아니라 장독에다 한지(韓紙)로 버선을 만들어 붙여 놓았었는데 버선의 발바닥이 항아리 입구 쪽을 향하게 했다. 벌레들에게 가까이 오면 밟혀 죽으니 얼씬도 말라는 경고의 메시지이다.

장독신(神)은 이 지구상에서 최고로 순박하고 마음씨 좋은 신(神)이다.

어떠한 음식이나 뇌물도 바라지 않고 오직 찬물 한 그릇이면 모든 소원을 다 들어준다. 가족 중에 누군가 아프기라도 하면 우리의 어머니들은 냉수 한 그릇 떠 놓고 장독신(神)에게 빌었다.

며느리가 아이를 낳지 못해도 냉수 한 그릇이요, 전쟁터에 나간 아들의 무운장구(武運長久)를 빌어도 냉수 한 그릇이었고, 객지에 나간 자식의 금의환향(錦衣還鄕)을 빌 때에도 장독신(神)은 냉수 한 사발이면 모든 소원을 다 들어 주었다.

요즘같이 수도(水道)가 없던 시절에는 마을마다 공동우물터가 있었는데, 이른 새벽에 남들보다 먼저 길어온 물이라야 효험이 있다고 믿었다.

이 물을 정화수(井華水)라 불렀는데, 물은 용(龍)이 관장하기에 새벽 일찍 정화수 깃는 것을 '용알' 뜬다고 하였다. 용알은 두 말할 필요 없이 여의주(如意珠)를 말한다.

된장을 잘못 관리하여 맛이 쉬다든지 상하게 되면 가족 중에 연장자가 죽는다는 속설이 있었는데 이는 면역이 약한 노인들이 상한 된장을 먹고는 탈이 난 것이 아니었나 생각한다.

그리하여 장(醬)의 맛이 변하는 것을 집집마다 크게 경계했었는데 어느 정도였느냐 하면 장(醬)을 담그는 날, 신(申, 辛, 愼) 씨 성(姓)을 가진 며느리들은 며칠간 친정 나들이를 보낼 정도였다. 장(醬) 맛이 쉬면 낭패이기 때문이다. 된장은 우리나라뿐만 아니라 동북아시아에도 두루 영향을 끼쳤다.

중국인들은 주로 청국장(淸國醬)을 만들어 먹었는데, 병자호란(丙子胡亂) 때 우리나라를 침범한 청(淸)나라 병사들이 청국장을 군량(軍糧)으로 사용했다는 기록이 여기저기에 보인다. 군대가 자주 이동해야 하는데 담그는 데 시일이 오래 걸리는 된장보다는 청국장은 불과 2~3일 만에 만들어 먹을 수 있기 때문이다.

일본에도 규슈(九州)지방에서 퍼져나간 '낫도' 라는 장(醬)이 있는데 신라(新羅)에게 멸망한 가야인(伽倻人)들이 규슈(九州)지방으로 대거 건너가면서 우리의 된장은 '낫도' 라는 이름으로 재탄생하였다.

된장은 주로 남쪽 지방에서 위쪽 지방으로 전파되었다는 것이 정설인데, 콩을 주원료로 해서 만든 발효 음식이기에 고기가 귀하던 시절, 부족한 단백질 보충에도 지대한 기여를 하였다.

우리네 선조들은 그 외에도 된장에는 다섯 가지의 덕(德)이 있다고 했다.

첫째, 단심(丹心)이 있다고 했다.

된장은 다른 음식과 섞여도 결코 자기의 맛을 잃지 않는다. 된장찌개에서 보듯이 어떤 음식과 어울려도 자기만의 본심을 지켜낸다. 대쪽 같은 절개를 지닌 선비정신과도 같다.

둘째, 항심(恒心)이 있다.

된장은 아무리 세월이 흘러도 변하지 않는다. 세월이 가면 갈수록 늙은 아내와 같이 더욱 깊은 맛을 낸다.

셋째, 무심(無心)의 덕이 있다.

된장은 각종 병(病)을 유발시키는 바이러스를 없애준다. 안으로는 각종 질병의 원인이 되는 세균을 잡아주고, 밖으로는 몸에 난 상처를 싸 발라 외부로부터 세균의 침투를 막아준다. 뿐만 아니라 몸속에 있는 세균과 기름

기마저도 녹여 없앤다.

넷째, 선심(善心)의 덕이 있다고 했다.

된장은 매운 맛을 부드럽게 해 주는 효능이 있어 독(毒)한 심성(心性)을 가진 사람들에게 온화(溫和)한 심성을 길러준다.

마지막으로, 된장에게는 화심(和心)이 있다.

자신만의 맛을 잃지 않으면서도 결코 남을 배척하지 않는다. 조화 속의 단결을 이룩하는 덕(德)이 있는 것이다.

유구한 세월을 민족과 함께 해온 된장은 각종 성인병 예방과 다이어트에 좋을 뿐 아니라 항암작용에도 효능이 입증되었는데, 특히 폐경 이후의 여성들에게는 유방암 억제에도 탁월한 효과가 있다고 한다.

미국 식품의학처(FDA)에서 발표한 세계 5대 식품에 선정된 것만 보더라도 된장은 신(神)이 내린 최상의 식품이다.

된장에는 '아리랑'과 더불어 우리 민족의 얼이 담겨져 있다.

된장에는 어머니의 지고지순한 정성이 담겨져 있다.

민들레의 9덕(九德)

우리나라에 널리 분포되어 있는 민들레는 국화(菊花)과에 속한 여러해살이 풀이다. 척박(瘠薄)한 곳보다는 비옥(肥沃)한 땅에서 잘 살며 잎은 식용으로 쓰이고 뿌리는 약재로 쓰인다.

민들레를 한자 표기로는 '포공영'(蒲公英)이라 하는데, 염증 및 피부질환 개선에 효과가 있으며, 간(肝)기능을 좋게 할 뿐 아니라 항암(抗癌) 치료에도 효능이 뛰어나다. 뿐만 아니라 '민들레'는 아홉 가지의 덕(德)이 있어 서당(書堂)이나 성균관(成均館) 같은 교육기관에서는 뜰에다 심어놓고 교훈(敎訓)으로 삼기도 했다.

忍
참을 인

剛
굳셀 강

禮
예도 예

用
쓸 용

情
정 정

慈
자비로울 자

孝
효도 효

仁
어질 인

勇
용감할 용

첫째, 참을 인(忍): 민들레는 밟히거나 우마차(牛馬車)가 덮쳐도 죽지 않고 살아나는 끈질긴 생명력을 가지고 있다.

둘째, 굳셀 강(剛): 민들레는 뿌리를 캐내어서 며칠을 말려도 싹이 돋을 뿐 아니라 호미로 난도질해도 가느다란 뿌리를 내려 살아나니 굳건한 생명력을 갖고 있다.

셋째, 예도 예(禮): 민들레는 돋아난 잎의 수(數)만큼 꽃대가 차례로 올라와서 꽃을 피우니 예절을 안다.

넷째, 쓸 용(用): 민들레는 인간에게 잎이나 뿌리를 먹을 수 있도록 하는 덕목을 갖고 있다.

다섯째, 정 정(情): 민들레는 봄의 풀꽃들 중에 가장 먼저 꽃을 피우며, 꽃에는 꿀이 많아서 벌과 나비가 몰려드니 정(情)이 많은 덕목을 가지고 있다.

여섯째, 자비로울 자(慈): 민들레는 잎과 줄기를 자르면 하얀 즙(汁)이 흘러나와서 상처를 낫게 하는 약(藥)이 되니 사랑과 자비의 덕목을 가지고 있다.

일곱째, 효도 효(孝): 민들레는 소중한 약재로서 뿌리를 달여 부모님께 드리면 건강한 젊음을 유지시켜 주니 효(孝)의 덕목이 있다.

여덟째, 어질 인(仁): 민들레는 자신의 잎과 줄기와 뿌리 등 온몸에서 종기(腫氣)에 좋은 즙(汁)을 내어 자신을 희생하니 그 어진 덕목을 갖고 있다.

아홉째, 용감할 용(勇): 민들레는 꽃이 피고 질 때에 씨앗이 바람을 타고 멀리 날아가서 돌밭이나 가시밭길을 가리지 않고 터를 잡아 융성(隆盛)하니 용감한 덕목을 갖추고 있다.

이 세상 어느 풀 한 포기에도 나의 스승 아닌 것이 없고, 이 세상 어느 한 물건에도 나의 스승 아닌 것이 없다.

나무 대자연(南無 大自然), 나무 대자연 보살마하살(南無大自然菩薩摩訶薩).

대륙침략의 야욕이 숨어있는 설사약, 정로환(正露丸)

《동의보감; 東醫寶鑑》에는 배탈이 났을 적에 '지사제(止瀉劑)' 로 사용하는 백초상(百草霜)이란 약초가 소개되고 있다.

주성분은 가마솥 밑에 붙어있는 '검댕' 혹은, 아궁이 굴뚝 안에 붙어있는 '검댕' 인데, 각종 풀(草; 풀 초)을 태운 찌꺼기가 모였다 하여 붙여진 이름이다. 목초액(木草液)도 식물을 태운 연기(煙氣)를 식혀서 얻어낸 것인데 다분히 '백초상' 에서 힌트를 얻었을 것이다.

"위급할 땐 비상(砒霜)도 약이 된다"는 말이 있듯이 백초상 내지 목초액에는 신경을 마비시키는 독성(毒性)의 성질이 있는데, 그 독성(毒性)이 갖고 있는 부작용의 결과가 약(藥)이 되는 경우를 초래한 것이다.

이 독성(毒性)은 전문 의학용어로 '크레오소트' 라 하는데, 배탈이 나서 설사를 할 적에 '정로환' (正露丸)을 먹으면 입안이 얼얼해지는 것은 바로 이 독성 때문이다.

정로환의 개발에 얽힌 내면에는 일제(日帝)의 대륙침략의 야욕이 숨어있다. 러일전쟁이 한창일 때 당시 일본의 관동군(關東軍)은 만주지방(滿洲地方)의 낯선 수질(水質)로 인한 배앓이와 설사(泄瀉)로 골머리를 앓았다.

이에 일본 본토에서는 천왕(天王)의 이름으로 효과적인 설사약을 공모했는데 다이코(大幸) 제약에서 개발한 환약(丸藥)이 채택되면서 천왕(天王)이 직접 약의 이름을 러시아를 정복한다는 뜻으로 정로환(征露丸)[칠 정; 征, 이슬 로;

征
칠 정

露
이슬 로

丸
알 환

露, 알 환; 丸]이라 지었다.

러시아를 한자(漢字) 표기로는 '로서아'(露西亞)라 했는데, 설사약 이름에다 '러시아'를 정복한다는 야욕을 담았던 것이다.

정로환의 개발에 힘입어 관동군은 러일전쟁을 승리로 이끈다.

그러나 제 2차 세계대전 이후 'GHQ'(연합군 총사령부)가 러시아 정벌의 뜻을 가진 약의 이름으로 못 쓰게 하자 교활한 일본은 설사약의 이름을 뜻은 다르지만 발음이 똑같은 오늘날의 '정로환'(正露丸)으로 바꾸었다.

'칠 정'(征)을 '바를 정'(正)으로 교활하게 바꾼 것만 보더라도 섬나라 일본인들의 대륙침략에 대한 야욕은 물론이요, 전쟁을 일으키고도 한 치의 반성을 할 줄 모르는 가증스럽기 짝이 없는 태도에 전율을 느낀다.

대륙침략의 야욕으로 만들어진 섬나라 설사약 '정로환'.

천왕이 직접 명명할 정도로 세계적인 자부심 속에 태어난 정로환이지만 그보다 앞서 300여 년 전에 이미 조선(朝鮮)의 허준(許浚)에 의해 백초상(百草霜)이란 설사약 이름으로 개발되었다는 사실을 안다면 독도(獨島)를 자기네 땅이라고 우기듯이, 허준(許浚)이 자기네 정로환을 모방했다고 우겨댈지 모를 일이다.

痘

천연두 **두**

瘡

부스럼 **창**

마마귀신의 저주, 천연두(天然痘)

천연두(天然痘)는 두창(痘瘡) 바이러스에 의해 감염되는 질병이다.

초기에는 감기와 비슷한 고열(高熱)과 두통(頭痛) 등 심한 피로감과 구토(嘔吐) 증세를 보이다가 심한 발진(發疹)으로 피부에 물집이 생기고 이후에 딱지가 떨어지면서 흉터가 남게 된다.

소위 말하는 곰보 자국인데 치사율도 높아서 18세기 유럽에서는 천연두로 인해 매년 40만 명씩 사망하였을 뿐 아니라 그중 삼분의 일은 실명(失明)까지 동반하였다 한다.

20세기 들어와서도 세계적으로 약 3억~5억 명 정도가 사망한 걸로 추정되는 인류역사상 가장 무서운 질병(疾病)이 천연두였다. 그렇다면 우리네 선조들은 천연두에 어떻게 대처하였을까?

疫
염병 **역**

疹
홍역 **진**

붉은 반점(斑點)이 돋는다 하여 홍역(紅疫) 또는 홍진(紅疹)이라고 불리기도 했던 천연두는 조선시대에는 호환(虎患)과 더불어서 가장 무서운 존재였다.

1613년에 나라에 '홍진' 이 창궐(猖獗)하자, 광해군(光海君)의 명령으로 동의보감(東醫寶鑑)의 저자 허준(許浚)은 백성들의 대응하는 방법의 대책을 내놓았는데 거기에 보면, "병에 걸린 사람의 옷을 깨끗하게 세탁한 후, 밥 시루에 넣어 찌면 전염되지 않을 수 있다"라고 청결을 강조한 걸로 기록되어 있다.

천연두는 지위고하를 따지지 않는 무서운 병(病)이었기에, 1786년 조선 정조(正祖) 때에는 궁궐까지 홍역이 유행하여 그해 여름 문효세자(文孝世子)가 홍역에 걸려 숨지기도 했다.

이에 앞서 영조(英祖) 때인 1774년에 현직 관리를 대상으로 실시한 일종의 승진시험인 등준시험과(登俊試驗科)에서 합격자 18명의 초상화(肖像畵)를 왕명(王命)으로 그려서 첩(帖)으로 남겼는데, 이들 중 3명의 얼굴에서 얽은 자국을 찾아볼 수 있다.

조선 후기 실학자 다산 정약용(丁若鏞) 선생도 어릴 적 홍역을 앓은 후유증으로 얽은 자국과 함께 흉터가 한쪽 눈썹을 갈라놓아 마치 눈썹이 세 개로 보인다 하여 삼미자(三眉者)라는 별명을 갖고 있었는데 어머니와 자식을 함께 잃은 아픔을 갖고 있다.

종두법(種痘法)이 발명되기 전이라 마땅한 치료법도 없었기에 마을에 홍역이 발생했다 하면 모두가 외출을 삼가하고 근신(勤愼)을 하였는데, 행여 어린 손자가 홍역에 감염이라도 되면 할머니는 상(床) 위에다 냉수 한 그릇을 떠놓고는 홍역신(紅疫神)에게 통사정할 수밖에 없었다.

홍역신을 마마님이나 손님이라 불렀는데 여기서 '마마'는 임금에게나 붙이던 호칭이다. 마마신에게 빌며 자비심을 구하는 것이 최상이라고 믿었던 것이다.

또한 손님을 각별히 대접하던 풍습이 있었던 우리네 선조들은 집에 찾아온 홍역신을 원망하기보다는 손님 모시듯 지극 정성으로 모시며 냉수 한 사발을 올려놓고 손바닥을 비비며 하소연하였던 것이다.

마마신은 산(山) 같은 고통의 큰 병(病)을 안겨주는 신(神)이라 하여 대병산(大病山)이라 한다. 집집마다 어린아이가 있는 집을 찾아다니며 들고 있는 꽃으로 아기의 고운 얼굴을 스친다. 그러면 아기의 얼굴에는 금방 붉은 꽃망울이 피어오르며 물집이 잡힌다.

대병산(大病山)의 못 돼먹은 심술에 제일 화가 나는 이는 '삼신할미'(三神)이다. 삼신할미는 새로운 생명을 점지해 주는 신(神)이다. 어찌어찌하여 아기를 점지하여 예쁜 아기가 태어나더라도 대병산의 심술 때문에 아기의 고운 얼굴에 곰보자국이 생기거나 심하면 그 후유증으로 사망하기까지 하니 삼신할미의 고민은 깊어질 수밖에 없다.

그런데 이변이 생겼다. 아이에게 해코지를 하기 위해 어느 집에 들른 대병산이 너무나 예쁜 여자아이를 보고 반한 것이다. 그 길로 삼신할미를 찾아간 대병산은, "예쁜 여자아이를 하나만 점지해 달라"는 부탁을 하기에 이른다. 그동안 쌓인 한(恨)이 많은 삼신할미가 순순히 부탁을 들어줄 리가 없다.

"두 번 다시는 아기들의 얼굴에 해코지를 하지 않겠노라"는 다짐을 받은 후에야 삼신할미는 여자아이를 점지해 준다.

그러나 개꼬리 삼년을 묵혀도 황소꼬리 되지 않는다. 대병산 부인의 배는 점점 불러오건만 대병산의 못된 행실은 멈출 줄 모른다. 이윽고 대병산

부인의 배는 열 달을 넘겨 남산(南山)만해졌지만 해산(解産)할 기미는 조금도 없다. 삼신할미가 해산(解産)을 거부했기 때문이다.

곤란에 빠진 쪽은 대병산이다. 남산보다 높은 배를 움켜잡고 고통으로 울부짖는 마누라를 보고 있자니 기가 막힌다. 결국 삼신할미를 찾아간 대병산은 눈물로 애걸복걸하며 "앞으로는 죽어도 아이들에게 못된 짓을 하지 않겠으니 제발 마누라 좀 살려 달라" 고 애원을 했다.

이에, 삼신할미가 대병산 부인의 몸을 풀어주었고, 자신이 원하던 예쁜 딸을 얻은 대병산은 두 번 다시 아이들의 얼굴에 열꽃 피우던 버릇을 거두게 되었다.

우리나라에서 처음 종두법(種痘法)을 시행한 사람은 지석영(池錫永) 선생이다. 종두(種痘)란 말은 몸에다 천연두(天然痘)의 종자(種子)를 심어준다고 하여 붙여진 이름이다. 쉽게 말해 예방주사이다.

지석영(池錫永) 선생은 조선말엽 고종황제 시절인 1879년 병자수호조약(丙子修護條約)으로 국교가 열린 일본(日本)에 수호사(修好使) 김홍집(金弘集)의 수행원으로 일본으로 건너가 일본정부 내무부 소속 우생국의 우두종계소장(牛痘種繼所長)에게 종두법(種痘法)을 배우는 한편, 두묘(痘苗)를 얻어 돌아왔다.

이 땅에 천연두(天然痘)가 사라지는 단초가 마련된 셈이다.

구한말(舊韓末) 정치적인 변혁기에 서양의학에 눈을 뜬 깨어있는 지식인 지석영(池錫永) 선생은 그 후 명성황후(明成皇后)께서 일본의 낭인(浪人)들에게 시해(弑害)되는 등 대한제국(大韓帝國)과 일본과의 감정이 악화되자 친일파(親日派)로 몰려 전라도(全羅道)로 유배당하는 아픔을 겪기도 했다.

유배지에서도 이 땅의 백성들을 영원히 천연두에서 해방시키겠다는 선생의 집념은 우리나라 최초의 종두서(種痘書) 《우두신설; 牛痘新說》을 저술하기에 이르러 이 땅에 천연두(天然痘) 종식의 교두보를 쌓는다.

고종(高宗) 29년인 1892년 모든 협의가 풀려 한성(漢城)으로 돌아온 선생은 한성부윤(漢城府尹; 현, 서울시장) 등 행정의 수장(首長)으로 국사에 종사하는 한편, 1889년에는 우리나라 최초의 의학학교(醫學學校)인 '의학교' (醫學校)를 신설하여 초대 교장을 역임하면서 지속적으로 천연두 박멸에 일생을 바쳤다.

선각자(先覺者)는 외로운 법이다. 주위로부터 온갖 멸시와 시기를 받아도 만인을 구제하고야 말겠다는 불타는 일념(一念) 앞에서는 누구도 그를 좌절시키지 못했다.

역사를 보더라도 백의종군(白衣從軍)의 치욕을 견뎌내고 명량대첩(鳴梁大捷)과 노량해전(露梁海戰)을 승리로 이끈 충무공(忠武公) 이순신(李舜臣)이 그랬고, 18년 동안의 유배생활 속에서도 끝없는 애민정신으로 《목민심서; 牧民心書》를 저술한 다산(茶山) 정약용(丁若鏞)이 그랬다.

우리 민족에게 천연두(天然痘)의 공포로부터 완전히 해방시켜 준 지석영(池錫永) 선생이야말로 투철한 애민정신(愛民精神)으로 민중을 구제한 선각자임에 틀림이 없는 인물이다.

의술(醫術)의 신(神), 편작(扁鵲)

편작(扁鵲)은 약 2,500년 전 중국의 춘추전국(春戰秋國)시대 사람으로서 동양의학(東洋醫學)에서 인도(印度)의 기바대신(耆婆大臣), 조선(朝鮮)의 허준(許浚)과 함께 삼대명의(三代名醫)로 불리는 전설 같은 인물이다.

산동성(山東省) 출신으로서 삼형제가 모두 의술(醫術)이 뛰어났었는데 그 중에서도 편작의 의술이 가장 뛰어났었다.

각국을 돌며 의술(醫術)을 펼쳤는데, 편작은 사람의 얼굴빛만 보고도 병(病)의 진단을 내리고 사람의 소리만 듣고도 병(病)의 깊이를 알 수 있을 정도로 신통했기에 사람들로부터 신의(神醫)로 받들어졌다.

괵(虢)이라는 나라의 왕자(王子)가 병(病)에 걸려 거의 죽었다고 결정이 난 상태에서 마침 그곳을 지나던 편작이 살펴보고 열병(熱病)이라는 것을 알아내고는 열(熱)을 내려 살려내자, 이 일로 "편작은 죽은 사람도 살려낸다"는 소문이 퍼지면서 의술(醫術)에 관한 신(神)으로 불리게 되었다.

춘추오패(春秋五霸)로 알려진 제(齊)나라 환공(桓公)을 채국(蔡國)에서 만난 적이 있었는데, 편작은 환공을 보자 마자 그의 몸에 병(病)의 뿌리가 자라고 있음을 알아채고 즉각 약을 처방하여 먹으라고 권하였으나 환공은 듣지 않았다.

두 번째 만났을 적에도 편작이 권했으나 환공은 듣지 않았는데, 세 번째 만남에서는 이미 몸에 병세(病勢)를 느낀 환공이 스스로 치료해 줄 것을 부탁하였으나 편작은 "고칠 방법이 없다"면서 채국(蔡國)을 떠났다.

환공(桓公)은 심한 골수염(骨髓炎)으로 얼마 후 죽었다.

위(衛)나라 문공(文公)이 물었다.

"그대 삼형제 중에 누구의 의술이 가장 뛰어난가?"

이에 편작이 대답한다.

"맏형이 제일이옵고, 그 다음이 둘째형이며, 저의 의술이 제일 미약합니다."

문공이 다시 묻는다.

"그런데 어찌하여 막내인 그대의 의술이 형들보다 낫다고 소문이 난 것이오?"

다시 편작이 대답한다.

"저의 맏형께서는 환자가 고통을 느끼기도 전에 그 표정과 목소리만 듣고도 닥쳐올 병을 치료합니다. 그러기에 환자들은 맏형께서 큰 병을 치료해 주었다는 사실조차 모릅니다. 둘째형은 병의 조짐만 보고도 미리 치료를 합니다. 그대로 두었으면 목숨마저 잃을 뻔했던 사실을 환자들은 모릅니다. 그런데 저는 환자의 병세가 위중해진 다음에야 치료를 합니다. 그러므로 형들에게 치료받은 사람들은 그 고마움을 느끼지 못하나 저는 병이 이미 크게 될 때까지 알지 못하다가 중병(重病)을 앓는 환자들에게 법석을 떨며 치료를 하기 때문에 저에게 치료받은 사람들은 우선 눈에 보이는 결과만 갖고 평가를 하여 형들보다 저의 이름이 더 알려진 것뿐입니다."

한 사람의 의원(醫員)이기 이전에 자신의 위에다 형들을 올려놓는 편작의 인품을 느끼게 해 주는 일화이다.

의술의 신(神)이라 불리던 그도 자신의 의술(醫術)로도 고치지 못하는 여섯 가지의 병(病)이 있다고 했다.

편작(扁鵲)의 6불치(六不治)

- 교자불륜어리(驕恣不倫於理): 의사(醫師)를 무시하고 내 병(病)은 내가 안다며 위세를 떨치는 자.
- 경신중재(輕身重財): 몸보다는 재물을 더 아끼는 자.
- 의식불능적(衣食不能適): 옷과 음식을 제대로 가리지 못하는 자.
- 음양개장기부정(陰陽開藏氣不定): 음양의 균형이 망가지고 기(氣)의 흐름이 막혀 있는 자.
- 형영불능복약(形羸不能服藥): 몸이 극도로 쇠약해져서 약(藥)을 제대로 받아들일 수 없는 자.
- 신무불신의(信巫不信醫): 무당(巫堂)의 말만 믿고 의사(醫師)를 믿지 않는 자.

그가 죽고 600여 년 후 송사(宋史)의 기록에 의하면, 북송(北宋)의 4대 황제 인종(仁宗)이 몸이 좋지 않자 어의(御醫) 허희(許希)가 침구(鍼灸)로 치료하여 완치되었다.

인종(仁宗)은 허희(許希)에게 큰 상(賞)을 내렸는데, 허희는 인종에게 절을 하고 다시 서쪽을 향하여 한 번 더 절을 했다.

인종이 그 이유를 물으니, 허희는 스승 편작에게 절을 했다고 대답했다. 감동한 인종은 편작의 사당(祠堂)을 지어줌과 동시에 영응후(靈應候)라는 사후(死後) 벼슬까지 내렸다.

수없이 많은 사람들을 병마(病魔)로부터 구해내며 주유천하(週遊天下)한 의술의 신(神) 편작(扁鵲), 그는 일신의 영달과 재물보다는 진정으로 민중의 행복을 고민하고 추구했기에 세월과 국경을 초월하여 살아 있는 의술(醫術)로 민중들의 고통을 구제하고 있는 것이다.

사람의 죽음을 지위(地位)에 따라 달리 부른다

유학(儒學) 최고의 경전(經典)인 사서오경(四書五經) 중에서도 『예기; 禮記』는 예절(禮節)을 총망라한 경전(經典)이다. 『예기(禮記)』, 「곡례편; 曲禮篇」에 보면, 사람의 죽음에 대한 지위별 이칭(異稱)이 명시되어 있다.

천자(天子)가 죽으면, 붕(崩; 무너질 붕)이라 하고,

제후(諸侯)가 죽으면, 훙(薨; 죽을 훙)이라 하고,

대부(大夫)가 죽으면, 졸(卒; 마칠 졸)이라 한다.

선비(士)가 죽으면, 불록(不祿; 녹을 먹지 않음)이라 하고,

서인(庶人)이 죽으면, 사(死, 죽을 사)라고 한다.

죽은 이의 시신(屍身)이 침상에 있을 때를 시(尸)라 하고, 관(棺)에 들어가 있을 때에는 구(柩)가 된다.

우리 한민족(韓民族)은 임금의 죽음을 태산이 무너졌다는 뜻의 붕어(崩御), 혹은 먼 하늘로 올라갔다고 해서 승하(昇遐)라고 했고, 아버지가 돌아가신 슬픔을 천붕(天崩), 어머니의 세상 뜨신 아픔을 지붕(地崩)이라 했다.

종교계(宗教界)에서도 죽음의 표현이 각각 다르다.

불교(佛教)에서는 승려의 죽음을 평온한 경지에 들어섰다고 해서 입적(入

寂), 혹은 열반(涅槃)이라고 한다. 입멸(入滅), 멸도(滅度)도 같은 말이다.

가톨릭(天主教)에서는 착하게 살다가 복된 죽음을 맞았다고 해서 선생복종(善生福終)의 준말 선종(善終)이라 하며, 기독교(基督教)에서는 하늘의 부름을 받았다고 해서 소천(召天)이라 한다. 또한 천도교(天道教)에서는 본래의 자리로 돌아갔다고 해서 환원(還原)이라고 한다.

그 외에도 일반인들이 흔히 쓰는 사망(死亡), 별세(別世), 서거(逝去), 영면(永眠) 등 죽음에 대한 별칭이 많기도 하다.

『논어; 論語』「선진편; 先進篇」에 보면, 계로(季路)가 스승인 공자(孔子)에게 죽음에 대해 묻는 대목이 나온다.

"스승님! 사람이 죽으면 어떻게 됩니까?"

그러자 공자께서는, "삶도 아직 모르는데 어찌 죽음에 대해서 알겠느냐?" 고 답한다.

이에 앞서, 귀신(鬼神)에 대한 문답도 나온다.

"귀신은 어떻게 섬겨야 합니까?"

"사람도 제대로 섬길 수 없는데 어찌 귀신을 섬길 수 있겠느냐?"

석존(釋尊)은 전생에 지은 선악(善惡)에 의해서 현재의 행(幸)과 불행(不幸)이 결정된다고 말한다. 뿐만 아니라 현재의 지은 업(業)에 의해서 미래가 결정된다고 말했다.

"욕지전생사(欲知前生事): 전생을 알고 싶으면
금생수자시(今生受自是): 금생의 지금 모습을 보라
욕지내생사(欲知來生事): 내생을 알고 싶으면
금생작자시(今生作自是): 금생에 짓는 업을 보라."

공자도 석존도 모두 "죽음 다음의 저세상을 위함이 아니라, 현재의 삶에 최선을 다하라" 고 가르치고 있다.

"개똥밭에 굴러도 저승보다는 이승이 낫다"라는 말을 되새기며 하루 하루를 열심히 살 일이다.

저승의 양탄자(洋彈子)

사람이 죽어서 저승으로 가는 도중에는 조그마한 강(江)이 있는데 이를 불교에서는 삼도천(三途川)이라 한다. 기독교에서도 예외는 없는 법이어서 요단강이 나오는데, 지구상 가나안 동쪽 경계를 이루고 있는 요단강은, 영(靈)적인 의미로는 여호와의 처소에 이르는 길목에 있는 강(江)이다.

이렇게 보면 종교를 떠나 인간이 죽으면 강(江)을 건너야 한다는 동일한 원칙이 성립되는데, 강을 건넘으로써 이승에서의 묵은 때를 씻고 새로운 세계로 접어드는 의식이 아닌가 생각이 든다.

저승 문 입구에는 각 나라별 부스(Booth)가 설치되어 있다.

문지기 우두나찰(牛頭羅刹), 마두나찰(馬頭羅刹)의 지휘 아래 남녀 영혼(靈魂)들이 줄을 서서 신분확인 절차를 밟고 있는데 유달리 한국관에서는 진도(進度)가 나가지 않는다.

이유인즉, 한국에서 온 할매 영혼들은 너나없이 성형수술을 했기 때문에 원본 대조하는 데 걸리는 시간이 장난이 아니라는 것이다.

쌍꺼풀수술은 기본이고 콧대수술에다 양악수술까지는 그렇다 치더라도 복부지방 흡입수술, 유방확대수술에 이르면 한국관 부스는 거의 행정마비 사태가 온다는 것이다. 열 받은 염라대왕이 한국 출신 할매 영혼들을 '화탕지옥'(火湯地獄)으로 보내 보지만 아무런 소용이 없다.

살아생전 찜질방에서 단련된 할매 영혼들은, "아이구, 시원해라. 열 좀 더 올려라"를 외치며 즐기고 있으니, "뜨거워 죽겠다"고 아우성치는 외국 할매 영혼들에 비하면 밉상도 그런 밉상이 없다.

화탕지옥

그런데 더디게 입국수속을 밟고 있는 한국관에 한 줄 붉은 양탄자(洋彈子)가 깔려 있는데, 그 양탄자를 밟고 아무런 입국절차 없이 프리 패스로 통과하는 무리들이 있다. 게다가 그들이 저승문을 통과하자마자 바로 그들을 천국(天國)으로 모셔가기 위한 특급열차가 기다리고 있다. 줄을 서서 더디게 절차를 기다리던 영혼들이 나찰에게 따진다.

"저 영혼들은 왜 특별대접을 받는 거요?"

그러자 나찰이 대답한다.

"저 분들은 살아생전 서당(書堂)에 다녔던 분들이다. 아무도 거들떠보지도 않고, 돈도 안 되는 한문공부를 한 사실만 보더라도 얼마나 순진하고 착한지 재판 없이도 알 수가 있다. 게다가 그 어렵고 골치 아픈 한문공부로 인격을 수련했을 뿐 아니라, 젊은이들과 자라는 청소년들에게는 인성교육(人性教育)을 통해 충효사상(忠孝思想) 고취에 헌신한 공로를 인정받아 염라대왕(閻羅大王)의 특별지시로 아무런 절차 없이 바로 천국(天國)으로 직행하는 VIP들이시다."

신나고 재미난 '놀이동아리'를 마다하고 한문공부에 노년을 불사르는 멋진 청춘들이 있다. 멋지고 아름다운 이승에서의 삶을 마치고 나면, 꽃으로 단장한 천국행 특급열차가 그들을 기다리고 있다.

屈
굽힐 **굴**

非
아닐 **비**

하늘엔 영광(榮光), 땅엔 굴비(屈非)

크리스마스를 앞둔 교회마다 아기예수의 탄생을 축하하는 네온사인들이 도심을 밝히고 있다.

굴비 장사 노총각은 오늘도 1톤 트럭에다 굴비를 잔뜩 싣고 장삿길에 올랐지만 장사가 시원치 않다.

조기를 소금에 절여 말린 것을 굴비라 하는데, 얼마나 맛이 있는지 밥도둑이란 별명이 이를 뒷받침한다.

굴비의 어원을 찾아보면, 고려 인종(仁宗)의 장인(丈人)이며 정승(政丞)이었던 이자겸(李資謙)이 난(亂)을 일으켰다 실패하여 전라도 영광(靈光) 법성포(法聖浦)로 귀양을 갔다가 해풍(海風)에 말린 조기를 먹어보고 그 맛이 뛰어나기에 임금에게 서신과 함께 진상하였는데, "내가 먹어보니 이 생선의 맛이 천하에 비할 것이 없을 정도로 뛰어난데 이 생선의 이름은 '굽힐 굴' (屈), '아닐 비' (非), '굴비' 라 합니다."

조기 말린 것을 통해 자신의 뜻만은 굽힐 수 없다는 의지를 표현한 데서 굴비란 말이 탄생했다.

교회의 현수막에는, "하늘엔 영광, 땅엔 평화" 란 글씨가 커다란 트리(tree)와 함께 유난히도 눈에 띄인다.

순간, 굴비장사 노총각의 눈에서 불빛이 튀었다.

"그래, 이거다."

노총각은 번뜩이는 아이디어를 현수막에 제작하여 1톤 트럭에다 부착시키고는 외쳐대기 시작했다.

"하늘엔 영광, 땅엔 영광굴비!"

예배를 마친 교회 신자들이 줄을 서서 굴비를 사갔다.

梳

빗 소

스님에게 빗을 파는 기술

세계에서 젊은이들이 가장 많은 시간을 공부하고도 장래가 불투명한 나라를 꼽으라면 단연코 대한민국일 것이다.

우리나라의 학구열은 엄마의 젖을 떼면서부터 치열한 전쟁터를 방불한다. 거기에다 대학에 들어가기 위해서는 입시지옥(入試地獄)이란 곳을 한 번씩 다녀와야 한다.

대학을 졸업해도 원하는 곳에 취직은 언감생심이요, 설사 들어간다 해도 비정규직의 불안 속에 살아야 한다. 그러다 보니 웬만한 젊은이들은 속 편하고 안정된 공무원 시험에다 목숨을 건다.

1980~90년대만 하더라도 한국 젊은이들이 세계를 누비며 역동적인 힘을 과시하며 세계 속의 한국을 과시했건만 현실은 그렇지가 못해 무기력(無氣力)한 공화국이 되어 철가방 직장만을 추구하는 나약한 젊은이들이 있을 뿐이다.

모 일류회사에서 신입사원을 뽑으면서 입사 지원자들에게, "열흘간의 시간을 줄 테니 스님들에게 빗(梳; 빗 소)을 팔아오라"는 과제를 내놓았다. 응시자 대부분은 포기하고 집으로 돌아갔고 세 사람만 남았다.

열흘이 지나고, 면접관은 첫 번째 응시자에게 물었다.

"몇 개를 팔았습니까?"

"겨우 한 개를 팔았습니다."

첫 번째 응시자는 스님들에게 온갖 욕설을 듣고 산을 내려오던 중, 스님 한 분이 머리를 긁는 것을 보았다. 그 스님에게 머리를 긁어보라고 빗을 건넸다. 이것이 그가 판 단 한 개의 빗이었다.

두 번째 응시자는 높은 언덕 위에 있는 절을 찾아갔다. 바람에 여신도들의 머리카락이 뒤엉켜 있었다.

"스님, 절에 빗을 갖춰놓고 참배객들에게 사용하게 하면 어떨까요?"

이렇게 해서 두 번째 응시자는 열 군데 절을 돌며 열 개의 빗을 팔았다.
마지막 세 번째 응시자는 평소에도 관광객이 몰려드는 대형 사찰을 찾아갔다. 그는 주지스님에게 제안했다.

"스님, 참배하러 오는 사람들은 청신한 불자들입니다. 신심이 깊은 불자들에게 스님의 친필로 적선소(積善梳)라고 빗에다 새겨 선물하면 어떻겠습니까?"

이 말을 들은 스님은 그 자리에서 천 개의 빗을 주문했을 뿐 아니라 매년, 더 많은 빗을 주문하겠다고 했다.

시베리아에 가서 냉장고를 판다는 이야기가 있다.

머리카락이 하나도 없는 스님에게 빗을 판다는 것은 창조적인 역발상의 결과이다. 코로나 19의 창궐로 인해 사회거리두기 운동의 확산으로 중소기업이나 영세 자영업자들의 고통이 심각하다.

운영난으로 문을 닫을 궁리만 하고 있을 게 아니라, 스님에게 빗을 파는 심정으로 역발상의 영업 전략을 세워봄이 어떨까 권하고 싶다.

藥
약 약

손 안 트는 약(藥)으로 영주(領主)가 되다

『장자; 莊子』에 보면 이런 이야기가 나온다.

불균수지약(不龜手之藥)—손을 트지 않게 하는 약(藥).

춘추전국시대 때 송(宋)나라에 빨래만 전문적으로 해서 먹고 사는 집안이 있었다. 이들은 겨울에도 빨래를 해야 했기에 찬물에 손을 담구더라도 손이 트지 않는 약을 개발하여 같은 업종의 다른 사람들보다 경쟁력을 갖고 우위를 점할 수 있었다.

지나던 과객이 그 소문을 듣고는 백금(百金)을 주고 그 기술을 샀다.

빨래하던 집안은 백금으로 농토를 사서 농사꾼이 되었다.

과객은 그 비법을 가지고 오(吳)나라로 갔다.

당시 오나라와 월(越)나라는 전쟁 중이었는데, 마침 겨울철에 양자강(揚子江) 유역에서 수전(水戰)을 하고 있던 오나라 병사들은 손 안 트는 약 덕분에 전투력이 향상되어 월나라 군대를 대패시키고 승리할 수 있었다.

오나라 왕은 과객에게 땅을 떼어서 영주(領主)로 삼았다.

장자(莊子)는 말한다.

"똑같은 손 안 트는 약인데 누구는 그것으로 영주(領主)가 되어 땅을 하사받고, 누구는 평생 빨래하는 직업을 못 벗어났다. 이것은 같은 물건이라도 누구에 의해 어떻게 사용되느냐에 따라 그 가치가 다르다는 것이다."

기존의 고정관념에서 벗어나 새로운 가치를 창조해 내는 역량이 빛을 발할 때 영웅은 탄생되고 역사는 빛을 내는 법이다.

夢

꿈몽

꿈보다 해몽(解夢)

겉으로 보기에는 그럴듯하지만 실속이 없는 경우를 비유적으로 이르는 말로 '빛 좋은 개살구' 란 말이 있다.

개살구는 열매는 예쁘지만 일반 살구보다는 시고 떫어서 먹어 보면 크게 실망한다.

반대로 겉보기에는 엉성하고 볼품 없지만 속 알맹이가 꽉 차고 내실이 있으면 '뚝배기보다 장맛' 이라 한다.

《춘향전》에 보면, 변학도의 수청을 거부한 춘향이 이부종사(二夫從事)를 마다하고 옥고(獄苦)를 치르고 있을 때, 어사(御使) 신분을 감춘 상거지 차림의 이몽룡을 앞에 두고 춘향모 월매의 절망적인 꿈 이야기 한탄(恨歎)이 나온다.

"아이고 내 신세야! 요 며칠 전 꿈자리가 뒤숭숭하더니 그 꿈이 꼭 들어

맞는구나. 그나마 한 가닥 기대했던 서울사위 꼬락서니를 보니 내 딸 춘향이는 이제 영락없이 죽었구나. 아이고 데이고 내 팔자야!"

이몽룡이 되받는다.

"어허! 장모, 무슨 꿈을 꾸셨기에 그리 슬피 우오?"

"멀쩡하던 거울이 깨어지질 않나, 활짝 피었던 꽃이 갑자기 떨어지고, 대들보에 허수아비가 대롱대롱 매달려 있는 꿈에다, 까마귀마저 까악까악 울어대는 꿈을 꾸었으니, 이 모두가 흉몽이 아니고 무엇이겠나? 아이고 불쌍한 내 딸 춘향아!"

이몽룡이 능청스레 되받는다.

"어허, 장모! 옛말에 꿈보다 해몽이란 말도 못 들어봤소? 거울이 깨어져야 큰 소리가 울리고, 꽃이 져야 열매를 얻을 수 있으며, 대들보에 허수아비가 매달려 있는 것은 사람들이 올려다보아야 하니 귀한 몸이 될 조짐이요, 까마귀 울음소리를 글자로 옮기면 가옥가옥(佳屋佳屋; 아름다울 가, 집 옥) 아름다운 집에 들어간다는 뜻이 되니 장모께서 꾸신 꿈은 흉몽이 아니라 길몽 중에 길몽이니 아무런 염려 마시오."

이른바 어사출도를 암시하는 대목이다.

'일체유심조(一切唯心造)' 란 말이 있다.

모든 상(相)은 오직 마음이 지어낸다는 불교용어이다. 주어진 현실을 어떻게 생각하느냐에 따라 그 결과는 엄청난 차이로 나타난다. 우리는 흔히 행복과 불행은 환경에 따라 결정된다고 생각하기 쉬운데 그것은 큰 착각이다. 모든 환경의 주체도 나이고, 마음의 주인도 나 자신이다. 내가 마음먹기에 따라 세상은 극락도 되었다가 지옥으로도 변한다.

매사를 긍정적으로 살아갈 일이다. 행운의 여신도 찡그린 사람보다는 환한 얼굴을 가진 사람 쪽으로 기우는 법이다.

긍정적인 마인드를 가진 사람은 매사를 창조해 내는 능력을 갖고 있다. 긍정적인 마인드를 가진 사람은 비지 사러 갔다가 두부 사서 온다.

櫟

상수리나무 역

호박과 도토리

농부가 호박밭에서 일하다 잠시 쉴 요량으로 아름드리 도토리나무 아래 돗자리를 깔고 누웠다.

도토리는 한자(漢字)로 '상수리나무 역'(櫟)이라 쓰는데, 임진왜란 때 의주(義州)로 몽진을 갔던 선조(宣祖) 임금이 근처 백성들이 올린 도토리묵을 즐겨 먹었기에 임금의 수라상에 항상 올린다 하여 '상수라(常水剌)'로 발음하던 것이 '상수리'로 변했다는 설이 있다.

하늘은 더없이 높고 푸른데 상수리나무에는 도토리가 주렁주렁 열려 있었다.

순간 농부는 생각했다.

"조물주(造物主)는 전지전능하다더니 나로서는 도저히 이해할 수가 없다. 어찌 연약한 줄기에서는 커다란 호박이 열리게 하면서 이렇게 큰 나무에서는 손톱만큼 작은 열매를 달아 놓았을까?"

이렇게 한참을 생각하다가 잠시 졸았는데 무언가 이마에 따끔한 충격을 받고 깨어 보니 도토리 한 톨이었다.

순간 농부는 깨달았다.

"그래! 조물주의 사물에 대한 경영에는 한 치의 오차가 없구나. 만약에 호박이 떨어졌더라면 어찌 되었겠는가?"

자연의 법칙은 어긋남이 없다.

단지 우리 인간이 그것을 깨닫지 못할 뿐이다.

매사를 부정적으로 본다면 불평불만이 팽배할 것이다.

늘상 주위사람들과 다투어야 하고 외톨이 신세로 살아갈 것이다.

매사를 감사한 마음으로 긍정적으로 살아가는 사람은 남들로부터 호감을 받으며 좋은 인맥의 풍년 속에 살아갈 것이다. 부정적으로 살아가든 긍정적으로 살아가든 선택은 나 자신에게 달려 있다.

瓢 박 표

바가지 팔자

바가지란 말은 박(瓢; 표)이란 말에 '아지'란 말이 첨가된 합성어이다. '아지'란 나무의 새로 나온 연한 줄기를 말하는데, 이것은 어떤 명사(名詞) 뒤에 붙여서 '새끼' '작은 것' 등을 통칭하였다.(송아지, 망아지, 강아지 등)

그러므로 '바가지'란 말은 박(瓢)을 두 쪽으로 쪼갠 작은 박이란 뜻이다. 처음에는 '박아지'로 쓰이다가 오늘의 '바가지'가 되었다.

흔히 부부간에 통용되는 '바가지를 긁다'란 말의 어원은, 옛날 호열자(虎熱者, 콜레라)가 창궐하면 '호열자귀신'을 쫓으려고 집집마다 바가지를 박박 긁은 데서 비롯되었다.

'호열자귀신'이 시끄러운 소리를 싫어한다고 믿었기 때문이다. 듣기 싫다는 공통점 때문에 흔히 아내가 남편에게 하는 잔소리를 바가지 긁는 것에다 비유한 것이다.

'바가지 쓰다'란 말 역시, 조선말(朝鮮末) 개화기 바람을 타고 중국에서 들어온 십인계(十人契)라는 노름에서 비롯되었는데, 1에서 10까지 숫자가 적힌 바가지를 엎어놓고 그 속에 감춘 주사위 숫자를 알아맞추는 일종의 야바위다. 십중팔구 돈을 잃기 마련이어서 '손해보다' '피해를 당하다'의 뜻으로 쓰이다가 요즘은 남의 속임수에 걸려 부당하게 많은 돈을 치르거나, 혼자서 책임을 도맡아 지게 되었다는 뜻으로 쓰이고 있다.

'여자팔자(八字) 뒤웅박 팔자(八字)'란 말이 있다.

'뒤웅박'이란, 박(瓢)을 쪼개지 않은 상태에서 꼭지부분을 베어내고 속을 파낸 바가지를 말한다.

이 뒤웅박이 부잣집에서는 쌀을 담는 데 쓰이지만 가난한 집에서는 여물을 담기 때문에, 처녀가 부잣집으로 시집을 가느냐 아니면 가난한 집으로 시집을 가느냐에 따라 그 팔자가 결정된다는 뜻이다.

그러고 보니 단순한 것 같으면서도 박의 종류가 다양하다.

고전(古典) 속의 착하기만 한 흥부가 켜는 박은 인생역전의 '대박' 이고, 심술쟁이 놀부가 켜는 박은 글자 그대로 '쪽박' 이다.

청운(靑雲)의 뜻을 안고 과거 보러 가는 도령의 괴나리봇짐 속의 표주박은 입신양명(立身揚名)의 꿈이 깃든 '희망의 박' 이고, 유랑객의 허리춤에 매달린 표주박은 흥타령이 절로 나는 '풍류의 박' 이다.

따로 사는 아들집에 들렀다가 며느리가 보는 앞에서 냉장고 문을 열어보고 이것저것 잔소리를 늘어놓는 시어머니는 '주책바가지' 이다.

그런가 하면 신랑, 신부가 혼례식 때 합환주(合歡酒)로 쓰는 표주박은 백년해로(百年偕老)의 박인데, 결혼식이 끝나고 나면 안방이나 대청에 걸어두었다가 늘그막에 어느 누가 먼저 죽어서 출상(出喪)을 할 때에는 그 표주박을 사정없이 깨어 버린다.

이승과 저승의 경계가 확실하기에 합환주(合歡酒) 마셨던 이승에서의 인연을 미련 없이 버리고 저승으로 잘 가라고 하는 염원을 담은 '이별의 박' 이다.

한 날 한 시에 부모로부터 물려받은 손가락도 길고 짧은 것이 있듯이 한 몸에서 쪼개진 바가지가 한 쪽은 쌀뒤주에서 호강을 하는가 하면, 또 한 쪽은 긴 막대 끝에 묶여서 똥바가지로 전락하기도 한다.

그러나 똥바가지는 자신의 몸을 희생하여 숱한 채소의 밑거름이 된다.

자신의 몸을 희생하여 인간의 식단(食單)을 풍성하게 해 주는 똥바가지는 보살(菩薩)의 심성(心性)으로 말없이 재래식 화장실에서 자신의 운명을 감내(堪耐)하고 있다.

어처구니 없는 세상

'어처구니' 의 사전(辭典)적 의미는 '상상 밖의 엄청나게 큰 사람이나 중요한 사물' 이다.

그러나 실제로는 '너무 뜻밖이어서 기가 막히다' 라는 뜻으로 사용되고 있다. 어처구니는 맷돌을 돌리는 나무막대로 된 손잡이를 말한다.

믹서기가 없던 시절, 두부(豆腐)를 만들기 위해서는 맷돌에다 콩을 넣고 갈아야만 했다. 그런데 막상 맷돌로 콩을 갈려고 하는데 '어처구니' 가 없으니 낭패도 이런 낭패가 없다. 무슨 일을 도모함에 있어 믿었던 사람이 배신을 한다든지 이탈을 한다면 이 역시 어처구니가 없는 일이다.

지역을 발전시킬 적임자라 믿고 당선시켜 놨더니 주민들의 바람은 나 몰라라 윗사람 눈치나 보면서 자신의 영달을 위한 줏대 없는 정치인들의 행태 역시 어처구니가 없다.

여기서 '줏대' 란 물건의 가장자리나 끝부분을 지탱하기 위하여 휘감아 놓은 이음쇠를 말한다. 주로 틈이 벌어지기 쉬운 수레바퀴를 잡아 중심을 잡는 역할을 하는데 이 줏대가 없으면 수레의 바퀴가 중심을 잃고 삐걱거리다가 수레가 전복되고 만다.

유기(鍮器: 놋그릇)를 만드는 장인(匠人)들은 '틀' 이 움직이지 않게 고정시키는 장치(잠금쇠)를 줏대라 한다. 이 역시 줏대가 없으면 균형 잡힌 놋그릇을 만들 수 없다. 인생의 뚜렷한 주관(主觀) 없이 남의 눈치나 보면서 시류에 편승해 줏대 없이 권력자에게 빌붙어 손바닥을 비비면서 '내로남불' 로 살아가는 지식인들이 있다. 대나무가 바람 따라 몸이 휘는 것은 줏대가 없어서가 아니다. 속을 비웠기 때문이다.

대나무는 머리 숙여 눈보라에 몸을 맡기지만 부러지지 않는다. 사회 전반에 걸쳐 '줏대' 없고 '어처구니' 없는 세상을 한탄하며 원칙과 신의가 통하는 세상을 기원해 본다.

薄
엷을 박

福
복 복

머피의 법칙, 박복(薄福)의 대명사 문출네

무슨 일을 실행함에 있어 두 가지 결과를 유추할 수 있는데, 보다 좋지 않는 방향으로 결과가 나왔을 때나 쉽게 풀릴 수 있는 일이 안 좋은 방향으로 꼬일 적에 이를 일컬어 '머피의 법칙'이라 한다.

오랜만에 큰 맘 먹고 세차하면 비가 온다든가, 급하게 탄 버스가 방향이 틀리고, 우산 들고 나가면 흐리던 날씨가 활짝 개이고, 야유회 날 잡아 놓으면 비가 온다 등이다.

1949년 미(美) 공군 대위 '에드워드 머피'는 차세대 음속기 개발을 위해 '인체가 버틸 수 있는 중력의 한계'를 위한 측정 장치의 실험을 부하 기술자들과 하던 중 잠시 자리를 비운 사이 부하직원들이 전극봉(電極棒)을 모두 잘못된 방향으로 조립해 버렸다.

잘할 수 있는 확률이 더 많았는데도 불구하고 죄다 반대로 조립을 한 것이다. 여기에서 일이 꼬인다든지 잘못된 방향으로 흘러가는 것을 일러 에드워드 머피의 이름을 따 '머피의 법칙'이라 했다.

미국에 '머피의 법칙'이 있다면, 우리나라에는 '문출네' 복(福)이 있다.

해방 직후 경상남도 함안(咸安) 지방에 문출이란 아들을 둔 '문출네'가 살고 있었다.

'문출네'는 지지리도 복이 없어 뭇 사람들로부터 동정을 받았는데 하는 일마다 되는 일이 없고, 잘 되어가던 일도 문출네가 나서면 일이 꼬인다든지 파토가 나는지라 이제는 동네사람들도 기피하는 '왕따' 신세가 되었다. 뿐만 아니라 동네에서 안 좋은 일이라도 생기면 모든 원인을 문출네에게서 찾을 정도에까지 이르고 말았다.

찢어지게 가난하게 살던 문출네는 남들이 흔히 신는 고무신 한 번 신어보는 게 평생의 소원이었다.

벼르고 별러서 고무신을 사기 위해 몇 십리를 걸어서 읍내 장에 가서 오매불망하던 고무신을 한 켤레 사기는 했는데, 여섯 식구가 모두 신을 요량으로 '남편' 발 치수에 맞춰 '10문7'의 넉넉한 치수로 사기로 했다.

당시에는 신발도량을 미터법이 아닌 '문'으로 하던 시절이었다. '1문(文)은 24mm이니 10문7은, 10.7×24=256.8mm가 되니 요즘 신발치수로 치자면 대략 255mm 정도가 된다.

어쨌든 생전 처음 고무신으로 갈아 신으니 헐겁기도 하고 닳을까 봐, 집으로 가는 길에는 난생 처음으로 버스를 타고 가기로 했다.

그런데 동네에 다 와서 내리려고 보니 아뿔싸! 새 고무신이 보이질 않는다. 생전 처음 버스를 타다 보니 댓돌에 신발을 벗어놓고 마루에 오르듯이 습관적으로 고무신을 벗어놓고 탄 것이다.

혼이 나가다시피 한 문출네가 맨발로 읍내 버스정류장까지 가봤지만 새로 산 고무신이 있을 리 없었다. 크게 낙담한 문출네는 어둠이 깔려오는 읍내 길 바닥에 주저앉아 통곡을 한다.

"아이고 아이고~~ 문출네야~~ 지지리도 복도 없지~~
그기 우째 산 고무신인데~ 에~~
온 식구가 평생 신어도 써언찮을낀데~~
억울해 죽겠네~~ 억울해 죽겠어~~
문수나 작나 10문7~~
신기나 신었나 호부 반나절~~
아이고~~ 아이고~~ 차라리 걸을꺼로 걸을꺼로~~."

그 이후 '문출네' 이야기는 인근마을까지 퍼져서 경상도지방에서는 일이 잘 풀리는 듯하다가 꼬이거나 아니면 전세가 역전되는 경우에 "에라이! 문출네야" 라며 푸념하는 말이 생겼다.

禍
재화 **화**

중국 전한(前漢)의 회남왕(淮南王) 유안(劉安)이 저술한 『회남자; 淮南子』란 책에 보면, “복(福)은 자신에서 싹트고 화(禍; 재화 화)도 자기로부터 나오는 것이다”라는 대목이 있다.

모든 복(福)과 화(禍)는 자기 자신이 만들어내는 것이다.

평소에 재앙(災殃)을 키우는 심성(心性)보다는, 평소에 복전(福田)을 가꾸는 심상(心相)으로 세상을 살다 보면 문출네라는 머피의 법칙은 나 이외의 남의 일이 될 것이다.

處
곳 **처**

처서(處暑)와 모기

처서(處暑)는 24절기 중 열네 번째에 해당되는 절기(節氣)이다. ‘곳 처’ (處)에다 ‘더울 서’ (暑)를 쓰는데, 처(處)는 장소를 뜻하는 글자이지만 멈추다, 돌아가다란 뜻도 내포하고 있는 글자이다.

처서가 되면 더위는 한 풀 꺾이고 아침저녁의 기온이 선선해져서 가을의 길목으로 접어든다. 극성을 부리던 모기(蚊; 문)의 활동이 줄어들고 가을의 전령사 귀뚜라미의 애끓는 소리가 귀를 슬프게 한다.

“처서가 지나면 모기 입이 돌아간다”는 말이 있다. 흔히 찬바람에 모기 입이 돌아가는 줄 알고 있지만 그렇지가 않다. 모기는 자신의 임무를 마치고 처서(處暑) 고개를 넘다가 고개 정상에서 톱을 메고 있는 귀뚜라미(蟀)와 마주쳤다. 소위 임무교대이다.

蟀
귀뚜라미 **솔**

그런데 모기의 입이 귀밑까지 돌아간 것을 보고 깜짝 놀란 귀뚜라미가 그 사연을 묻는다.

그러자 모기는, “내가 인간들의 피를 빨아대자 미친놈, 미친년들이 날 잡는답시고 제 볼때기, 제 허벅지를 철썩철썩 치는 걸 보고 너무나 우스워 웃다 보니 입이 이렇게 찢어졌다”라고 한다.

이번에는 모기가 귀뚜라미에게 묻는다.

"자네는 어디에 쓰려고 톱을 메고 가느냐?"

이에 귀뚜라미는, "기나긴 가을밤에 독수공방 잠 못 이루고 한숨짓는 노처녀와 청상과부 애간장 끊으러 간다"라고 대답한다.

자연의 법칙에는 에누리가 없는 법이다. 그런데 그 자연의 법칙이 깨어지고 있다. 인간 스스로 저질러놓은 자연 파괴의 대가는 지구 온난화라는 이상기온 변화와 함께 온갖 재앙을 불러일으키고 있다.

자연의 질서파괴가 미치는 영향은 곤충의 세계에서도 예외는 없다. 처서를 기점으로 자취를 감춰야 하는 모기는 한겨울에도 왕성한 활동을 전개한다. 반칙도 이런 반칙이 없다.

모기는 여름철 해충이 아니라 사시사철 해충으로 자리를 잡았다. 이러다 "처서에 들어갈 모기, 동지팥죽 먹고도 안 들어간다"라는 신종 속담이 생겨날 지경이다. 자연을 잘 가꾸어 지상낙원으로 만드는 것도 우리 인간이요, 자연을 훼손하여 온갖 재앙에 신음하는 것도 우리 인간이다.

口

입 구

구시화문(口是禍門): 모든 재앙은 입(口)에서 나온다

모든 동물이 다 그러하듯이 우리 인간도 음식물이 입에 들어가야 에너지를 확보할 수 있고 생명을 유지할 수 있다.

우리가 먹는 음식은 어디에서 왔는가?

땅에서 나온 것들이다. 인간이 먹는 음식은 모두가 땅의 지기(地氣)를 받고 자란 것들이다. 입(口)은 지기(地氣)가 들어가는 곳이다.

코(鼻)는 대기(大氣) 중에 떠 있는 산소(酸素)를 흡입한다. 산소(酸素)는 하늘의 천기(天氣)이다.

천기(天氣)를 흡입하는 코와 지기(地氣)를 섭취하는 입의 중간에 파진

골이 있는 부위를 인중(人中)이라 한다. 인체의 가운데란 뜻이다.

흔히 인체의 가운데를 배꼽으로 생각하기 쉬우나 한의학(韓醫學)에서는 인체의 가운데를 인중(人中)이라 정의하는 데에 이견(異見)이 없다.

천기(天氣)와 지기(地氣)의 중간에 자리잡았기 때문이다.

인중(人中) 위쪽으로는 구멍이 두 개씩이다.

콧구멍도 두 개요, 눈도 두 개이며, 귀도 두 개다.

인중(人中) 아래로는 구멍이 한 개이다.

입도 한 개, 배꼽도 한 개, 요도도 한 개, 항문도 한 개이다.

음양(陰陽)의 이치로 보면 음(陰)은 짝수이다. 2라는 숫자 역시 음(陰)이다. 두 개의 음(陰)은 한 개의 양(陽)보다 더 많이 사용하라는 뜻이다.

콧구멍으로는 좋은 냄새만 맡고, 눈으로는 열심히 살펴보고, 귀로는 남의 말을 귀담아 잘 들으라는 뜻이다.

한 개의 양(陽)은 아껴 쓰고, 조심하여 사용하라는 뜻이다. 인체의 양(陽)은 입에서부터 비롯한다. 입에서는 먹을 것과 복(福)도 들어오지만 몸을 망치는 화(禍)도 들어온다. 흔히 말 한 마디 잘못해서 패가망신하는 사람들을 많이 보아왔다.

여기서 구시화문(口是禍門)이라는 말이 생겨 나왔다.

입은 화(禍)가 들어오는 문(門)이라는 뜻이다.

촌철살인(寸鐵殺人)이란 말도 있듯이 한 치 혓바닥으로 사람을 죽일 수도 있고 오히려 내가 죽을 수도 있다는 것을 알아야 한다.

'심심창해수(心深滄海水)요, 구중곤륜산(口重崑崙山)' 이란 말이 있다.

"마음 씀씀이는 깊고 푸른 물처럼 하고, 입은 곤륜산처럼 무거워야 한다"라는 뜻이다.

말 한 마디에 철천지원수가 되기도 하고, 말 한 마디에 천 냥 빚도 갚는 법이다. 입으로는 나를 엄히 살피고, 상대에게는 덕담과 배려로 덕(德)을 쌓고 살 일이다.

萵 상추 와

시어머니 앞에서 먹으면 안 되는 채소, 상추

상추는 "복을 싸먹는다" 고 할 만큼 민족의 사랑을 한 몸에 받아온 채소이다. 비타민과 무기질이 풍부하면서 생명력이 강하여 열악한 환경에서도 잘 자란다. 하지만 아무리 사랑받는 상추이지만 시어머니와 마주앉아 먹으면 안 된다.

상추쌈을 푸짐하게 싸서 입안에 넣을 때 저절로 눈을 부릅뜨기 때문이다. 미운 며느리는 발뒤꿈치마저 미운 법이다. 감히 시어머니를 흘겨봤다는 불경죄는 고생길의 단초를 충분히 제공하는 셈이다.

옛 조상들은 딱딱하면서도 찬 성질을 가진 물체를 베개 삼아 잠자지 말라고 했다. 여차하면 입의 근육이 한쪽으로 돌아가는 와사풍(咼斜風)에 걸린다는 것이다.

와사풍의 한자를 보면, '입 비뚤어질 와' (咼)에다 '비낄 사' (斜), '바람 풍' (風)을 쓴다. 즉, 입이 비뚤어지는 중풍(重風)이란 뜻이다.

'입 비뚤어질 와' (咼)에다 '풀 초' (艹: 艸) 머리를 얹으면, '상추 와' (萵) 즉, '입 비뚤어지는 풀' 이 된다. 영양가의 보고(寶庫)라고 할 수 있는 상추가 옛날 우리의 며느리들이 기피하는 채소였다니 안쓰럽기 그지없다.

癌 암 암

지나친 욕심이 암(癌)을 부른다

인류가 두려워하는 불치병 중에 하나가 암(癌)이다.

암에 잘 걸리는 원인으로서는 지나친 고민을 혼자서만 속앓이를 하는 부류의 사람들에게서 발병률이 높다고 한다.

그러나 이러한 성격보다는 원칙을 넘어선 과다한 욕심이 더 큰 원인이라고 한자(漢字)에서는 가르치고 있다.

암(癌)이란 글자를 한 번 보자.

'병들 역'(疒)이 들어있는 글자는 백 프로 병(病)과 관련 있는 글자이다. '병들 역'(疒) 안에, 입이 세 개나 들어있고(品), 뫼 산(山)으로 합쳐져 있다. 여기서 '물건 품'(品)은 단순히 물건이 아니다. 입, 코, 마음이 모인 글자이다.

즉 입으로는 해로운 음식을 산더미처럼 많이 먹는다거나, 남에게 몹쓸 악담이나 거짓말을 많이 한다는 것이요, 코로는 거친 호흡 내지, 나쁜 공기를 산더미처럼 마시는 것이다. 또 말 못할 고민으로 속앓이를 한다거나 남을 해코지하려고 나쁜 마음을 산더미처럼 품고 있다는 뜻이다.

종합해 보면 규칙적이지 못한 생활습관이나 식생활, 거친 호흡이나 오염된 공기 속에서의 생활, 그리고 생각과 고민을 지나치게 많이 하는 사람이 암(癌)에 걸릴 확률이 높다는 것이다.

만사 마음을 비우고 맑은 자연 속에서 집착을 내려놓고 살 일이다.

절간에서는 이것을 방하착(放下着)이라 한다.

家 집 가

집 안에다 돼지를 모셔라

태곳적부터 남자는 사냥을 해서 가솔들을 책임져 왔고, 여자는 곡식이나 과일을 수확해서 식구들을 부양해 왔다. 그러므로 남자들 세계에서는 남보다 힘이 센 사람이 무리의 리더가 될 수 있었으며 나아가 부족의 통치자가 될 수 있었다.

반대로 여자는 곡식이나 과일을 저장하여 식구들을 부양해 왔기에 꽃을 좋아하게 되었다. 꽃이 피어야만 곡식이나 열매를 얻을 수 있었기 때문이다. 지금도 여자가 꽃을 선물 받으면 좋아하는 이유는 태곳적부터 내려온 본능이 작용한 탓이다.

남자들이 사냥해 온 동물들 중에서는 멧돼지가 최고로 인기가 좋았다.

풍부한 단백질을 얻을 수 있었고, 추위로부터 몸을 보호할 수 있는 가죽을 얻을 수 있었기 때문이다. 그리하여 산 채로 잡아온 멧돼지를 사육하여 가축화 하는 데 성공을 하게 되는데, 그러자면 맹수들로부터 보호할 울타리가 필요하였으니 이른바 인간이 살아가는 것과 같이 적당한 집을 만들고 그 속에서 돼지를 키워야만 했던 것이다.

'돼지 시'(豕) 위에다 '집 면'(宀)을 얹어놓은 글자가 '집 가'(家)이다. 어쩌면 인간보다 먼저 집 속에 살았던 동물이 돼지였었는지 모를 일이다.

厠
뒷간 **측**

間
사이 **간**

화장실(化粧室)에서도 법칙(法則)이 있다

경상도에서는 '통시'라는 말로 통하던 화장실을 한자(漢字)로는, '뒷간 측'(厠), '사이 간'(間)을 써서 '측간(厠間)'이라 불렀다.

언덕이나 기슭을 뜻하는 엄(厂)에다 법칙을 뜻하는 칙(則)을 합쳐놓은 '뒷간 측'(厠)은, 볼일을 볼 적에는 멀리 나가 언덕이나 기슭으로 가서 보되, 법칙에 의해서 보라는 의미가 담긴 글자이다.

먼저 아랫도리 옷을 내리고 볼일을 본 다음 뒤처리를 해야지, 뒤처리부터 하고나서 볼일을 보면 안 된다는 지극히 단순한 법칙을 이야기하고 있다.

우주만물에는 질서가 있고 법칙이 있다.

무한한 권력을 가진 권력자라 할지라도 조그마한 법칙을 우습게 알고 법칙을 어긴다면 훗날 틀림없이 뭇 사람들에게 비웃음과 조롱을 받는다는 것은 불을 보듯 뻔한 일이다.

아무리 헌것이라 할지라도 모자는 머리에 써야지 발에다 쓸 수는 없듯이, 비록 새것이라 할지라도 신발을 머리에 쓸 수는 없는 법이다.

이비(耳鼻)야 귀신(鬼神)

예나 지금이나 전쟁터에서 공을 세운 사람을 포상하는 것은 당연한 일이다. 그러기에 전장에서 자신이 사살한 적군의 시신에서 귀를 잘라서 포상을 받았다.

귀(耳; 귀 이)를 손(又; 오른손 우)에 들고 있는 글자가 '취할 취'(取)이다. 취(取)란 글자는 전쟁터의 참혹한 모습을 형상화 한 글자이다. 싸움을 잘하는 용사는 많은 수의 적군의 귀를 잘라 버드나무 가지 등에다 줄줄이 꿰어서 상신했었다.

그리고는 큰소리로 외친다.

"내가 최고야!"

취(取) 위에다 왈(曰; 가로 왈—말하다)이 합쳐지면 '최고 최' (最)가 된다.

400여 년 전, 이 땅에 임진왜란이 있었다. 악랄하기 그지없는 왜놈들도 조선 전사자들의 사체에서 귀를 잘라서 포상제도를 실시했었는데, 막상 지휘부에서 포상을 하려고 하니 문제가 생겼다.

조선 병사 한 명을 사살하고는 두 사람을 사살했다고 과대포장을 해서 상신하는 것이었다. 한 명의 사체에서 두 개의 귀를 잘라 상신했기 때문이다. 그래서 나온 해결책이 시체에서 귀 대신 코를 베어서 상신하라는 것이었다.

이 땅에 임진왜란의 전란이 할퀴고 간 지 어언 400여 년이 지났건만 지금도 경상도와 전라도 일부 해안지역에서는 '이비야 귀신' 이 있다.

코흘리개 손자가 위험한 물건을 만질라 하면, 할머니들은 어김없이 "이비야!" 하고는 겁을 주어 놀래킨다.

이비야 귀신은 귀(耳; 귀 이)와 코(鼻; 코 비)가 없는 귀신이다.

생각해 보라. 전쟁터에서 고통 속에 죽은 시체의 얼굴만 해도 무서울 텐데 귀와 코가 없어진 상태의 끔찍한 모습을. 포상에 눈 먼 왜놈들은 민간인

▲ 일본의 교토(京都)에 있는 '이비총'(耳鼻塚: 귀와 코를 묻은 무덤)

은 말할 것도 없고 여자와 어린 아이들의 귀와 코를 마구잡이로 베어서 전리품으로 삼았으니 왜놈들의 무자비한 횡포는 천인공노할 일이다.

오호라! 하늘은 정녕 있는 것인가?

지금도 일본의 교토시(京都市) 도요쿠니신사(豊國神社) 건너편에는 '이비총'(耳鼻塚: 귀와 코를 묻은 무덤)이 있다.

임진왜란에 참여했던 왜놈들이 조선 양민들의 귀와 코를 소금에 절여서 상자에 넣은 다음, 일본 본토에 있는 자신들의 영주인 도요토미 히데요시(豊臣秀吉)에게 전리품으로 보낸 것을 기념하기 위해서 만든 세계에서 하나밖에 없는 무덤이다.

아, 이비총(耳鼻塚)!

거기에는 원한에 사무친, 조선인 126,000명의 귀와 코가 묻혀 있다. 그리고 이비야 귀신들의 신음이 묻혀 있다.

道

길 도

진리는 멀리 있는 것이 아니다

한 분야에 지극히 능통한 사람을 흔히 도사라 칭한다.

요즘은 주로 스포츠계의 '슈퍼스타' 에게 주어지는(슛도사 등) 인칭 대명사로 통한다. 그런가 하면, 샤머니즘적인 인상도 강해서 앞일을 예지하는 능력을 지닌 사람을 일컬을 때 쓰이기도 하는데, 특히 신선(神仙)을 추구하는 도교(道敎)에서 깨우친 분을 '도사' 라 한다. 사전적 의미로는 우주의 도리나 이치의 경지에 오른 신비스런 사람을 흔히 '도사' 라 한다.

'길 도' (道)는 최고를 의미하는 '머리 수' (首)와 여유로운 걸음걸이를 뜻하는 '쉬엄쉬엄 갈 착' (辶)이 합쳐진 글자이다.

필자가 수년 전 모고등학교에 출강할 때의 일이다.

수업을 하던 중 어느 학생으로부터 황당한 질문을 받은 적이 있다.

"선생님! 도(道)는 무엇이라 생각하십니까?"

지하철역에서 많이 들어본 소리이다. 일시에 교실 분위기가 싸해졌다.

순간 좀 당황했지만 나는 이렇게 대답해 줄 수밖에 없었다.

"사람은 인도(仁道)로, 차는 차도(車道)로 가는 것이 참된 도(道)이다. 아울러 선생은 선생답게, 학생은 학생답게 수업하는 것 역시 참된 도(道)이다."

필자의 재치 있는 답변에 학생들은 박수를 치면서 환호했다.

도(道)는 멀리 있는 것이 아니다. 서로 간에 질서를 지키며 본분을 다하는 작은 규칙이 진정한 진리요 참된 도(道)이다.

哭

울 곡

상가(喪家)의 이색 직업, 곡비(哭婢)

부모님 은혜는 호천망극(昊天罔極)이기에 하늘처럼 넓어

서 크기가 끝이 없는 법이다. 그래서 부모님이 돌아가시면 하늘이 무너진다고 했다. 그러기에 상(喪)을 당한 상주는 스스로 죄인이라며 상죄(喪罪)라 칭했다. 상주는 창자가 끊어질 정도로 슬프게 울어야 하고 상례(喪禮)에 한 치의 소홀함도 없어야 한다. 그러기에 상가(喪家)에서는 잠시라도 곡(哭)소리가 끊어져서는 안 된다.

특히 딸이나 며느리들은 목이 잠겨도 곡(哭)소리가 끊겨서는 안 되었다.

당숙뻘쯤 되는 집안 어른들의 강요 역시 상주들을 곤혹스럽게 만든다.

문제는 시집온 지 며칠 되지 않아서 상주가 된 새 며느리이다. 평소에 고인으로부터 사랑을 받아본 경험도 없는 형편에 눈물을 짜내기가 여간 고통스러운 일이 아니다.

이때 사용하는 기가 막힌 것이 있으니 소위 '눈물주머니' 이다.

친정어머니의 지혜가 담겨져 있는 가제(gaze)로 만든 눈물주머니는 치마속에 묶어 두었는데, 그 속에는 후춧가루와 고춧가루가 들어 있어서 눈이나 코에 한 번 슬쩍 문지르기만 해도 눈물은 금세 나이아가라 폭포가 된다.

"아이고, 아이고!"

입으로 소리만 내면 그만이다.

시댁에서는 천하의 효부가 났다고 난리를 떨고, 새 며느리의 앞으로 시집살이 형편은 탄탄대로 따 놓은 당상이다.

장례기간은 집안 사정에 따라 각각 달랐지만 여염집에서는 보통 3일장으로 했고, 사대부 집안인 경우 5일장이나 7일장이 예사였는데, 고인이 큰 학자인 경우, 전국에 흩어져 있는 제자들을 배려해서 보름장을 고집한 집안도 있었다 하니 상주들의 고통은 이루 말할 수가 없었다.

아무리 효심이 깊은 상주라 해도 체력에는 한계가 있기 마련이라 곡소리마저 나오지 않을 때 쯤해서 핀치히터가 등장하는데, 우는 것을 직업으로 삼고 사는 이른바 곡비(哭; 울 곡, 婢; 여자종 비)이다.

주로 천민계층의 신분인 '곡비' 는 그 곡하는 목소리가 얼마나 구슬픈지

지쳐 있던 상주들의 곡소리를 이끌어내는 창도(唱; 노래 창, 소리 창, 導; 이끌 도)의 역할을 해 낼 뿐 아니라 일정한 기간 동안 상주들의 곡소리를 대신해 준다.

요즘은 장례식장에서 장례를 치르다 보니 상주들의 곡소리도 듣기 힘들 뿐 아니라 문상객들을 맞아 음식대접하는 것조차 상조회사 직원들이 다한다. 상주들을 위한답시고 밤 열한 시가 되면 문상객들을 강제로 쫓아내는 장례식장도 늘어나는 상황이다.

'곡비' 까지 투입하며 효심을 고집했던 옛 선조들의 억척스러움이 효(孝)를 최고의 덕목으로 삼았던 우리 민족의 얼이 아닌가 숙연해진다.

屋
집 옥

돈 내고 죽으러 가는 집

사람이 거주하는 건물에도 명칭에 따라 등급이 있다.

임금이 사는 집을 흔히 궁궐(宮闕)이라 하는데, 엄밀히 따지면 궁(宮)은 왕이나 왕비, 그리고 왕세자가 사는 집이고, 궐(闕)은 왕이 신하들과 정사를 논하는 건물을 말한다.

다음 세대를 물려받을 왕세자는 떠오르는 태양과 같다고 해서 동쪽에다 궁(宮)을 지어 거주하게 했는데, 이를 일컬어 동궁(東宮)이라 했으며 왕세자의 택호를 '동궁마마' 라 했다.

반대로 남편인 임금이 죽어서 왕세자가 새로운 임금으로 등극하게 되면, 왕비는 자연적으로 대비(大妃)가 되어 안방을 내어주고 서쪽에 있는 뒷방으로 물러나게 되는데 '서궁마마' 라 했다.

殿
큰집 전

왕이 신하들과 정사를 논하는 건물을 전(殿; 큰집 전)이라고 했는데(근정전, 사정전), 왕의 집무실은 대전(大殿)이라 했다. 왕비가 거주하며 내명부를 다스리는 건물을 교태전

(交泰殿)이라 했는데 궁궐의 한가운데 있다고 해서 중전(中殿)이라고 했다. 이름하여 '중전마마' 는 왕비의 택호였던 것이다.

조선의 정궁(正宮)인 경복궁(慶福宮)이란 명칭은 사서삼경(四書三經) 중에 『시경; 詩經』「주아편; 周雅篇」에 나오는 "기취이주(旣醉以酒) 기포이덕(旣飽以德) 군자만년(君子晩年) 개이경복(介以慶福): 이미 술에 취하고 이미 덕에 배부르니 군자 말년에 큰 복을 누리리라" 의 끝에 두 글자에서 따온 것이다.

이 경복궁의 정전(正殿)은 부지런히 정사에 임하라는 뜻으로 근정전(勤; 부지런할 근, 政; 정사 정, 殿; 큰집 전)이라 명했고, 새로운 왕의 등극이나 왕세자의 혼인식 등 주로 의식을 행할 때 사용되었다.

근정전 바로 뒤의 건물을 '사정전' (思; 생각할 사, 政; 정사 정, 殿; 큰집 전)이라 한 것은 신하들과 정사를 깊이 생각하고 논하는 건물이라는 뜻이다.

임금의 침실이 있는 건물을 '강녕전' (康; 편안할 강, 寧; 편안할 녕, 殿;

근정전

사정전

강녕전

교태전

큰집 전), 왕비가 거처하는 건물을 '교태전'(交; 사귈 교, 泰; 클 태, 殿; 큰집 전)이라 했다.

불가(佛家)에서도 부처를 다른 이름으로 세상의 영웅이라 하여 세웅(世雄)이라고도 하는데, 부처가 보살들을 거느리고 사부대중들과 설법하며 거주하는 건물이라 해서 '대웅전'(大雄殿)이라 한다.

그렇다면, 여기서 본격적으로 건물의 등급을 알아보자.

- 궁(宮): 왕의 가족들이 거주하는 건물.
- 궐(闕): 왕과 신하들이 정사를 보는 공간.
- 전(殿): 왕과 왕비, 대비(大妃)와 상왕(上王)만이 사용(침실로도 사용. 왕세자는 사용하지 못함).
- 당(堂): 왕세자, 후궁 등이 사용.

  왕세자는 대통을 이어받아야 했기에 신하들 중에 최고의 학문을 갖춘 이를 사부(師傅)로 정하여 왕도(王道)를 공부하던 장소의 건물에는 당(堂)이란 호칭을 썼으며, 건물에 당(堂; 집 당)이 붙으면 교육의 장소로 인식되었다.

  흔히 상대방의 어머니를 자당(慈; 자애로울 자, 堂; 집 당)이라 칭하는데, 자애로운 교육자가 계시는 건물이란 뜻이다. 옛날 자식교육은 주로 어머니의 몫이었으므로….

  성균관 유생들이 공부하는 건물 옥당(玉堂)이야 말할 필요도 없고, 지방의 조그마한 고을에서 코흘리개들을 모아놓고 글공부하던 곳도 아무리 그 규모가 작아도 서당(書堂)이라 불렀다. 그만큼 배움의 중요함을 존중했기 때문이다. 뿐만 아니라 스님들이 중생들에게 설법하는 장소를 법당(法堂)이라 하고, 신부님이나 목사님들의 설교를 듣는 곳을 예배당(禮拜堂)이라 하며, 선생님이 학생들이나 대중을 상대로 강의하는 곳을 강당(講堂)이라 한다.

서울 경복궁의 경회루

밀양의 영남루

진주의 촉석루

평양의 부벽루

- 합(閤): 대궐의 쪽문. 정1품 정승(政丞)들이 드나드는 문. 이들을 합하(閤下)라고 부른다.
- 각(閣): '문설주 각'이라고 하는데, 수상(首相)이나 정승(政丞) 또는 행정부의 우두머리들이 머무는 건물. 이들을 각하(閣下)라 한다.
- 누(樓): 임금이나 지방수령이 연회를 베푸는 건물. 주로 2층으로 되어 있으며 경복궁에는 경회루(慶會樓)가 있고, 지방의 3대 누각으로는 밀양(密陽)의 영남루(嶺南樓), 진주(晉州)의 촉석루(矗石樓), 평양(平壤)의 부벽루(浮碧樓)가 유명하다.
- 청(廳): '관청 청'(廳)은 일반적으로 관아(官衙)를 말한다. 방과 방 사이에 큰 대청(마루)을 갖추고 있는 규모가 큰 관청. 시청(市廳), 검찰청(檢察廳), 경찰청(警察廳).
- 관(館): 국가에서 운영하는 숙식 규모를 갖춘 관청. 또는 외교관이나 외국 상인들을 위한 객사(客舍). 성균관, 춘추관, 홍문관, 도서관, 대사

관, 왜관.

- 원(院): 공적인 임무를 띠고 지방에 파견되는 관리나 상인 등 공무여행자에게 숙식 편의를 도와주는 공공여관이나 사찰. 역(驛)과 같이 사용됨. 법원, 학원, 병원, 사원(寺院).
- 교(校): 나무를(木; 목) 엇갈려 잡는다(交; 교)는 뜻이 말하듯이 사람을 올바르게 인도하는 배움의 공간이 있는 건물. 학교.
- 대(臺): 경치가 좋은 곳에 땅을 돋우어 높여서 정치를 하거나 경치를 감상할 수 있는 건물. 청와대, 태종대, 해운대.
- 정(亭): 정원이나 경치가 좋은 도로변에 지은 건물. 정자.
- 재(齋): 조선시대 문묘에서 유생들이 공부하던 건물. 무덤이나 사당 옆에 제사를 지내기 위한 건물. 재실.
- 실(室): 편안하게 쉴 수 있는 공간이나 아내나 후처가 거주하는 공간. 휴게실, 비서실, 거실, 화실, 정실, 후실.
- 사(舍): 공공건물을 관리하는 사람이 거주하는 공간이나 군인이나 학생들이 거주하는 임시로 설치한 공간. 관사, 막사, 기숙사, 축사.
- 옥(屋): 지붕을 갖춘 건물. 옥상, 옥탑 방.

흔히 일본에선 게이샤(기생)를 둔 유곽의 상호에는 의례 옥(屋)이 들어가는데 향란옥(香蘭屋), 백년옥(百年屋) 등 일제시대 우리나라 유흥가에도 적잖은 영향을 주었다고 할 수 있다. 지금은 주로 냉면집이나 설렁탕집 상호로 대변되고 있다. '집 옥' (屋)은 '주검 시' (尸) 아래 '이를 지' (至)가 합쳐진 글자인데, 일본의 게이샤 문화와 딱 들어맞는 글자이다. 글자 그대로 죽음에 이르게 해 준다는 글자이다. 속된 표현으로 죽여주는 집이다.

지금도 비싼 돈을 들여가며 죽으러 다니는 한량들이 적지 않다고 하는데 이들은 정녕 죽지 못해 환장한 넋이 나간 한량들의 후손일지도 모른다.

靠

기댈 **고**

아무에게나 알리지 말라

우리 민족은 정이 많은 민족이다. 그러기에 상부상조(相扶相助)하는 것을 미덕(美德)으로 삼았다. 이웃에 경조사(慶弔事)가 있으면 어김없이 금전이나 물품을 부조했었는데 그 전통은 지금도 변함이 없다.

사회생활을 하다 보면 지인의 소개로 낯선 사람과 통성명을 하게 되는 경우가 있는데, 기껏 한두 번 만나 친분도 없는 상태에서 청첩장이나 부고를 전해 와서 입장을 곤란하게 하는 경우가 있다. 알린다는 뜻을 가진 고(告; 고할 고)는 길 잃은 송아지에게 자신이 있는 장소를 알리는 어미 소의 심정을 나타낸 글이다. '소 우' (牛) 아래 '입 구' (口)를 쓴다.

비록 축생이기는 하지만 모성애가 담겨져 있는 거룩한 글자가 '고할 고' (告)라면, 알리지 말아야 할 곳에 알리는 글자는 '기댈 고' (靠)이다.

즉, '알릴 고' (告) 아래 '아닐 비' (非)자를 써서 알리지 말라는 뜻이다.

남에게 기대기를 좋아하는 사람은 예로부터 남의 피를 빨아먹는 빈대(蝎: 빈대 갈)족이라 했다.

들병이 같은 삼류 창녀를 '갈보' (蝎; 빈대 갈, 甫; 사람이름 보)라 했다.

표현이 좀 지나친 감은 있지만 사람이 사람답게 살아야지 갈보같이 살아서야 되겠는가?

暑

더위 **서**

署

관청 **서**

더위인가 관청인가

한자(漢字)를 배우는 초보자들이 헷갈리는 글자 중에 '더위 서'(暑)와 '관청 서'(署)가 있다. 흔히 여름 휴가철에 바다나 계곡으로 가는 피서(避暑)는 '더위 서' (暑)를 쓴다.

'해 일' (日) 아래 '놈 자' (者)가 합쳐진 글자인데, "해라는 놈은 더운 것이다"라는 뜻이다.

흔히 경찰서(警察署), 세무서(稅務署) 등 '관청 서'(署)는 '놈 자'(者) 위에다 그물(网; 그물 망)이 올려져 있는 글자이다. 즉, 죄지은 사람을 그물로 덮어 씌워 체포하는 글자이다. 앞에서도(책머리) 언급했듯이 모든 연상학문(聯想學文)은 시대에 맞게 발전하는 법이다.

원래 '관청 서'(署)는 '그물 망'(网) 아래 '놈 자'(者)를 썼지만 편리상, 눈(目; 눈 목)을 옆으로 눕혀 놓는 글자로 쓰고 있다. 사물을 자세히 볼 적에는 실눈을 뜨고 초점을 맞추는 모습을 생각해 보자.

더위는 피해가는 곳이고, 관청은 잡아가는 곳이다.

暫

잠시 **잠**

형벌의 고통은 길게 하면 안 된다

자동차의 원조는 수레이다. 전쟁터에서 한꺼번에 많은 군수물자를 실어 나르기 위해서 개발한 것이 수레이다. 수레에 잔뜩 실려 있는 군수물자는 철저한 보안이 유지되어야 했기에 뭔가로 덮어서 위장을 해야만 했다.

'수레 거'(車) 위에다 '덮을 멱'(冖)을 합치면 '군사 군'(軍)이 된다.

전쟁터에서 아군에게 막대한 피해를 입힐 정도로 큰 죄를 짓게 되면, 군법에 의해서 도끼로 목을 베게 되는데(斬; 벨 참), 이때 사용하는 도끼는 장작을 패는 일반 도끼가 아니라 '부월'(斧鉞)이라는 의식용 장식 도끼이다.

부월(斧; 도끼 부, 鉞; 도끼 월)은 전쟁에 임하는 장수에게 임금이 직접 하사하는 장식용 도끼로서 임금의 권위를 상징한다. 그런데 아무리 군법에 의해 목을 베더라도 고통을 최소화해야 하는 것은 인지상정이었으므로 도끼날에 햇빛이 번쩍하는 찰나에 죄수의 목을 베는 것을 원칙으로 하였다.

'벨 참'(斬) 아래 '해 일'(日): 暫(잠깐 잠).

한 치의 개인적인 인정이 허락되지 않는 서릿발 같은 군령(軍令) 속에서도 인도주의(人道主義)는 있는 법이다.

蓮

연밥 **연**

사랑의 전령사 연밥 따는 아가씨

연꽃은 진흙 속에서 맑은 꽃을 피워낼 뿐만 아니라 꽃과 열매가 동시에 열린다고 해서 인과구시(因果俱時: 원인과 결과가 동시에 일어남)를 가르침으로 삼는, 불교가 상징하는 꽃이다.

또한 꽃은 차(茶)로도 인기가 높고, 잎은 밥을 찌거나 가루를 내어 건강식품으로도 복용하며, 열매인 연밥(蓮子)은 식용과 약용으로 두루 쓰인다.

옛날 문헌을 보면 연밥 따는 아가씨가 종종 등장하는데 한결같이 짙은 화장을 하고 화려한 복장에 노리개를 주렁주렁 달고는 꽃으로 장식된 목란(木蘭) 배 위에서 멋을 잔뜩 부리고 있다.

그런가 하면 물에서는 역시 멋을 잔뜩 부린 총각들이 아가씨들에게서 잠시도 눈을 떼지 않는다. 연밥은 연꽃의 씨앗이기에 한자로는 연자(蓮子)라고 하는데 발음이 연자(戀; 사모할 연, 者; 인칭 자)와 똑같다.

즉, 연밥 따는 아가씨는 자신이 사모하는 연인에게 연밥을 던짐으로써 사랑을 고백하는 것이다. 젊은 청춘들의 사적인 연애가 허용되지 않았던 옛날에도 젊은이들의 끓어오르는 본능은 억제할 수가 없었으니, 연꽃 향기 속의 낭만적인 연애놀음이 한없이 멋스럽기만 하다.

憲

법 **헌**

관리가 백성들을 해치는지 살피는 것이 법이다

예로부터 탐관오리들의 수탈은 호랑이보다도 무섭다고

공자께서도 말씀하셨다. '법 헌'(憲)은 '해할 해'(害)와 '눈 목'(目)과 '마음 심'(心)이 합쳐진 글자이다. 즉, 관리가 백성을 해하는지(害에서 구; 口가 생략) 실눈을 가늘게 뜨고(罒), 정성(心)을 다해 살피는 글자이다.

임금의 손길이 잘 닿지 않는 곳에는 암행어사를 파견하여 탐관오리들을 혼내주기도 했는데 이 땅의 헌법을 다루는 입법부의 국회의원 나으리들께서 이 '법 헌(憲)'이라는 글자의 의미를 진정 실천한다면, 국민들의 사랑과 신뢰를 받는 떳떳한 정치인으로서 자부심 속에 의정생활을 할 수 있을 것이다.

廳 관청 청

백성들을 왕으로 모시는 글자

옛날 농경사회에서는 출세하는 길이 과거시험에 급제하는 것에 한정되어 있었다. 요즘으로 말하자면 공무원 시험에 합격하는 것인데 그게 여간 어려운 일이 아니다.

3년에 한 번씩 실시하는 데다 합격자 인원은 제한되어 있고(33명), 응시자는 많다 보니 합격하기가 낙타가 바늘구멍을 통과하는 것만큼이나 어려웠다. 그러나 일단 급제만 하고 나면 부와 명예를 한 몸에 받게 되는데, 장원 급제자에게는 영광스럽게도 임금께서 직접 '어사화'(御史花)를 제수하였다.

이 어사화는 갈대 종류인 참대오리나무에다 빨강 노랑 보라색의 한지(韓紙)를 꼬아 만든 조화(造花)로서 어사화를 사모(紗帽)에 꽂는 순간, 앞으로 '나으리'가 된다는 뜻으로 일명 '나으리꽃'으로 불리었다.

나으리를 줄여서 나리라고 했는데 개중에는 이 '나리'들이 지방수령으로 부임하여 수탈이 심하여 고을 백성들로부터 지탄을 받는 자들도 생기곤 했었는데, 이때 불리우는 명칭은 '나리'가 아니라 '개나리'이다. '개 나으리' 란 뜻이다. 앞서 언급한 어사화(御史花)의 꽃잎모양이 봄에 피는 개나리와 모양이 흡사했으므로(원래는 나리꽃이었으나) 그 예쁜 이름은 사라지고 졸지에 '개나리꽃' 이 되고 말았다.

반대로 '진달래꽃'은 원래 이름이 '달래꽃'이었는데 꽃잎을 따서 화전(花煎)으로 부쳐 먹기도 하고 생으로 먹기도 하였기에, 보릿고개에 백성들의 배고픔을 달래주는 꽃이라 하여 꽃 이름 앞에다가 '참 진' (眞)자를 붙여 '진달래', 참으로 배고픔을 달래주는 민중의 꽃이 되었다.

개나리와 진달래는 둘 다 봄의 전령사이건만 백성들의 민심은 극과 극으로 꽃 이름을 바꿔 놓았다.

각설하고, 나리들이 근무하는 관청(廳; 관청 청)자를 살펴보자.

좀 복잡하긴 하지만, '집 엄' (厂)에다 '귀 이' (耳) 아래 '임금 왕' (王)이 있다. 그리고 '열 십' (十) 아래 가늘게 뜬 '눈 목' (罒)이 있고, 그 아래 '한 일' (一)과 '마음 심' (心)으로 구성되어 있다.

즉, 이 건물 안에 근무하는 관리들은 백성들의 민원을 들을 적에는 임금의 명령이라 믿고 들으며, 송사를 살필 적에는 열 개의 눈으로 살피면서 정성을 다하여 일심으로 처리해야 한다는 글자이다.

현대를 살아가는 공무원들 역시 국민의 공복이 된 자세로 '관청 청' (廳)자의 의미를 옷깃에 새겼으면 한다.

員
원님 **원**

唄
염불 **패**

원님(員)과 염불(念佛)

지방의 수령을 보통 '원님' 으로 칭한다.

한자로는 '관원 원' (員)으로 쓰는데, 패물(貝; 패물 패) 위에 걸터앉아 입(口; 입 구)으로 호령하고 있는 형상이다.

적당한 세금을 분배해서 백성들의 삶을 잘 보살피라는 뜻이지만 마음먹기에 따라서는 백성들의 고혈을 얼마든지 짤 수도 있다는 말이다. 그런가 하면 절간의 스님들이 하는 염불(念佛)을 한 글자로 줄여서 패(唄; 염불 패)라고 하는데 불교음악을 범패(梵唄)라고 한다.

이 패(唄)란 글자를 보면, 입(口)과 패물(貝)이 합쳐진 글자로서 물욕(物慾)을 경계하는 스님들의 세계라 할지라도 천도재(薦度齋) 등 무슨 무슨 제(祭)를 지낼 적에는 약간의 제수비가 든다는 뜻을 가진 글자이지만, 해석하기에 따라서는 스님들이 염불을 하면서 패물(貝)을 옆구리에 끼고 있다고 볼 수도 있다.

후자의 경우 스님들로서야 억울하기 이를 데 없겠지만, 염불보다는 잿밥에 마음이 가 있는 스님들도 더러는 없지 않다는 사실이 현존하고 있는 것이 엄연한 사실이 아닌가. 어쨌든 글자 그대로 '이현령비현령(耳懸鈴鼻懸鈴)' 이라고, 귀에 걸면 귀걸이가 되고, 코에 걸면 코걸이가 된다.

義
옳을 의

의원(議員)님과 의리(義理)

의(義; 옳을 의)를 존중하는 것은 예나 지금이나 다를 바 없다. 올바른 이치를 행하는 것이 의리(義理)이기 때문이다.

'옳을 의' (義)를 파자(破字)해 보자.

'양 양' (羊) 아래에 '나 아' (我)가 합쳐져 이루어진 것을 볼 수 있는데, 두 개의 큰 목장이 나란히 이웃해 있으면서 각각 백 마리씩의 양(羊)을 치고 있었다 치자. 옆집의 양 한 마리가 울타리 넘어 이쪽으로 넘어왔을 경우, 주인은 어김없이 나의(我) 양(羊)만 거두어들이고 이웃집 양(羊)은 돌려주는 것, 그것이 '옳을 의' (義)이다.

議
의논할 의

의리(義理)란 옳은 이치를 행하는 것을 말한다.

'옳을 의' (義) 앞에다 '말씀 언' (言)을 합쳐 놓은 글자가

'의논할 의' (議)이다. 즉, 의원님은 옳은 말씀만 하시는 분이다. 힘없는 민초들을 대변해서 민의(民意)의 전당 국회의사당에서 옳은 말만 하는 사람이다. 백성들의 고충을 반영해서 잘못된 헌법은 뜯어 고치고 민중을 위한 법안을 제시하는 사람이다.

그런데 의원(議員)의 본분을 망각하고 당파(黨派)와 본인의 삿된 이익만을 추구하며 위증과 거짓으로 일관하는 의원 나으리들이 대부분이다.

당선시켜 준 지역구민과 국민들의 바람은 외면한 채 자신의 영달을 위해 의리에 벗어난 행동을 일삼는 의원들이 대한민국 국회의사당 안에 득실거린다. 의사당에서 열변을 토하는 것을 일러 사자왕이 부르짖는다 하여 '사자후' (獅子吼)라 하는데, '3.1만세운동' 을 선포한 민족의 얼이 서려 있는 탑골공원의 분뇨를 퍼다가 국회의사당에서 모두발언 시간을 이용하여 참석한 국무위원들에게 투척하며 호령했던 고(故) 김두한(金斗漢) 의원 같은 멋있는(?) 의원들을 요즘 세상에선 찾아볼 수 없는 것일까?

烈
세찰 열

열사(烈士)와 의사(義士)

'열사(烈士)' 와 '의사(義士)' 는 어떻게 구분하는 것일까?

국가보훈처(國家報勳處)에서 발간한 《독립운동사 편찬》에 보면, 항일(抗日) 선열들의 공적을 구분하면서, "죽음으로써 정신적인 저항의 위대성을 보인 분들은 열사(烈士)라 하고, 주로 무력(武力)을 통해서 큰 공적을 세우신 분들을 의사(義士)라 한다" 라고 규정하고 있다.

그러니까 3.1만세운동을 외치다 서대문형무소에서 장렬히 옥사(獄死)한 류관순(柳寬順)과 고종황제의 밀명을 받고 네덜란드의 헤이그에서 열리는 제2차 만국평화회의에 참석하여 을사늑약(乙巳勒約)의 부당성을 알리려 했으나 일제(日帝)의 방해공작으로 뜻을 이루지 못하고 숙소에서 분사(憤

死)한 이준(李儁)은 열사(烈士)이고, 하얼빈 역에서 이토 히로부미(伊藤博文)를 저격한 안중근(安重根)이나 상하이 홍커우(虹口) 공원에서 도시락 수류탄을 투척하여 시라카와 요시노리(白川義則) 육군 대장을 죽이고 참석한 요인들에게 부상을 입힌 윤봉길(尹奉吉)은 의사(義士)인 것이다.

류관순은 나이와 성별에 관계없이 이 땅의 모든 이에게 '누나' 다.

귀신도 살아서 나오기 힘들다는 지옥의 서대문형무소에서 말로는 다할 수 없는 모진 고문 속에 육신은 찢겨진 채 피를 쏟으며 옥사(獄死)했지만, 칠천만 민족의 가슴 속에는 열여섯 살 난 고운 누나로 영원히 살아 숨 쉬고 있다. 류관순 누나는 아무리 세월이 흘러도 더 이상 나이를 먹지 않는다.

어린 나이였지만 의기(義氣)에 찼으며, 불의(不義)에 저항하는 투사(鬪士)였고, 조국애(祖國愛)에 불타는 민족의 꽃이었다.

필자가 초등학교 다닐 적에 음악시간에 불렀던, 강소천(姜小泉)이 작사(作詞)하고 나운영(羅運榮)이 곡(曲)을 붙인 '유관순' 노래는, 흐르는 세월과는 상관없이 민족의 등불이 되어 영원히 우리들 가슴 속에 타오르고 있다.

삼월 하늘 가만히 우러러 보며
유관순 누나를 불러봅니다
옥 속에 갇혔어도 만세 부르다
푸른 하늘 그리며 숨이 졌대요.

삼월 하늘 가만히 우러러 보며
유관순 누나를 불러봅니다
지금도 그 목소리 들릴 듯하여
푸른 하늘 우러러 불러봅니다.

"내 손톱이 다 빠져 나가고 내 귀와 코가 잘리고 내 손과 다리가 부러져도 그 고통은 이길 수 있으나 나라를 잃어버린 고통만은 견딜 수가 없습니다."

"나라에 바칠 목숨이 오직 하나밖에 없는 것이 다 할 수 없는 이 소녀의 유일한 슬픔입니다."

마지막으로 남긴 류관순 열사의 유언이다.

안중근(安重根)은 한국인의 젊은 기상을 만천하에 떨친 의기남아(義氣男兒)요, 일본의 대동아공영권(大東亞共榮圈)을 저격한 아시아의 평화주의자이다.

안중근이 이토 히로부미(伊藤博文)를 저격했다는 소식이 만방(萬邦)에 전해지자 세계의 유명 언론들도 한국청년의 기상(氣像)을 앞다퉈 보도했는데, 일방적인 일제의 군사재판 끝에 뤼순(旅順) 감옥에서 사형이 집행되자, 조선말기 1885년에 조선주재 청(淸)나라 총리대신(總理大臣)을 지냈으며 1912년에는 중국의 초대 대총통(大總統)이 된 위안스카이(袁世凱; 원세개)는 직접 〈만장시; 輓章詩〉를 보내와 젊은 영웅의 죽음을 애도(哀悼)했다.

평생영사지금필(平生營事至今畢)
사지도생비장부(死地圖生非丈夫)
신재삼한명만국(身在三韓名萬國)
생무백세사천추(生無百世死千秋)

평생에 운영하던 일 이제야 이루었구료
죽어야 할 곳에서 살고자 하면 대장부가 아니더라
몸은 비록 삼한에 있지만 그 이름 만방에 떨쳤으니
살아 백년은 없지만 죽은 후 그 기상 천년을 빛내도다.

안중근의 재판은 1910년 2월 14일 단심(短審)으로 사형이 확정되었다. 이날의 역사를 얼버무리려는 일본의 위정자와 경제동물의 상술이 혼합하여 만들어낸 '발렌타인데이'를 우리의 젊은이들은 그 뜻도 모른 채 초콜릿으로 놀아나고 있으니 기가 찰 노릇이다.

세계 각국의 여론을 의식한 일제는 서둘러 한 달여 만인 3월 16일 형(刑)을 집행하기에 이른다. 아들의 죽음을 직감한 안중근의 어머니 조마리아(세례명) 여사는 자식이 저승 갈 때 갈아입고 가라고 손수 지으신 수의(壽衣)와 함께 편지를 동봉하여 보냈다(면회가 되지 않았으므로).

"네가 만약, 늙은 어미보다 먼저 죽는 것을 불효라 생각한다면 이 어미는 웃음거리가 될 것이다. 너의 죽음은 너 한 사람의 죽음이 아니라 조선인 전체의 공분을 짊어지고 있는 것이다. 네가 항소(抗訴)를 한다면, 그것은 일제(日帝)에 목숨을 구걸하는 것이다. 네가 나라를 위해 이에 이른 즉, 딴 맘 먹지 말고 죽으라."

대해(大海) 같은 웅지(雄志)를 품은 어머니는 일세의 영웅을 낳고 기르는 법이다.

평소에 성삼문(成三問)의 기개를 닮았다 하여 스승으로부터 호(號)를 '매헌(梅軒)'이라 하사받은 윤봉길(尹奉吉) 의사(義士)! 그가 23세 되던 해 1930년 3월 6일, 구국의 큰 뜻을 품고 집을 나서던 날, 인자하신 어머니의 눈물어린 얼굴도, 뱃속에 새로운 생명을 가진 사랑하는 아내도, 귀여운 두 남매의 초롱초롱한 눈망울도, 장부의 길을 막지 못하였다.

"장부출가생불환(丈夫出家生不還): 장부가 뜻을 품고 집을 나가니, 뜻을 이루지 않고는 살아 돌아오지 않는다."

이 일곱 글자가 출가의 변(辯)이었다. 스물세 살의 청년 윤봉길이 그의 뜻을 이루는 데 걸린 시간은 불과 2년밖에 걸리지 않았다.

그는 홍커우공원(虹口公園) 거사를 앞두고 어린 두 아들에게 유서(遺書)

를 보낸다.

강보(襁褓)에 싸인 두 병정(兵丁)에게
너희도 피가 있고 뼈가 있다면
반드시 조선(朝鮮)을 위하여 용감한 투사
(鬪士)가 되어라.
태극(太極)의 깃발을 높이 드날리고
나의 빈 무덤 앞에 한 잔 술을 부어 놓으라.
그리고 너희들은 아비 없음을 슬퍼하지 말아라.
사랑하는 어머니가 있으니.
어머니의 교양(敎養)으로 성공한 사람들을 동서양 역사상 보건대,
동양으로는 문학가 맹가(孟軻, 맹자)가 있고,
서양으로는 불란서(프랑스) 혁명가 나폴레옹이 있고,
미국에는 발명가 에디슨이 있다.
바라건대, 너희 어머니는 그의 어머니가 되고,
너희들은 그 사람이 되어라….

윤봉길 의사(義士)가 거사(擧事)에 성공을 하자 중국의 최고 지도자 장제스(蔣介石) 총통은, "중국 100만 대군도 하지 못한 일을 조선의 한 청년이 해냈다"고 격찬을 하면서 상하이(上海)에 있던 임시정부를 적극적으로 후원하는 계기가 되었다.

"마지막으로 남길 말이 있는가?"

사형 집행관의 묻는 말에, "사형(死刑)은 이미 각오했으므로 하등 말할 바 없다. 조선의 사나이로서 할 일을 했으니 떳떳할 뿐이다."

총살당한 시신은 공동묘지 쓰레기장의 구덩이에 매장되어 있다가 1946년 6월 16일, 조국을 떠난 지 16년 만에 해방된 고국으로 돌아와 대한민국

최초의 국민장(國民葬)을 치루고 효창공원(孝昌公園)에 안장(安葬)되었다.
구차하게 100년을 살기보다 조국의 영광을 위해 25년 짧은 생을 초개(草芥)와 같이 버리고 간 대한국(大韓國)의 영웅 윤봉길 의사!
그의 얼은 2014년에 진수(進水)한 일급잠수함(一級潛水艦) '윤봉길호(尹奉吉號)'로 다시 태어나 영원불멸의 모습으로 대한의 바다를 지키며 이 땅에 살아 숨 쉬고 있다.

命
목숨 명

運
돌운

宿
잘숙

운명(運命)과 숙명(宿命)

운명이 객관적으로 정해져 있는 것이라면 일상에서 개인의 의지로 좋은 방향으로 돌려놓을 수 있다. 그래서 한자로는 '돌 운'(運) '목숨 명'(命)을 쓴다.
만석꾼 최첨지는 흉년에 장리쌀을 내어주고 남의 전답을 가로채는 수법으로 악명이 자자하다.
어느 날인가 보광사에서 탁발 나온 큰스님으로부터 "단명할 운을 타고 났는데 앞으로 석 달을 넘기기 어렵다"는 말을 듣고 몸져누웠다가 인생무상을 느끼고는 광의 문을 활짝 열고 배곯는 사람들에게 양식을 내어주는가 하면, 강제로 빼앗다시피 한 전답을 옛 주인을 찾아 돌려주었다.
그럭저럭 석 달이 지나 오늘 내일 죽을 날만 기다리는데 단명을 예언했던 큰스님으로부터 단명의 상은 온 데 간 데 없이 사라지고 오히려 장수할 상으로 바뀌었다는 말을 듣게 된다.
흉한 운명을 적선을 베풀어 길한 운명으로 바꾼 예다.
그런가 하면, 숙명(宿命)은 전생의 업으로부터 가지고 온 것이기 때문에 '잘 숙'(宿), '목숨 명'(命)을 쓴다. 잠재되어 있는 운명이다.

소설《심청전》에 나오는 심학규는 전생의 업으로 소경의 몸으로 태어났지만(후천성 맹인이었다는 기록도 있음), 하늘을 감동시킬 심청이의 효심과 공양미 삼백 석을 접수한 관음사 스님들의 축원발원이 맞물려 눈을 뜨는 기적이 일어난다.

비록 제 삼자의 일이라 할지라도 자신의 생명마저 내놓을 정도의 간절한 바람과 종교의 힘이 합쳐져서 전생의 업장마저 소멸시킨 것이다.

운명은 나의 힘으로 바꿀 수 있고, 숙명이라 할지라도 절대적으로 나를 신뢰해 주는 주위가 있다면 극복하지 못할 일이 없다.

덕을 베풀며 남에게 필요한 사람으로 살 일이다.

查
나무등걸 **사**

頓
조아릴 **돈**

사돈(査頓)의 유래

예로부터 우리네 선조들은 혼인(婚姻)을 개인과 개인의 결합이라기보다는 가문과 가문의 결합으로 인식해 왔었다.

혼인(婚姻)을 통해서 형성되는 사돈(査頓) 관계는 사회적으로도 대단한 의미가 있는데, 자녀들의 혼인연대를 통해 혈연적인 결합을 통한 정치적인 목적을 추구하기도 하였으며 경제적인 안정을 취하기도 하였다.

양가(兩家)의 혼주(婚主)가 되는 사돈은 상호간에 긴밀한 관계를 유지하며 두 가문의 명예가 실추하지 않도록 서로가 극진히 예우하며 일단 사돈이 되고 나면 같은 마을에 살고 있는 친구라 할지라도 서로가 존칭어를 쓰는 것을 보면 사돈이라는 관계가 얼마나 조심스럽고 정중한 관계인지 짐작할 수가 있다.

우리나라에서 사돈이란 말이 처음 사용된 것은 고려 예종(睿宗) 때이다.

윤관(尹瓘)과 오연총(吳延寵)은 각각 원수(元帥)와 부원수(副元帥)로서

여진족(女眞族)을 북벌할 때 서로가 위기에서 구해준 피로 맺은 전우였고, 평생의 친구였었는데 둘 다 대신(大臣)의 지위까지 올랐다.

은퇴 이후에는 조그마한 냇가를 사이에 두고 앞뒤마을에 살면서 급기야 자식들마저 나누어 가지는 혈연의 친구가 되었다.

거의 하루도 거르지 않고 만나서 지난날 고생했던 옛 이야기로 술잔을 나누었는데, 하루는 윤관이 작은 술항아리를 하인에게 지워서 오연총의 집을 향해 길을 나서 냇가에 이르고 보니, 상류에 소나기가 왔던지 별안간 물이 불어 냇가를 건널 수가 없게 되었다. 문득 건너편을 보니 오연총도 하인에게 술항아리를 지워 가지고 오고 있었다.

"우리가 서로 얼굴만 마주하며 술 한 잔씩 나누지 못하는 것이 안타깝기 그지없소이다."

윤관의 말이 끝나자 마자 오연총은 옆의 나무에 올라가 커다란 등걸에 걸터앉았다.

그리고 술잔에 술을 부어 두 손에 받쳐 예(禮)를 갖추며, "자! 한 잔 드시지요." 술을 권하는 시늉을 한다.

이에 윤관 역시 나무등걸에 걸터앉아, "예! 그쪽도 한 잔 드시지요." 정중히 예를 올리며 머리를 숙였다.

이편에서 먼저 한 잔 마시고 머리를 숙이면, 저편에서도 한 잔 마시고 머리를 숙이며 밤이 깊도록 술 항아리를 다 비우고 말았다. 여기서 '사돈' 이라는 말이 생겨났다.

사(査; 나무등걸 사), 돈(頓; 조아릴 돈). '나무에 걸터앉아 서로 머리를 조아린다' 는 뜻이다.

여기에서 유래되어 훗날, 자녀들을 혼인시키는 혼주들이 술 한 잔 나누며, "우리도 사돈 한 번 해 볼까?" 하던 것이 지금의 대명사(代名詞)로 자리를 잡았다.

"우리 업소는 고객을 사돈처럼 모시겠습니다"라는 선전용어로 성공한 기업이 있었다.

우리네 한국인의 심리를 정확하게 간파한 상술로 대박이 터진 것이다.

사회전반에 걸쳐서 서로가 사돈 대하듯 한다면 이 땅은 범죄 없는 사회가 되는 것은 물론, 지상의 무릉도원(武陵桃園)이 될 것이다.

瓜

오이 **과**

이팔청춘(二八青春)

혼기가 꽉 찬 규수를 일러 과년한 처녀라 일렀다. 여기서 과년한 처녀란, 혼기가 지난 과년(過; 지날 과, 年; 해 년)으로 생각하면 큰 오산이다.

다름 아닌 '오이 과' (瓜)를 쓰기 때문이다. '오이 과' (瓜)를 파자(破字)하면 여덟 팔(八)이 두 개가 된다. 팔(八)이 두 개이므로, 8×2=16, 즉 16이 된다.

흔히 이팔청춘이라 함은 이것을 두고 하는 말이다. 인간의 수명이 평균 60을 넘기기가 어려웠고 조혼하던 시절이었기에 16세를 결혼적령기로 본 것이다.

소설 《춘향전》에 나오는 이몽룡과 성춘향이 단오날 만나서 사랑에 빠지는 나이도 어김없이 16세이다.

그런데 남성 우위가 절대적인 사대부들의 '오이 과' (瓜) 파자 방식에는 8×2=16이 아니라, 8을 겹쳐서 8×8=64 즉, 환갑 진갑 다 지나고 64세까지 장수한다는 논리를 억지로 끌어다 붙였다.

그래서 64세 드는 해에 16세 젊은 첩을 두는 것을 인생 최대의 복을 타고 났다 했으니, 요즘 세상에 그런 논리를 폈다가는 노망든 노인이라 정신병원행은 떼어 놓은 당상이다.

艮

그칠 간

그친다는 것의 의미

과유불급(過猶不及)이라 해서 지나침은 오히려 모자람만 못한 법이다. 잘 나갈 때 조심하라는 말도 있듯이 무엇이든 지나친 것은 적당히 그칠 줄 모르는 헛된 욕망에서 나온다.

그래서 정년퇴직이 없던 시절의 옛 선인들은 벼슬자리가 웬만할 적에 어김없이 고향으로 물러나 후배들을 양성하면서 노년을 보내는 것을 이상향으로 삼았다.

그친다는 뜻을 가진 간(艮; 멈출 간, 그칠 간, 맺힐 간)이 주인공인 글자들을 알아보자.

- 언덕(阝; 언덕 부)이 멈추었으니, '한계 한' (限).
- 마음속에(忄=心의 변형) 맺혔으니, '원한 한' (恨).
- 나무(木; 나무 목)가 땅 위에서 그쳤으니, '뿌리 근' (根).
- 금(金; 황금)이 되려다가 그쳤으니, '은 은' (銀).
- 진흙(堇; 진흙 근) 속에 빠진 발이 멈추었으니, '어려울 간' (艱).
- 땅(土; 흙 토)이 그쳤으니, '벼랑 은' (垠).
- 물(氵=水; 물 수)가에서 멈추었으니, '물가 은' (泿).
- 병(病)을 앓던 자리에 딱지가 앉았으니, '흉터 흔' (痕).
- 이빨(齒; 이 치)이 그친 곳이니, '잇몸 흔' (齦; 잇몸 은).
- 벼슬자리를 그만두고 물러나니(辶; 쉬엄쉬엄 갈 착), '물러날 퇴' (退).

공직이든 일반직이든, 더 이상 욕심내지 않고 후배들에게 자리를 물려주고 정년퇴직하시는 직장인들에게 진심으로 존경의 박수를 보내는 바이다.

제2편

풍물風物 이야기

謙
겸손할 **겸**

겸손(謙遜)의 미덕(美德)

속이 여문 사람치고 겸손하지 않은 사람이 없다.

옛날 농경사회에서는 농사를 남들보다 잘 지어 소출을 많이 내는 사람은 숱한 사람들로부터 부러움을 사는 것은 당연한 일이었다. 여기저기서 사람들이 몰려와서 칭찬일색이다.

'겸할 겸(兼)' 은 물체를 '포개다, 곱으로 배가 되다' 라는 풍성함을 내포하고 있는 글자이다. 벼(禾; 벼 화) 포기가 두 개 포개진 글자에다 왼손을 뜻하는 '왼손 좌' (屮)를 눕혀 놓은 글자로 합해진 글자이다. 즉, 남들보다 곱으로 수확을 거두었다는 글자이다. 거기다 남들로부터 침이 마를 정도의 칭찬을 받고는 "에이, 별것 아닙니다" 하며 내뱉은 '말씀 언' (言)을 합치면 '겸손할 겸' (謙)이 된다.

遜
겸손할 **손**

손자아이가 남의 집 아이들보다 깨우침이나 행동이 더딘 것을 표시한 글자가 '겸손할 손' (遜)이다. 즉, 손자(孫; 손자 손)가 남들보다 뒤처진다(辶; 쉬엄쉬엄 갈 착)라는 뜻이다.

손주 귀엽지 않은 할아버지 없다. 그것도 다른 집 아이들보다 글재주가 뛰어나 불과 다섯 살이 갓 지났는데 천자문(千字文)을 다 떼고 사서삼경(四書三經)에 들어갔으니 고을에 신동(神童)이 났다고 주위사람들의 칭찬이 자자하다. 입이 귀에 걸려 밤잠을 설치는 할아버지는 애써 겸손해 한다.

"저의 손자는 돼지새끼같이 미련한 식충이에 불과합니다."

'아이 아' (兒)와 '돼지 해' (亥)를 합한 '어린아이 해' (孩)를 뜻하는 아해라는 말은 요즘 쓰는 아이의 옛말이다.

孩
어린아이 **해**

그런가 하면 남들에게 자식이나 손자를 칭할 때 돼지새끼라 했다. 아무리 겸손을 미덕으로 삼았던 시절이라 해도 눈에 넣어도 아프지 않을 귀여운 손자를 돼지새끼에다 비유한 것은 좀 지나쳤다는 생각이 든다.

襄

도울 양

송양지인(宋襄之仁): 어리석은 겸손의 막판

송양지인(宋襄之仁)이란 말이 있다.

지나친 겸손으로 나라를 망친 고사(故事)의 표본이다.

중국의 춘추시대에 송(宋)나라는 '양공' (襄公)이 다스리는 꽤나 강력한 제후국이었는데 이웃해 있는 초(楚)나라와 전쟁을 하게 되었다.

큰 강을 사이에 두고 양군이 대치하고 있었는데, 초(楚)나라 군사들이 강을 건너오기 시작했다. 이를 본 송(宋)나라 장군이 "지금이 좋은 기회입니다. 총공격을 명해 주십시오"라고 했으나, 양공(襄公)은 "상대가 미처 준비하기 전에 기습을 하는 것은 어진 군대가 취할 일이 아니다"라며 상대가 모두 강물을 건너오기를 기다렸다.

이윽고 군대를 재정비한 초(楚)나라와 한 번의 싸움으로 대패를 하고 만 양공(襄公)은 그때 입은 상처가 도져 결국 죽고 말았다.

〈손자병법〉에도 "적의 취약한 부분을 기습하라"라고 가르치고 있다.

그런가 하면 〈한비자〉에서는 "전쟁에서는 적군을 속여서라도 무조건 이겨야 한다"라고 기술하고 있다. 겸손과 어리석음은 엄연히 다르다.

송(宋)의 양공(襄公)은 역사에 길이길이 어리석은 사람으로 기록되어 있다.

賢

어질 현

현군망국(賢君亡國): 현명한 임금이 나라를 잃는다

중국의 한(漢)나라 때 사람 한영(韓嬰)이 편찬한 《한시외전; 漢詩外傳》에 보면, 제 혼자 똑똑한 임금의 이야기가 나온다.

옛날 괵(虢)나라 임금이 나라가 망하여 도망가던 중에 임금이 마부에게 "목이 마르다" 하니 마부는 좋은 술을 바쳤고, '배가 고프다' 하면 말린 고기 포(脯)와 기장(黍; 서) 미숫가루를 대령했다.

임금이 물었다.
"어떻게 준비했느냐?"
"제가 미리 준비해 두었습니다."
"어떻게 미리 준비할 수 있었느냐?"
"임금께서 나라가 망하여 도망치시면 목마르고 배고플 것 같아서입니다."
"너는 내가 망하게 될 줄 알았다는 것이냐?"
"그렇습니다."

諫
간할 **간**

"그런데 왜 진작 간(諫)하지 않았느냐?"
"임금께선 아첨하는 말을 좋아하고 바른 말은 싫어하셨습니다. 저도 간언을 드릴까 생각해 보았으나 나라가 망하기 전에 제가 먼저 죽게 될 것 같아 그만두었습니다."
임금이 얼굴 색이 변하며 화가 나서 말했다.
"그럼 내가 망한 이유가 뭐란 말이냐?"
마부가 목소리를 바꾸어 말했다.
"임금께서 홀로 현명하셨기 때문에 망했습니다."
"도대체 현명한 사람이 흥하지 못하고 망한 것은 또 무슨 까닭이냐?"
"임금 주위의 모든 사람들은 어리석고 임금님 혼자 현명했습니다. 그래서 망했습니다."
임금은 수레 막대에 기대어 탄식하며 말했다.
"허허, 똑똑하고 현명한 내가 이런 어려움을 겪게 되다니……."
임금은 온몸에 힘이 빠지고 피곤함을 느껴 마부의 무릎을 베고 잠이 들었다. 마부는 살며시 자신의 무릎을 빼고 대신 돌 하나를 받쳐주고 떠났다. 그 후, 임금은 홀로 들판을 헤매다 호랑이의 먹이가 되었다.
인사(人事)는 만사(萬事)라 했다. 아무리 현명한 사람이라 할지라도 주위에 어리석은 사람들로 장막이 쳐져 있으면 우물 안 개구리 신세가 된다.
현명한 신하를 두고 실정(失政)한 군주는 보지 못했다.

조선시대 불행하게도 폐위된 연산군 옆에는 임사홍이라는 간신이 있었고, 광해군 역시 이이첨이라는 간신이 있었다. 남의 나라에 볼모로 잡혀가 굶어 죽게 된 주인에게 자신의 허벅지 살을 구워 바친 개자추 같은 충신을 둔 진(晉)나라 문왕(文王)은 뒤에 망명생활을 끝내고 임금의 자리에 오를 수 있었다.

순자(荀子)는 "나를 꾸짖으며 대해 주는 사람은 나의 스승이고, 나에게 아첨하는 자는 나의 적이다"라고 훈계했다.

《이솝우화》에 보면, 배고픈 여우가 숲을 지나다 치즈를 입에 물고 있는 까마귀를 만났다. 치즈를 빼앗아 먹고 싶은 여우는 까마귀를 칭찬해서 노래를 부르게 했다.

여우의 칭찬에 우쭐해진 까마귀는 신나게 노래했다. 그러자 치즈는 떨어졌고 여우는 까마귀를 비웃으며 치즈를 물고 유유히 사라졌다.

설존치망(舌存齒亡): 부드러운 것이 강한 것을 이긴다

齒
이치

중국의 교훈적인 설화(說話) 집 《설원; 說苑》에 보면, 노자(老子)와 그의 스승 상창(常摐)과의 대화가 나온다.

상창(常摐)이 병이 깊자 노자가 병문안을 가서 여쭙기를,

"선생님, 병환이 깊으시니 저희 제자들에게 특별히 남기실 말씀이 없으신지요?"

상창이 말하길, "네가 묻지 않아도 내가 말하려고 하였다. 고향을 지나갈 때에는 수레에서 내리는데 너는 그 이유를 아느냐?"

노자가 대답한다.

"고향을 지날 때 수레에서 내리는 것은 고향을 잊지 말라는 뜻 아닙니까?"

"오, 그래! 바로 그거야."

다시 상창이 묻기를, "큰 나무를 보면 종종걸음으로 가는 법인데 왜 그러는지 아느냐?"

"큰 나무를 보고 종종걸음으로 가는 것은 노인을 공경하라는 뜻 아닙니까?"

"그래, 잘 알고 있구나!"

그리고는 자신의 입을 벌려 노자더러 보게 하고는 말했다.

"내 혀가 있느냐?"

"네, 있습니다."

"이(齒)는 있느냐?"

"없습니다."

"넌 그 이유를 아느냐?"

"혀가 남아 있는 것은 부드럽기 때문이고, 이(齒)가 없어진 것은 그것이 강하기 때문이 아닙니까?"

상창이 말했다.

"그래, 바로 그거야! 천하의 모든 이치가 모두 이것과 같으니라. 너에게 더 이상 해 줄 말이 없구나."

그리고 상창은 숨을 거두었다.

강한 것이 부드러운 것을 이길 것 같지만 실상은 그렇지가 않다. 무슨 일이든 처리함에 있어 부드럽고 유연하게 처리하면 화합과 여유로움이 남고, 너무 강하게 밀어붙이면 반드시 부작용과 함께 상처받는 사람이 생기기 마련이다.

어떤 단체이든 지도자가 주위 사람들을 존중해 주며 덕을 베풀면 모두가 힘이 되고, 반면 지도자가 권위를 내세워 함부로 대하면 내 스스로가 외로워진다는 것은 만고의 진리이다.

동방예의지국(東方禮儀之國)과 병인양요(丙寅洋擾)

擾
어지러울 요

흥선대원군의 천주교 탄압에 항거하여 자국 선교사의 박해를 빌미로, 프랑스 '인도차이나' 함대가 강화도 앞바다에 정착하여 조선에 일방적인 선전포고를 해 왔다.

전쟁이 벌어지기 전날 밤 강화유수(江華留守)는 프랑스군에게 "우리 조선은 예로부터 예의를 존중하는 나라인 바, 싸울 때 싸우더라도 만리창파에 노고가 많았음을 위로코자 하니, 먹고 힘내기 바라노라"라는 편지와 함께 거세한 황소 한 마리, 닭 50수, 계란 300개를 보냈다.

그 다음날, 한 번의 전투에서 강화도는 프랑스군에게 점령당하고 외규장각(外奎章閣)에 보관중이던 왕실의 행사를 기록한 의궤(儀軌) 340권을 약탈당한다. 그로부터 140년이 지나서야 프랑스 국립박물관에 전시되어 있던 것을 임대형식으로 296권을 돌려받는데, 옛말에 "체면 차리다가 굶어 죽는다"는 말이 있다.

예절도 인용을 잘 해야 한다. 손자병법에 보면 전쟁에서 적군의 식량을 불태우거나 탈취하는 것을 가장 소중하게 다루고 있다. 강화도가 프랑스군에게 점령당하던 그날 새벽 강화유수는 도망가고 없었다.

判
판가름할 판

이판사판(理判事判) 공사판(公事判)

승부의 세계에서 마지막으로 올인하는 것을 일컬어 이판사판이라 한다. 흔히 막다른 골목에 몰려 선택의 여지가 없을 때 띄우는 마지막 승부수를 말한다. 원래 이 말은 불교용어로서 절에서 수행정진만 하는 스님을 '이판승'(理; 이치 리, 判; 판가름할 판, 僧; 중 승)이라 했고, '사판승'(事; 일 사, 判; 판가름할 판, 僧; 중 승)은 살림과 잡역을 겸하는 스님들을 말하는데, 다 같은 스님이라도 소임이 달랐으므로 구분하여 이렇게 불렀다. 사찰에서 중대한 사안이나 승려의 그릇된 행위에 대한 문책, 또는 공지사항을 전달할 때에는 '이판승' 과 '사판승' 이 모두 모여 빙 둘러앉아서 논의를 했는데 이를 대중공사(大衆公事)라 한다.

'이판사판 공사판' 이 생겨난 배경이다.

排
밀칠 배

배불숭유(排佛崇儒) 정책에 밀려 천대만 받던 승려들도 임진왜란이 일어나서 나라의 운명이 바람 앞의 등불이 되자 스스로 호국불교(護國佛教)의 기치를 높이 들었다.

서구식 조총이라는 신식무기를 앞세운 왜군들에게 조선의 관군은 힘 한번 못 써보고 불과 보름만에 수도 한양을 함락당하고 선조(宣祖) 임금은 평안도 의주(義州)로 몽진(蒙塵)을 한 상황에서 진정 이 땅을 구해낸 사람들은 전국에서 일어난 의병(義兵)과 승병(僧兵)이었다.

특히 승병들은 딸린 처자식이 없는 몸이기에 몸을 도사리는 법 없이 악착같이 싸웠는데 눈을 감고도 훤히 꿰뚫고 있는 지리적인 이점을 충분히 활용하여 변변한 무기 없이도 기습작전으로 연전연승할 수 있었다.

승병의 기습을 받은 왜군들은 "이판승 군대인가" "사판승 군대인가" 그것을 더 궁금해 했다 한다.

아무래도 방안에서 참선이나 경전공부만 하던 이판승보다 직접 농사도 지으면서 산에서 나무도 하던 사판승들이 훨씬 버거웠을 것이다.

명(明)나라 지원군과 함께 조선의 관군, 의병, 승병이 연합군이 되어 벌인 평양성(平壤城) 탈환을 위한 전투는 전쟁의 방향을 판가름 지을 중요한 전투였기에 쌍방이 있는 힘을 다 쏟아 부은 혈투였다. 승병들도 모든 병력을 총집결할 수밖에 없었는데, 말 그대로 이판사판이 모두 동원된 전투였다.

세상을 살다 보면 때론 궁지에 몰릴 때도 있다. 몸담고 있는 회사나 조직이 와해될 위기에 처할 때도 있을 것이다. 구국의 일념으로 왜군들을 쳐부수던 스님들의 '이판사판' 정신으로 어려움을 극복하길 염원해 본다.

護

보호할 호

호국신장(護國神將) 사명대사(四溟大師)

사명대사는 경남 밀양 출신으로서 속세의 성(姓)은 임(任)씨이다. 15세에 김천의 직지사(直指寺)에서 출가했으며 당대 최고의 고승(高僧) 서산대사의 수제자로서 임진왜란 때에는 승군(僧軍)의 도총섭(都摠攝)이 되어 승병을 이끌고 크나큰 업적을 남겼다.

7년에 걸친 전쟁이 끝나고 새로운 권력을 잡은 일본의 도쿠가와 이에야스(德川家康)는 조선에 끈질긴 강화교섭을 요구해 왔다. 나라의 녹을 먹는 관리들은 모두가 목을 움츠리고 나서는 사람이 없게 되자, 임금 선조(宣祖)의 간곡한 부탁으로 대사는 특사로서 도일(渡日)하게 되는데(훗날 조선통신사의 기틀이 된다) 도쿠가와는 먼저 헤게모니를 쥐려고 대사와 첫 대면하는 자리에 커다란 대(臺)를 쌓고, 그 위에 앉아서 잔뜩 위엄을 부리면서 대(臺) 아래에는 양쪽에다 창칼을 든 도부수들을 배치해 놓았다. 그리고 중앙에는 커다란 가마솥을 걸어 두었는데 그 속에선 기름이 펄펄 끓고 있었다.

그런 살벌한 분위기 속에서도 자세 한 번 흐트러짐 없이 호랑이 눈을 부릅뜬 대사는 쌓아놓은 단 아래까지 가서는 도쿠가와를 정면으로 올려다보았다. 허리를 굽히지도 않았다.

한동안 침묵이 흐른 뒤 도쿠가와는 성난 얼굴로 흰 종이에다 몇 자 적어서 측근을 통해 대사에게 전했다.

그 내용은 다음과 같다.

석산난생초(石山難生草)　　돌 위에서 풀이 나기 어렵고
방중불기운(房中不起雲)　　방 가운데선 구름이 일어나지 않는다.
여이하산조(汝爾何山鳥)　　너는 어느 산의 잡새 따위로서
내참봉황군(來參鳳凰群)　　감히 봉황의 무리에 뛰어들었는가?

사명대사를 보잘것 없는 잡새에다 비유하면서 자신들은 봉황의 무리라고 으스대고 있다. 이 정도에 주눅이 들 사명대사가 아니다. 수행원에게 지필묵을 가지고 오라더니 조금의 망설임도 없이 일필휘지(一筆揮之)로 써 내려간다.

아본청산학(我本靑山鶴)	나는 본래 청산의 학으로서
상류오색운(常遊五色雲)	언제나 오색구름과 노닐었도다
일조운무진(一朝雲霧盡)	하루아침에 구름과 안개가 다하여
오락촌계군(誤落村鷄群)	잘못 촌닭의 무리 속에 떨어졌노라.

대사는 자신을 고고(孤高)한 학(鶴)으로 비유하고, 도쿠가와를 위시한 주위의 장군들을 보잘것 없는 촌닭으로 묘사했다. 과연 사명대사요, 생사를 초월한 고승(高僧)으로서 그의 행동에는 거침이 없었다.

도쿠가와는 자신의 무례함을 사과하는 한편, 대사를 단상으로 모시고 국빈으로 대접한 것은 말할 필요도 없다. 대사는 강하고도 단호하게 말한다.

"강화조약이 성사되려면, 먼저 일본이 전쟁을 일으킨 것을 사과하고 두 번 다시 조선을 침범하지 않겠다는 서약을 문서로 작성하는 한편, 전쟁에서 끌고 간 포로들의 송환이 먼저 이루어져야 한다."

대사의 눈에서는 불길이 타고 있었고, 목소리는 천지를 진동시켰다

이윽고 강화를 맺고 귀국하는 대사의 손에는 조선의 선조(宣祖) 임금에게 바치는 도쿠가와의 사과문이 들려 있었고, 1차 3,500명의 전쟁포로를 실은 선박 48척도 함께 돌아왔다.

오! 가사장삼(袈裟長衫)을 걸친 수행자로서의 도력(道力)이야 언급할 필요도 없이, 불교 제 1의 계율인 불살생(不殺生)마저도 뛰어넘어 호국불교의 이정표를 몸소 보여주신 사명대사야말로 영원히 우리 민족의 가슴 속에 꺼지지 않는 등불이 되어 호국신(護國神)으로서 길이길이 추앙받을 것이다.

戰
싸울 전

임진왜란 4대 해전(海戰) 부산(釜山)을 아시나요?

임진왜란 3대 해전을 꼽으라면 '한산대첩', '명량대첩' 그리고 마지막 전투인 '노량해전' 을 꼽는다. 여기서 한 개를 더 추가하여 4대 해전을 꼽으라면 의견이 분분하다.

대부분 '옥포해전' 을 들먹이지만 필자의 생각은 그렇지 않다.

임진년의 마지막 해전인 '부산포해전' 이야말로 임진왜란 4대 해전에 이름을 올려야 한다고 생각한다.

그도 그럴 것이 '옥포해전' 은 충무공의 첫 번째 해전으로서 전라 좌수영 수군의 전함규모가 판옥선(板屋船) 24척, 협선(挾船) 15척, 그리고 원균(元均)의 경상 우수영 소속의 전함 7척까지 도합 46척으로 왜군 전함 26척을 격침시킨 전투이다.

반면 '부산포해전' 은 임진왜란 개전 이래 일방적으로 밀리고 있던 전쟁의 흐름을 조선군에게 유리한 방향으로 바꾸어 놓은 중요한 전투였다. 그 규모만 보더라도 타전투와 비교가 되지 않는다.

충무공께서는 거북선 2척을 포함해서 전함 판옥선 74척, 협선 92척, 도합 168척을 이끌고 전라 좌수영(여수)에서 물길로 228km를 단숨에 달려와서 당시 왜군의 침략 본거지인 부산포 앞바다에서 왜군 전함 470선을 상대로 그 중 134척을 격파하였으며, 왜군의 남은 함대는 전의를 상실한 채 뿔뿔이 흩어져 육군과의 연락마저 두절되고 말았다.

당시 왜군의 선봉장 고니시 유키나가(小西行長)는 평양성을 점령하고 있었는데, 부산포해전의 참패로 인해 일본 본토에서 보내온 보급품을 한 점도 지급받지 못했다.

고니시가 이끄는 왜군은 대부분 따뜻한 지방 규슈(九州)지역 병사들로서 시월 달 평양(平壤)의 추위를 견디기 힘들었는데, 그나마 기다리던 겨울 보급품마저 부산포 앞바다에 수몰되고 나자 사기가 크게 꺾인 데다 명

(明)나라 5만 명의 지원군과 함께 전국에서 일어난 의병(義兵)과 승병(僧兵)까지 합친 조명(朝明) 연합군의 총공세에 더 이상 견디지 못하고 평양성을 내주고 패주를 하고 말았으니 이 사실만 보더라도 부산포해전은 임진왜란 4대 해전에 이름을 올리는 것이 당연하다 할 것이다.

여기서 임진왜란과 부산(釜山)과의 인연의 연결고리를 살펴보자.

충무공의 우부장(右副將) 정운(鄭運, 1543~1592)은 옥포, 당포, 한산도 등 여러 해전에서 큰 공을 세운 선봉장으로서 부산포해전 '몰운대(沒雲臺; 다대포)전투' 에서 전사한 무공(武公)이다.

1980년 '부산시민의 날' 선정을 앞두고 각계각층의 시민들을 상대로 공모한 결과 부산대첩의 승리와 함께 정운(鄭運) 장군이 전사한 10월 5일이 압도적인 표차로 선정되었다.

'부산시민의 날' 은 삼백오십만 부산시민들의 축제이면서 충무공의 부산대첩을 그리는 날임과 동시에 정운(鄭運) 장군의 추모일이다. 그뿐 아니라 부산(釜山)의 대표적인 지명(地名)만 하더라도 부산포 앞바다를 충무공을 위시한 조선의 수군이 진압하였다 하여 생긴 지명 부산진(釜山鎭)은 지금은 어엿한 행정구역으로 발전하여 번화가 서면(西面) 일대를 아우르는 구민(區民) 40만 명이 거주하는 부산의 중심지역이다.

수영(水營)이란 이름은 경상 좌수영(慶尙左水營)이 있었던 지명에서 유래했다(우수영은 통영, 전라 좌수영은 여수, 우수영은 강진).

광안대교와 광안리 해수욕장을 지니고 있는 전국에서 유명한 관광명소이다.

충무동(忠武洞)이란 동명(洞名)은 설명이 필요 없다. 충무공의 시호(諡號) 자체가 동(洞) 이름이 되었다. 한때 통영읍(統營邑)이 충무시(忠武市)로 되었다가 통영시로 바뀌기도 하였다.

서구(西區)에 속한 충무동 역시 부산 남항(南港)과 자갈치 해안시장을 끼고 있는 부산의 요충지이다. 뿐만 아니라 '용두산공원' 에 올라보면 400

여 년 전 절영도(絶影島) 전투를 포함한 부산포해전을 호령하는 듯한 모습의 충무공 동상(銅像)이 남항(南港)을 내려다보고 있다.

부산에 살면서도 이렇듯 우리 가까이 와 있는 충무공의 흔적을 모른대서야 후손된 입장에서 부끄러운 일이다. 또한 임진왜란 '4대 해전'에 반드시 '부산포해전'이 포함되어야 한다는 나의 생각에는 추호도 변함이 없다.

還

돌아올 환

환향녀(還鄕女)와 이태원(異胎院)

7년 전쟁 임진왜란이 끝난 지 불과 37년 만에 또 다시 이 땅에 전쟁이 일어났다. 인조(仁祖)는 남한산성에서 항전했으나 견디지 못하고 삼전도에서 적장에게 무릎을 꿇은 채 땅에다 이마를 찧는, 역사에 지울 수 없는 수모를 당하고 말았다. 이름하여 병자호란(丙子胡亂)이다.

임진왜란은 단순히 조선과 일본의 전쟁을 떠나 동북아 국제정세를 뒤흔들어 놓았다. 선조(宣祖) 임금이 붕어(崩御)하고 새로운 임금으로 즉위한 광해(光海)는 갑자기 급부상한 후금(後金: 옛날 여진족)과 명(明)나라 사이에서 두 강대국의 비위를 맞춰가며 국가를 운영해야 했다.

아시아의 맹주로서 자타가 공인하던 명(明)나라는 조선에 지원군을 보내면서 군사력이 약해진 데다가 그 틈을 타서 국경을 마주하고 있던 여진족(女眞族) 중에 누르하치라는 걸출한 인물이 등장하여 여러 부족을 통일하고 국호를 후금(後金)이라 칭하면서 명(明)나라 국경을 넘어 침입해 영토를 확장한 다음 국호를 청(淸)이라 고치고 명(明)과 대치하는 한편, 조선에게 명(明)과의 친분을 끊고 대신 청(淸)나라와 형제의 의를 맺자고 압박해 왔다.

조선 조정에서는 예로부터 계승되어 온 사대사상에 입각하여 명(明)과의 의리를 앞세우는 김상헌을 위시한 척화파와 실리를 우선시 하는 최명

길을 앞세운 주화파간의 세력다툼으로 들끓었으나 인조(仁祖)는 척화파의 손을 들어줄 수밖에 없었으니, 그것은 광해군(光海君)을 몰아내고 쿠데타에 성공한 소위 인조반정의 주역들이 대부분 척화파였고, 자신을 임금으로 추대했던 그들의 입장을 내몰라라 할 수 없었던 것이다.

조선이 청(淸)의 요구를 거절하자 누르하치 사후 2대 황제에 오른 홍타이지(태종)는 60만 대군을 앞세워 조선을 침략하였으니, 임진왜란 이후 국방을 재정비하기는커녕 아직도 정신을 못 차리고 당파싸움만 하고 있던 조선은 불과 두 달도 견디지 못하고 항복하고 말았다.

전쟁에서 지고 나면 제일 불쌍한 사람이 여인네들이다.

청(淸)나라는 점령군의 권리로 공식적인 절차를 밟아 조선 조정으로부터 수백 명의 여인들을 차출해 갔는데 그들을 공녀(貢女)라 했다. 뿐만 아니라 전쟁 중에는 어린 소녀부터 유부녀에 이르기까지 육십만 명의 여인들을 전쟁포로로 붙잡아 갔다.

포로로 끌려간 여인들을 송환시킬 만한 힘이 없었던 조선의 조정에서는 그저 손을 놓고 있을 뿐이었다. 적어도 사내대장부라면 내 여자는 내가 지켜야 한다. 남자들이 힘이 모자라 내 아내와 누이동생들을 지키지 못하고 되놈들에게 끌려가게 만들었다면 목숨을 걸고서라도 다시 구해 와야 한다. 그러나 소위 사대부(士大夫)란 작자들은 끌려간 여자들을 외면했다. 되놈들에게 정조를 잃었다는 게 이유다.

이런 옹졸하고도 못나빠진 사내들이 헛기침하며 수염을 가다듬던 것이 조선의 양반 족속들이었다. 답답한 쪽은 끌려간 여인들의 친정 피붙이들이었다. 수소문 끝에 어렵사리 찾아가서 수천금의 환속금을 물어주고 고국으로 데려왔지만 정작 시댁에서는 받아들이지 않고 내침을 당한 것이다. 지금의 헌법이라 할 수 있는 《경국대전; 經國大典》에, "정절(貞節)을 잃은 부녀자의 가문은 자손대대로 과거(科擧)에 응시하거나 요직을 차지할 수 없다"라고 규정했는데 이것을 문제 삼았다.

이러다 보니 사돈 간에 피터지게 싸우는가 하면 나중에는 조정에다 소송을 내는 등 국가적인 문제로 크게 대두되었다.

이에 인조(仁祖)는 왕명으로 내린 조칙이, "귀국한 환향녀(還; 돌아올 환, 鄕; 고향 향, 女; 여자 여)들은 서대문 밖에 있는 냇가에서 몸을 깨끗이 씻고 시댁으로 돌아가도록 하라"는 엄명과 함께 그들을 내치거나 박대할 경우 엄벌에 처하겠다고 했다.

이 사건 이후, 환향녀들이 몸을 씻은 냇가를 홍제천(弘; 넓을 홍, 濟; 구제할 제, 川; 내 천)이라 했으며, 400년이 훨씬 지난 지금도 행정구역상 '서대문구 홍제동'으로 불리고 있다.

지방의 환향녀들에게는 대동강을 위시하여 금강, 낙동강, 섬진강, 영산강 등을 지정해 놓고 "이 강물에 심신을 정결하게 씻을 것을 명하노라. 강물에 몸을 씻은 여인들은 잃어버린 정조를 다시 되찾은 '회절'(回: 돌 회, 節: 절개 절) 여인으로 간주하노라"라는 어명이 있었는데, 그 이후 환향녀들이 몸을 씻었다 하여 그 강들을 '회절강'이라 불렀다.

節
절개 **절**

그러나 왕명이 있었다고 해서 간단하게 해결되지 않는 것은 불을 보듯 뻔한 일이었다. 마지못해 받아들여지더라도 시댁의 멸시에 못 이겨 자결하는 환향녀가 속출했다. 뿐만 아니라 멸시를 이겨내지 못하고 시댁을 뛰쳐나온 여인들이 모여 이태원역(梨泰院驛)을 거점으로 삼아 창녀촌을 이루고 모진 목숨을 이어갔다.

이태원(梨; 배 리, 泰; 클 태, 院; 집 원)이란 국가에서 운영하던 역관(驛館)을 말한다. 조정에서도 할 수 없이 이태원이란 역관을 '환향녀'들이 묵을 숙소로 인정해 줄 수밖에 없었다. 지금도 정조관념 없이 막 놀아나는 여자를 '화냥년'이라 속되게 일컫는데 '환향녀'에서 파생한 말이다.

그런데 환향녀들 중에서는 청나라에 끌려갔다가 임신상태로 돌아온 여인들이 있었다. 본의 아니게 되놈의 씨를 받은 것이다. 그렇게 태어난 아이

胡
오랑캐 호

들을 호로(胡; 오랑캐 호, 虜; 포로 로) 자식이라 불렀다.

이때부터 이태원(梨泰院)도 이태원(異; 다를 리, 胎; 아이 밸 태, 院; 집 원)이라 불렀다. 일설에는 이보다 먼저 임진왜란 때 한양도성을 침범한 왜장 가토 기요마사(加藤淸正) 군대가 이곳 이태원 옆에 있던 '운종사'(雲鐘寺)라는 사찰의 비구니들을 겁탈하여 그 중 몇몇 비구니들이 아이를 낳아 어쩔 수 없이 키웠는데 이미 사찰로서의 자격을 상실한 운종사를 이태원(異胎院)이라 불렀다고도 한다.

이 땅의 숙명이라고도 할까?

그로부터 어언 400년의 역사가 지났건만 이태원이 있던 지역의 행정구역은 여전히 '용산구 이태원동'이라 불리고 있으며 주한미군들을 위시한 외국인들의 천지가 되어 국제결혼으로 인한 이태인(異胎人)들이 계속 태어나고 있으니 그곳의 풍수지리적인 운명이라 치부하기엔 너무나 애달픈 일이다.

門
문 문

열녀문(烈女門)

조선시대의 3대 미덕은 충(忠), 효(孝), 열(熱)이었다. 이것은 성리학에 초점을 맞춘 국가장려시책으로서 충효사상이야 말할 필요도 없지만 유독 여성들에게 권장하는 것이 열(熱; 더울 열, 거세다)이었다.

열(熱)이란 곧 절개(節槪)를 뜻하고, 여인의 믿음과 순결을 끝까지 지키는 것을 말한다. 특히나 결혼한 여성에게는 필수적인 덕목이었는데, 남편이 죽으면 3년간 시묘살이를 해야 했고, 무려 3년간 소복(素服)을 입고 지내도록 강요당했다.

간혹, 죽은 남편을 따라 스스로 목숨을 끊는 경우도 허다했다. 그런 여인들을 열녀(烈女)라 하여 나라에서는 그 마을이나 집 앞에다가 열녀문(烈女

門)을 세워주었는데, 그 보답으로 후손들은 가문의 영광과 함께 명문의 자손으로 추앙받는다.

과거시험 없이 벼슬길에 나아갈 수도 있었고, 조정으로부터 전답(田畓)이나 노비(奴婢)를 하사받기도 하였다. 이러다 보니 과부며느리를 둔 집안에서는 은근히 그 며느리가 자결해 주기를 바라는가 하면, 대놓고 죽음을 강요하는 몰염치한 일도 허다했었다.

문헌에 보면 고려시대까지만 해도 홀로 된 여인의 재혼이 아무런 제재를 받지 않았는데, 조선시대에 이 땅에 성리학(性理學)이 들어오면서부터 성리학을 왜곡한 일부 사대부들에 의해 여성의 재혼은 국법으로 허용하지 않았던 것이다.

깨어 있는 사대부(士大夫) 윤 참판댁에 젊디젊은 나이에 자식도 없이 홀로된 며느리가 있었는데, 안쓰럽게 여겨오던 시아버지가 절치부심 끝에 묘안을 내었다.

백리 밖에 사는 이 선비를 생각해 낸 것인데, 옛날 동문수학하던 친구의 아들인 이 선비는 집안은 비록 가난하고 홀어머니를 모시고 사는 것이 약간의 흠이지만 양반가문에다 심덕이 곧고 초시(初試: 지방에서 보는 과거제도)에도 합격하여 진사(進士) 칭호를 얻은 장래가 촉망되는 젊은 선비였다.

달도 없는 그믐날 밤, 갑자기 윤 참판댁에서 곡(哭)소리와 함께 난리가 났다. 청상(靑孀)의 며느리가 대들보에 목을 매 자결을 한 것이다.

윤 참판댁 권속들의 슬퍼함이야 말할 필요도 없이 윤 참판댁에서 소작을 부쳐 먹는 대부분의 고을 사람들이 같이 슬퍼할 즈음, 동구 밖 성황당 아랫길에서는 무릎에 얼굴을 묻고 가마에 몸을 실은 윤 참판댁 며느리의 행렬이 지나가고 있었다.

가마 앞에서 길을 잡는 사람은 다름 아닌 백리 밖에 사는 이 선비요, 가마 뒤를 따르는 사람은 몸종 삼월이이다. 흔들리는 가마 속에는 자그마치

논 50마지기는 사고도 남을 금붙이가 내일의 행복을 약속하고 있었다.

그로부터 사흘 후 윤 참판댁 과부며느리 상여가 먼저 죽은 신랑 옆 선산으로 향할 때 제일 슬퍼한 사람은 바로 윤 참판이다.

윤 참판은 불쌍하고 가여운 청상(青孀)의 며느리를 재가시키고 가문에는 열녀문(烈女門)을 얻었다.

孝

효도 효

효자비(孝子碑)

20세기 최고의 석학(碩學)으로 일컬어지는 아놀드 토인비 박사는, "미래에 한국이 인류에게 기여할 것이 있다면, 그것은 바로 효(孝)사상이다"라고 한국의 효사상을 인류 최대의 미덕으로 내세움에 조금의 망설임도 없었다.

굳이 토인비 박사가 아니더라도 불교에서는 '부모은중경(父母恩重經)'으로 효(孝)의 절대성을 가르쳤고, 기독교 역시 가족 중심의 효를 신앙과 함께 주장해 왔으며, 공자(孔子)의 가르침을 종교로 재현시킨 유교(儒教)에서도 인(仁)사상을 근저로 한 효(孝)에다 중심을 두고 있다.

지금껏 기록으로 남아 있는 효자들이야 그 수를 셀 수 없을 정도로 많고 많지만, 앞에서 언급한 것같이 '열녀문'이 세워지면 그 집안은 최대의 명문집안이 되는 것처럼 '효자비(孝子碑)'가 세워지면 열녀문에 못지않은 영광이 기다리고 있다.

뿐만 아니라 그 고을 사또는 백성들을 잘 교화했다는 명분을 얻어 중앙의 요직으로 승진하는 일이 허다했으므로 강요에 의한 효자가 발생하는 해프닝도 자주 발생하였다.

목숨이 경각에 달린 아버지에게 자신의 손가락을 단지(斷指)하여 그 피를 아버지 입속에 흘려 넣음으로써 아버지가 깨어났다느니, 흉년이 들어

먹을 것이 없어 아사(餓死) 직전의 어머니에게 자신의 허벅지 살을 도려내어 구워 먹인 이야기는 흔하디 흔한 이야기이고, 소화기능을 잃어 배가 불러와서 호흡조차 힘든 어머니를 고을 사또의 강요에 의해 어머니 항문(肛門)에다 대롱으로 된 빨대를 꽙고 입으로 빨아낸 아들에게 사또의 상신에 의해 효자비가 하사된 경우도 있었다.

세월은 바뀌었다. 21세기를 사는 현대사회에서는 늙고 병든 부모님을 모시고 사는 자식은 찾을래야 찾아볼 수가 없다.

요양병원(療養病院)이 효자다. 요양병원의 원장으로 있는 지인의 말이 생각난다. 면회 온 가족들의 행동을 보면, 단번에 환자와의 관계를 알 수 있단다. 환자의 얼굴을 쓰다듬으며 눈물을 흘리는 여자는 딸이다.

한 발 떨어져 머뭇거리는 여자는 물어볼 필요 없이 며느리이다.

가끔 손을 잡으며 이마에 손이라도 얹어보는 남자는 사위이고, 천정만 쳐다보며 눈만 끔뻑거리는 남자는 백프로 아들이라는 것이다.

"긴 병에 효자 없다" 란 말이 있다.

괜히 병든 몸으로 자식들 간에 싸움질이나 부추길 것이 아니라 내 스스로 요양병원(療養病院)을 찾을 일이다. 설사 그 길이 살아서는 나오지 못하는 이승에서의 마지막 길이 된다손 치더라도 자식들에게 천덕꾸러기가 되는 것보다는 귀여운 손자까지 덤으로 앞세운 자식들이 한 달에 한두 번은 찾아올 것 아닌가.

刀

칼도

은장도(銀粧刀)

신체발부(身體髮膚)는 受之父母(수지부모)이니,

불감훼상(不敢毁傷)이 孝之始也(효지시야)니라.

"나의 몸과 머리카락, 살갗은 부모님으로부터 받은 것이니,
이것을 조금이라도 손상시키지 않는 것이 효의 시작이다."

『효경; 孝經』의 첫머리에 나오는 말로, 공자께서 제자 증삼에게 하신 말씀이다. 자고로 효자(孝子) 집안에 충신(忠臣)난다 했으니, 유학(儒學)을 건국이념으로 경영하던 조선시대에의 효(孝)는 국가가 장려하는 필수 덕목이었다.

세종대왕은 백성들의 교화를 목적으로, 유교에서 말하는 윤리를 바탕으로 사회질서를 유지하고자 신하들과 함께 〈삼강행실도; 三綱行實圖〉를 편찬하였다. 거기에는 글을 깨치지 못한 상민(常民)이나 어린 아이들도 누구나 쉽게 이해할 수 있도록 그림으로 삼강(三綱－군위신강; 君爲臣綱, 부위자강; 父爲子綱, 부위부강; 夫爲婦綱)을 묘사해 놓고 있다.

綱
벼리 **강**

조선 전기의 대학자 한훤당(寒暄堂) 김굉필(金宏弼) 선생은 갑자사화(甲子士禍) 때 연산군(燕山君)에 의해 유배지에서 참형(斬刑)을 당하면서 목이 잘린 뒤 머리카락이 땅바닥에 어지럽게 휘날릴 것을 걱정하며 스스로 상투를 풀어 머리카락을 입에 물고 죽음에 임했다. 조선시대 여인들은 절개를 목숨보다 귀하게 여겼었다.

임진왜란 때 숙부인(淑夫人) 박씨부인은 피난을 가다가 임진강 나루터에서 가족들과 헤어진 뒤 왜군들에게 쫓기다 익사직전 뱃사공에 의해 목숨을 건졌다. 위급한 상황에서 엉겁결에 본능적으로 뱃사공의 손을 잡고 배 위로 올라왔지만 정신을 가다듬고 보니 외간남자에게 손목을 잡힌 수치심이 한 없이 솟구쳤다.

박씨부인은 배가 한가운데쯤 왔을 적에 치마를 덮어쓴 채 강물에 뛰어들어 생을 마감했다. 목숨보다 절개를 더 소중하게 생각했던 것이다.

조선의 여인들은 몸에 은장도(銀粧刀)를 지닌 채 살았었는데 옷고름에

찬 것을 '패도' (佩; 찰 패, 刀; 칼 도), 주머니 속에 지닌 것을 '낭도' (囊; 주머니 낭, 刀; 칼 도)라 했다. 주로 호신용이라 지칭했으나 사실은 절개를 지키는 자결용(自決用)으로 사용되었다.

〈동국신속삼강행실도; 東國新續三綱行實圖〉에 의하면 정절(貞節)을 지키기 위해 목숨을 버린 여인 724명 중에 은장도(銀粧刀)로 자결한 여인은 모두 24명으로 기록되어 있다.

물에 빠져 죽은 여인과 대들보에 목을 맨 여인 다음으로 많다.

조선시대 여인들의 절개는 "신체발부는 수지부모"의 유학(儒學)적인 가르침을 뛰어넘는 형이상학(形而上學)의 철학이었으며, 그들의 세계에서는 고통의 미학(美學)이었다.

惡

악할 **악**

칠거지악(七去之惡)

고려시대까지만 하더라도 이 땅엔 남녀평등법이 있었다.

그러던 것이 조선시대로 넘어오면서 사대부(士大夫)라는 특권층들이 마음대로 유교(儒敎)와 성리학(性理學)의 본질을 왜곡하여 남존여비(男尊女卑) 제도를 만들어 놓고 여인들에게 온갖 구실을 붙여 무조건 남자들에게 복종하게끔 하더니 그것도 모자라 소위 칠거지악(七去之惡)이라는 말도 안 되는 악법을 만들어 여인들로 하여금 그들의 부속물로 만들고 말았다.

칠거지악(七; 일곱 칠, 去; 갈 거, 之; 어조사 지, 惡; 악할 악)이란 일곱 가지 잘못을 저지른 죄목에 해당되는 아내는 쫓아내어도 아무런 하자가 없다는 뜻으로,

- 불순(不; 아니 불, 順; 순할 순): 시부모에게 순종치 않는 것
- 무자(無; 없을 무, 子; 아들 자): 자식을 낳지 못하는 것

- 음행(淫; 음탕할 음, 行; 행동 행): 음란한 행동
- 질투(嫉; 미워할 질, 妬; 샘낼 투): 시기심이 많고 강짜가 심한 것
- 악질(惡; 악할 악, 疾; 병 질): 전염병이나 불치병에 걸린 것
- 구설(口; 입 구, 舌; 혀 설): 말이 많고 자주 구설수에 오르는 것
- 절도(竊; 훔칠 절, 盜; 훔칠 도): 남의 물건에 손을 대는 것.

자세히 살펴보면 부부들 간의 개인적인 사정보다는 시댁이라고 하는 가족 구성원 전체의 존속문제와 결부되어 있는 느낌이다.

여기서 음행(淫行)과 절도(竊盜)는 현대사회에서도 법적인 범죄행위이니 어느 정도 수긍한다손 치더라도 '무자(無子)' 와 '악질(惡疾)' 은 이해하기가 힘들다. 부부 사이에 자식이 없는 원인이 오로지 아내에게만 있는 것이 아니다. 남편에게서도 얼마든지 원인을 찾을 수가 있는 것이다.

그리고 몹쓸 병에 걸린 경우인데, 적어도 남편이요 사나이라면 아내의 치료를 위하여 어떠한 어려움도 감수하고 노력해야 한다. 그것이 부부간을 떠나서 인간적인 도리요 의리이다.

수염이나 쓰다듬으며 헛기침을 해대는 사대부 양반들이 할 일이 못된다. 반대로 남편이 젊은 나이에 몹쓸 병에 걸려 요절했다면, 평생을 재혼은커녕 수절과부로 살아야 하는 이 모순된 법이 조선의 양반들이 만들어 놓은 그들만의 알량한 법이다.

그래놓고는 도둑이 제 발 저린다고 뭔가 찝찝했던지, '삼불거' (三不去)라는 것을 만들어 큰 인심이나 쓰는 듯이 으스대고 있다.

삼불거란 '칠거지악' 을 저지른 여인이라 할지라도 이 세 가지에 해당되면 쫓아내지 못한다는 것이다.

- 부모삼년상(父母三年喪): 시부모의 삼년상을 치른 경우
- 조강지처(糟糠之妻): 혼인 당시 가난하였으나 열심히 노력하여 현재

부귀하게 된 경우

- 사고무친(四顧無親): 친정의 아버지, 어머니, 오빠, 남동생이 없어 돌아갈 곳이 없는 경우.

세월이 흘렀다. 21세기를 살면서 '신여성운동가' 들이 '남편 칠거지악'이란 걸 만들었단다.

- 불순구고거(不順舅姑去): 장인, 장모에게 불효하면 아내는 남편에게 전 재산의 반만 주고 내쫓을 수 있다.
- 무자거(無子去): 남편이 씨가 없어 자식이 생기지 않으면 아내는 바람을 피워서 임신할 권리가 있다. 이에 이의를 제기하는 남편에게는 전 재산의 절반을 주고 내쫓을 수 있다.
- 음행거(淫行去): 아내는 남편의 허락 없이도 바람을 필 수 있으나 남편은 아내 몰래 바람을 피울 수가 없다. 그러다 들키면 전 재산의 반에서 위자료를 뺀 금액만 주고 내쫓는다.
- 질투거(嫉妬去): 남편은 아내가 바람을 피우더라도 질투해서는 안 된다. 만약에 질투를 하게 되면 위자료 한 푼 없이 내쫓는다.
- 악질거(惡疾去): 음주, 흡연으로 인하여 건강을 해친 남편이 아내를 즐겁게 해 주지 못할 시, 위자료는커녕 알몸으로 내쫓는다.
- 구설거(口舌去): 아내의 수다는 당연하지만 남편의 수다는 안 된다. 특히 어떠한 경우라도 처갓집 흉은 안 된다. 이것 역시 위자료는커녕 차비 한 푼 없이 내쫓는다.
- 절도거(竊盜去): 아내는 남편의 비상금을 뒤질 수 있으며 남편은 비상금을 지녀서는 안 된다. 만약 들키는 날에는 알몸으로 쫓겨나는 것은 물론, 지니고 있던 액수의 일만 배에 해당하는 금액을 물어줘야 한다.

오호라! 사대부들의 그 좋았던 시절은 어디로 가고, 여자는 신나고, 남자는 혼나는 시대가 정녕 도래했단 말인가?

옛 조상들이 저질러 놓으신 인과응보의 법칙에 현대를 사는 '남자후손들' 의 고생이 이만저만이 아니다.

壻

사위 서

국민사위헌장(國民壻郎憲章)

우리는 처가(妻家) 중흥의 역사적 사명을 띠고 처갓집 가문에 장가를 왔다. 사위들의 빛난 얼을 오늘에 되살려 안으로 재산모음을 돈독히 하고 밖으로 처가의 명예를 유감없이 빛낼 때이다. 이에 사위로서의 나아갈 길을 밝혀 처가번영의 지표로 삼는다.

돌쇠 같은 의리로 아내를 존중하며, 변강쇠 같은 정력으로 아내를 기쁘게 해 주고, 항상 아내를 위한 무드 잡는 법을 연구 노력하여야 한다. 처가의 전통과 가풍을 앞세워 장모님을 잘 받들고 존중하며, 함부로 처형과 처제를 대하지 않는 명랑하고 따뜻한 분위기 조성에 힘씀을 신조로 한다.

또한 사위의 봉사와 희생으로 처가가 발전하며, 처가의 발전이 본댁 발전의 근본임을 깨달아 사위에게 따르는 책임과 의무를 솔선수범하여 대내외적으로 아내의 명예를 기발하게 빛나게 하며, 다른 여자를 만나지 않는 것이 사위로서의 기본적인 삶의 길이요, 자유스런 처가 건설의 첫째 조건이다. 또한 아내에게 무조건 묻지도 따지지도 않는 것이, 남편의 이상을 실현하는 두 번째 조건이며, 길이길이 토끼 같은 후손에게 물려줄 영광된 처가를 건설하면서 사위로서의 슬기를 모아 줄기찬 노력으로 새 역사를 창조하자.

서기 2022년 5월 어느 날

* 대한민국에 몸을 받고 살아가는 아들들에게 어떠한 고난도 극복하고 살아남길 기원하며 엉터리 선비 박 아무개 적다.

妹
손아래누이 매

매형(妹兄) 유감(有感)

부모로부터 한 몸에 태어난 동기간 중에 먼저 태어난 사내아이를 '형' 이라 하고, 뒤에 태어난 사내아이를 '아우' 라 한다.

반대로 여자아이들의 서열은 '자매(姉妹)' 라 한다.

이렇듯 형제자매(兄弟姉妹) 간의 서열이 분명히 정해져 있건만, 21세기를 살아가는 현 시대에는 이를 무시하고 서열을 파괴하고 살아가고 있으니 큰 낭패가 아닐 수 없다.

형(兄)의 부인은 형수(兄嫂)이고, 아우의 부인은 제수(弟嫂)인 것은 아무런 하자가 없다. 문제는 자매들 남편에 대한 호칭에 있다.

자매들 간의 호칭으로 언니의 남편은 형부(兄夫)라 하고, 아우의 남편을 제부(弟夫)라 하니 올바른 호칭이라 하겠으나 남자 형제들이 끼어들면 복잡해진다. 손위 누님의 남편은 자형(姉兄)이 되어야 하고, 손아래 누이의 남편은 매부(妹夫) 혹은, 매제(妹弟)나 제매(弟妹)가 되어야 한다.

姉
손위누이 자

한자(漢字)로 쓰더라도 '손위누이 자' (姉)는 시장(市; 저자 시)을 혼자서 볼 정도의 나이가 든 여인이고, 손아래 누이는 '아닐 미' (未)가 들어간 것만 보더라도 아직 성숙하지 못한 여자아이라고 지칭하고 있다.

요즘 젊은이들을 보면 누님의 남편을 매형(妹兄)이라고 호칭하는 것을 종종 본다. 뿐만 아니라 TV드라마에서도 '매형(妹兄)' 이라는 정체불명의 호칭을 자연스럽게 쓰고 있으니 개탄할 일이다.

매(妹)라는 호칭은 손아래 누이에게 쓰는 호칭이다. 손아래 사람에게 쓰는 호칭 뒤에다 형(兄)을 붙이다니 언어도단도 이런 언어도단이 있을 수 없다.

아우라고 불러놓고 형이라는 접미사(接尾辭)를 동시에 붙여서 쓰고 있는 이 엉터리 단어는 우습게도 2011년도에 국립국어원에서조차 '매형' 을

'누나의 남편을 이르는 말' 이라고 정의해 놓고 있다는 데 있다.

국립국어원의 정의는 누나와 남동생의 사이를 지칭할 때 '남매' 라고 부르는 것을 기준으로 삼았다 한다.

제수(弟嫂)가 형수(兄嫂)로 될 수 없듯이 매제(妹弟)가 자형(姉兄)이 될 수 없다. 이 엄연한 사실 앞에 '매형' 이라는 모순된 단어는 재삼 논의되어 바르게 잡아야 할 단어임이 분명하다.

이래서 한자교육(漢字教育)이 필요하다.

我
나 아

나(我)의 의미

나를 제일 잘 아는 사람도 '나' 이고, 나를 잘 모르는 사람도 '나' 이다. 분수를 지키며 자신의 장점과 단점을 잘 파악하여 조절하며 삼가는 사람은 자신을 잘 아는 사람이요, 분수도 모르고 날뛰면서 자신의 나쁜 버릇을 고칠 줄 모르고 잘못에 대한 반성도 하지 않으면서 자신보다 어진 사람을 상대로 싸움이나 소송을 즐기는 사람은 자신을 모르는 사람이라 할 수 있다.

한자(漢字)에서는 '나(我)' 를 어떻게 규정했는지 살펴보자.

'손 수' (手)와 '창 과' (戈)를 합쳐놓은 글자가 나(我; 나 아)이다. 즉, 손에 창을 들고 있는 글자가 '나' 이다. 나는 손에 든 창으로 상대방으로부터 나 자신은 물론 이웃을 보호할 수도 있으며, 반대로 남을 해칠 수도 있다.

그런가 하면 나 자신에게 스스로 자해(自害)를 할 수도 있다.

우리는 세상을 살면서 내심 가슴 깊은 곳에다 창 한 자루쯤 장만해 놓고 살 일이다. 그리고 나쁜 마음이 유혹할라치면 사정없이 잘라 버리는 거다. 현명한 사람은 독(毒)을 약(藥)으로 쓴다. 똑같은 시냇물이라도 소가 먹으면 우유가 되고, 독사가 먹으면 독이 되는 것은 세상의 이치이다.

凄
쓸쓸할 **처**

凉
서늘할 **량**

처량(凄凉)하기 그지없는 홀아비

이 세상에서 측은(惻; 슬퍼할 측, 隱; 숨을 은)하기 그지없는 사람 중에 《심청전》에 나오는 심학규는 그 정도가 단연코 으뜸이다.

마누라는 난산 끝에 딸을 낳은 지 삼일 만에 저세상으로 가버리고 앞도 못 보는 소경의 몸으로 동냥젖으로 딸아이를 키우려니 처량하기가 그지없다.

원래 처량이란 글자는 '얼음 빙'(冫)에다 '아내 처'(妻)를 합친 글자 처(凄)에다, '얼음 빙'(冫)과 '서울 경'(京)을 합쳐놓은 글자(凉)이다.

홀아비 혼자 냉방에서 사는 것만 해도 서러운데 많은 사람들이 모여서 살고 있는 서울마저 얼어붙을 정도의 혹한을 견디며 살아가는 홀아비들의 생활이 글자 그대로 처량하기 그지없다.

姑
시어미 **고**

姨
이모 **이**

인자한 고모(姑母), 오랑캐 이모(姨母)

고모(姑母)는 아버지의 여형제이다. 친인척간 모든 기준을 부계사회(父系社會) 위주로 행하다 보니 고모는 할머니와 동급이 되었다(姑; 시어머니 고, 고모 고).

'여자 여'(女) 뒤에 '옛 고'(古)가 합쳐졌으니 나이가 많은 여자, 즉 시어머니를 그렇게 표현했었다. 어머니의 시어머니는 나에겐 할머니가 된다. 고모는 할머니만큼의 위상을 지녔다.

그런가 하면 이모는 오랑캐 여자이다. '여자 여'(女)에다 '오랑캐 이'(夷)를 합쳐놓았으니 이렇게 황당할 수가 없다.

사회적으로 여성의 신장이 강해진 요즘에는 아버지보다 어머니의 입김

이 더 세어져서 그런지는 몰라도 고모보다는 이모들이 조카들과의 접촉이 더 많은 게 사실이다 보니 아무래도 고모보다는 이모란 말이 더 친숙하게 들린다.

재미난 것은 이모는 인척관계의 이모와 사회적인 이모가 있다

인척 이모야 말할 것도 없이 어머니와 자매지간이지만, 사회적인 이모는 곳곳에 즐비하다.

공공장소에서 '청소하는 이모', '파출부 이모' 는 말할 것도 없고, 음식점에 가면 '서빙 이모' 에다 '주방 이모' 까지 종류마저 다양하다. 확실히 '고모' 보다는 '이모' 가 우리 주위에 정답게 널려 있을 뿐더러 훨씬 살갑게 다가온다.

여기서 이모에게 따라다니는 '오랑캐 이' (夷)를 살펴보자.

'큰 대' (大)와 '활 궁' (弓)이 합쳐져 있는 것을 알 수 있다.

큰 활을 잘 쏘는 여자가 이모인 것이다.

옛날 중국에서는 중화사상(中華思想)에 사로잡혀 동서남북의 국경지대 바깥에 사는 사람들을 일컬어 모두 오랑캐로 치부했었는데 동이(東夷), 서융(西戎), 남만(南蠻), 북적(北狄) 등이라 했고, 우리 한민족(韓民族)은 동이족(東夷族)이라 불러 왔었다. 동쪽의 활 잘 쏘는 민족이라는 뜻이다.

그러고 보니 고구려를 건국한 주몽(朱蒙)이나 조선을 세운 이성계(李成桂) 모두 신궁으로 잘 알려져 있다.

어디 그뿐인가?

근래에 와서는 올림픽 양궁(洋弓) 종목에서 우리나라 남녀 선수들이 모두 금메달을 휩쓸고 있다. 그 중에서도 특히 여자양궁 종목은 감히 어느 나라 선수들도 대적할 엄두조차 내지 못한다.

이모는 다정다감하게 우리를 챙겨주는 정다운 사람일 뿐 아니라 귀신같은 활솜씨로 국위선양을 하는 대한민국의 위대한 영웅이다.

孔
구멍 공

공자(孔子)와 사대부(士大夫)

공자(孔子)는 사생아(私生兒)이다. 이렇게 말하면 깜짝 놀랄 사람들이 많을 것이다. 그러나 그것은 사실이다.

중국 춘추시대 노(魯)나라의 곡부(曲阜)라는 곳에 성(姓)과 이름은 공흘(孔紇)이요, 자(字)는 숙량흘(叔梁紇)이라는 장군이 있었다.

첫 번째 부인으로부터는 딸만 아홉 명을 얻었고, 둘째 부인에게서 아들을 하나 얻었으나 다리가 불편한 장애인이었다.

숙량흘(叔梁紇)은 나이가 60세가 넘었으나 집안을 대표할 수 있는 건강한 아들을 두는 욕심을 버리지 않았다. 그러던 차에 어느 조그마한 고을을 진압하는 전쟁터에서 승리하여 정복자의 신분으로 16세 된 안징재(安徵在)라는 처녀를 강제로 소유하게 되는데 하필이면 장소가 들판이었는가 보다.

그래서 『사기; 史記』를 집필한 사마천(司馬遷)은 "공자의 출생은 야합(野合)에서 비롯되었다"고 기록하고 있다.

그런 일이 있은 지 얼마 되지 않아 숙량흘은 본국으로 귀국하게 되는데 이미 안징재의 뱃속에는 새 생명이 싹트고 있었다. 그러나 숙량흘은 안징재를 떳떳하게 데리고 귀국할 입장은 못 되었을 것이다.

곧 데리러 오겠다는 말을 남기고 떠나는 숙량흘을 향해 안징재는, "아이를 낳으면 이름을 어떻게 지을까요?" 묻는다.

"만약 사내아이라면 이름을 구(丘; 언덕 구)라고 짓고, 자(字)를 중니(仲; 버금 중, 尼; 여승 니, 산이름 니)라고 지으라"는 한 마디를 남기고 숙량흘은 떠나갔다.

여기서 하나 짚고 넘어갈 것은 혹 어느 학자들은 공자는 머리의 용량이 커서 앞이마가 언덕처럼 튀어나왔기에 이름을 구(丘)라고 사용했다고 하지만 그렇지가 않다.

숙량흘과 안징재가 야합했던 장소가 니구산(尼丘山)이었다. 그래서 니구산의 니(尼)를 따서 자(字)로 삼고, 니구산의 구(丘)를 이름으로 삼았는데, 숙량흘에게는 이미 큰 아들이 있었으므로 '버금 중'(仲)을 써서 중니(仲尼)라고 했다는 것이 정설이다.

BC 548년, 혼자서 건강한 사내아이를 분만한 안징재는 숙량흘로부터 아무런 기별이 없자 아기를 데리고 숙량흘의 고향으로 찾아왔으나 숙량흘은 이미 죽고 없었다.

본댁으로 찾아갔지만 숙량흘의 부인은 밑도 끝도 없이 찾아온 안징재를 사정없이 쫓아버렸다. 하긴 생판 낯선 여자가 어린 아이를 데리고 와서, "당신 집안 핏줄이니 거두어 달라"고 한다면 순순히 받아줄 여자가 몇이나 되겠는가?

쫓겨난 안징재는 남의 세탁물을 빨래해 주며 어렵사리 아이를 기른다. 어려운 형편이었지만 훌륭한 스승을 구하여 공부도 시키고, 아들이 장가도 들고 지방의 말단관리도 되었다.

아들이 스물네 살 되던 해에 아들 구(丘)를 앉혀놓고, "이만하면 너 혼자서도 충분히 이세상을 헤쳐 나갈 수 있으리라 생각한다. 이제 나는 너의 근본을 찾아주기 위해 나의 생을 마감하려 한다"라는 유언을 남기고 스스로 목숨을 끊는다. 이에 청년 구(丘)는 어머니의 시체를 거적에 싸서 큰 길거리를 돌며 외친다.

"누가 저의 아버지를 아시는 분은 증인이 되어 주십시오."

열흘이 넘자 시체 썩는 냄새가 천지를 진동했다. 결국은 노(魯)나라 임금까지 알게 되고 숙량흘 장군을 모시던 어느 용기 있는 사람의 증언으로 청년 구(丘)는 공씨(孔氏)라는 성(姓)을 찾게 된다. 그리고 어머니 시신을 아버지인 숙량흘의 무덤 옆에 합장(合葬)함으로써 자신의 정체성을 되찾는다.

훗날 공자는 말한다.

"나는 세 살 때 하늘(아버지)을 잃고, 스물 네 살 때 땅(어머니)을 잃었다. 아버지의 얼굴은 본 적도 없다."

이 어려운 환경을 극복하고 어머니의 희생과 자신의 피나는 노력으로 동양 최대의 성인(聖人)의 반열에 올라선 공자야말로 만대에 길이길이 인류의 스승으로 추앙받아 마땅하다.

공자를 만세(萬世)의 종사(宗師)로 추존하며 학문과 인본사상을 생명보다 귀하게 여겼던 조선의 사대부들이 첩의 소생인 서자(庶子)들을 핍박했던 이중적인 잣대를 보면서, 만약에 공자께서 조선시대에 이 땅에 태어났더라면 과연 성인(聖人)의 반열에 오를 수 있었을까 의구심이 간다.

答

팥답

태양문답(太陽問答)

중국의 고대 철학사전『열자; 列子』의「태양문답; 太陽問答」에 있는 글이다.

공자가 제자들과 동쪽 지방을 지나다가 두 꼬맹이가 말다툼하는 것을 보고 그 까닭을 물으니 한 꼬맹이가 말하길,

"제 생각에는요, 해가 처음 떠오를 때가 사람에게 가장 가깝고요, 중천에 떠있는 한낮에는 멀리 있다고 봐요."

그러자 다른 꼬맹이가,

"그렇지 않아요. 해가 처음 떠오를 때는 멀리 있고, 한낮에는 가까이 있다고 생각합니다."

공자가 빙그레 웃으며,

"아하! 너희들이 하루 중에 해가 언제 우리와 가까이 있는가를 두고 논쟁을 하는구나. 그래, 무슨 근거로 그런 주장들을 펴는지 나는 도저히 모르겠구나."

그러자 먼젓번 아이가 말했다.

"해가 처음 떠오를 때에는 수레덮개만큼 크지만, 한낮에 이르면 쟁반이나 사발만해지잖아요? 그것은 먼 것은 작게 보이고 가까운 것은 크게 보이기 때문이 아닙니까?"

다른 아이가 말했다.

"해가 처음 떠오를 때에는 서늘하지만, 중천에 이르면 끓는 물에 손을 넣은 것과 같이 뜨거우니 이것은 가까울 때는 뜨겁고, 멀리 있을 때에는 서늘하기 때문이 아닌가요?"

공자께서 얼른 판결을 내리지 못하고 머뭇거리자 꼬맹이들이 깔깔 웃으며 말하길,

"누가 할아버지더러 아는 게 많다고 그랬지요?"

제자들 앞에서 망신살이 뻗친 공자가 이마의 땀을 훔치고 있는 사이, 꼬맹이들은 깔깔거리며 뛰어가 버렸다.

호랑이 잡는 담비가 있다더니, 만세의 종사이신 공자께서 코흘리개 꼬맹이들에게 한 수 지도를 단단히 받은 셈이다.

視

볼 시

시각(視覺)의 차이(差異)

본다는 뜻을 가진 '볼 견'(見)은 '눈 목'(目) 아래에 '어진 사람 인'(儿)으로 이루어져 있다. 사물을 허투루 보지 말고 지혜롭게 보라는 뜻이다.

보는 것에도 종류가 있으니 교도소 죄수들의 탈옥을 방지하기 위하여 보초를 서는 교도관이나 감방을 살피는 교도관을 간수(看; 볼 간, 守; 지킬 수)라 하는데 눈부신 햇빛을 가리기 위해 눈(目) 위에다 손(手)을 비스듬히 올려놓고 살피는 글자임을 알 수 있다.

그런가 하면 하늘이나 조상님에게 제사(祭; 제사 제, 祀; 제사 사)를 지내는데 두 글자 모두에 '보일 시'(示)가 들어 있어 무언가를 보여주는 의미가 있다. 특히 '제수품'이 제대로 진설되었는지 살펴보는(見) 글자가 '볼 시'(視)이다. 또, '키 큰 두루미'(雚; 황새 관)가 먹이를 찾는 모습(見)은 드넓은 세상을 구경한다는 뜻의 관광(觀; 볼 관, 光; 빛 광—풍경이란 뜻도 있음)이 된다.

거기다 높은 관리가 비스듬히 누워서(臥: 누울 와) 하급관리를 살피는(見) '볼 람'(覽)이란 글자도 있다. 앉아서 천리 밖에서 일어나는 일을 볼 수 있는 사람을 천리안(千里眼)이라 한다.

그런 천리안은 아니더라도 성인(聖人)의 가르침을 올바로 직시(直視)할 수 있는 혜안(慧眼)이라도 가졌으면 좋겠다.

睫
속눈썹 **첩**

목불견첩: 눈동자는 자신의 눈썹을 보지 못한다

"사람의 지혜는 눈(目; 눈 목)과 같아서 백보(百步) 밖은 볼 수 있지만 자신의 눈썹(睫; 눈썹 첩)은 볼 수 없다."

춘추전국시대 법가사상(法家思想)을 완성한 한비(韓非)가 지은 〈한비자: 韓非子〉에 나오는 말이다. 안다는 것의 어려움은 다른 사람을 보는 데 있지 않고 자신을 보는 데 있다. 우리나라 정치인들을 보면 어제 타인을 향해 거침없이 쏟아냈던 비난을 오늘은 스스로 그 모습으로 당하는 장면을 종종 본다. 흔히 정권이 바뀔 때마다 생기는 정치계의 고질병이다.

노자(老子)는 『도덕경; 道德經』에서, "지인자지(知人者智) 자지자명(自知者明): 남을 아는 자는 지혜로운 것이고, 자신을 아는 것은 명철한 것이다"라고 말한다.

백보 밖의 털끝을 분별할 정도로 좋은 시력을 가진 자라도 막상 자신의 눈썹은 보지 못하는 법이다. 백보 밖이 가깝고 눈썹이 멀기 때문이 아니라 신체구조상 그러한 것이다. 너나 할 것 없이 타인의 흉이라 여겼던 것이 내가 품고 있는 흉이 아닌지 항상 살펴보는 성찰의 거울이 필요하다.

남의 흉은 잘 들추어내면서도 자신에게 너무 관대했던 이기심을 반성해야 한다. 세상을 바르게 살아가려면 스스로 바르게 볼 줄 알아야 한다.

錦
비단 금

실크로드의 붕괴(崩壞)

비단(緋緞)은 지금으로부터 약 4,000년 전, 중국의 은(殷)나라 때부터 사용한 것으로 알려져 있다.

한(漢)나라 때에는 '실크로드'를 따라 본격적으로 서역(西域)으로 전해지기 시작했는데, 비단(緋緞)은 금(金)값에 맞먹는다 하여, '쇠 금'(金) 변에 '비단 백'(帛)을 합하여 '비단 금'(錦)이란 새로운 글자가 생겨날 정도로 귀하고 비쌌다. 당시 서역(西域)에는 천년의 역사를 간직하고 있는 로마제국이 있었다.

로마제국의 왕족과 귀부인들은 비단옷을 입지 못하면 연회에 나갈 수 없을 정도로 비단을 선호하였다.

비단은 아름다운 색상은 물론이요, 매끈하고 야들야들한 촉감에다 머나먼 동방(東方)에서 왔다는 신비감마저 더해져 로마의 귀부인들을 미치게 만들었다. 그러다 보니 일확천금을 노리는 '대상(隊商)'들이 생겨나 그들은 목숨을 걸고 낙타(駱駝) 등에다 비단을 싣고는 서역으로 떠났다.

실크로드를 통한 비단무역은 목숨을 걸고서라도 해볼 만한 매력적인 사업이었다.

대상(隊商)들은 타클라마칸 사막(砂漠)을 건너다 목말라 죽고, 사시사철 눈과 얼음으로 덮인 파미르 고원(高原)을 오르다가 천길 낭떠러지에 떨어져 죽고, 혹한(酷寒)에 얼어 죽으며 살아남은 자들은 고산병(高山病)에 신음(呻吟)해야만 했다. 거기에다 강도(强盜)들이 떼를 지어 길목에 매복해 있다가 기습을 해 오는 바람에 비단과 목숨을 한꺼번에 잃기도 하였으며, 비단장사가 돈이 된다는 냄새를 맡은 길목의 조그마한 나라들에게조차 혹독한 통행세를 납부해야만 했다. 천신만고 끝에 로마에 도착한 비단은 같은 무게의 금(金)값으로 무역되었다.

동양(東洋)과 서양(西洋)을 이어주는 실크로드는 이러한 대상들의 애환(哀歡)으로 만들어진 길이다. 비단은 중국의 국고를 채워주는 최고의 효자였지만 곳곳의 오아시스 주변에 모여 사는 크고 작은 부족단위의 왕국들이 문제였다. 지금은 중국의 위구르 자치구역이 되었지만 그 시절에는 변방의 오랑캐 국이었다.

한(漢)나라 조정에서는 골머리가 아팠다.

비단무역상들에게 터무니없는 통행세를 부과하는 것도 마음에 들지 않지만 떼강도로 돌변하여 인명을 살상하는 것이 황제국(皇帝國)으로서 체면이 서지 않는 것이다.

참다 못한 중국 본토에서는 군대를 보내 한 주먹거리도 안 되는 오아시스 왕국을 토벌해 보지만 군대가 돌아가고 나면 또 다시 대상들을 괴롭혔다. 군대가 다시 출정하기엔 거리가 너무 멀었다.

골머리를 앓던 중국의 황제는 채찍보다는 당근정책을 펴기로 했다.

후궁(後宮)들 사이에서 난 옹주(翁主)를 오아시스왕국 왕족들에게 시집보내 '사위국(壻國)'으로 속국(屬國)을 만든다는 계획이었다. 예쁘고 어린 옹주가 호탄(花田) 왕국으로 시집가라는 황제의 명을 받았다.

타클라마칸 사막 북쪽에는 텐산산맥이 병풍을 치고, 남쪽으로는 쿤룬산맥이 둘러쳐져 사막은 분지(分地)가 됐다.

만년설(萬年雪)을 이고 있는 두 산맥의 계곡 사이로 눈 녹은 물이 흘러내리며 초원을 만들고 '오아시스'를 만든다. 이곳 오아시스에 자연발생적으로 사람들이 모여 살며 장장 서른여섯 개나 되는 오아시스 국가가 생겨났는데 그 중 한 개가 바로 옹주가 시집을 가는 호탄왕국이다.

곤륜산맥(崑崙山脈)을 끼고 아름다운 옥(玉)이 매장되어 있는 호탄(花田) 왕국은 옥(玉)이 생산된다는 이유 하나로 중국 군대로부터 숱한 침략과 약탈을 받았던 사막의 빈천한 약소국가였다.

훗날 당(唐)나라의 현장법사(玄奘法師)가 천축국(天竺國)으로 불경(佛經)을 구하러 갈 때 손오공 등 제자들과 함께 왕래하며 머물렀던 '서역불교의 발상지' 이기도 한 당시의 호탄국가는 지금은 중국 '비단의 고장' 으로 위세를 떨치며 관광지로 변모되어 수많은 국세(國稅)를 담당하고 있다.

한낱 사막의 별 볼일 없던 호탄왕국이 '비단의 나라' 가 되어 서역(西域)과의 가까운 지리적인 이점을 활용하여 부자(富者) 나라가 된 이면에는 당찬 여인의 앙증맞은 욕망이 불씨가 되었다.

호탄왕국으로 시집을 가게 된 옹주는 제 어머니인 후궁(後宮)과 부둥켜안고 통곡을 해 봤지만 끝내는 어쩔 수가 없다.

낙타 등에 바리바리 혼수품을 싣고 중국의 사신들은 말을 타고 눈이 퉁퉁 부은 옹주는 마차를 타고 실크로드를 밟아간다.

가다가 날이 저물면 역참(驛站)에서 자고, 날이 새면 서쪽으로 몇날 며칠을 갔는지 세지도 못할 즈음, 국경검문소가 있는 돈황(敦煌)에 다다랐다.

"내 나라에서 머무르는 것도 오늘밤이 마지막이로구나."

옹주는 눈물마저 메말랐다.

날이 밝았다. 황궁(皇宮)을 향해 절을 하고 역참을 나와 검문소를 통과하려던 옹주는 독방으로 안내되었다. 억세게 생긴 검문관(檢問官)의 부인에의해 옹주는 실오라기 한 올도 없이 발가벗겨졌다.

"무엄하구나! 내가 누군지 아느냐?"

옹주가 아무리 소리쳐도 소용이 없었다.

검문관의 부인은 이 잡듯이 옹주의 옷을 샅샅이 뒤졌다.

뿐만 아니라 옹주가 가져가는 혼수품은 물론 고리짝 속의 일상용품을 세 번, 네 번 확인하였다.

검문소 관원들은 낙타의 털 한 올 심지어 말안장까지 뜯어서 검사했다.

지루한 시간이 흐른 후 검문소를 나오자 마중 나온 호탄왕국 군사들이 새로운 왕비(王妃)에게 군호(軍號)를 올린다.

호탄왕국 군사들이 앞장을 서고 혼례사신 일행은 펄펄 끓는 사막의 모래 폭풍을 뚫고 달리고 또 달려 마침내 호탄왕국에 도착했다.

힘들고 긴 여로(旅路)에 모두 녹초가 되어 방에 들어가 픽픽 쓰러지는데, 방으로 안내된 옹주는 안에서 문을 잠그고 배시시 웃었다. 머리장식을 모두 뽑고 삼단머리카락을 풀어 헤치자 새까만 뽕나무 씨앗이 쏟아졌다.

요강에 앉아 소피를 보았다. 누에고치가 자그마치 스무남개가 둥둥 떴다.

중국 비단(緋緞)의 독점이 끝나는 역사적인 순간이었다.

"고생하며 살던 사람이 호강하면서 살 수는 있어도, 호강하던 사람이 고생하면서는 못 산다"는 말이 있다.

철없는 어린 소녀로만 알았던 옹주(翁主)는 '비단옷'을 제외한 어떠한 거친 옷을 입고는 살아갈 엄두가 나질 않았던 것이다.

황궁(皇宮)에서 자란 옹주는 로마의 귀부인들의 사치(奢侈) 이상의 허세(虛勢)가 있었다. 여인의 집념에 찬 허세가 역사를 바꾼 것이다.

비상자유승자(飛上者有乘者): 뛰는 놈 위에 나는 놈 있다

飛

날 비

광해군(光海君) 때 관리이며 문학가인 어우당(於于堂) 유몽인(柳夢寅)이 저술한 《어우야담; 於于野談》에 나오는 대목이다.

왕실의 종친으로서 서천(西川) 지역(경북 영주시 안정면과 문수면 일대)

에서 현령(縣令) 벼슬을 한 사람이 있었는데, 사람들은 그를 '서천령'(西川令)이라 불렀다.

그는 장기(將棋)를 잘 두어 자칭타칭으로 동방제일의 고수로서 당대에는 적수가 없었다. 하루는 지방의 늙은 병사가 서울로 '번'(番: 차례로 숙직이나 당직을 하는 일)을 서러 올라오면서 좋은 말(馬; 마)을 끌고 와서는 서천령을 찾아뵙고는 말했다.

"듣자 오니 공자(公子)께서는 장기를 잘 두신다 하니 한 번 두어보고 싶습니다. 제가 지면 이 말(馬)을 드리겠습니다."

어리숙한 늙은 병사가 당대 최고의 고수에게 도전장을 낸 것은 무엄하기 짝이 없지만, 준마(駿馬)를 걸면서 상대에게는 아무것도 요구를 하지 않는 지라 서천령은, "이게 웬 떡이냐?" 싶어 그러자고 승낙했다.

삼판양승의 조건으로 장기를 두어 내리 두 판을 진 늙은 병사는 마침내 준마를 바치고 떠나면서, "청컨대 공자(公子)께서는 이 말을 잘 먹이십시오. 다음에 재도전하여 말을 되찾아 가겠습니다" 하고는 근무지로 떠나갔다.

이에 서천령은 입이 귀에 걸려 웃으면서 말했다.

"얼마든지 받아줄 테니 좋을 대로 하게나."

서천령은 좋은 말을 얻은지라 다른 말보다 갑절로 먹여 키우니, 준마(駿馬)는 용마(龍馬)가 되었다.

후일 늙은 병사는 임기가 끝나자 과연 다시 와서 장기두기를 청하는데 이번에는 조건이, 자신이 지면 평생 서천령의 노복이 될 것이요, 만일 자신이 이긴다면 맡겨놓은 준마를 돌려달라는 것이었다.

그래서 재차 장기를 두었는데 노 병사는 리턴매치에서 내리 두 판을 이기고는 맡겨놓은 준마를 되찾아 끌고 가면서 말했다.

"제가 서울에 올라와서 번(番)을 서면 형편상, 말을 잘 먹일 수가 없다는 것을 잘 알기에 짐짓 공자(公子)님께 잠시 맡겼던 것입니다. 이제 공자(公子)님께서 잘 길러 주신 덕에 비루먹었던 놈이 이토록 훌륭한 말이 되었으니 감격을 이길 수 없습니다."

뛰는 놈 위에 나는 놈 있다. 매사를 겸손하게 살 일이다. 내가 최고인 양 고개를 쳐들고 살지만 강호(江湖)에는 숨어 있는 고수들이 수두룩하다.

어쩌면 서천령의 장기실력은 별로인데 왕의 종친이었기에 여러 사람들이 일부러 져 준 것은 아닐지도 모르겠다.

귤화위지(橘化爲枳): 남쪽에 심으면 감귤, 북쪽에 심으면 탱자

橘
귤나무 **귤**

枳
탱자나무 **지**

중국의 춘추전국시대 제(齊)나라에는 명재상으로 관중(管仲)과 안영(安嬰)이 있었다고《사기; 史記》에서 사마천(司馬遷)은 기록하고 있다.

관중은 환공(桓公)을 춘추오패(春秋五霸)에 올려놓은 최고의 명재상으로서 친구 포숙아(鮑叔牙)와의 우정을 다룬 '관포지교(管鮑之交)' 의 고사성어(故事成語)를 남긴 주인공이며, 후일 제갈량(諸葛亮)이 자신의 재주를 관중과 비교한 사실만 보더라도 그 인물됨을 짐작할 수 있다.

관중보다 약 70년 정도 뒤에 태어난 안영은 키가 150cm 정도밖에 되지 않는 볼품없는 체격의 소유자였다. 제(齊)나라의 재상이 되어 40여 년 동안 영공(靈公), 장공(莊公), 경공(景公) 등 세 임금을 섬기면서 내치와 외교에서 탁월한 수완을 보여 제(齊)나라를 강대국으로 만든 인물이다.

오죽하면 사마천은 『사기; 史記』「관안열전; 管安列傳」 말미에, "안영이 살아있다면 나는 서슴지 않고 그의 마부(馬夫)가 되어 말채찍을 기꺼이 잡겠다" 고 하였겠는가.

사마천은 〈관안열전〉에서 안영의 수레를 모는 마부(馬夫)와 그의 아내를 소개하고 있다.

안영은 앞에서 언급했다시피 체격이 작은 반면 수레를 모는 마부는 덩치가 크고 인물이 좋았다. 마부의 아내는 마차를 몰고 가는 남편의 모습을 보니 의기양양하고 천하를 호령하는 모습 같았다.

남편이 저녁에 돌아오자 마부의 아내는 이혼(離婚)을 청했다.

마부는 당황하여 그 이유를 물었더니 아내는 정색을 하고는, "승상 안영께서는 키가 6척도 안 되지만 재상(宰相)의 위치에 있으며, 이름이 이웃나라들 사이에서도 드날리고 있습니다. 첩이 그 분의 외출하는 모습을 보니 뜻과 생각이 깊으며 항상 스스로 몸을 낮추고 있습니다. 그런데 당신은 키가 8척이나 되면서 남의 마부가 되어 스스로 만족하는 모습을 보이고 있습니다. 첩은 그래서 당신을 떠나려고 하는 것입니다."

마부는 아내의 말에 크게 깨닫고 스스로를 자제하면서 겸손한 모습으로 변하게 되었고, 이를 이상히 여긴 안영이 마부에게 그 사유를 물었다.

그러자 마부는 아내와 있었던 일을 사실대로 고했고, 이에 감탄한 안영은 마부를 대부(大夫)로 추천하였다.

안영의 작은 체구에서 나오는 그릇의 크기를 볼 수 있는 일화도 있다.

초(楚)나라는 양자강(揚子江) 이남을 주름잡던 대국이다.

초나라에 사신으로 갔을 때의 일이다.

'초왕(楚王)' 이 안영의 기를 꺾어놓을 심산으로 신하들을 시켜 큰 성문을 닫게 하고는 옆에 딸린 작은 쪽문으로 안내를 했다.

안영은 소국(小國)에서 온 자신에게 모욕주려 한다는 것을 알아차리고는 입성하지 않은 채, "개의 나라에 온 것이라면 개구멍을 통해서 들어갈 수밖에 없겠으나 초나라는 개의 나라가 아니기에 구멍을 통해서 들어갈 수가 없소" 하고는 버텼다.

초왕(楚王)은 할 수 없이 큰 성문을 열고 안영을 맞이했는데 첫 대면에서, "그대를 사신으로 보낸 것을 보니 제(齊)나라에는 뛰어난 인재가 그리도 없단 말인가?"

인신공격으로 기를 꺾는다.

그만한 일에 기가 죽을 안영이 아니다.

"아닙니다. 우리 제(齊)나라에서는 인재가 흘러넘칩니다. 다만 파견할 국가에 따라 파견하는 사람도 다릅니다. 훌륭한 나라에는 훌륭한 인재를, 그렇지 않는 나라에는 못난 인재를 씁니다. 저는 잘 나지 못한 인간이기에 초나라에 파견된 것입니다."

초왕이 치솟는 화를 참으며 사신을 맞이하는 연회(宴會)가 시작되었는데, 이번에는 형졸(刑卒)들이 죄수 한 명을 데리고 나오는데 이 역시 각본대로 짜여져 있는 이벤트이다.

"어디에서 온 죄수인가?"

초왕이 묻는다.

이에 형졸이 대답하길, "제(齊)나라에서 온 사람인데 도둑질을 하다 잡혀왔습니다" 고 대답했다.

이 말을 들은 초왕이 안영을 보고 다그쳤다.

"제(齊)나라 사람들은 도둑질을 잘 하나 보지?"

안영은 이번에도 눈 하나 깜짝 않고 받아 넘긴다.

"제가 들은 바에 의하면 귤(橘)은 남과 북에서 각자 다르게 열릴 뿐만 아니라 각자 맛도 다르다고 합니다. 남쪽에 심으면 감귤(柑橘)이 되지만, 북쪽에 심으면 탱자(枳; 지)가 되지요. 그것은 풍토가 다르기 때문입니다. 제(齊)나라 사람들은 제(齊)나라에서는 도둑질을 하는 법이 없는데, 초(楚)나라에 와서 도둑질을 하는 것을 보면, 아무래도 초(楚)나라의 풍토와 관계가 있는 것 같습니다."

'귤화위지(橘化爲枳)' 란 고사성어가 생겨난 배경이다.

초왕이 탄복하고 진심으로 사과했다. 안영이 커다란 외교적 성과를 거두고 귀국하였음은 두 말하면 잔소리다.

참새는 작아도 알만 잘 낳고, 제비는 작아도 구만 리를 왕래한다.

향(香)은 연약한 몸으로 하늘의 제사(祭祀)에 참여하지만, 수수깡은 굵은 몸으로 가녀린 바람 앞에 제 몸도 지탱하지 못한다.

奴

종노

노예(奴隸)는 재산(財産)이다

종(奴; 종 노)은 가축(家畜)처럼 특정인의 소유물이 되어 모든 권리와 생산수단의 이익을 빼앗길 뿐만 아니라 사역(使役)되고 물건처럼 사고 팔리던 피지배계급의 인간을 말한다.

동서양을 막론하고 노예의 기원은 부족 간의 전쟁에서 포로로 잡혀온 사람들이라는 인식이 지배적이다. 종(奴)이란 글자는 약한 여자가 힘이 센 남자의 손(又; 손 우) 아귀에 잡혀 있는 모습을 형상화한 글자이다.

종은 살이 터지고 뼈가 부러져라 일을 해도 자신의 소유물은 한 개도 없다. 어쩌다 몸이라도 아파서 자신에게 주어진 할당량을 달성하지 못하면 어김없이 몽둥이 찜질과 채찍이 가해질 뿐이다.

그러다 보니 종(奴; 노)의 마음(心; 심) 속에는 언제나 분노로 가득 차 있다(怒; 성낼 노). 종이 힘쓰는 만큼 나도 노력하여 목표를 달성하겠다고 다짐하는 글자가 '힘쓸 노' (努), '힘 력' (力) 즉, '노력' 이고 보면 온갖 어려움을 극복하고 노력하여 성공한 사람들의 피눈물 나는 결실이 예사로 보이지 않는다.

樵

나무할 초

노비시인(奴婢詩人) 정초부(鄭樵夫)

조선시대 사대부(士大夫)들의 전유물이었던 한시(漢詩)는 운율(韻律)과 대구(對句)를 맞추기가 어려워 웬만한 양반(兩班)들에게도 쉽지 않은 학문이다.

그런데 수준 높은 한시(漢詩)를 짓는 '노비' 가 있었다.

조선의 '르네상스' 라 일컫는 정조(正祖) 때, 경기도 광주(廣州) 땅에 정초부(鄭樵夫)라는 노비가 있었다. '초부' 는 원래 이름이 아니라, '나무 할 초' (樵), '사내 부' (夫) 즉, '나무하는 사람' 이란 뜻이다.

노비는 '솔거' (率居)하는 노비와 '외거' (外居)하는 노비로 구분되는데, 솔거 노비는 주인과 같이 기거하며 최소한 의식주(衣食住)를 공급받으면서 무제한 노동을 제공하는 부류이고, 외거 노비는 외부에 독자적으로 거주하면서 주인의 토지나 과수원 등을 경작하고 일정한 몫을 챙기는 농경 노비로 나뉘인다.

정초부는 주인집에 땔나무를 대어주고 나머지는 장(場)에 내다팔아서 생계를 유지하였다. 그래서 마땅한 이름도 없이 '초부' 라 불리우는 노비 신세에 불과했지만, 추사(秋史) 김정희(金正喜)가 정초부의 한시(漢詩)를 화제(畵題)로 쓸 만큼 당대에 뛰어난 시인(詩人)으로 인정받았다.

정초부의 주인은 당대의 명문 함양여씨(咸陽呂氏)였다.

정초부는 낮에는 나무를 하고, 밤에는 주인집 자제들이 배우는 글을 어깨 넘어로 배웠는데 그의 재주를 아까워 한 주인이 기특하게 여겨서 자신의 막내아들 여춘영(呂春永)과 함께 글을 가르쳤다.

정초부보다 나이가 스무 살이나 어린 주인집 막내아들 여춘영은 자신과 동문수학한 노비 정초부를 언제나 스승이나 친구 대하듯 존대(尊待)했을 뿐 아니라 정초부의 한시(漢詩)를 양반사회에 퍼뜨리니 정초부의 명성은 한양(漢陽)에까지 가득하였다.

그리하여 양반들의 시회(詩會)에 여러 번 초대되어 시(詩)를 지어 올리니 참석한 양반들의 칭송이 그치질 않았다. 그 시절 세상을 놀라게 만드는 칠언절구(七言絶句) 〈동호범주; 東湖泛舟〉 '동쪽 호수에 뜬 작은 배' 가 발표되는데,

동호춘수벽어람(東湖春水碧於藍)
백조분명견양삼(白鳥分明見兩三)
유노일성비거척(柔櫓一聲非去尺)
석양산색만공담(夕陽山色滿空潭)

동호(東湖)의 봄 물결은 쪽빛보다 푸르러
또렷하게 보이는 건 두세 마리 해오라기
노를 젓는 뱃소리에 새들은 날아가고
노을진 산빛만이 강물에 가득하네.

이 시(詩)는 너무나 유명해져 양반들 사이에선 화제가 되었는데, 조선 최고의 천재화원(天才畵員) 단원(檀園) 김홍도(金弘道)가 이 시(詩)에서 영감(靈感)을 받아 〈도강도; 渡江圖〉를 그리고, 상단에다 〈동호범주; 東湖泛舟〉 시(詩)를 적은 것이다.

이러한 소문 역시 꼬리에 꼬리를 물고 장안(長安)의 화제로 번져나가자 게중에는 정초부를 만나고 싶어 집으로 찾아오는 사대부(士大夫)들로 인해 정초부의 초가집 앞에는 글자 그대로 문전성시(門前成市)를 이루었다.

그런다고 해서 정초부의 삶의 질이 달라지는 건 아무것도 없었다. 오히려 나무할 시간만 빼앗기는 법이어서 생활만 더욱 고달파지는 것이었다.

● 과객(過客)

강상초부옥(江上樵夫屋) 강가에 있는 나무꾼의 집일 뿐
원비역여가(元非逆旅家) 과객 맞는 여관이 아니라오
욕지아명성(欲知我名姓) 내 성명 알고 싶다면
귀문광릉화(歸問廣陵花) 광릉 가서 꽃에게나 물어 보시오.

정초부는 초일류 시인(詩人)들의 모임인 '東園雅集; 동원아집' 에 단골로 초청되었다. 그러나 신분의 차이는 극복하지 못한 채 누각의 단 아래에서 짚신을 신은 채 두 종아리를 드러내고 패랭이를 쓴 채 시(詩)를 지어 바쳤다. 그럼에도 불구하고 당시의 최일류 지식인이라 할 수 있는 박제가(朴齊家), 이덕무(李德懋)들로부터 최고의 찬사를 받았다.

정초부가 43세 되던 해 주인인 여춘영(呂春永)은 큰 결심을 하게 되는데, 정초부의 '노비문서' 를 불태워 버렸다. 드디어 노비신분에서 벗어난 것이다. 그러나 양민(良民)이 되었다고 별로 달라지는 삶은 없었다. 오히려 호적에서 제외되어 자신의 적(籍)이 없어졌기에 관청으로부터 곡식 한 톨 혜택을 받을 수 없었다.

나무를 할 수 없는 사정이라도 생기면 굶기를 밥 먹듯이 해야만 했다.

야등누각비월경(夜登樓閣非月景)
삼조벽곡미성선(三朝辟穀未成仙)
한 밤중 다락에 오른 것은 달빛 구경하려는 것 아니고
아침 세 끼 곡기(穀氣) 끊은 것은 신선(神仙)되려는 것 아닐세.

산금구식산인면(山禽舊識山人面)
군자금무야노명(郡藉今無野老名)
일립난분태창속(一粒難分太倉粟)
강루독의모연생(江樓獨倚暮烟生)

산새들은 옛날부터 산 사람 얼굴을 알고 있건만
관아의 호적에는 아예 들 늙은이 이름이 빠졌구나
큰 창고에 쌓인 쌀 한 톨도 나눠 갖기 어려워라
강가 누각에 홀로 올라보니 저녁밥 짓는 연기 피어오르네.

면천(免賤)된 정초부는 지금의 양평(楊平) 부근인 '갈대울'과 '월계협'으로 거주지를 옮겼다. 당대의 일류시인으로 칭송받던 신광수(申光洙)가 한 번 보고자 찾아왔으나 정초부가 나무하러 떠나서 만나보지 못하여 몹시 아쉬워하였고, 수원부사(水原府使) 김상묵(金尙默) 등 많은 사대부들이 찾아왔지만 혹은 만나고, 혹은 만나지를 못하였는데 살림살이에는 도움이 없었던 것 같다.

그는 고픈 배를 졸라매고 뗏목에 몸을 실은 채 한양(漢陽)의 동대문시장으로 나무를 팔러 나선다.

한묵여생노채초(翰墨餘生老採樵)
만견추색동소소(滿肩秋色動蕭蕭)
동풍취송장안로(東風吹送長安路)
효답청문제이교(曉踏青門第二橋)

시인(詩人)의 남은 생애는 늙은 나무꾼 신세
지게 위에 쏟아지는 가을빛 쓸쓸하기만 하네
동풍(東風)이 장안(長安) 대로(大路)로 이 몸을 떠다밀어
새벽녘에 동대문(東大門) 제2교를 걸어가노라.

모진 배고픔 속에서도 삶을 이어가던 정초부는 76세를 일기로 세상을 마감하는데 죽기 며칠 전 유작(遺作)에 보면 시대를 잘못 타고 태어난 불우한 천재의 고음(苦吟)이 읽는 이로 하여금 소매 끝을 적시게 만든다.

무인활백벽(無人活白壁)
칠십육년기(七十六年飢)
재능 사 줄 사람 찾지 못하여

76평생 굶주리고 살았네.

옛 주인 여춘영은 정초부가 죽자 정성껏 장례를 치러주었으며, 그날의 일기에다 기록했다. 여춘영 문집,《헌적집; 軒適集》에서

소사이장우(少師而壯友)
어시유아초(於詩惟我樵)

어릴 때는 스승, 어른이 되어서는 벗으로 지내며
시(詩)에서는 오로지 내 초부뿐이었지.

정초부의 장례식 때 여춘영이 지은 '만장시(輓葬詩)' 도 소개한다.

황로역초부(黃壚亦樵夫)
상엽우공정(霜葉雨空汀)
삼한다씨족(三韓多氏族)
내세탁녕형(來世托寧馨)

저승 가서도 또 나무 하시겠소?
낙엽은 빈 물가에 한없이 쏟아지는데
삼한 땅에는 명문가가 많으니
다음 세에 태어나면 그런 집에 나시오.

반상(班常)의 제도 아래 불우한 생을 살다간 풀뿌리 시인 정초부!

그의 생명오저로부터 용출(湧出)하는 시(詩)의 세계는, 신분의 한계와 가난의 고통이 예술로 승화되어 250여 년이 지난 21세기에 와서도 민중들의 심중에 눈물의 꽃을 피우고 있다.

班

나눌 반

양반(兩班)과 상놈

양반이라는 칭호가 처음 시작된 것은 서기 976년 고려(경종1년)부터라고 〈고려사〉에서는 기록하고 있다.

편의상 관료들을 정치적인 집단과 국가의 수호 집단으로 구분한 것인데 여기서 정치적인 집단이란 행정 관료들로서 그들을 문반(文; 글월 문, 班; 나눌 반)이라 하여 조정에서 조회시 왼편(동쪽)에 나열했음으로 동반(東班)이라고 칭하였으며, 국가 수호 집단이란 무인(武人) 관리들로서(요즘으로 치면 치안이나 국방담당) 그들을 무반(武; 호반 무, 班; 나눌 반)이라 불렀는데 그들은 조회시 임금의 오른편(서쪽)에 나열했으므로 서반(西班)이라고 불렀다.

이들을 합해서 양반이라고 부른다.

또한 조회장소가 아닌 다른 곳에서도 쉽게 구별할 수 있도록 입고 있는 관복의 가슴과 등에 문반은 학을, 무반은 호랑이를 수놓아 입었기에 문반을 '학반' (鶴; 새 학, 班; 나눌 반), 무반을 '호반' (虎; 범 호, 班; 나눌 반)이라고 부르기도 했는데 이를 '흉배' (胸; 가슴 흉, 背; 등 배)라고 한다.

일단 양반만 되면 교육, 과거응시, 조정입사 등의 배타적인 특권은 물론, 군역면제와 규정 이상의 토지나 노비를 소유할 수 있었는데 특히 '문반' 의 양반들은 고려 말, 조선 초기에 이르러 중국으로부터 들어온 주자(朱子)의 성리학을 치국(治國)의 모토로 삼으면서 스스로를 '사림' (士; 선비 사, 林; 수풀 림, 집단이란 뜻도 있음), 또는 '사대부' (士大夫: 대부 이상의 선비)라 칭했다. 특히 중국을 섬긴다는 뜻의 사대부(事大夫)와는 다르다.

한 번 양반이 되면 반역 같은 대죄가 아닌 이상 대대로 가산과 노비의 세전(世傳)이 이어졌다. 또한 공신(功臣)의 후손들은 음덕(蔭德)이라 하여 과거시험을 거치지 않고도 벼슬길에 나갈 수 있는 혜택마저 있었다.

그에 반해 소위 상놈이라는 신분계층의 종들은 앞에서 잠깐 언급했듯이 겉모습만 사람이지 짐승이나 다를 바 없었다. 양반과 상놈을 아울러 부를 때 반상(班常)이라 부른다.

상놈들은 대부분 '노비문서' 라는 족쇄에 채워져 결혼을 해서 자식이 태어나더라도 그 자식들마저 주인의 소유가 되었으며, 성씨(姓氏)가 없는 것은 물론이요 변변한 이름조차 가질 수 없었다.

신체적인 특성을 살려서 몸 어딘가에 점이 있으면 '점박이' 니 '얼룩이' 로 불리었고, 사내종은 재산증식의 도구였기에 허약해서도 안 되며 몸이 아파도 안 되었다. 그래서 바위처럼 단단하라고 이름을 '바우' 니 '송아지', '도야지' 라고 불렀으며 돌과 쇠를 합쳐놓은 '돌쇠' 도 있었다.

乭

사람이름 돌

여기서 재미난 글자가 탄생하는데 '사람이름 돌' (乭)이란 글자이다. 글자를 보면, 새(乙)가 돌(石) 아래 깔려 있는 모습이다.

누르고 있는 돌을 극복하고 펄펄 날아가는 새처럼 단단하라는 뜻으로 '음역자' 인 셈인데, 이 돌(乭)이란 글자는 중국에도, 일본에도 없는 우리 선조들이 창조해 낸 기발한 글자로서 필자의 어린 시절만 해도 여염집 사내아이들 중에 '돌이' 라는 이름을 종종 볼 수 있었다.

거기다 나이가 어려서 힘든 일을 감당 못할 사내종은 마당이라도 쓸라는 뜻의 '마당쇠' 가 있는가 하면, 많은 복을 받아서 건강하라고 '칠복이', '복돌이', '만복이' 가 등장하고 농사 소출을 많이 내라고 '천석이', '만석이' 까지 등장한다.

그에 반해 계집종은 삼월 달에 태어났으면 '삼월이', 구월 달에 태어났으면 '구월이' 가 대세였고, 송아지나 강아지처럼 잘 자라라고 '아지', 호박처럼 둥글둥글 잘 크라고 '둘레', 돌처럼 야물면서 주인에겐 반항하지 말고 온순하라고 '석순이' 등 도무지 사람 같은 이름은 찾을래야 찾아볼 수가 없는 이름들 뿐이다.

그나마 세월이 흘러 조선 후기에 와서 갑오경장(甲午更張) 이후 철옹성

같기만 하던 신분체제가 붕괴되기 시작하더니, 21세기를 살아가고 있는 요즘에는 상대방을 비하할 적에 "이 양반, 저 양반" 하며 대인칭(對人稱)으로 사용하고 있으니 옛날의 소위 사대부들이 이 광경을 봤다면 아마 피를 토하고 죽을 일이다.

閑
한가할 **한**

乾
하늘 **건**

한량(閑良)과 건달(乾達)

조선시대에 문 · 무과에 급제하고도 아직 벼슬에 나아가지 않은 사람을 일컬어 선달(先達)이라 불렀다. 요즘으로 치면 공무원 시험에 합격하고 발령을 기다리고 있는 '임용대기자' 라고 할 수 있다.

그런데 문과와 달리 무과합격자들은 평생을 벼슬길에 나가지 못하고 생을 마감한 사람들도 허다했다 한다. 그래서 선달하면 무과에 급제하고 벼슬에 나아가지 않은 사람의 대명사가 되었다.

흔히 우리에게 잘 알려진 '봉이 김선달' 은 일정한 직업 없이 남들을 골탕 먹이는 일류 사기꾼으로 인식되어 있지만 사실은 그렇지가 않다.

봉이 김선달은 엄연히 무과과거에 합격한 엘리트였던 것이다.

비슷한 신분으로 인식되는 것 중에, 한량(閑; 한가할 한, 良; 좋을 량)과 건달(乾; 하늘 건, 達; 통달할 달)이 있다.

한량(閑良)은 일정한 직업도 없이 속없이 사는 것 같지만 주로 부모로부터 많은 유산을 물려받은 양반자제로서 흥청망청 쓸 돈은 써가면서 잘 노는 멋쟁이를 말한다.

그런가 하면 건달(乾達)은 가진 것도 없이 거덜먹거리며 놀고 먹는 소위 춥고 배고픈 부류들을 말한다. 원래 건달이란 말은 불교용어로서 범어(梵語; 산스크리트)로는 'gandharva' 라고 하며 한자음으로 번역 표기할 때

건달바(乾達婆)라 했다.

이 '건달바' 는 수미산 남쪽 금강굴에 살면서 '도솔천' 에서 음악을 책임진 신(神)이다. 음식은 일절 먹지 않고 향(香)내만 맡으며 허공을 날아다니면서 노래와 음악을 연주하며 사는데 부처님에게 평생을 "불자(佛子)들에게 음악을 연주하며 수호하겠다" 고 맹세한다.

흔히 사찰의 천왕문에 모셔져 있는 '동방지국천왕' (東方持國天王)의 권속이다.

이 '건달바' 가 세월이 흐르면서 일정한 생업을 가지지 않고 주색잡기나 주먹을 앞세우는 부류들을 총칭하는 대명사가 되고 말았다. 장엄하고 숭고한 불교의식을 찬탄하며 불제자를 수호하는 천상계의 음악의 신(神) '건달바' 가 한낱 '조폭' 같은 불명예스런 건달로서의 신분강 등에 언제까지 웃으면서 노래하고 연주할 수 있을지 자못 궁금하기만 하다.

餓 굶을 아

한없는 욕심의 세계, 아귀계

불교에서 설하는 생명상태 중에 열 가지로 세분하여 해석한 십계(十界)라는 세계관이 있다. 그 중에 '아귀계' (餓; 굶을 아, 鬼; 귀신 귀, 界; 지경 계)라는 것이 있는데 한없는 욕심을 부리다 죽은 귀신이 떨어지는 지옥세계이다.

아귀(餓鬼)는 몸은 앙상하게 말랐는데 배(腹; 배 복)는 산더미처럼 크고, 입은 태평양만큼 큰데 비해서 목구멍은 실낱처럼 가늘어서 언제나 굶주림에 고통 받는 귀신을 말한다.

얼마나 먹을 것이 없어 배가 고픈지 자신의 팔뚝 살을 뜯어먹는 글자가 '굶을 아' (餓)이다. '나 아' (我) 앞에다 먹을 식(食)을 합해 놓았다.

끝없이 멈출 줄 모르는 욕심은 스스로의 생명을 갉아 먹을 뿐이다. 그것은 마치 녹이 쇠에서 나와서 스스로 부식되는 것과 같은 이치이다.

동물의 왕 사자(獅子)는 외부의 적에게 죽임을 당하지 않는다. '사자신충'(獅子身蟲)이라 해서 몸속의 벌레나 세균에 의해서 죽을 뿐이다.

가질 만큼 가지고 살아가고 있는 사회지도층의 인사들이 넘치는 욕심을 부리다 끝간 데 없이 나락으로 떨어지는 모습을 종종 본다. 죽어 지옥 가서 느끼는 고통이 아니라 살아생전 죽고 싶을 정도의 고통을 느끼며 살아야 하는 아귀지옥(餓鬼地獄) 역시 스스로 지은 업보의 결과이다.

인과응보(因果應報)의 법칙에는 에누리가 없다.

卍

절만

절 만(卍)인가, 나치 문양(卐)인가?

흔히 사찰을 뜻하는 글자로는 '절 사'(寺)가 있다.

잘 쓰지는 않지만 절 만(卍)도 있는데 대부분 사찰에서는 한때 나치가 문양으로 사용했다 해서 사용하기를 꺼린다.

대부분 사람들이 '절 만'(卍)이란 글자가 한자(漢字)인 줄 알고 있는데 근원을 살펴보면, 고대 인도(印度)에서 '불교'나 '힌두교'의 종교적 상징으로 사용되던 문양에서 비롯된 것으로 인도(印度)에서는 행운과 윤회를 상징하는 평화의 상징적인 문양이었다.

그러던 것이 아리아인들에 의해서 아시아와 유럽으로 퍼져 나갔는데, 동서남북을 상징하는 '열 십'(十) 모양에다 프로펠라 모양을 첨가하여 '어떠한 진리가 소용돌이치는 모양'으로 사용하였다.

처음엔 글자라기보다 부호로 사용되다가 중국에 불교가 유입되면서 절(사찰)이라는 뜻으로 정착을 하게 되었다.

기본적으로는 '좌 만'(卍)과 '우 만'(卐)으로 나뉘게 되는데 중국과 우리나라에서는 주로 '좌 만'(卍)을 사용해 왔다. 반면 유럽으로 번져나간 부호는 고대 그리스와 로마제국에서는 주로 장식용으로 사용되어 왔으나 근래에 들어 게르만 민족 중에서도 나치당이 '우 만'(卐)을 자신들의 상징문양으로 사용하였는데 이를 '하켄크로이츠'라 했다.

갈고리를 뜻하는 하켄(haken)과 십자가를 뜻하는 크로이츠(kreuz)가 합쳐진 말로서 이 지구상 모든 나라를 갈고리처럼 엮어서 사방팔방으로 뻗쳐 나아가고 싶은 욕망의 바람이었다. 아마 '우 만'(卐)의 글자 뜻대로 세계를 지배하고 싶었을 게다. 그것은 태양이 사방팔방으로 뻗쳐 나가는 일본의 욱일기(旭日旗)와 같은 맥락에서 보면 될 것 같다.

부처님의 진리의 법이 우주의 사방팔방으로 뻗쳐 나가는 형상을 왜곡하여 유태인을 몰살하고 유럽을 손아귀에 넣으려 했던 나티시즘과 서구열강의 식민지배에서 신음하고 있는 아시아 국가들을 해방시켜 준다는 핑계하에 아시아 공영권을 부르짖으며 엄청난 학살을 저지른 일본 군국주의들의 만행을 하늘이 용서할 리가 없다.

공자(孔子)의 이념을 도척(盜跖)이 흉내내어 사용한다고 해서 그 법이 민중에게 유포될 리가 없다. 손으로 하늘을 가릴 수는 없는 법이다.

壇

단 단

엄숙한 의식 야단법석(野壇法席)

'야단법석'(野; 들 야, 壇; 단 단, 法; 법 법, 席; 자리 석)이란 글자 그대로 야외에다 법을 펴기 위해 세운 단(壇)이란 뜻으로 석가모니 부처님께서 영취산에서 법화경을 설법할 때 몰려든 사부대중이 너무 많아 비좁은 법당 안에서는 다 수용할 수가 없어서 야외에다 법단(法壇)을 차려놓은 것을 말한다.

그때 모인 대중이 약 삼백만 명이었다 하니 요즘 숫자와는 개념이 다르다 치더라도 엄청난 인파가 몰렸던 것은 사실인 것 같다. 그러다 보니 질서도 없이 얼마나 시끄러웠겠는가? 게다가 비라도 내린다면 야단법석이 난리법석 되는 것은 불을 보듯 뻔한 일이다.

숭고한 부처님의 설법을 듣는 장소가 난장판 같은 의미로 와전된 현실 앞에서도 앞에서 언급한 바와 같이 아직껏 야단법석을 고집하는 거룩한 스님들이 계신다 하니 그저 존경스러울 뿐이다.

茶
차 다

성불(成佛)을 도와주는 다비식(茶毘式)

열반(涅槃)에 드신 스님들을 화장(火葬)하는 의식을 '다비식' 이라 한다. 다비식(茶; 차 다, 毘; 도울 비, 式; 법 식)이란, 차 마시는 것을 도와주는 의식이란 뜻이다. 그것이 돌아가신 스님의 화장(火; 불 화, 葬; 장사지낼 장)과 무슨 연관이 있는가?

스님들만큼 차(茶)를 즐기는 사람들을 찾아보기 힘들 것이다.

차(茶)는 정신을 맑게 해 주면서 신경을 안정시켜 주기에 스님들의 정진에 도움이 될 뿐 아니라 소화촉진과 혈액순환에 효과가 있으며, 심혈관계와 이뇨작용에도 탁월한 효과가 있다고 알려져 있다.

차(茶)를 파자(破字)하면 卄(스무 입)= '이십' 아래에 '여덟 팔' (八)을 쓰고 그 안에다 '나무 목' (木)이 들어가는데, '나무 목' (木)의 가운데 글자 '열 십' (十)을 곱하면 팔십이 된다.

'나무 목' (木)에서 나머지 팔(八)을 합하면 '팔십 팔' 이 되는데, 모두 합해 '백 팔' 이 되니, 백팔번뇌(百八煩惱)를 도와주는 의식, 즉 이승에서의 모든 번뇌는 불길과 함께 다 소멸되고, 서방정토 극락세계에 태어나도록 도와주는 의식이라 하여 '다비식' 이라 한다.

실제로 불가(佛家)에서는 차(茶)를 마시는 것과 마음을 수행하는 것은 하나라는 '다선일여; 茶禪一如' 라는 말이 있다.

우리나라에 차(茶)문화가 들어온 것은 서기 830년(신라 흥덕왕 5년) 당(唐)나라 유학을 마치고 귀국한 진감선사(眞鑑禪師)가 경남 하동(河東)의 옥천사(玉泉寺, 쌍계사 전신)에 자리를 잡으면서다. 지금도 화개장터에서 쌍계사 가는 '십리 벚꽃 길' 주변에는 차밭이 즐비한데, '스님' 들로부터 일반 민간인들에게 전수된 우리나라 차 시배지(始配地)이다.

이후 각 사찰의 스님들과 고관대작 내지 선비사회로 차문화가 확산되면서 차(茶) 마시는 일이 밥 먹는 일과처럼 글자 그대로 다반사(茶飯事)가 되고 말았다. 차(茶)를 즐긴 사람들이야 일일이 열거할 수 없을 정도로 많지만 역사상 가장 차(茶)를 즐긴 사람은 누가 뭐래도 다산 정약용을 빼고는 말할 수가 없을 것 같다.

얼마나 차(茶)를 사랑했으면 자신의 '호' (號)마저 다산(茶山)이라 했을까? 정약용(丁若鏞)은 젊은 시절부터 차(茶)를 즐겼었다. 그가 본격적으로 차(茶)에 눈을 뜬 것은 1801년 전라도 강진(康津)으로 유배 온 지 4년째 되던 해에 다산초당(茶山草堂)에 은거하며 백련사(白蓮寺)의 혜장선사(惠藏禪師)와 교류를 갖게 되면서이다.

혜장선사는 '한학(漢學)' 에도 밝은 '학승(學僧)' 이었기에 둘은 금방 친해질 수 있었고, 다산은 혜장에게 주역(周易)을 가르치는 대신 혜장으로부터 깊이 있는 차(茶)의 세계를 배웠다.

그리고 그해 겨울, 마실 차(茶)가 떨어진 다산초당의 다산은 백련사의 혜

다산초당

백련사 전경

장선사에게 차(茶)를 보내달라는 편지를 보내는데 이게 훗날 다산의 명작으로 꼽히는 〈걸명소; 乞茗疏〉(乞; 구걸할 걸, 茗; 차 명, 疏; 트일 소)이다.

● 걸명소

여인근작차도(旅人近作茶饕)
서중묘벽(書中妙辟)
전통육우지삼편(全通陸羽之三篇)
겸충약이(兼充藥餌)
병리웅잠(病裏雄蠶)
수갈노동지칠완(遂竭盧仝之七椀)
수침정척기(雖浸精瘠氣)
불망기무경지언(不忘碁毋煚之言)
이고옹파반(而消壅破瘢)
종유이찬황지벽(終有李贊皇之癖)
계호조화시기(洎乎朝華始起)
부운효효어청천(浮雲皛皛於晴天)
오수초성(午睡初醒)
명월리리호벽간(明月離離乎碧澗)
세주비설산(細珠飛雪山)
등표자순지향(燈瓢紫筍之香)
활화신천(活火新泉)
야석천백포지미(夜席薦白包之味)
화자홍옥(花瓷紅玉)
번화수손어로공(繁華雖遜於潞公)
석정청연(石鼎青煙)

담소서핍어한자(澹素庶乏於韓子)
해안어안(蟹眼魚眼)
석인지완호(昔人之玩好)
도심룡단봉병(徒深龍團鳳餠)
내부지진반이경(內府之珍頒已罄)
자유채신지질(玆有采薪之疾)
요신걸명지정(聊伸乞茗之情)
절문고해진량(竊聞苦海津梁)
최중단나지시(最重檀那之施)
명산고액잠수(名山膏液潛輸)
서초지괴(瑞草之魁)
의념갈희(宜念渴希)
무간파혜(無慳波惠)

나그네가 요즈음 '차' 를 탐내어 마시고
책 속에 오묘함 열어준
육우(陸羽)의 '다경삼편' 을 전부 통달하고
겸하여 약으로 충당한다네
병을 다스리자니 큰 누에버러지가 되어
마침내 노동(盧仝) '칠완' 을 다 들이키고
비록 수척하고 정신이 잠기나
기무려의 말을 잊지 않는지라
옹체를 해소하고 흉터(주근깨)를 지우려 하니
끝내는 이찬황의 버릇이 생겼소
아침에 꽃이 갓 필 때
구름이 개인 하늘에 선연히 떠갈 때

낮잠에서 막 깨어날 때
밝은 달이 점차 산 개울에서 멀어질 때
솥에 물을 부으면 작은 구슬은 설산에 날으고
등불은 '자순차' 향기에 나부끼느니
새 샘물 활력 있는 샘물은
야원에 백포시의 맛을 바치고
붉은 옥호 피어난 사발에
번영하는 유화는 비록 노국공에 못 미치나
돌솥에 푸른 연기
담박 질소하여 한비자에는 가까우리
게 눈과 고기 눈은
옛 사람들 즐겨 완미했거니
다만 심궁의 용단과 봉병은
나라 안 곳집의 반급할 진장품은 이미 빈 그릇이라
이 사람 섶나무조차 못할 질고로 인하여
애오라지 차 구걸하는 정분을 신항함이라
적이 들으니 인생고해는 부처님의 진량 중
가장 소중함이 단나의 보시라 하고
명산에 잠긴 고혈과 고액은
서초 차(茶)가 으뜸이라 하거늘
마땅히 갈망 희구함에
아끼지 마시고 파도 같은 은혜를 베풀기를 원하노라.

*육우(陸羽): 중국 당(唐)나라 때 선비이자 '다도(茶道)'의 조상. 〈다경 3편〉의 저자. 다신(茶神)으로 칭송받음.

*노동(盧仝): 중국 당(唐)나라 때 시인. 〈칠완다가; 七碗茶歌〉의 저자.

오래 전 모 방송국에서 방영된 고등학생들이 출연하는 장학퀴즈란 TV 프로에서 진행하는 아나운서가 주관식 문제를 낸다.

"스님들의 장례식 때, 화장(火葬)하는 의식을 무엇이라 하나요?"

한동안 침묵이 흐르는가 싶더니 한 학생이 벨을 누르고는 힘차게 외친다.

"예! 캠프파이어입니다!"

이때는 웃어야 하나, 참아야 하나….

勝
이길 승

敗
깨뜨릴 패

탈무드에서 배우는 지혜(智慧)

'유대인' 은 교육을 중시하는 민족이다. 예루살렘이 '로마군' 들에게 포위되어 함락 직전에 놓였을 때, 유대인이 제시한 항복조건은 단 하나, 학교(學校)를 계속 유지하게 해달라는 것이었다.

이 학교에서 '유대인' 들은 성서(聖書)와 탈무드를 가르치며 민족의 정체성을 길러 왔다.

일제(日帝)강점기 때, 일제(日帝)가 우리의 말과 한글을 말살할 작정으로 우리 민족의 역사와 교육을 송두리째 뽑으려는 정책을 편 것은 '유대인' 들의 교육에 의한 끈질긴 민족의 부활(復活)을 보았기 때문이다.

《탈무드》는 '유대인' 의 신앙과 민족정신의 원천이며, 책속에는 뛰어난 교육(敎育)과 경제(經濟) 이론이 내재되어 있다. 뿐만 아니라 경전(經典)이자 잠언집(箴言集)이요, 교훈(敎訓)이 들어있는 '유대인' 들의 정신적인 지주(支柱)이다.

그 탈무드의 내용 중에 '승자(勝者)와 패자(敗者)' 란 대목이 눈길을 끌어 여기에 소개한다.

● 승자(勝者)와 패자(敗者)

승자(勝者)는 실수했을 때 내가 잘못했다고 말하지만
패자(敗者)는 실수했을 때 너 때문에 이렇게 되었다고 말한다.

승자(勝者)의 입에는 솔직함이 가득하고
패자(敗者)의 입에는 핑계가 가득하다.

승자(勝者)는 어린아이에게도 사과(謝過)할 수 있고
패자(敗者)는 노인에게도 고개를 숙이지 않는다.

승자(勝者)는 더 열심히 일하지만 시간의 여유가 있고
패자(敗者)는 게으르지만 늘 바쁘다고만 한다.

승자(勝者)는 시간을 관리하며 살고
패자(敗者)는 시간을 끌며 산다.

승자(勝者)의 하루는 25시간이지만
패자(敗者)의 시간은 23시간밖에 없다.

승자(勝者)는 져도 두려워하지 않지만
패자(敗者)는 이기고도 은근히 두려워한다.

승자(勝者)는 과정(過程)을 위하여 살고
패자(敗者)는 결과(結果)를 위해 산다.

승자(勝者)는 구름 위의 태양을 보고
패자(敗者)는 구름 속의 비를 본다.

승자(勝者)는 넘어지면 일어서는 기쁨을 알고
패자(敗者)는 넘어지면 신세한탄을 한다.

승자(勝者)의 주머니 속에는 꿈이 있고
패자(敗者)의 주머니 속에는 욕심이 있다.

승자(勝者)가 자주 쓰는 말은 "다시 한 번 해 보자" 이고
패자(敗者)가 자주 쓰는 말은 "해 봐야 별 수 없다" 이다.

세상에는 참으로 어려운 일들이 많다. 그 중에서도 나를 이기는 것만큼 어려운 일도 없다.

각하조고(脚下照顧)라는 말이 있다. 지금의 그 자리를 잘 돌아다보고 살펴보라는 뜻으로 자기반성을 해야 한다는 말이다. 나를 내려놓고 참 나를 없애는 속에서의 용기 있는 행동만이 진정한 인생의 승자가 되는 길이다.

施
베풀 시

돈 들이지 않고 적선하는 방법, 무재칠시

〈잡보장경; 雜寶藏經〉에 '무재칠시(無財七施)' 가 나온다.

석가모니 부처님 재세(在世)시의 일이다.

어떤 재가(在家)의 신도가 찾아와 하소연했다.

"저는 하는 일마다 제대로 되는 일이 없으니 무슨 이유입니까?"

석존(釋尊)은 대답한다.

"그것은 네가 남에게 베풀지 않았기 때문이니라."

"저는 가진 것이라곤 아무것도 없는 빈털터리입니다."

"그렇지 않느니라. 아무런 재산이 없다손 치더라도 남에게 줄 수 있는 것이 일곱 가지나 있느니라.

첫째는 화안시(和顔施)로서, 얼굴에 화색(和色)을 띠고 부드럽고 정다운 얼굴로 남을 대하는 것으로써 미소(微笑)를 말함이다.

둘째는 언시(言施)로서, 말로써 얼마든지 남에게 베풀 수 있으니 사랑의 말, 칭찬의 말, 위로와 격려의 말, 양보의 말과 부드러운 말 등의 이름이다.

셋째는 심시(心施)로서, 마음의 문을 활짝 열고 따뜻한 마음을 주는 것이다.

넷째는 안시(眼施)로서, 호의를 담은 눈으로 사람들을 대하는 것이다.

다섯째는 신시(身施)로서, 즉 몸으로 때우는 것인데 남의 무거운 짐을 들어준다거나 몸으로 남의 수고로움을 대신하는 것이다.

여섯째는 좌시(座施)로서, 남에게 자리를 내어주어 양보하는 일로써 매사 공(功)을 남에게 돌리는 일이다.

마지막 일곱 번째는 찰시(察施)로서, 굳이 물어보지 않고도 상대의 속을 헤아려 스스로 도와주는 보살핌을 말함이니라.

이 일곱 가지만 실천한다면, 앞으로 네가 하는 일마다 잘 될 뿐만 아니라, 남들로부터 존경을 받을 것이니라."

아무것도 가진 것 없는 사람일지라도 남에게 베풀 수 있는 일곱 가지(칠시; 七施)를 활용하여 덕(德)을 쌓으라는 말씀이다.

돈 한 푼 들이지 않고 적선을 베푸는 일이 이처럼 많다. 이 무재칠시(無財七施)는 인간혁명을 말함이요, 성공의 열쇠를 말함이다.

糞
똥 분

불두방분: 참새에게도 불성(佛性)은 있는가

'불두방분; 佛頭放糞' "불상(佛像)의 머리에 똥을 갈긴다"는 뜻으로, "소인이 군자를 헐뜯어도 군자는 개의치 않고 내버려 둔다"는 것을 말한다.

『명심보감; 明心寶鑑』「정기편; 正己篇」에 보면, "이불문인지비(耳不聞人之非), 목불시인단(目不視人之短), 구불언인지과(口不言人之過), 서기군자(庶幾君子)"라는 대목이 있는데, "귀로는 남의 그릇됨을 듣지 아니 하고, 눈으로는 남의 결점을 보지 아니하며, 입으로는 남의 허물을 말하지 않아야만 군자라 할 수 있다"라는 말이다.

『불경; 佛經』의「보왕삼매론; 寶王三昧論」에도, "억울함을 당해서 밝히려 하지 마라. 억울함을 밝히면 원망하는 마음을 돕게 되나니 그래서 성인(聖人)이 말씀하시되 억울함을 당하는 것으로 수행하는 문을 삼으라 하셨느니라" 하였다.

석존(釋尊)께서 죽림정사(竹林精舍)에서 정법(正法)을 펼쳐 나가자, 외도(外道)들의 모함은 수(數)를 헤아릴 수 없었다.

그 중에 마나기라는 여인은 임신한 것처럼 꾸미고 한 무리의 외도들과 함께 석존께서 설(說)하시는 법좌(法座)에 와서 모함을 하였지만 석존은 온화한 미소로 조용히 바라보기만 하였다. 석존의 자비로운 미소에 부끄러움을 느낀 마나기는 스스로 배에 감추어 뒀던 바가지를 내려놓고 참회의 절을 올리고 제자가 되었다.

중국(中國)의 관음보살의 화신이라 불리던 마조(馬祖) 선사의 제자가 절 마당에 있는 불상(佛像)의 머리에다 참새가 똥을 싸는 걸 보고, "스님! 참새에게도 불성(佛性)이 있습니까?" 하고 물었다.

"있느니라."

"불성(佛性)이 있다는 놈이 어찌 감히 부처님의 머리에다 똥을 쌀 수가 있습니까?"

그러자 마조(馬祖) 선사는, "부처님은 대자대비(大慈大悲)하시다는 걸 알기 때문에 똥을 싸더라도 용서를 받을 수 있지만, 만약 독수리 머리 위에다 똥을 싸면 그 자리에서 잡아먹힌다는 것을 참새도 알기 때문이니라."

이른바 역유법(逆喩法)이다.

"누울 자리 봐가면서 발 뻗는다"는 말이 있다.

한낱 미물인 참새도 자신이 앉을 자리가 생가지인지 썩은 가지인지 가려가면서 앉는다.

만물의 영장이라는 우리 인간이 미물인 새들보다 못한 처신을 일삼다 패가망신 당하는 일들이 허다한 요즘 세상이다.

布
베 포

袋
자루 대

불교계의 산타클로스, 포대화상

포대화상(布袋和尙)은 중국 당(唐)나라 때 스님으로, 법명(法名)은 계차(契此)이다. 얼굴엔 언제나 환한 웃음이 가득한 복덕원만(福德圓滿)한 상(像)을 가지고 옷은 항상 풀어헤쳤는데, 배는 풍선처럼 부풀고 젖가슴은 처질대로 처져 있다. 우리나라 웬만한 사찰에도 포대화상 석상(石像)이 있는데 손때가 묻은 새까만 배를 내어놓고 천진난만하게 웃으며 불자(佛子)들을 맞이하고 있다.

포대화상은 평소에 지팡이 끝에다 커다란 자루를 둘러메고 다녔기 때문에 사람들은 그를 포대화상이라고 불렀다. 그 자루 속에는 항상 스스로 탁발(托鉢)한 장난감이나 과자, 엿 등이 가득 들어 있었는데 마을을 돌면서 아이들에게 나누어 주었다.

포대화상은 땅을 방바닥으로 삼고 하늘을 이불삼아 어느 곳이든 벌렁 누워 코를 곪았다.

동안(童顏)이어서 항상 아이들이 좋아라 따라다녔기에 천진무구(天眞無垢)한 동진세계(童眞世界)를 살았다. 같이 뒹굴며 놀다 보면 짓궂은 아이들은 막대기로 번갈아가며 때리기도 하고 젖꼭지를 당기고 눈썹을 뽑기도 하였으나 언제나 허허 웃으며 같이 어울려 놀았다.

사람들은 심지어 스님들조차 미친 사람으로 취급하였으나 그의 행동에는 티끌 한 점 걸림이 없었다. 포대화상은 자연과 함께 자고 깨어났으며, 자연과 함께 행동하는 걸림이 없는 대 자유인이었다.

그가 읊은 두 편의 게송(偈頌)을 소개한다.

일발천가반(一鉢千家飯)　　하나의 바릿대로 천 집의 밥을 빌며
고신만리유(孤身萬里遊)　　외로운 몸 만 리를 노닌다
청안도인소(靑眼睹人小)　　알아보는 이 별로 없으니
문로백운두(問路白雲頭)　　떠도는 흰 구름에 길을 묻노라.

아유일포대(我有一布袋)　　나에게 포대 한 개 있으니
허공무괘애(虛空無罫碍)　　허공마저 걸림이 없어라
전개편시방(展開遍十方)　　열어 펴면 시방이 가득하고
입시관자재(入時觀自在)　　오무려들일 때에는 자재로움을 보노라.

단적으로 이 시(詩)만 보더라도 포대화상은 예사 스님이 아니다.

이 마을 저 마을을 돌아다니며 세속 사람들과 같이 차별 없이 어울리며 법(法)을 설했다. 아무 거리낌 없이 만만하게 다가온 중생들의 사견(邪見)을 정법(正法)으로 인도하였다.

그의 몸으로 하는 설법은 염화미소(拈華微笑)가 되어 진흙 속의 연꽃으로 피어났다. 포대화상은 명주(明州) 땅의 넓다란 반석(盤石) 위에 앉아서

열반송(涅槃頌)을 읊고 입적(入寂)에 들었다.

미륵진미륵(彌勒眞彌勒) 미륵 참 미륵이여
분신천백억(分身千百億) 천백 억의 몸으로 나투어
시시시시인(時時示市人) 때때로 세속 사람들에게 보이니
세인자불식(世人自不識) 아무도 미륵임을 알지 못하네.

포대화상이 입적하고 나서야 사람들은 그가 미륵보살의 화신(化身)인 줄 알았다 한다.

이 땅의 소외되고 고통 받는 이들의 아픔을 덜어주고 희망을 줄 수 있다면 산타클로스면 어떻고, 포대화상이면 어떠한가?

부처님 오신 날 목사님이 절에서 설교하시고, 아기 예수 오신 날 스님이 교회에서 설법하신다면, 이 땅이 바로 천국(天國)이요, 불국토(佛國土)가 아니겠는가?

穀
곡식 곡

노스님의 법문(法問)

어느 절에 고명하신 큰스님이 계셨다. 신도들이 찾아와 큰스님께 법문을 해 주십사 부탁을 하면 웬만해선 안 해 주시는데 어쩌다 곡차(穀茶)라도 공양하는 신도들에게는 시원하게 법문해 주셨다.

보다 못한 사미승(沙彌僧)이, "큰스님께서는 어찌하여 곡차를 공양하는 신도들에게만 법문을 해 주십니까?" 하고 여쭤 보았다.

이에 큰스님께서는 너털웃음을 지으시고는, "너도 알다시피 법문이란 게 맨 정신으로 할 소리냐? 곡차라도 한 잔 해야 술 정신으로 할 수 있는 거지…."

教
가르침 교

목사님의 설교(說敎)

신앙심은 깊으나 말재주가 없는 목사님이 있었다.

제 딴에는 심혈을 기울여 설교를 하건만 성도(聖徒)들에게 감동을 주지 못한다. 삼십 분이 넘어갈 즈음이면 여기저기서 조는 신자(信者)들이 나오기 시작한다. 중간에 앉은 할머니 한 분이 피곤했던지 코를 골았다. 당황한 목사님이 할머니를 깨운 후 태만한 신앙심을 나무랐다.

무안을 당한 할머니도 화가 났다.

"목사님이 재워놓고 그렇게 나무라시면 나보고 어쩌라는 겁니까?"

秘
숨길 비

전생(前生)의 비밀(秘密)

삼세(三世)의 생명의 비밀을 밝히고자 수행하는 젊은 스님이 있었다.

화두(話頭)는 '전생의 나는 누구였었나?' 였다.

"그런 건 외도(外道)들이나 하는 짓이니 버리고 참된 공부에 전념하라"는 스승님의 지적에도 아랑곳없이 고집만 부리던 젊은 스님은 비몽사몽(非夢似夢)간에 자신의 전생 모습을 볼 수 있었다.

사람들이 자신에게 큰절을 하고 있는 것이었다.

환희에 찬 젊은 스님은 큰스님을 찾아가, "큰스님! 드디어 저의 전생(前生)을 알아냈습니다. 저는 어느 나라의 왕(王)이었나 봅니다. 모든 사람들이 저에게 절을 하는 걸 보았습니다."

그러자 큰스님은 혀를 끌끌 차며, "너의 전생(前生)은 고사상(告祀床) 위의 돼지머리였느니라."

생각이 깊으면 꿈에 나타나는 법이다. 정신분석학에서는 이를 환각(幻

覺)이라 한다. 일종의 정신분열 증상이다.

고행(苦行)이랍시고 육체적인 학대로 인한 체력이 저하된 상태에서 일어나는 이러한 현상은 환청(幻聽)으로 나타나는데, 소위 세상을 시끄럽게 만드는 사이비 종교 교주들에게서 자주 본다.

즉, 하늘로부터 '메시지'를 전해 듣고 깨달음을 얻었다는 식이다.

"하늘의 계시를 받고 인간들을 구제하기 위해 이 땅에 강림했다"느니 종말론(終末論)으로 사람들을 겁박(劫迫)하고 세뇌(洗腦)시키기도 하고, 말법(末法)의 오탁악세(汚濁惡世)에 찌든 중생들을 구제하기 위하여 사바세계(娑婆世界)에 헌신한 '미륵불'(彌勒佛)을 자칭하기도 한다.

종교의 자유가 보장된 대한민국에서 헌법의 보호를 받으며 혹세무민(惑世誣民)하는 엉터리 교주(教主)들도 문제지만 그들에게 현혹되어 가정과 직장마저 내팽개치고 전 재산까지 헌납해 가며 순종하고 있는 어리석은 인간들도 하루빨리 자아(自我)를 되찾았으면 좋겠다.

도둑은 사람의 재물을 훔치는 데 그치지만, 잘못된 종교는 인간의 영혼(靈魂)마저 훔치는 법이다.

密

빽빽할 밀

비밀번호(秘密番號)

연세가 여든은 족히 넘어 보이는 할머니께서 시골의 농협 창구에서 머뭇거리신다.

상냥한 여직원이, "할머니! 제가 도와드릴게요." 웃으며 안내한다.

"응, 손자가 며칠 전 장가를 갔었는데, 제 각시하고 인사를 온대."

"아하! 예쁜 손자며느리 용돈 주시려고 그러시는구나."

안내 여직원은 보조개 미소를 지으며 다시 말한다.

"할머니, 제가 도와드릴게요. 얼마를 인출하실 거예요?"

"응, 십만 원만 인출해 줘."

"예, 알겠습니다. 비밀번호가 몇 번이세요?"

이에 할머니가 손사래를 치며, "쉿! 누가 들을라."

정색을 하고는 여직원 귀에다 대고 속삭이듯이 "비둘기!" 하신다.

안내 여직원은 "아니, 할머니. 비밀번호요."

할머니는 또 다시 검지를 입에다 대며 여직원 귀에다 대고 "비둘기!" 하고 속삭인다. 예쁜 여직원이 볼륨을 올린다.

"아니 할머니, 비밀번호요."

할머니도 언성이 올라간다.

눈까지 흘기며, "아이고, 젊은 아가씨가 그렇게 눈치가 없어서 어쩌누!"

다시 귀에다 대고, "구 구 구 구" 또박또박 말씀하신다.

잠시 벙 쪄 있던 안내 여직원이 얼굴이 빨개지며, "아유, 할머니 죄송합니다. 센스 있으시네요, 바로 인출 도와드리겠습니다."

예쁜 보조개가 활짝 웃는다. 할머니의 위트는 피곤에 지쳐 있는 농협의 젊은 직원들에게 청량제 그 이상이었다.

할머니는 농협 직원들이 뽑은 '이달의 우수고객' 에 선정되어 안마의자까지 선물로 받았다.

烏

까마귀 오

오비이락: 까마귀 날자 배(梨) 떨어진다

우연의 일치로 무슨 일이 일어났을 적에 우리는 흔히 "까마귀 날자 배 떨어진다(烏飛梨落)"라는 말을 잘 쓴다.

오비이락(烏飛梨落)은 불교용어로서 원문은, '오비이락파사두; 烏飛梨落破蛇頭' 인데, 에누리 없는 인과응보(因果應報)의 법칙이 내포되어 있다.

까마귀가 배(梨)나무에 앉아 있다가 다른 곳으로 날아가기 위해 점프를 하는 순간 그 반동으로 꼭지가 약한 배(梨)가 떨어지면서 마침 배나무 아래에서 졸고 있던 뱀의 머리를 정통으로 때리고 말았다.

이렇게 죽은 뱀은 다음 생에 멧돼지로 환생을 하게 되고, 까마귀는 꿩으로 환생을 했다(일설에는 다람쥐라고도 함).

어느 날, 꿩이 숲속에서 알을 품고 있었다.

그때 멧돼지가 칡뿌리를 캐먹다가 돌이 굴러내려서 알을 품고 있던 꿩의 머리를 강타하여 꿩은 그 자리에서 즉사하였다.

이렇게 죽은 꿩은 다음 생(生)에 사람으로 태어나서 사냥꾼이 되었고, 전생에 자신을 죽게 한 멧돼지를 발견하고는 화살을 날렸다.

빗맞은 멧돼지는 피를 흘리며 선정삼매(禪定三昧)에 들어있던 지자대사(智者大師, 중국 천태종의 개조) 앞을 지나갔다.

곧이어 사냥꾼이 뒤쫓아 와서는, "멧돼지 한 마리가 지나가는 것을 보지 못했습니까?"라고 물었다.

이때 지자대사(智者大師)는 사냥꾼의 전생을 헤아려 보았다.

"사냥꾼이여! 그 활을 거두시오" 하며 게송(偈頌)을 읊었다.

오비이락파사두(烏飛梨落破蛇頭)
사변저위석전치(蛇變猪爲石轉雉)
치작엽인욕사저(雉作獵人欲射猪)
도순위설해원결(導順爲說解怨結)

까마귀 날자 배 떨어져 아래에 있던 뱀 머리가 깨졌네
멧돼지로 환생한 뱀은 돌을 굴려 꿩을 죽였네
꿩은 사냥꾼이 되어 멧돼지를 쏘려 하지만
도인(道人)이 삼생의 연(緣)을 설명하자 원한을 풀었네.

지자대사에 의해 삼생의 인과(因果)를 깨달은 사냥꾼은 그 자리에서 활과 화살을 분지르고 불교에 귀의했다.

매사에 원인 없는 결과는 없다. 이유 없이 나에게 괴로움만 주는 사람이 있다. 나는 못 느끼고 있지만 전생에 내가 많은 괴로움을 입힌 생명이라고 생각하자.

이유 없이 예쁘게만 보이고 잘 해 주고 싶은 사람이 있다. 전생에 내가 빚진 게 많아서 갚아야 할 인연의 업(業)이 남아 있다고 생각하자. 인과응보(因果應報)의 법칙은 피해갈 수가 없다.

哺

먹을 포

반포지효: 은혜(恩惠)를 아는 까마귀

"까치가 울면 기쁜 소식이 오지만, 까마귀가 울면 흉한 소식이 온다"는 말이 있다.

까마귀가 주로 부정적인 상징으로 흉조(凶鳥)로서 자리매김을 한 것은 생김새도 그러하거니와 음침한 울음소리와 함께 동물의 시체를 먹기 때문이기도 하다.

흔히 사람들은 까마귀가 죽어가는 동물주위를 맴돌며 그 동물이 숨이 끊어지기를 기다리는 모습이 흡사 저승사자와도 같다고 연관지어 말한다.

한때, "까마귀 고기가 정력에 좋다"고 잘못 알려져 까마귀가 씨가 마르다시피 수난을 당했던 적이 있었다.

"까마귀 고기를 먹었나, 깜박 깜박한다"라는 속담이 있을 정도로 까마귀는 건망증(健忘症)이 심한 새인데, 방금 짝짓기를 한 수컷이 그 사실을 깜박하고 또 다시 암컷에게 짝짓기를 시도하는 모습을 본 인간들이 까마귀의 정력이 센 줄로 착각을 한 해프닝인데 나중에 조류학자들이 사실을 바로잡아 멸종지화는 간신히 면하였다.

우리나라에서는 흉조(凶鳥)로 인식되어 모두가 꺼리는 까마귀이지만 이웃나라 중국에서는 길조(吉鳥)로 환영받는다.

명(明)나라 때 학자 이시진(李時珍)의 《본초강목; 本草綱目》에 보면, “까마귀는 알을 낳고 새끼가 나오면, 어미는 60일 동안 먹이를 물어다 키우는데, 그 까마귀가 자라나서 어미가 사냥에 힘이 부치면 어미를 먹여 살린다”라고 되어 있다.

그래서 중국인들은 까마귀를 ‘자오’(慈; 자비스러울 자, 烏; 까마귀 오) 또는 ‘반포조’(反哺鳥)라고 불렀는데, ‘반포지효; 反哺之孝’라는 고사성어가 생기게 된 동기이다.

미물인 까마귀도 이렇듯 어미가 새끼를 아끼고 그 새끼가 어미를 봉양하는데, 이것은 무릇 생명을 가진 모든 생명체들의 도리요 본능이어야 한다.

요즘 흔히 핵가족시대를 살면서 부모자식 간에도 예전 같지가 않다. 부모가 자식을 학대하여 죽음에 이르게 하고, 자식이 부모를 내팽개치는 일이 비일비재하다. 금수(禽獸)만도 못한 인간들이 득실거리는 세상이 된 것이다.

“까마귀 노는 곳에 백로(白鷺)야 가지 마라”라고 노래했던 포은(圃隱) 정몽주(鄭夢周) 선생의 어머님이 무색하리 만큼 까마귀가 도로, “인간들 노는 곳에 까마귀야 가지 마라”라고 노래할까 봐 두려운 마음으로 오늘을 탄식(歎息)한다.

鈍
무딜 둔

둔필승총: 메모의 습관이 천재(天才)를 능가한다

다산(茶山) 정약용(丁若鏞) 선생은 평소에 제자들에게, “머리를 믿지 말고 손을 믿으라”라고 강조하였다. 엉성한 기록이 총명한 기억력보다 낫다란 뜻이다.

책을 읽거나 길을 걷다가도 문득 좋은 생각이 떠오를 때가 있다. 이때 재

빠르게 메모를 해 놓으면 다행이겠으나 그냥 지나치고 나서 나중에 다시 떠올리려고 아무리 애를 써도 쉽게 생각이 떠오르지 않아 낭패를 당한 경험을 해 봤을 것이다. 인간의 기억력에는 분명 한계가 있기 마련이고, 순간순간 일어난 좋은 아이디어나 생각을 머릿속에 저장해 두기가 쉬운 일이 아니다. 꿈을 꾸고 나서도 마찬가지이다.

다산(茶山) 정약용(丁若鏞) 선생은 18년간 강진(康津)에서 유배생활을 하면서도 《목민심서; 牧民心書》를 비롯한 500여 권의 저술을 남겼는데 그 엄청난 집필을 가능케 한 비결은 바로 메모를 하는 습관에 있었다.

조선 최고의 문장가중 한 사람인 연암(燕巖) 박지원(朴趾源) 역시 《열하일기; 熱河日記》 같은 대하 기행문을 남길 수 있었던 것도 중국을 여행하면서 그때그때 기록해 놓은 메모가 밑바탕이 되었다는 것은 두 말하면 잔소리이다.

옛날의 할머님들은 낫 놓고 기역자도 모르면서도 신식공부를 한 아들이나 손자들보다 기억력이 더 좋으셨다. 몇 월 며칠은 누구의 생일이고, 몇 월 며칠은 친척 중 누구네 집 제사라는 등 그것이 어떻게 가능했을까 생각해 보면, 목숨을 걸고 머릿속에다 외우셨던 것 같다. 그것만이 시집살이에서 구박받지 않고 살아남는 길이었기에.

그러나 현대를 살아가면서 그렇게 고생할 필요는 없어졌다. 달력에다 메모를 해 놓던지, 아니면 핸드폰에다 메모를 해 두어도 되기 때문이다.

'둔필승총(鈍筆勝聰)' 이란 말이 있다. 천재(天才)의 기억력보다 둔재(鈍才)의 메모가 낫다는 말이다. 아무리 천재의 두뇌를 가졌다 치더라도 용량에는 한계가 있기 마련이다. 기록의 힘은 굉장하다.

조선시대 임금과 신하들의 정사(政事)를 기록한 《승정원일기; 承政院日記》와 《조선왕조실록; 朝鮮王朝實錄》은 21세기를 살아가는 후손들이 옛날 왕도정치의 진면목을 들여다보고 평가할 수 있는 잣대가 되고 있을 뿐 아니라, 나아가 세계문화유산(유네스코)에 등재되어 세계인으로부터 찬사를 받고 있다.

이 모두가 기록을 중요시 여긴 조상들이 남겨놓은 불멸의 금자탑이다.

메모의 힘이 천재의 기억력을 능가하는 사실을 눈으로 확인하고픈 사람이 있다면 노래방에 가보라고 권하고 싶다. 언제부턴가 대학교수도, 박사님도, 화면의 자막을 보지 않고서는 노래를 하지 못한다.

메모가 기억력을 능가한다는 것은 단조로운 이 사실 하나만 보더라도 이미 판명이 난 것이 아닐까 싶다.

掛

걸 괘

계찰괘검: 약속은 목숨을 걸고라도 꼭 지킨다

인도(印度)의 아사세 왕이 천하를 통일하기 전, 수백 개의 나라로 갈라져 있을 때의 일이다.

인도 마가타(摩伽陀)국의 왕(王) 수타수마(須陀須摩)는 거짓말을 모르는 정직하고 신의 있는 왕(王)이었다.

하루는 산책을 나왔다가 탁발하는 바라문(婆羅門)을 만났다.

"왕께서는 복과 덕이 많으시니 빈궁한 수도자를 불쌍히 여겨 주소서."

바라문의 구걸행각에 왕이 대답하기를, "내가 지금 산책을 나가는 중이라 돌아와서 보시하겠으니 기다려라" 하였다.

왕은 산책을 끝내고 돌아오던 길에 공중에서 날아온 두 날개를 가진 식인(食人) 녹족귀왕(鹿足鬼王)에게 납치되고 말았다.

수타수마 왕은, "내 목숨은 아깝지 않으나 조금 전 성문(城門) 앞에서 보시(布施)하겠다고 한 약속을 지키지 못함이 애석하다!" 하고 탄식했다.

비록 식인(食人)을 일삼는 악마 녹족귀왕도 왕의 진실됨을 알고는, "약속을 지킨 후에는 꼭 돌아오겠다"는 다짐을 받고는 왕을 풀어주는데, 수타수마 왕은 바라문과의 약속을 지킨 후 되돌아갔다.

감동한 녹적귀왕은 오히려 다른 나라에서 먹잇감으로 잡아온 999명의 왕들을 함께 풀어 돌려보내니, 999명의 왕들이 자국으로 돌아가기를 거부하고 마가타국에 눌러 살기를 원했다. 수타수마 왕은 그들 왕(王)들이 머무를 거처를 지었으니, 우리에게 널리 알려진 왕사성(王舍城)이다.

중국의 춘추전국(春秋戰國)시대 때 오(吳)나라의 계찰(季札)은 왕자(王子)의 몸이다. 계찰이 사신(使臣)의 임무를 띠고 중원의 제후국(諸侯國)으로 가다가 서국(徐國)의 군주(君主)를 만나 후한 대접을 받았다.

서국(徐國)의 군주가 계찰의 허리에 찬 보검(寶劍)을 보고 갖고 싶은 마음이 있었으나 차마 말을 하지 못했다.

계찰이 그 마음을 읽고는 사신(使臣)으로서의 임무를 수행하기 위해서는 징표인 그 보검을 주지 못했으나 모든 임무를 마치고 돌아오는 길에 흔쾌히 선물하겠노라고 다짐하고 떠나갔다.

계찰은 사신(使臣)으로서의 임무를 마치고 귀국하는 길에 서국(徐國)에 들렀으나 서국(徐國)의 군주는 이미 죽고 없었다.

계찰은 서국(徐國) 군주의 무덤을 찾아가 허리에 찬 보검을 풀어 사당(祠堂)에 걸어놓고 귀국길에 올랐다.

계찰의 수행원이 말했다.

"서국(徐國)의 군주가 이미 죽었는데 그 보검은 누구에게 준 것입니까?"

계찰이 대답한다.

"비록 서국(徐國)의 군주가 죽었으나 내가 이미 보검을 주기로 마음 속으로 허락하였는데 지금 그 군주가 죽었다고 해서 나의 마음을 바꿀 수가 있겠는가?"

신의를 중히 여긴다는 '계찰괘검; 季札掛劍'이란 고사(古事)가 생긴 배경이다.

"계란과 약속은 깨어지기 위해 있다"라는 속담이 있다.

목숨마저 기꺼이 내어놓고 약속을 지킨 인도(印度)의 수타수마 왕이나 한 번 허락한 일은 상대가 이 세상 사람이 아니라 할지라도 무던히 지켜낸 중국의 계찰이나 약속을 헌신짝 버리듯이 하고 있는 현대인들에게 크나큰 귀감(龜鑑)이 되기를 기원해 본다.

從
좇을 종

은혜를 원수로 갚는 나라 일본

우리 한국의 국민성은 상부상조(相扶相助)를 미덕으로 삼는 인정이 넘치는 국민이기에 이웃나라의 재난(災難)을 보고 수수방관(袖手傍觀)할 민족이 아니다. 별로 감정이 좋지 않는 일본(日本)이지만, 2011년 후쿠시마福島) 원전폭발 때 초등학생부터 직장인에 이르기까지 성금을 거두어 천문학적인 거액을 기부하였다. 뿐만 아니라 우리 기업들은 원전 냉각기에 꼭 필요한 붕산(硼酸)을 있는 대로 긁어모아 지원했었다.

그러나 일본은 각국의 '지원사례발표' 에서 우리 한국만 쏙 빼고 발표하였다. 일본은 사무라이 문화가 지배하면서 몸에 배인 지배복종(支配服從), 상명하복(上命下服)의 관료조직과 수직적 인간관계 내지 갑질문화가 사회 전체를 지배하였으며 지금도 그 문화는 존속하고 있는 나라이다.

이에 따라 한 번 주종관계(主從關係)가 형성되면 주인집이 완전히 몰살당해 없어질 때까지 계속된다. 아울러 국가 간의 관계에서도 한 번 식민지배(植民支配)를 하고 나면 영원히 주인행세를 하려고 한다.

일본의 입장에서는 한국은 자주독립 국가가 아니라 식민지국이며 언젠가는 다시 지배를 해야 하는 나라인 것이다.

대동아전쟁(大東亞戰爭)에서 항복한 일본이 한국에서 철수하면서, "그동안 행패 부려서 미안하다"가 아니라, "분하다! 지금은 잠시 물러가지만 언젠가 다시 잃은 나라를 찾으러 올 것이다"라며 본국으로 철수한 사실이 이를 증명한다.

1970년대 초, '가왕(歌王)' 조용필이 불러 불후의 명곡이 된 '돌아와요 부산항에' 란 노래가 일본에서도 빅 히트를 했었는데 그 이유가 가관이다.

노래 가사 중, "돌아와요 부산항에 그리운 내 형제여" 란 대목이 나오는데 그것을 한 번 더 통치해 달라는 한국 국민들의 염원이 담긴 애원이라는 것이다.

일본의 극우파(極右派)들은 일제 35년 외에도, '임나일본부설' (任那日本部說), '임진왜란 7년' 등, 그들이 말하는 침략을 당연시 하면서 '일본의 한반도 통치의 유구한 역사' 라고 외치고 있다.

수천 년에 걸친 문화대은(文化大恩)의 나라를 고마워하기는커녕 은혜를 원수로 갚는 나라가 일본이란 나라다. 우리 한국인은 세계 어느 나라이든 마음만 통하면 지위고하를 막론하고 형제가 될 수 있는 민족이다.

그러나 일본은 힘이 있는 자와 복종하는 자의 복종관계만이 있을 뿐이다. 자신들보다 힘이 센 미국(美國)에 대해서는 갖은 아양을 떨며 발바닥도 핥는다. 그러나 자신들보다 아래라고 생각하는 '한국' 을 위시한 '동남아 국가' 들이나 아프리카 국가들에 있어서는 얘의고 뭐고 무시해 버린다.

그리고 그것이 당연하다고 여긴다. 소위 섬나라 사람들의 원숭이 같은 쪽바리 근성이다.

그러면 일본이 한국을 동등한 국가로 인정하게 하려면 어떻게 해야 할까? 그것이 국방(國防)이든 경제(經濟)적인 것이 되든 한국이 일본을 재기불능의 상태로 몰면 가능하다. 적당히 설 건드려서는 안 된다. 한국의 국력이 일본을 완전히 압도하여 두 번 다시 대들 생각을 못하게 철저하게 밟아버리면 가능한 일이다.

예를 들면, 내리 하향곡선을 긋고 있는 일본경제의 마지막 버팀목은 도요타(豊田), 혼다(本田) 등 자동차 산업이다.

세계 제 1의 왕좌에 군림하던 조선산업(造船産業)과 전자산업(電子産業)

은 이미 한국이 접수한 지 오래이고, 건설(建設), 반도체(半導體) 분야에서도 이미 한국에 추월당한 현실은 차치하고, 거기다 아베(安倍) 총리의 '경제보복정책' 마저 역효과의 부메랑이 되어 식품, 의류, 관광 등 모든 분야에서 '일본물품 불매운동' 의 열풍마저 일어나 일본 저네들의 속담(俗談)처럼, "우는 얼굴에 벌침마저 쏘았다"는 결과가 되고 말았다.

이럴 때 우리 한국인의 저력을 보여줘야 한다. 도요타, 혼다를 이 땅에서 완전 퇴출시켜서 일본경제에 치명상을 입히는 것이다.

현실적으로 국방력으로는 일본을 굴복시키기는 쉽지 않지만, 북한이 핵(核) 보유국으로서 워낙 대차고 무식하게 일본을 압박해 대니 일본은 그저 북한에 쩔쩔 매고 있는 현실을 감안한다면, 경제적으로 일본을 뭉개는 것만이 정답이란 걸 알 수가 있다.

일본 자동차의 철수는 일본경제의 끝이라는 게 유명 경제학자들의 일관된 시각이다. 도요타를 비롯한 한국에 진출해 있는 일본기업들이 한국 땅에서 완전히 철수하고 우리의 경제가 일본을 추월했을 때만이 한일 간의 보이지 않는 전쟁도 끝이 난다.

일본경제가 한국경제의 발밑에서 허덕일 때 일본은 한국과 대등한 친구가 될 수 있다. 한국이 힘의 우위를 가졌을 때라야 친구가 될 수 있는 나라가 일본이란 섬나라이다.

사무라이 정신이 선비정신을 이길 수 없다. 칼의 힘이 붓의 힘을 이기지 못한다는 것은 동서고금의 역사가 말해 주고 있다.

鼓
북 고

내시(內侍)들이나 하는 고자질

옛날 궁궐에는 무수리부터 제조상궁까지 헤아릴 수 없을 정도의 많은 궁녀들이 있었다.

이 모두가 임금 한 사람만을 위한 여인들이다.

왕이 아닌 다른 남자가 궁녀를 가까이 한다는 것은 죽음을 각오해야 한다. 그러나 궁녀들을 가까이 해도 아무런 저지를 받지 않는 남자들이 있었으니 소위 내시(內侍)라고 불리는 환관(宦官)들이다.

이들은 남성기능을 거세당한 자들로서, 주로 왕의 곁에서 잡일을 맡아서 했는데 속된 표현으로 그들을 고자(鼓子)라 했다. '북 고' (鼓)에다 '인칭자' (者)를 썼으니, 북(鼓)은 속이 텅 비어 있기에 거세하여 씨가 없는 남자들을 북(鼓)에다 비유한 것이다.

그런데 이들은 남성을 거세하였으므로 남성호르몬이 생성되지 않아 수염도 나지 않고, 목소리도 여자처럼 가늘어지기 마련이었다. 뿐만 아니라 성격마저도 쪼잔해져서 히스테리가 보통이 아니다.

언제나 임금을 그림자처럼 수행하면서 남의 잘못을 일러바치기를 낙으로 살아간다. 이른바 '고자질' 이다. 고자질은 '고자' 들이나 하는 짓이었다. 병적으로 한다고 해서 '병 질' (疾)을 합쳐 '고자질(鼓者疾)' 이라 한다.

告
고할 고

그러던 것이 세월이 흘러 고자질(鼓者疾)이란 어감이 좋지 않다 해서, '고할 고' (告), '인칭 자' (者)를 써서 '고자(告者)' 질로 고쳐 쓰게 되었다.

남의 실수를 일러바치기를 좋아하는 남자들은 '고자질' 이 남자로서 최대로 수치스런 고자(鼓子)들이나 하는 병적인 행동이니만치 일말의 양심을 가지고 자신을 비춰보기 바란다.

喊
소리 함

침묵(沈黙)과 함성(喊聲)

개는 후각이 발달된 짐승이다.

물체를 식별하기 어려운 밤에도 후각만으로 인지하는 능력을 보면 감탄이 절로 나온다.

가로등도 없는 시골마을에 한밤중에 낯선 사람이 발을 들여 놓았다 하면, 어두워서 물체는 보이지 않아도 낯선 냄새를 감지하고는 한 마리가 짖어대면 온 동네 개들이 다 짖어댄다.

함성(喊聲)이란 말은 여기서 생겨났다. '소리 함'(喊)에 '소리 성'(聲). 개가 다 같이 짖어대는 글자이다. 입을 뜻하는 '입 구'(口)에다 '개 술'(戌)을 쓰고, 그 아래에다 또 다시 '입 구'(口)를 써 놓은 글자가 '소리 함'(喊)이다.

귀(耳; 귀 이)가 찢어지도록 질러대는 글자, '소리 성'(聲)을 합쳐 놓았다. 온 동네가 떠내려가도록 개가 다함께 짖는다는 뜻이다.

후각(嗅覺)이 발달된 개는 밤눈이 어둡다. 그래서 개의 사촌뻘 되는 늑대는 야행성이 아니다. 주로 낮에 먹이활동을 한다. 야간에 후각으로도 느끼지 못할 정도의 먼 거리의 생명체가 포착되면, 앞으로 일어날 일을 예의주시하면서 온갖 초점을 거기에다 맞춘다.

이른바 침묵(沈黙)이란 단어는 여기에서 생겨났다.

'가라앉을 침'(沈)에다가 '묵묵할 묵'(默)을 쓰는데 '가라앉을 침'(沈)은 '삼수'(氵)변에 '망설일 유'(冘)를 쓴다. 물에 빠진 사람이 팔다리를 저으며 헤엄을 쳐야 하는데도 망설이며 게으름을 피우니 물에 가라앉을 수밖에 없다(沈).

默
묵묵할 **묵**

'묵묵할 묵'(默)은 밤을 뜻하는 '어두울 흑'(黑)에다 '개 견'(犬)을 합쳐 놓았다. 즉, 소리를 질러야 할 때에 소리를 지르지 못한다는 뜻이다.

우리는 흔히 상식 이하의 행동을 하는 사람을 보고 "개보다 못한 놈"이라고 욕을 한다.

개는 주인을 한 번 정하면 절대 먼저 배반하지 않는다. 주인이 아무리 가난하더라도 옆집 사는 부자에게 꼬리치지 않는다.

사리사욕을 위해서라면 은인이라 할지라도 배반을 밥 먹듯이 해대는 개보다 못한 사람들이 있다.

불의를 보고도 나의 일이 아니면 그만이라는 듯 침묵(沈黙)하는 사람들이 있다.

따뜻한 봄 햇살을 받으며 초등학교 운동장에서 청군, 백군 나누어서 하는 운동회에서는 해맑은 어린이들의 함성(喊聲)이 있다.

人

사람 인

인간(人間)은 인간(人間)끼리

건강을 위하여 몸을 단련하는 방법에는 여러 가지 수단이 있다. 헬스클럽을 이용하는 사람들도 있고 수영으로 단련하는 사람도 있으며 등산으로 건강을 관리하는 사람들도 있다.

학교운동장에도 아침저녁으로 운동하러 나온 마을 사람들로 넘쳐난다. 개중에는 가족단위로 운동을 나온 사람들도 꽤나 되는데 간혹, 애완견을 데리고 온 사람들도 있다.

50m 달리기 시합이 벌어졌다. 결승점에는 어머니가 앉아있고 딸아이와 아들놈의 응원 속에 아버지와 애완견 사이에 경주가 벌어진 것이다. 답은 이미 나와 있다. 인간이 아무리 빠르다 해도 네 발 달린 짐승을 이길 순 없다. 애완견에게 지는 것은 불을 보듯 뻔한 일이다. 그러면 개보다 못한 놈이 된다.

젖 먹던 힘까지 발휘해서 이겼다 치자, 개보다 더 한 놈이 된다.

밸런스를 잘 맞춰서 골인지점을 똑같이 통과했다 치자, 그럼 개 같은 놈이 되고 만다. 인간은 인간끼리 시합을 해야만 한다.

인간은 인간끼리, 개는 개끼리, 그것이 진리이다.

惠

은혜 **혜**

혜택유감(惠澤有感)

농번기에 가뭄이 들어 논바닥이 갈라질 지경이면 농부들의 한숨소리에 방구들이 구멍이 난다. 왼종일 하늘을 쳐다봐도 도무지 비 올 기미는 없다. 그럴 때 누군가 못의 물을 끌어다 내 논에 물을 대준다면 그 은혜 백골난망이다.

혜택(惠澤)이란 이럴 때 쓰는 말이다.

'오로지 전'(專) 아래 '마음 심'(心)이 더해지면 '은혜 혜'(惠)가 되고 거기에다 '못 택'(澤)이 합쳐져서 혜택(惠澤)이 된다.

오로지 마음을 다하여 못의 물을 끌어다 갈라진 논에다 물을 대주는 은혜야말로 남들은 누리지 못하는 나 혼자만 누릴 수 있는 혜택(惠澤)임이 분명하다. 다른 젊은이들은 국방의 의무를 다하고 나서야 제대를 하는데, 힘 있는 위정자의 자식은 '병역면제'라는 타이틀로 홍청망청 놀아난다든지, 엉터리 휴가증으로 군생활을 기피한다면 그것은 혜택이 아니라 범죄이다.

楊

버들 **양**

양치(養齒)질

養

기를 **양**

옛날 우리 선조들은 양치질을 어떻게 했을까?

이른 봄, 버드나무 새싹이 올라오면 따서 모아두었다가 이쑤시개로 사용했던 게 고작이었다. 그리고 소금물로 입을 헹구면 끝.

버드나무 가지로 이빨청소를 한다 하여 원래는 '양지'(楊; 버들 양, 枝; 가지 지)라고 쓰다가 개화기 이후 서양으로부터 지금의 치약(齒藥)이 들어오고부터는 버들가지 양지(楊枝)가 길러주고 보호한다는 뜻의 '기를 양'(養), 이빨을 뜻하는 '이 치'(齒), 양치(養齒)질로 변하게 되었다. 버들가지 대신 부드러운 칫솔에다 소금물 입가심 대신 약(藥)으로 치아를 보호해 준다 했으니 그 인기는 말로 표현할 수가 없었다.

거기에다 서양에서 들어온 치약에서는 향신료가 첨가되어 양치질 후에는 입안에 향긋한 기운마저 감돌았으니 그 인기야 더 이상 말할 필요가 없다 하겠다. 시골 장터를 전전하던 엉터리 약장수들은 순진한 시골 사람들을 모아놓고 "배 아플 때 치약을 짜서 먹으면 큰 효과가 있다"고 속여 팔았다 하니, 요즘 현대인들 중에서도 약(藥)이라면 사족을 못 쓰는 약물중독에 걸린 사람들에게 치약(齒藥)을 권장해 보면 어떨까?

鰻
밤장어 만

정력의 제왕, 뱀장어

흔히 몸이 약한 사람의 체질을 개선하여 신진대사를 회복시켜 주는 강장제(強壯劑)로 산삼, 녹용이 좋다느니, 해구신(海狗腎)이 좋다느니 하지만 한자(漢字)에서는 뱀장어를 최고로 점찍어 놓았다.

뱀 종류가 다 그러하듯이 교배를 할 적에 시간을 오래 끌기 때문이라는 속설도 있지만 '뱀장어 만'(鰻)을 보면, '물고기 어'(魚)변에 '끌 만'(曼)으로 되어 있다. 즉, 시간을 질질 오래 끄는 물고기라는 뜻이다.

'끌 만'(曼)이 들어가는 글자로는 상대방의 속 타는 심정을 무시하고 괜스레 시간을 질질 끄는 '거만할 만'(慢), 스며든 물을 퍼낼 생각은 하지 않고 시간을 질질 끌다 넘치고 마는 '넘칠 만'(漫), 정직하게 바른 말을 하지 않고 우물쭈물 얼버무리는 '속일 만'(謾) 등이 있다.

그러나 결정적으로 뱀장어가 최고의 정력가라는 증거를 '끌 만'(曼)자가 말해 주고 있다. 날마다(日) 네 번(四)씩 하고 또(又; 또 우) 한다로 이루어져 있는 글자가 '끌 만'(曼)인 것이다.

'끌 만' (曼) 앞에다 '고기 어' (魚)를 합쳐서 '뱀장어 만' (鰻)이 되니, 뱀장어는 지구상 최고의 정력가임에 틀림이 없다.

鼈 자라 별

평생 해진 옷만 입고 사는 자라

너덜너덜해진 옷을 뜻하는 '해진 옷 폐' (㡀)라는 글자가 있다. 그마저도 양손으로 북북 찢어버리는 모양을 본뜬 '칠 복' (攵)을 합치면 '해질 폐' (敝)가 된다. 그 아래 '맹꽁이 맹' (黽)을 더하면 '자라 별' (鼈)이 된다. 흔히 판소리 〈수궁가; 水宮歌〉로 잘 알려진 《별주부전》에 나오는 그 자라이다.

그런데 장성한 여인이 속살이 드러나는 해진 옷을 입고 길거리에 나왔다고 치자. 남들의 손가락질에 부끄러워 무언가로 가릴 것이다.

저 옛날 에덴의 동산에서 이브가 그리했듯이 풀이면 어떠랴?

드러난 살을 풀로 가린 글자가 '덮을 폐' (蔽)이다.

그래도 수치심에 못이겨 도망가듯 뛰다가 넘어져 무언가에 받쳐 죽는 글자가 '넘어져서 죽을 폐' (斃)가 된다.

요즘 젊은이들 하는 말로 '쪽팔려서 도망가다 넘어져 죽을 폐' 이다.

그런가 하면 정성스런 예물을 뜻하는 '폐단 폐' (幣)에도 어김없이 해진 폐(敝)가 들어가는데, 겸손을 최상의 미덕으로 삼던 우리네 조상들의 체면치레에 혀를 내두를 일이다.

형편없는 해진 물건이라며(敝; 해질 폐) 피륙(巾; 수건 건)으로 포장을 하고 올리는 예물이다. 폐(幣; 폐단 폐), 흔히 결혼식 때 신부가 시부모님께 올리는 '폐백' (幣; 폐단 폐, 帛; 비단 백)이다.

남의 시선 아랑곳없이 과다노출로 거리를 활보하는 꼴불견의 여성들이 눈살을 찌푸리게 한다. 해진 옷 이상이나 속살을 내놓고 다니다 보니 점잖은 신사들은 민망하기 그지없다.

언뜻 시선을 딴 곳에다 돌릴 수밖에 다른 방도가 없다.

해진 옷(敝) 입은 여성에게서 눈(目; 눈 목)을 돌리는 글자가 '언뜻 볼 별'(瞥)이다. '별안간'이란 말은 여기서 생겼다. '언뜻 볼 별'(瞥), '눈 안'(眼), '사이 간'(間).

과다노출 여성들 때문에 '도다리' 눈이 되지 않을까 걱정이다.

鷹
매 응

매서운 눈초리 응시(鷹視)

집중력을 가지고 사물을 노려보는 것을 응시(鷹視)라고 한다. 매(鷹; 매 응)가 먹잇감을 노려보는 '볼 시'(視)로 이루어져 있다.

그때의 날카로운 눈초리는 매섭기 그지없다. 그리하여 먹잇감을 낚아챈 매는 날카로운 발톱으로 먹잇감을 짓누르고는 먼 산을 보면서 능청을 떤다. 이것을 일러 '시치미' 뗀다고 한다.

그리고는 피 한 방울, 잔털 하나 남김없이 흔적도 없이 삼켜 버린다.

이것을 '매끄럽다'라고 한다. 옛날부터 우리 선조들은 잘 길들여진 매를 훈련시켜서 매 사냥을 즐겼었다.

민요 〈남원산성〉에 보면 '매 사냥' 하는 장면이 나온다.

"남원산성 올라가 이화문전 바라보니, 수진이, 날진이, 해동청 보라매, 떴다 봐라 저 종달새…."

여기서 수진(手陳)이는 여러 해 길들여진 매이고, 날진이는 야생에서 자란 매이며, 해동청(海東靑) 보라매는 중국에서 우리나라의 일년생 길들여진 매를 그렇게 불렀다

해동청은 푸른색을 띠고 있었기에 얻은 이름이고, 보라매는 담홍(淡紅)빛의 털을 가졌다 하여 붙여진 이름이요, 우리에게 흔히 잘 알려진 '송골

(松鶻)매' 는 흰빛의 털을 가진 매의 이름이다.

그래서일까. 우리의 일상생활에 매(鷹; 매 응)와 관련된 용어들이 꽤나 있는 셈이다. 매는 삼국시대 이후 줄곧 우리 민족과 함께 살아온 용감무쌍한 기상을 갖춘 텃새이다.

獻 바칠 헌

호랑이 숭배의식, 헌(獻)

유사 이래 인간이 제일 두려워하는 것이 재앙(災殃)이다.

수많은 재앙 중에서도 호랑이에게 물려가는 호식(虎食)이란 재앙은 공포 그 자체였었다. 호랑이에게는 대항할 생각은 언감생심, 산신(山神)으로 숭배했기에 지금도 사찰의 산신각(山神閣)에는 어김없이 산신령과 동격으로 모셔져 있다.

새해가 되면 고을에선 산신에게 제사를 지내게 되는데 제물로 등장하는 게 살찐 개(犬; 개 견)이다.

'바칠 헌' (獻)을 보자. 호랑이(虍)가 큰 항아리(鬲; 오지병 격) 위에 걸터앉아(甗; 솥 권) 이미 살찐 개(犬)를 꺼내어 놓고 흡족해 하고 있다.

산신각

살찐 개(犬)를 바치오니 우리 고을 호식(虎食)은 거두어 주십사, 고사를 지내는 글자가 '바칠 헌' (獻)이다.

그토록 위대했던 산신령의 신세가 현대에 와서 말이 아니다.

인간에 의해 쇠창살에 갇히어 사육되고 있으니 21세기의 인간들은 왕년의 산신령의 생명마저 좌지우지하고 있는 영물인 셈이다.

劇

심할 극

잔인한 구경거리 연극(演劇)

영화보다 연극을 사랑하는 사람들은 그 이유로 생동감을 든다. 그도 그럴 것이 영화는 '비출 영'(映), '그림 화'(畵), 글자가 말해 주듯이 관객과의 사이에 현실감이 부족하다. 반면, 연극은 배우들이 관객들이 보는 앞에서 즉흥적인 연기를 펼치다 보니 아무래도 생동감이 뛰어날 수밖에 없다.

연극이란 한자(漢字)는 '펼 연'(演), '심할 극'(劇)을 쓴다.

'심할 극'(劇)을 보면, 호랑이(虍; 범 호)가 돼지(豕; 돼지 시)를 발로 누르고 있는데, 그 돼지는 영락없이 죽은 목숨이다.

그런데 만에 하나, 그 돼지가 용케 살아나서 튀어나오면 그 놈을 죽이겠다고 칼(刂; 칼 도)을 든 백정이 노려보고 있는 글자이다.

아무리 축생이라 해도 잔인하기가 그지없다.

그런 잔인한 모습을 보려고 관중들이 모여든다.

옛말에도 남의 집 불구경과 싸움구경이 최고라 했던가?

그래서 춘추전국시대(春秋戰國時代)의 순자(荀子)는 인간의 본능을 '성악설(性惡說)'이라고 주장했는지 모를 일이다.

요즘 TV드라마는 시청자들의 예상에서 완전 벗어난 반전드라마가 유행이라는데, 호랑이 발톱에서 벗어난 돼지가 칼을 들고 벼르고 있는 백정마저 피해서 살아난다면 그 이상 반전드라마는 없을 것이다.

現

나타날 현

박사(博士)며느리 이겨먹기

우리 서당(書堂) 학우 중에 60대 후반의 정(鄭) 모 여사는 학구열이 대단한 분이다. 국가공인 한자자격시험에서 당당히 1급 자격증을 획득했을 뿐 아니라, 머리로 익히고 몸으로 실천하는 지식과 지성을 겸비한 멋쟁이다. 그 정(鄭) 여사가 며느님을 보았는데 영문학(英文學)을 전공한 박사 선생님이란다. 인물 좋고 인품까지 일등 신붓감 며느리는 시어머님 공양에도 한 치의 모자람이 없다.

그 착하디착한 며느리에게 정(鄭) 여사는 묘한 열등감에 사로잡혔다.

"그래, 제까짓 게 신식공부는 많이 했는지 몰라도 한문 실력으로 나를 따를 수 없겠지."

생각이 여기까지 미치자 추석(秋夕) 전날, 안방의 경대(鏡臺)에 A4용지에다 한자(漢字)로 '현월미화(現月美火)' 라고 크게 써 붙여 놓았다.

추석날 시댁에 온 착한 며느리는, "아유! 어머님, 서당에 다니신다더니 한문 실력이 대단하신가 봐요?" 입에 침이 마르도록 칭찬일색이다.

헛기침까지 해대며 어깨가 우쭐해진 정(鄭) 여사는 추석연휴가 끝나고, 서당에서 동문수학하는 학우들을 집으로 끌어 모았다.

"아, 글쎄 지가 박사면 박사지, 경대에 붙여놓은 한자를 보더니 기가 죽어서 쩔쩔 매더라구, 글쎄. 호호호……."

학우들이 물어 보았다.

"그래, 처음 보는 사자성어(四字成語) 같은데 그 뜻이 뭐야?"

"현월미화(現; 나타날 현, 月; 달 월, 美; 아름다울 미, 火; 불 화), 도저히 해석이 안 되는데 뜻이 뭐야?"

잇따른 학우들의 질문에 미소를 짓고 있던 정(鄭) 여사가 정색을 하고 설명을 한다.

"응, 별 거 아니야. 현대백화점은 월요일 쉬고, 미장원은 화요일 쉰다는 뜻이야."

그 자리에 있던 학우들이 모두 뒤집어졌다.

박사며느리에 대한 열등감을 귀엽고도 당차게 극복한 정(鄭) 여사는 잔인정이 많아서 남을 배려할 줄도 아는 가슴이 따뜻한 인텔리 여성이다.

그의 지칠 줄 모르는 학구열(學究熱)은 신종 사자성어(四字成語)를 만들어 낼 정도로 정열적이다.

오늘도 청년의 정열을 지니고 살아가는 불교신자 정(鄭) 여사에게 부처님의 가호(加護)가 충만하시길 기원해 본다.

隱
숨길 은

다불유시(多不有時)

지리산 둘레길은 언제나 인파로 넘쳐난다.

경남 함양 어디쯤으로 생각되는데 마당에 느티나무가 있는 시골집은 파전과 산채 비빔밥 맛이 끝내준다. 주인할머니의 손맛도 알아주지만 인심 또한 그만이어서, 쉬었다 가는 길손들에게 감자나 옥수수, 어떨 땐 대추에다 단감까지 배낭에다 넣어 주신다.

이 집 주인할아버지는 한눈에 봐도 시골의 촌로(村老)가 아니다. 기생오라비 같은 옷차림에다 머리에는 망건을 쓰고 턱에는 염소수염을 길렀다.

웬만하면 가마솥 아궁이에 군불이라도 지펴서 할머니 일손을 도와주기라도 하련만 한량도 그런 한량이 없고, 건달도 그런 건달이 없다.

할아버지가 가사에 도움을 준 일이 딱 한 가지가 있다고 해서 뭔가 확인해 봤더니 화장실 안내판의 글씨를 직접 쓴 것이란다.

호기심으로 가봤더니 화장실 문에다가 조그만 판자를 붙여 놓았는데 거기에는 한자(漢字)로 '多不有時' (다불유시)라고 적혀 있었다.

'많을 다' (多), '아니 불' (不), '있을 유' (有), '때 시' (時): 인생이란 시간은 많이 남아있지 않으니 인생을 알차게 살아라.

대충 이런 뜻이 되겠는데 이를 본 순간 백수건달같이 보이던 할아버지가 학문의 일가견을 이룬 숨어 사는 큰 학자로 보이는 것이었다.

할아버지를 평상에다 정중히 모셔놓고 막걸리 한 사발을 올린 후, "어르신, '다불유시' 감명 깊게 보았습니다. '다불유시' 에 관해서 한 말씀 들려주십시오"라고 청하자 산골의 은사(隱士)는 염소수염을 가다듬으며, "그대들은 신학문을 공부했으니 화장실을 영어로 WC라고 한다는 것쯤은 알 것 아니오? '다불유시' 는 WC를 소리 나는 대로 한자(漢字)로 고쳐서 쓴 것에 불과하다오 에헴!"

아아! 지리산의 은사(隱士)는 희대의 돌팔이 선비인가, 아니면 언어의 마술사인가?

제3편

한자漢字를 알면 세상이 보인다

팔도(八道) 지명(地名) 이야기

흔히 우리나라를 삼천리(三千里) 금수강산(錦繡江山)이라 한다.

삼천리에 걸쳐 비단으로 수놓은 강산이란 뜻이다. 삼천리의 면적은 크게 여덟 개의 행정구역으로 나누어져 있는데 이것을 팔도(八道)라고 했었다.

팔도는 큰 산과 강을 경계로 나누어져 있는데 각도(道)의 명칭은 그 지역의 제일 큰 두 개의 도시 앞머리 이름을 따서 불렀다.

- 경상도: 경주(慶州)와 상주(尙州)
- 전라도: 전주(全州)와 나주(羅州)
- 충청도: 충주(忠州)와 청주(淸州)
- 강원도: 강릉(江陵)과 원주(原州)
- 황해도: 황주(黃州)와 해주(海州)
- 평안도: 평양(平壤)과 안주(安州)
- 함경도: 함흥(咸興)과 경성(鏡城)
  이상 일곱 개의 지방과
- 경기도: 서울(京; 서울 경) 주위의 위성도시들을 기현(畿縣)이라 불렀으며, 서울(京)과 기현(畿縣)의 첫 글자를 따서 경기도(京畿道)라 칭했으니 모두 팔도(八道)가 된다.

※제주도(濟州道)는 1946년 8월 1일 도(道)로 승격되었으며, 그 이전에는 전라도에 속한 구역이었다. 정확한 명칭은 전라도 제주목(濟州牧), 행정수장을 제주목사(濟州牧使; 정 3품. 부사(府使)와 동일)라 했다.

그런가 하면 각 도(道)와는 관계없이 지리적인 특성을 살린 일곱 개의 지역이 등장하는데,

- 경상도의 조령(鳥嶺), 죽령(竹嶺), 추풍령(秋風嶺) 이남을 영남(嶺; 재 령, 南; 남녘 남) 지방으로,
- 전라도 김제(金堤)의 벽골제(碧骨堤) 이남을 호남(湖; 호수 호, 南; 남녘 남) 지방으로,
- 충청도 제천(堤川)의 의림지(義林池) 서쪽을 호서(湖; 호수 호, 西; 서녘 서) 지방으로,
- 강원도의 대관령(大關嶺) 동쪽에 있는 강릉, 속초, 동해, 원주, 삼척지역을 영동(嶺; 재 령, 東; 동녘 동) 지방으로,
- 대관령(大關嶺) 서쪽에 있는 영월, 평창, 정선지역을 영서(嶺; 재 령, 西; 서녘 서) 지방으로,
- 황해도 서쪽 지방을 해서(海; 바다 해, 西; 서녘 서) 지방으로,
- 함경도 철령관(鐵嶺關) 북쪽을 관북(關; 빗장 관, 北; 북녘 북) 지방, 서쪽을 관서(關; 빗장 관, 西; 서녘 서) 지방이라 불렀다.

풍수지리학(風水地理學)에서는, "강은 산을 넘지 못하고, 산은 강을 건너지 못한다"라고 말한다.

위에서 보았듯이 각 지방의 경계는 어김없이 산이나 강을 사이에 두고 이루어져 있는데, 경기도는 한강과 임진강이 경계를 이루었고, 충청도와 전라, 경상도의 경계 역시 금강과 남한강 하류가, 경기도와 강원도 사이에는 대관령과 한강 상류가 막혀 있다. 또한 경상도와 전라도 사이에는 지리산과 섬진강이, 경상도와 강원도 사이에는 소백산과 낙동강이 자리하고 있으니, 이 강과 산들은 단순히 지역적인 경계뿐만 아니라 각 지방의 방언(方言)과 풍습마저 독자적으로 생산하여 그들만의 생활패턴을 잉태하고 있음을 볼 수 있다.

단군할아버지께서 힘들게 일구어 놓으신 만주지역(滿洲地域)의 광활한

땅은 모두 잃어버리고 겨우 삼천리 땅으로 만족하며 살아가는 후손들을 볼라치면 그것만으로도 단군할아버지의 속에서는 열불이 치밀 일인데 그 마저도 남과 북으로 나뉘어져 세계 유일의 분단국가라는 불명예에다 위정자들의 이해타산으로 그 절반마저도 동과 서로 쪼개져 서로가 적대시하며 살아가고 있으니, 성난 단군할아버지의 호통소리가 그들에겐 들리지 않는지 오늘도 국회의사당에서 멱살잡이를 하고 있는 의원 나으리들이 저녁 뉴스시간을 가득 채우고 있다.

무궁화(無窮花)의 나라, 근역(槿域)

우리나라는 예로부터 무궁화가 많이 자랐기에 중국에서는 근역(槿; 무궁화 근, 域; 지경 역)이라 불렀다.

기원전 3세기경에 편찬한 중국의 《산해경; 山海經》에 보면, "군자국(君子國) 사람들은 의관(衣冠)을 갖추고 칼을 차며 곡식과 짐승을 주식으로 한다. 두 마리의 큰 호랑이를 옆에 두며 사냥을 좋아하고 다투지 않았다. '무궁화' 라는 풀이 자라는데 아침에 났다가 저녁에 죽는다" 라고 기록되어 있다.

무궁화의 역사적 연원은 고조선(古朝鮮)까지 올라간다.

《단기고사; 檀奇古史》에 근수(槿樹－槿; 무궁화 근, 樹; 나무 수)라는 기록이 처음으로 보인다.

신라의 대학자 최치원 선생이 당(唐)나라에서 벼슬살이 하면서 우리나라를 스스로 근역향(槿域鄕)이라고 소개하고 있고, 조선 광해군(光海君) 때 《홍길동전》의 저자 허균(許筠)의 〈대야통포류; 大野通浦流〉란 시(詩)에도, 근원(槿原)이란 대목이 보인다.

근역(槿域)은 '무궁화의 고장' 을 말한다.

무궁화는 글자 그대로 끊임없이 피고 지는 무궁한 근면성을 의미한다.

무궁화는 우리 한민족의 태극철학(太極哲學)과도 완전히 일치하는 꽃이다. 천지인(天地人) 삼재(三才)와 '목화토금수; 木火土金水' 오행(五行)을 갖추고 있다.

원줄기에서 가지가 뻗을 때마다 한 마디에 세 갈래씩 갈라져 나가며 잎사귀는 다섯 갈래로 갈라진다. 그래서 '삼강오륜; 三綱五倫' 을 뜻하기도 한다. 무궁화는 태양과 함께 피어나 태양과 함께 지므로 빛의 민족으로서 한민족(韓民族)의 얼을 상징한다.

그리고 초여름부터 가을까지 100여 일 동안 끊임없이 꽃을 피운다.

그리고 꽃이 질 때에는 송이째 빠지면서 떨어지는 것이 특징이다

뒤가 어지럽지 않고 깨끗한 끝맺음을 하는 결백이 있다.

이렇게 수천 년 동안 민족의 정신을 대표해 오던 무궁화는 1893년 구한말 칠곡부사(漆谷府使) 남궁억(南宮憶)이 윤치호(尹致昊)와 의논해 '무궁화' 를 나라꽃(國花)로 정하고 〈애국가〉 후렴에 "무궁화 삼천리 화려강산" 이란 가사를 넣었다.

그 후 '상해임시정부' 가 발행한 '대한독립선언서' 상단에는 태극기(太極旗)와 함께 무궁화가 도안(圖案)되는 등 독립지사들에 의해 민족혼을 일깨우는 한편 독립정신을 고양하는 데 한 몫 하기도 했다. 그러다가 1896년 '독립문(獨立門) 주춧돌 놓기 행사' 에서 처음으로 애국가(愛國歌)가 불려지는데 "무궁화 삼천리 화려강산 대한 사람 대한으로 길이 보전하세" 가 등장하며 명실 공히 '국화(國花)' 로 인정받는 계기가 되었다.

무궁화는 원산지가 우리나라이며 남과 북을 합친 전 국토에 자생해 온 민족의 얼이 깃든 꽃이다. 북한 땅에도 무궁화는 번식하고 있건만 대한민국과 달리 북한에서는 김일성(金日成) 주석이 좋아했다 하여 작약(芍藥)을 국화(國花)로 정해놓고 있으니 안타깝기 그지없다.

이 땅이 하루빨리 통일이 되어 이산가족의 재회는 물론 오천 년 이상 국

화(國花)로 불리어 왔던 무궁화가 통일된 이름의 국화(國花)로서 삼천리 금수강산을 수놓는 날이 하루빨리 왔으면 하고 기원해 본다.

호랑이는 죽어서 가죽을 남기고 사람은 죽어서 이름을 남긴다는데, 무궁화의 나라에 몸을 받은 이상 무궁화답게 살다 무궁화답게 갈 일이다.

각도(各道)의 인물평(人物評)

조선을 건국한 태조(太祖) 이성계(李成桂)는 개성(開城)에서 한양(漢陽)으로 천도(遷都)한 후, 영의정 정도전(鄭道傳)에게 명하여 팔도(八道) 백성들의 기질을 파악하여 보고하라고 했다. 이에 정도전은 각도(各道) 백성들의 특징과 기질을 문서로 기록하여 보고를 하는데 600년이 훨씬 지난 요즘에 보아도 감탄할 만큼 족집게처럼 분석해 놓았다.

- 경기도 경중미인(鏡中美人) : 거울 속 미인
- 충청도 청풍명월(淸風明月) : 맑은 바람 밝은 달
- 전라도 풍전세류(風前細柳) : 바람 앞의 가는 버들잎
- 경상도 송죽대절(松竹大節) : 소나무, 대나무의 굳은 절개
- 강원도 암하노불(巖下老佛) : 바위 아래 오래된 불상(佛像)
- 황해도 춘파투석(春波投石) : 봄 물결에 돌 수제비
- 평안도 산림맹호(山林猛虎) : 산림의 사나운 호랑이
- 함경도 이전투구(泥田鬪狗) : 진흙탕에서 싸우는 개

무릎을 치며 읽어내려 가던 태조(太祖)가 함경도 부문에 이르러 이마에 핏줄을 곤두세웠다. 정도전은 얼른 이전투구를 붓으로 지우고 그 옆에다 '석전경우' (石田耕牛: 돌밭을 일구는 황소)라고 고쳐 적었다. 그러자 태조

(太祖)는 만면에 웃음을 띠며 정도전을 치하했다. 조상대대로 함경도에서 살아온 태조(太祖)의 심기를 정도전이 파악하지 못했던 것이다.

인간은 산천(山川)의 정기를 타고 태어나는 법이다.

지세(地勢)가 웅장하면 영웅호걸이 나고, 험악하고 조잡스러우면 간신 역적이 나오는 법이다. 산세가 원만하며 아담하면 예인(藝人)들이 많이 난다.

그러나 아무리 지형이 이러니저러니 하더라도 조상대대로 닦아온 음덕(陰德)에는 미치지 못한다. 소위 풍수지리설에서 말하는 천하명당이라 할지라도, 어려운 사람들을 구제하는 공덕에는 미치지 못하는 법이다.

황금 만 냥을 자손에게 물려준들 그 자손이 다 지킨다고 장담할 수 없고, 책을 다섯 수레나 물려주더라도 그 자손이 다 읽는다는 보장이 없으니, 차라리 남모르는 가운데 음덕(陰德)을 많이 쌓아서 자손을 위한 계책을 세우니만 못한 법이다.

팔금산(八金山) 부산(釜山)을 아시나요?

조선(朝鮮) 중기 때 편찬된《격암유록; 格菴遺錄》은 오천 년 역사상 최고의 풍수지리의 대가 격암(格菴) 남사고(南師古) 선생이 후대를 예언해 놓은 책이다. 그 중에 국난(國難)을 예언해 놓은 대목에 6.25 한국전쟁에 관한 부문이 나오는데 거기에 보면, 팔금산(八金山)으로 피난을 가면 무사하다고 나와 있다.

그런데 우리나라 지도를 펼쳐놓고 아무리 살펴봐도 팔금산이란 산은 나오질 않는다. 나중에 북한군에 밀려 부산으로 피난을 온 후에야 팔금산은 바로 부산이란 사실을 알았다 한다.

'여덟 팔'(八) 아래, '쇠 금'(金)을 합하니 '가마 부'(釜) 즉, 부산(釜山)

이라는 사실을 깨달은 것이다.

원래 부산은 증산(甑山)이란 이름에서 변한 말로써 부산 앞바다(오륙도 방향)에서 부산항으로 들어오다 보면 지금의 범일동 '금성고등학교' 뒷산의 모양이 떡시루를 엎어놓은 모양을 닮았다 해서 증산(甑山)이라 했는데 부산포(釜山浦)의 진산(鎭山)이다. 조선시대는 물론 구한말까지만 하더라도 동래부에 속한 조그만 포구에 불과했던 부산포는 일제시대가 되면서부터 오늘날 제1의 항구도시가 되었다. 이 시루가 흡사 가마솥을 엎어놓은 모양과 흡사하기에 '가마 부'(釜)를 붙여 부산(釜山)으로 부르게 되었다.

6.25 한국전쟁이 일어나자 전국의 피난민들이 몰려와 팔도의 가마솥을 걸었던 곳이다. 전시 중에는 임시 수도가 있었던 곳이기도 하며, 태평양시대를 맞아 우리나라 수출 물량의 70%를 감당해 내는 제2의 수도라는 닉네임에 걸맞게 350만 시민이 살아가는 대도시이다.

부산(釜山)을 '산'(mountain)인 줄로만 알고 전쟁통을 헤맸던 피난민들의 고충을 떠올리면 마음이 짠하기만 하다.

개판오분전(開板五分前)

흔히 '개판오분전'이란 말은 질서 없이 난장판 된 모습을 일컫는 줄 알고 있지만, 여기에도 6.25 한국전쟁의 아픔이 묻어 있는 말이라는 것을 알아야 한다.

전국에서 몰려든 피난민들은 동광동 동광초등학교 등에 분산 수용되었는데, 미국에서 원조품으로 보내온 옥수수 가루로 만든 '옥수수죽'으로 연명해 가고 있었다. 이 '강냉이죽' 마저도 배불리 먹을 수 없는 것이 수요에 비해 원조품이 턱없이 부족하다 보니, 하루에 한 끼 정오(正午)에 맞춰 배식했기 때문이다.

피난민들에겐 언감생심 시계라곤 구경도 못하던 시절이었기에 미군헌병들이 '강냉이죽' 배식을 알리는 낮 열두 시 오 분 전에 호루라기를 불면서 "개판 오 분전!"을 알린다.

개판(開; 열 개, 板; 판자 판) 오분전(五分前) 즉, '강냉이죽' 솥뚜껑을 열기 5분 전이니 배급받을 양재기를 들고 모이라는 신호였던 것이다. 그 신호에 따라 굶주린 피난민들이 남녀노소 구분없이 몰려들다 보니 미군들의 눈에는 개판(開板)이 흡사 개판(dog table)으로 보였을 법한 일이다.

6.25 한국전쟁의 종군기자로 활약한 언더우드 기자는 본국으로 송신하는 타전에서 UN산하 '한국재건위원회' 인도(印度) 대표 메논(Menon)의 발표를 인용하여, "한국에서 올바른 국가와 민주주의를 기대하는 것은 쓰레기통에서 장미꽃이 피어나는 것보다 더 어렵다"라고 장담했지만, 불과 60~70년이 지난 지금 대한민국은 세계 10대 경제대국으로서 국민 일인당 GNP 4만 달러의 부강한 나라가 되었다.

쓰레기가 가득 찬 쓰레기통이 아닌, 한강에서, 중동의 사막에서 영원히 시들지 않는 찬란한 꽃을 피운 우리는 세계 속의 자랑스러운 '대한국인'이다.

갈마음수형(渴馬飮水形), 부산

한반도의 산맥체계는 한 개의 대간(大幹)과 열세 개의 정맥(正脈)으로 이루어져 있다. 한 개의 대간은 두 말할 필요도 없이 백두대간(白頭大幹)을 말함이요, 열세 개의 정맥은 십대 강과 맥락을 같이함으로 산맥이름이 강의 이름과 관련이 있다.

'낙동정맥'(洛東正脈)은 낙동강 동쪽에 자리잡고 있다고 해서 붙여진 이름이다. 이 정맥은 백두산에서 지리산까지 전 국토의 척추와 근육을 이루는 백두대간의 태백산 줄기 중, 강원도 태백의 구봉산(九峰山)에서 낙동강을 따라 따로 산맥을 이루어, 경북 봉화의 백병산(白餠山), 청송 주왕산(周王山), 영천 운주산(雲住山)을 거쳐, 영남 알프스라 일컫는 울산과 밀양을 아우르는 가지산(迦智山), 양산 영취산(靈鷲山)을 타고 내려오다, 부산 금정산(金井山)에서 숨을 고르면서 동쪽을 향해 윤산(輪山)을 토해 내고는, 다시 엄광산(嚴光山), 승학산(乘鶴山)을 거쳐 몰운대(沒雲臺) 바다 속으로 이어져 있는 산맥이다.

그 중에서도 금정산을 진산(鎭山)으로 몰운대까지 낙동강의 동쪽으로 형성된 지역이 부산인데 풍수지리적으로는 갈마음수형(渴馬飮水形)에 속한다. 풍수지리에 문외한이라 할지라도 지도를 펴놓고 보면 목마른 말이 급히 물을 마시고 있는 형국이라는 걸 단번에 알 수 있을 것이다.

물을 마시는 입이 감천(甘川) 화력발전소 자리이며, 물은 감천만 앞바다이고, 그 혈(穴)의 기운으로 연간 180만kwh의 전력을 생산해내고 있다. 여기서 낙동강 너머 강서구(江西區)는 옛날 김해에서 편입되어 왔으므로 부산으로 치지 않는다.

사하구 하단동(下端洞)에 있는 승학산(乘鶴山)은 억새로 유명한 산이다. 가을만 되면 몰운대 바다절경을 보며 억새풀 사이로 산행을 즐기는 등산객들로 몸살을 앓는다. 그 승학산은 글자 그대로 '탈 승' (乘), '학 학' (鶴), 갓을 쓴 선비가 학을 타고 있는 모습이라 해서 붙여진 이름이다.

학을 타고 있다면 신선(神仙)을 말함이요, 갓마저 쓰고 있으니 공부하는 선비의 산세라 할 수 있는데, 그 이름에 걸맞게 사학의 명문 '동아대학교 사하 캠퍼스' 가 자리잡고 있다. 선비 같은 신선을 태운 학(鶴)은 감천만(甘川灣)과 송도(松島) 앞 바다를 지나 신선(神仙)의 땅 영도(影島)에 정착을 하는데 그곳이 신선동(新仙洞)과 영선동(瀛仙洞)이다.

영도(影島)의 주산(主山)은 봉래산(蓬萊山)이다. 봉래산이라 함은 신선이 사는 산을 말한다. 주위의 행정동 이름만 보더라도, 앞에서 언급한 신선동(新仙洞), 영선동(瀛仙洞)과 봉래동(蓬萊洞), 청학동(青鶴洞) 등에서 신선과 관련된 곳임을 알 수 있다.

동삼동(東三洞)은 상리(上里), 중리(中里), 하리(下里) 등 세 개 마을을 합한 이름이다.

섬 전체가 신선이 사는 땅으로 이루어진 명당중의 명당이다. 뿐만 아니라 매년 여름과 가을, 남태평양에서 불어오는 태풍의 방패막이가 되어 부산을 태풍으로부터 보호해 주는 고마운 섬이요, 조선통신사 조엄(趙曮)이 대마도(對馬島)에서 가지고 온 고구마 시배에 성공함으로써 흉년에 백성들을 기아(飢餓)에서 구제한 땅이기도 하다.

일제시대 때 총독부는 신선의 영험한 기운을 말살할 목적으로 주산인 봉래산의 이름을 고갈산(枯; 마를 고, 葛; 목마를 갈, 山; 뫼 산)으로 고쳐 불렀다. 뿐만 아니라 신선의 기운이 제일 왕성한 '봉래동' 을 사창가로 만들기도 했었다.

해방 이후 최근까지도 고갈산으로 불리다가 뜻있는 유지들과 향토사학자들에 의해 '봉래산 이름 되찾기 운동' 의 청원이 받아들여져 원래의 이름인 '봉래산' 을 되찾았을 뿐 아니라, 봉래동은 한진중공업과 대선조선 등 우리나라 선박수출의 일익을 담당하는 경제산업을 일으키는 신선의 땅으로 다시 태어났다. 이렇게 섬 전체를 신선의 기운으로 발복시키고, 승학산에서 날아온 학(鶴)은 청학동(青鶴洞)에서, 신선중의 신선이 타고 다닌다는 청학(青鶴)으로 변신하여 바다 건너 용당(龍塘)으로 날아가 정착을 하니 이른바 신선대(神仙臺) 부두이다.

이제는 세계 제일의 해양국가 대한민국이 조선(造船)한 콘테이너선(船)에다 수출품을 싣고 오대양 육대주로 외화벌이에 일조하는 재물을 발복하는 신선이 된 것이다.

이렇게 승학산에서 신선을 태우고 출발한 학(鶴)은 영도를 거쳐 용당의 신선대에서 부(富)를 발복시키고, 또 다른 명당 동래(東萊; 동쪽의 신선이 사는 땅)로 날아와서 칠산동(七山洞)의 학소대(鶴巢臺)에 둥지를 튼다.

그리고 동래(東萊) 땅에서 크게 발복을 하는데 '부산지방 무형문화재 제3호' 로 지정된 '동래학춤' 을 탄생시킨다. 동래학춤은 남녀 모두 갓에다 흰 도포를 입고 춤을 추니 이 또한 선비의 모습이다. 사하구 승학산에서 출발한 갓을 쓴 선비와 학이 드디어 종착지에 도달한 셈이다.

선비는 공부하는 사람이다. 학교가 없어서는 안 된다.

조선시대 국립학교인 '동래향교; 東萊鄕校' 가 그것을 증명한다.

나아가 사립대학교라 할 수 있는 안락서원(安樂書院)까지 더해져 선비의 고장으로 명성을 날리더니 공자의 사상과 학문을 가르치는 명륜당(明倫堂)이 있는 곳이라 해서 동네 이름도 명륜동(明倫洞)이라 하고, '명륜초등학교; 明倫初等學校' 가 생겨나고, '학산여자중고등학교; 鶴山女子中高等學校' 를 양산하는 지경에 이른다.

학소대에 둥지를 튼 학은 머리를 윤산(輪山) 방향으로 하고 있는데, 그 영향으로 아예 서동(書洞)이라는 행정구역까지 만들어 냈다.

우리나라 어디를 찾아봐도 '글 서' (書) 자를 사용하는 동(洞) 이름은 서동(書洞) 밖에 없다. 참고로 풍수지리에서는 온천에 둘러싸여 있는 동래구와 금정구를 한 몸으로 본다.

서동(書洞)에 관한 이야기는 다른 장에서 논하기로 하고, 과연 동래(東萊)는 동(洞) 지명만 보더라도 신선이 살고 있는 천하명당임을 알 수 있다.

수안동(壽安洞) : 장수하며 편안하게 사는 동네
낙민동(樂民洞) : 즐거운 백성들이 사는 동네
안락동(安樂洞) : 편안하고 즐겁게 사는 동네
복천동(福泉洞) : 만병을 고쳐주는 복이 담긴 샘물이 솟아나는 동네
명륜동(明倫洞) : 공자님의 사당을 모셔놓은 동네
온천동(溫泉洞) : 만병을 고쳐준다는 온천이 있는 동네

칠산동(七山洞) : 북두칠성 행운을 가져다주는 동네
사직동(社稷洞) : 동래부사가 사직단을 쌓아놓고 제사 지내던 동네
명장동(鳴藏洞) : 사직단(社稷壇)에서 제사 지낼 때 사용하던 종(鐘)을 모셔두 던 곳

오탁악세(五濁惡世)에 물든 현대인들이 신선처럼 살고자 한다면, 또 학처럼 고고하게 살고자 한다면 동래(東萊)와 금정(金井)에 살아봄 직하다.

인간은 자신이 몸담고 있는 지역의 정기(精氣)에 융화되어 사는 동물이기 때문이다.

영구하산(靈龜下山) 형국, 윤산(輪山)

강원도 태백(太白) 구봉산(九峰山)에서 시작한 '낙동정맥'은 수많은 명산을 탄생하고 남하하다가 다대포(多大浦) 몰운대 속으로 잠기기 직전 금정산에서 숨을 고른 후에 한숨을 토해 내는데 그게 바로 윤산(輪山)이다.

앞에서 잠깐 언급했듯이 윤산은 동래의 진산으로서 명산 중의 명산이다.

해발 317m 밖에 되지 않는 체구를 갖고 있지만 정확하게 자신의 두 배(734m)가 되는 장산(萇山)을 좌청룡(左青龍)으로, 동래정씨 2대 시조의 문묘가 있는 화지산(和池山)을 우백호(右白虎)로 거느리고, 연산동의 배산(盃山)을 주작(朱雀)으로 호령하며, 금정산 고당봉(姑堂峰)을 현무(玄武)로 둔, 사신사(四神砂)를 갖춘 명실상부한 명당이다.

산의 지형은 신령스러운 거북이가 산을 내려오고 있는 영구하산형(靈龜下山形)이다. 금정산 케이블카 종점에서 금강공원 쪽으로 150m 가량 내려오면 널따란 청석이 두 개가 나오는데, 부산의 전경이 한눈에 들어온다.

또한 바위틈을 가르며 분재에 어울릴만한 소나무가 두 그루 있는데 수명

이 자그마치 천년이나 된단다. 그리하여 그 소나무들을 천년송(千年松)이라 부른다.

각설하고, 그 청석에서 마주 내려다보면 윤산이 한눈에 들어오는데 풍수지리에 문외한이라 하더라도 거북이가 목을 빼고 내려오는 모습임을 한눈에 알 수가 있다. 머리 부분에는 서명초등학교와 용인고등학교가 자리잡았고, 최고의 혈(穴)자리라고 할 수 있는 목 부분에는 어느 버스회사가 자릴 잡았는데 1968년 버스 두 대로 시작한 이 회사는 신령스런 거북이의 발복으로 50여 년이 지난 지금에는 600여 대의 버스를 거느린 부산지역 최고의 버스회사로 성장했다. 오른쪽 앞발과 몸통을 지나 뒷발 사이에는 금정구의 행정중심 부곡동(釜谷洞)이 금정구청을 끼고 가마골(釜谷)이란 이름에 걸맞게 금융회사들이 집결해 있다.

거북목의 명당에는 못 미치지만 거기에 버금가는 생식기 부분에는 '한국 순교복자수녀회' 와 '오륜대 순교자 성지 박물관' 이 있고, 우리들에게 '수녀시인' 으로 깊은 감명을 주고 있는 이해인 수녀가 적을 두고 있는 곳이다. 수녀회 재단에서 운영하는 지산고등학교, 부산가톨릭대학교가 마주보고 있으며 이해인 수녀가 인성교양부 교수로 학생들을 지도하고 있다.

그 아래 거북꼬리 부분에는 부산 물 풍수의 백미 '오륜대' (五倫臺), '오륜마을' 이 자리잡고 있는데, 빼어난 경치와 맑은 공기는 물론이요, 회동수원지 둘레길의 매력과 이름난 맛집들의 유명세를 타고 연간 백만 명이 넘는 방문객을 맞이한다.

거북이 왼쪽 앞발과 뒷발 사이에는 '금사 · 회동동' 이 있다.

원래 금사동과 회동동으로 분리되어 있었으나 2019년 통폐합되면서 금사 · 회동동으로 단일화되었다.

금사동은 '비단 금' (錦), '실 사' (絲)로 이루어진 '비단실 동네' 이다.

윤산에서 흘러내리는 두 개의 개천, 금천(錦川)과 사천(絲川)의 첫 머리를 딴 금사동은 어린아이들의 동요에나 나옴직한 예쁜 이름을 가졌다.

회동동(回東洞)은 회동수원지 물이 동쪽으로 돌아 흐르는 곳의 '회대'(回臺) 마을과 '동대'(東臺) 마을의 아름을 합쳐 생긴 마을이다. '돌 회'(回), '동녘 동'(東), '고을 동'(洞)이라 하는데 세계적인 수퍼스타 '방탄소년단; BTS'의 멤버 '지민'이 나고 자란 곳이다.

윤산(輪山)이란 이름은 '명장동' 쪽에서 바라보면 커다란 수레바퀴처럼 생겼다 하여 붙여진 이름인데, 그 영향을 받아서 그런지 '금사 · 회동동' 지역에는 약 20개 정도의 택시회사가 밀집되어 있을 뿐 아니라 세 개 노선의 버스회사도 있다. 뿐만 아니라 국내 최대의 고무벨트 회사가 자리하고 있는데, 자동차 벨트는 물론 전동벨트와 컨베이어벨트에 이르기까지 생산하는데 모두가 윤산의 수레바퀴 정기를 받았기 때문이다.

서동(書洞)에 본사를 두고 연간 매출 1조원을 자랑하는 의류제조회사 '파크랜드' 역시 윤산의 정기를 받은 회사인데, 이름에서 '파크; park'는 공원이지만 윤산의 신령스런 거북이는 엎드려 있는 것이 아니라 하산(下山), 산을 내려오는 형국이므로 살아서 움직이는 거북이다.

기존 'park'에다 현재진행형(ing)을 합하면 '파킹; parking' 즉, 주차장이 된다. 이 역시 윤산의 수레바퀴 정기를 듬뿍 받은 회사임을 감안해 볼 때, 국내는 말할 것도 없고 중국을 위시한 동남아 각국에도 진출하여 의류뿐 아니라 신발, 가방, 지갑에 이르기까지 종합상사에 버금가는 규모로 국위를 한껏 뽐내고 있으며, 경영자의 철학 이념에 따라 지역발전에도 큰 관심을 갖고 많은 지원을 하고 있다.

서동(書洞)은 원래 이름이 '섯골'로서 조그마한 마을이었으나 1968년 당시 부산시 '고지대 이주정책' 일환으로 '영주동' 철거민들이 정착을 하면서 지금의 규모로 형성되었는데, 이때부터 신령스러운 거북이의 발복이 시작되었다고 볼 수 있다.

앞에 '갈마음수형 부산'에서 언급했듯이 '학소대; 鶴巢臺'의 기운을 받아 생긴 서동(書洞)이니만치 학교 이야기를 하지 않을 수 없다.

동화 속에나 나올 법한 예쁜 이름을 가진 '비단실초등학교: 금사(錦; 비단 금, 絲; 실 사)' 는 영주동에서 갑자기 이주해 온 철거민들로 인해 운동장에다 천막을 치고 바닥에는 가마니를 깔고 2부제 수업을 하는 진풍경이 일어났다. 현재 육십대 초 · 중반쯤 되는 이들에겐 아련한 추억으로 남아 있을 것이다. 아무튼 1975년에 '동상초등학교', 1980년 '서동초등학교', 1984년 '서곡초등학교', 1987년에 '서명초등학교' 를 분교시키고 나서야 정상적인 수업을 하는 학교가 될 수 있었다.

그러다가 2007년도에 '글 서' (書), 서동(書洞)이 제대로 이름값을 하게 되는데, 제일 늦게 문을 연 '서명초등학교; 書明初等學校' 가 '전국 방과후학교 모범사례' 공모전에서 당당하게 1위를 차지함으로써 그해 10월 달에는 대한민국 대통령의 방문을 받게 된다.

서동에서 명장동으로 넘어가는 산꼭대기에 위치한 서명초등학교와 용인고등학교는 신령스런 거북이의 머리와 '학소대' 에 둥지를 틀고 비상하는 학의 머리 부분이 맞닿는 곳으로서 앞으로 큰 학자를 수없이 배출할 명당중의 명당이다.

이러한 글 서(書), 서동(書洞)에 '금정서당(金井書堂)' 이 있다.

성인반(成人班)으로 운영되고 있는 금정서당 학우들의 평균연령은 65세인데, 대부분 국가공인 한자자격증을 획득하였으며, 그 중에는 1급, 2급 소지자들이 수두룩하다. 뿐만 아니라 사회봉사도 열심히 하고 주위로부터 인정을 받는 인텔리들인지라, '국회의원 표창' 에서부터 '부산광역시의회 의장 표창' '구청장 표창' '경찰서장 표창' '소방서장 표창' 은 물론이요, 한문(漢文)을 공부하는 학생으로서 최대의 영광이라 할 수 있는 '성균관장 표창' 수상자들로 넘쳐난다.

금정서당 훈장(訓長)의 인품이나 실력은 형편없지만 전생에 무슨 복을 지었는지 제자복(弟子福) 하나만큼은 타고났다 할 수 있다.

맹자(孟子)께서는 '군자유삼락; 君子有三樂' 이라 해서, 군자에게 세 가지의 즐거움이 있으니, 첫 번째가 부모형제들이 다 살아있어 가족 간의 정을 느끼는 것이요, 두 번째가 하늘을 향하여 한 점 부끄러움이 없는 것이고, 세 번째가 늘그막에 천하의 영재들을 모아 학문을 양성하는 것이라 했는데, 필자는 박복한 데다 천성이 게을러서 앞의 두 가지와는 해당사항이 없고, 다행스럽게도 분에 넘치게 끝의 한 가지는 해당이 된 듯하여 인생의 삼분의 일은 성공한 셈이라 할 수 있겠다.

어쨌든 서동(書洞)에 서당(書堂)이 생겨났다는 것은 우연의 일치가 아니라 필연이라고 믿고 있는 필자는 신령스러운 기운이 살아 있는 거북의 정기와 함께, 신선스러움을 함께하는 '학' 의 기운이 넘쳐나는 이곳 서동(書洞)에 사는 것을 무척 다행으로 생각한다.

오! 윤산(輪山)이여, 학소대(鶴巢臺)여, 이 땅에 번영과 행복을 펼치며 만대까지 영원하라!

천하명당 해운대(海雲臺)를 품은 장산(萇山)

장산(萇山)은 새로운 태평양시대를 선도하는 살아 숨 쉬는 산이다.

윤산(輪山)의 좌청룡에 해당하는 장산(萇山)은 '수영천' 과 '석대천' 을 앞에다 두고 '재송동' 과 '반여동' '석대동' '반송동' 으로 이어지는 소위, 형국론(形局論)에서 말하는 '장군대좌형(將軍對坐形)' 과 동해바다를 바라보며 해운대 '신시가지' 와 '동백섬' '센텀시티 지역' 을 권역으로 하는 '옥녀격고형(玉女擊鼓形)' 으로 나뉜다. '장군대좌형' 에 해당하는 '반여동' 뒷산은 장군이 지휘소에 앉아 군사들을 조련하는 형국을 띠고 있다.

그래서 그런지 '반여동' 에는 군사시설이 즐비하다. 6.25 한국전쟁 때에는 '유엔군 포로수용소 반여분소' 가 지금의 '선수촌 아파트' 자리에 있다가 '거제도' 로 옮겨가고 그 자리에 '육군기술병기학교' 가 들어섰다.

장군이 병사들을 지휘하기 위해서는 병기가 있어야 함은 철칙이다. 그래서 지금의 '풍산금속' 자리에 '조병창(造兵倉)' 이 들어섰다. 조병창은 무기나 탄약 등을 생산, 저장하는 시설을 말한다.

병사들을 먹이고 입히기 위해서 '반여농산물시장' 이 필요했고, 삼어(三魚) 마을에서 올라오는 생선도 있어야 했다.

병사들의 피복조달은 '태광모직' 을 필두로 해서 수많은 모직공장과 '대우실업' 같은 보세공장들이 1970년대를 기점으로 신발공장과 함께 맡아서 담당했다고 볼 수 있는데, 지금도 '풍산금속' 에서는 군수물자를, '(주)파크랜드' 반여공장에서는 대규모 의류를 생산해 내고 있다.

'육군병기학교' 는 그 후 김해로 이전해 갔지만 2002년 부산 아시안게임 때에는 '선수촌 아파트' 가 들어서서 현재에 이르고 있다. 하필 병기학교가 있던 곳에 선수촌이 들어선 것을 우연이라고 생각한다면 곤란하다. 국가대표 선수들은 무기만 들지 않았다 뿐이지, 국가와 개인의 명예를 걸고 필사적인 전쟁을 하는 병사들이다.

그리고 지금의 부산 검찰청 '동부지청' 이 있는 장소 역시 한때 죄 지은 장병들을 문책했던 장소였고, 장산 정상에 있는 '미사일 기지' 에 이르기까지 반여동은 온통 '장군대좌형' 의 영향력 속에 있다는 것을 부인할 수 없다.

해운대 신시가지 방면에서 바라본 장산은 하늘에서 내려온 옥녀(玉女)가 북을 치고 있는 형국이다. 장산 정상에 봉긋하게 솟은 봉우리가 있는데 바로 옥녀봉(玉女峯)이다. 송정으로 넘어가는 달맞이고개가 '북' 의 형국이고, 동백섬이 '옥녀' 의 오른손에 해당되는데 손에는 북채가 들려 있다.

옥녀봉에서 내려온 옥녀는 우리나라 최초의 해수온천으로 유명한 '구남온천; 龜南溫泉' 에서 목욕을 하고, 동백섬에서 난 동백기름으로 몸단장을 하고 북을 치며 춤을 추는데, 곡조는 구곡(九曲)이요, 홍을 일으키니(復興; 부흥) 옥녀봉 아래 구곡봉(九曲峯)과 부흥봉(復興峯)이다.

옥녀의 북가락은 판소리를 배우는 소리꾼들이 폭포소리를 극복하고 명창의 대열에 오르듯, '양운폭포' 의 물소리를 이겨내고, 전국으로 퍼져나가니, 북치며 춤추는 옥녀를 보기 위해 전국의 젊은이들이 '해운대 해수욕장' 으로 미친 듯이 몰려든다.

그리고는 다시 홍을 살려서(다시 부; 復, 일 홍; 興=부흥봉의 기운) 이제는 해운대 앞바다를 건너 태평양 끝까지 울려 퍼짐으로써 세계에서 좀 논다고 하는 스타들이 너도 나도 몰려들어 세계적인 축제가 벌어지는데 바로 '부산국제영화제' 이다.

옥녀의 북춤은 여기서 그치지 않고, 2002년에는 단일종목으로는 올림픽을 능가할 정도의 세계 최대의 축제라 할 수 있는 제17회 한일 월드컵 축구조 추첨에서 펠레, 마라도나 같은 축구계의 살아 있는 전설들이 BEXCO로 몰려들어 지구촌에 생중계되었을 뿐 아니라, 2005년에는 동백섬의 '누리마루' 에서 제13차 APEC 정상회담이 열렸으니 미국을 비롯한 세계의 정상들마저 옥녀의 매력에서 헤어나오지 못하고 있는 실정이다.

해운대는 기울어져가는 국운을 살리겠다고 중국 당(唐)나라에서 벼슬살이를 그만두고 귀국한 '고운 최치원; 孤雲 崔致遠' 선생이 기존 정치세력들에 의해 뜻을 이루지 못하고 전국을 주유천하할 적에 동백섬의 해무(海霧)에 반해 자신의 호(號)를 고운(孤雲)에서 해운(海雲)으로 바꾸고 조그마한 대(臺)를 지어 머물다 간 곳이라 하여 '해운대; 海雲臺' 라 했다고 하는데, 지금도 동백섬 전

망대 아래쪽에는 선생이 직접 새겨놓으셨다는 '해운대' 라는 글자가 조그만 암반 위에 새겨져 있다.

세월이 흘러 모진 비바람에 글자는 훼손되어 찢기고 떨어져 나가 흔적을 잃어가고 있건만 어느 누구 하나 비막이 우산도 세울 생각을 않는다.

관련 해운대구청 관계자들은 동백섬 정상에다 최치원 선생 박물관은 지어놓고, 선생의 해운대 글자가 새겨진 암각(巖刻)에는 왜 신경을 쓰지 않는가 묻고 싶다.

삼천리 금수강산(錦繡江山) 강(江)의 주인을 선정함

팔도강산의 산하(山河)에도 주인은 있는 법이다.

민족의 얼이 숨 쉬는 영산(靈山) 백두산(白頭山)의 주인은 우리가 마음대로 갈 수도 없는 데다, 북한의 김정은(金正恩) 삼대(三代)가 어거지를 써대니 차후 논하기로 하고, 남한의 백두대간의 줄기는 소설 《태백산맥; 太白山脈》의 저자 조정래(趙廷來)의 것이라 할 수 있다.

산(山)의 주인은 세세하게 논하려 해도 워낙 광범위하기도 하거니와 예로부터 명산대찰(名山大刹)이라 해서 이름난 산에는 유명사찰이 어김없이 자리하고 있으니 스님들이 주인임은 말할 나위 없겠으나 다음 기회로 미루고, 여기서는 강(江)의 주인을 짚어 보기로 한다.

- 두만강(頭滿江): 1925년 〈두만강의 밤〉이라는 자유시를 발표한 노자영(盧子泳)과 일본군과의 전투에서 전사한 독립군 남편의 유골을 안고 통곡하는 여인의 아픔을 노래한 〈눈물 젖은 두만강〉을 부른 가수 김정구(金貞九)가 주인이라 할 수 있다.
- 압록강(鴨綠江): 독립운동가이자 일본 경찰에 쫓기다 독일로 망명한

동포 작가 《압록강은 흐른다》의 저자 이미륵(李彌勒)과 더불어 〈압록강 칠백리〉를 노래한 가수 고(故) 황금심(黃琴心)을 들 수 있는데, 지금은 북한의 지옥 같은 소굴에서 벗어나려는 '꽃제비' ('코 제 비예' 라는 러시아어로 거지나 도둑질하는 부랑자)들의 터전이 되고 말았다.

- 재령강(載寧江): 일제의 수탈에 저항해 〈나무리벌 노래〉란 시(詩)로써 울분을 토한 민족시인 소월(素月)이 주인이다.
- 대동강(大同江): 두 말할 것 없이 대동강을 통째로 팔아먹은 봉이 김선달이 주인이다. 세월이 흘러 근대에 와서는 남북이산의 아픔을 비집고, 〈한 많은 대동강〉을 노래한 가수 고(故) 한복남(韓福男)과 〈대동강 편지〉를 노래한 가황(歌皇) 나훈아가 단연코 주인이다.
- 임진강(臨津江): 단행본 《굽이치는 임진강》의 저자 김낙중(金洛中)과 〈임진강〉을 노래한 가수 이태호가 주인이다.
- 한탄강(漢灘江): 단편소설 〈한탄강; 漢灘江〉의 저자 오영수(吳永壽)와 시집(詩集) 《한탄강의 노래》를 출간한 이돈희(李敦熙)가 공동주인이다.
- 한강(漢江): 남한강과 북한강의 주인이 따로 있다.

  남한강은 강원도 태백 '검룡소(儉龍沼)' 에서 발원한 동강(東江)과 '주천강(酒泉江)' 에서 시작된 서강(西江)이 영월(寧越)에서 만나 남한강(南漢江)이 된다. 단양(丹陽) 충주호(忠州湖)를 거쳐, 양평(陽平) 두물머리(兩水里; 양수리)에서 북한강(北漢江)과 만나 팔당호(八堂湖)에서 합류하여 명실상부한 한강(漢江)이 된다. 이 한강은 '마포나루' 를 거쳐 서해(西海)로 흘러가는데 이 중에서 강원, 충청, 경상도 지방의 물목(物目]이 집산되던 곳이 현재 '충주시 엄정면' 의 '목계나루' 인데 목계대교가 건설되고, 철도 '충북선' 이 개통되면서 목계나루는 역사의 뒤안길로 사라졌지만 한때는 800여 호가 거주할 정도의 번성했던 곳인데 〈목계나루〉를 읊은 시인 신경림(申庚林)이 주인이다.

북한강은 〈북한강에서〉란 공전의 히트곡을 발표한 가수 정태춘(鄭泰春)과 박은옥(朴銀玉) 부부가 주인이라 할 수 있겠는데, 남한강과 북한강을 통틀어 명실상부한 한강의 주인은 가수 심연옥(沈蓮玉)이다. 1951년에 발표한 〈한강〉은 6.25 한국전쟁의 아픔을 노래한 곡인데, 〈나그네 설움〉 〈번지 없는 주막〉 〈대지의 항구〉 〈고향 설〉 등, 나라 잃은 설움을 노래한 민족가수 고(故) 백년설(白年雪) 선생의 부인이기도 한 '심연옥' 여사는 1929년생으로 2021년 현재 93세의 연세로 미국에서 사망했다.

- 소양강(昭陽江)은 강원도 중부지역을 남쪽으로 가로질러 춘천(春川)시를 관통하여 북한강에 합류하는 강이다. 강(江)의 주인은 두 말할 필요 없이 〈소양강 처녀〉를 노래한 가수 김태희인데, 이 〈소양강 처녀〉는 노랫말과 함께 유일하게 동상(銅像)으로 남아 소양강을 내려다 보면서 서울로 떠난 님이 돌아올 날만 기다리고 있다.
- 백마강(白馬江)의 주인은 〈꿈꾸는 백마강〉을 노래한 가수 이인권(李仁權)과 〈백마강〉을 노래한 가수 허민(許旻)이다.
- 금강(錦江) 역시 장편소설 《탁류; 濁流》를 발표한 채만식(菜萬植)과 장편서사시 〈금강〉을 발표한 요절시인 신동엽(申東曄)을 공동주인으로 선정한다.
- 섬진강(蟾津江)은 상류와 하류로 주인이 구분되는데, 상류는 언어적 절대를 지키면서도 아름다움을 구사하는 시인 김용택(金龍澤)이고, 하류는 두 말할 필요도 없이 구한말 몰락하는 만석군 양반가의 스토리를 대하소설로 엮은 박경리(朴景利)가 주인이다.
- 영산강(榮山江)은 19세기말 '노비세습제'에 얽힌 양반들의 횡포와 관리들의 수탈, 분노에 찬 농민들의 민란 등을 다룬 대하소설 《타오르는 강》의 문순태(文淳太)와 서울 간 님이 돌아오기만을 기다리는 〈영산강 처녀〉를 부른 가수 송춘희(宋春姬)가 주인이다.

- 낙동강(洛東江)은 《낙동강》을 집필한 소설가 조명희(趙明熙) 외에도 수없이 많은 문학작품을 남긴 조연들을 제치고, 주인공은 단연코 〈처녀 뱃사공〉을 부른 가수 최정자(崔貞子)이다.
  6.25 한국전쟁으로 인해 오라버니는 군대에 자원입대를 하고, 홀어머니를 모시고 뱃사공으로 생계를 이어가는 군센 처녀의 생활상을 그린 〈처녀 뱃사공〉이야말로 진정한 낙동강의 주인임을 부정하는 사람은 아무도 없을 것이다.

이렇듯 산하(山河)에도 주인은 있는 법이니, 오늘 그 주인을 선정함에 있어 혹여 누락된 인사가 있다면 필자의 부족한 지식 탓이니 넓은 양해를 구할 뿐이다.

세금(稅金) 내는 나무, 석송령(石松靈)

사람이 아닌 소나무가 세금을 낸다면 아무도 믿지 않겠지만 정말로 그런 소나무가 있다.

경북 예천군 감천면 천향리 '석평마을' 에는 오래된 반송이 한 그루 있는데 높이는 10m요, 둘레가 4.5m, 너비(동서길이)는 33m에다 면적은 324평(坪)이나 된다. 이 소나무는 사람처럼 성(姓)과 이름을 갖고 있는데, 성(姓)은 석(石) 씨요, 이름은 송령(松靈)으로서, 이 나무의 명의로 토지를 소유하고 있으며, '예천군 토지대장' 에 등록된 등록번호는 '3750-00248' 이고 종합토지세를 납부하고 있는데 사연은 이러하다.

600여 년 전 여름에 윗동네 풍기(豊基)지역에 홍수가 나서 석평마을 개천으로 떠내려오던 어린 소나무를 누군가가 건져서 개천가에 심었는데 그 나무가 점점 자라나서 아름드리 고목이 되었다.

석송령 전경

1920년경 이 마을에 자식도 없이 홀로 살던 이수목(李秀睦)이라는 사람이, 평소에 자신이 죽고 나면 제사지내 줄 사람이 없는 것을 한탄해 오다가 한 가지 꾀를 냈으니, 자기 재산의 절반은 사후 장례비로 남겨두고, 나머지 절반에 해당하는 토지 1,191평을 이 나무에게 상속하면서 석송령(石松靈)이란 이름으로 등기해 줄 것을 마을 사람들에게 유언해 놓고 죽었다 한다.

그 후 마을사람들은 이 나무를 '부자나무' 로 불렀으며 석송령의 토지를 경작하는 소작농들이 기금을 모아 매년 음력 정월 열나흗날, 자시(子時)에 마을에서 선발된 제관과 축관이 목욕재계하고 제사를 지내고 있으니 자식이 없었던 이수목이라는 사람은 죽고 나서 한 번도 빠짐없이 제삿밥을 얻어먹는 셈이 되었다.

뿐만 아니라 일정한 소작료를 떼고 난 이익금으로 장학생을 선발하여 장학금마저 지급하고 있었는데, 새마을운동이 한창이던 1971년도에는 고(故) 박정희(朴正熙) 대통령이 예천지역 지방시찰 때 '석송령' 에 대한 이야기를 듣고는 즉석에서 금일봉 오백만원을 하사하면서, 그 돈으로 석송령 명의의 전답을 구입해서 소작을 놓아 그 수입금으로 마을의 공동기금 조성과 불우이웃돕기는 물론, 더욱 확대된 장학재단이 운영되고 있다.

더욱이 2019년 현재 예천군에 토지세 90,000원을 내고 있을 뿐 아니라, 예천군에서 운영하는 '나무종합병원' 의 보호를 받고 있다.

충북 보은의 정2품송은 지금으로 치면 장관급에 해당하는 높은 벼슬을 받고서도 후손들에게 아무런 혜택을 주지 못하고 있지만(오히려 유지 관리비만 축내고 있다) 예천의 석송령은 마을의 수호신으로서 마을사람들의 존경을 받으며, 귀하신 당산목으로서 굳건히 마을을 지키고 있다.

억지 춘양(春陽)

"원치 않는 일을 억지로 한다"는 뜻으로 쓰이는 관용어 '억지춘양' 이라는 말은 흔히 〈춘향전〉에서 변학도가 춘향에게 억지로 수청을 들게 한다는 뜻으로 알려져 있으나 사실은 '억지춘향' 이 아니라 '억지춘양' 이라는 말이 맞는 말이다.

예로부터 우리나라에서 자생하는 소나무 중에는 금강송(金剛松)을 으뜸으로 치는데, 껍질이 붉은색을 띠고 있어 적송(赤松)으로 더 잘 알려져 있다. 참고로 일본 국보 1호인 광륭사(廣隆寺) 미륵보살 반가상의 재질이 적송으로서 신라에서 반출된 것이다.

이 금강송은 주로 강원도 평창과 정선, 경북의 봉화와 울진지역에서 자생하는데 그 중에서도 봉화군 청양면의 금강송을 최고로 치는 데 이의를 제기할 사람은 아무도 없다. 바로 이곳에서 생산되는 금강송을 특별히 춘양목이라 한다. 이 춘양목은 껍질이 얇고 결이 고우며, 톱으로 켠 뒤에도 굽거나 트지 않을 뿐 아니라 벌레가 먹거나 썩지 않는데 대패질을 해 놓으면 윤기가 자르르 흐른다.

조선시대까지만 해도 궁궐은 물론, 기침깨나 하는 사대부들은 대부분 '춘양목' 으로 집을 지었다. 특히 안동 주위의 양반들은 봉화군 소천면 석포리 낙동강에다 뗏목을 띄워서 춘양목을 운반하였는데, 비싼 값으로 거래가 되다 보니 인근의 소천면, 봉성면과 심지어 강원도 영월, 태백 일대의 소나무를 춘양목으로 속여서 매매가 이루어졌기에 이를 '억지춘양' 이라 했다.

그 후 일제강점기 때 춘양목을 일본으로 가져가기 위해 일제는 춘양면장에게 무리한 할당량을 배당했는데, 춘양면장은 책임을 감당하려고 주위 소나무들을 춘양목으로 둔갑시켜 또 다시 억지춘양을 탄생시키는 배경이 되었다. 그리하여 일제에 의해 춘양면에는 수십 개의 제재소가 들어서고 백 개가 넘는 술집들이 들어설 정도로 흥청거렸는데 해방 이후에도 한동안 춘양면은 돈이 넘치는 동네로 소문이 자자했었다.

뿐만 아니라 우리나라 최고의 인문지리서라 할 수 있는 이중환의 《택리지; 擇里志》에 보면, 전쟁의 난을 피해서 살만한 곳으로 십승지(十勝地) 중에 '춘양' 이 한 자리 차지하는 것을 보면 글자 그대로 봄날의 햇빛처럼 평화로운 춘양은 예로부터 사람과 소나무가 더불어 살만한 명당임에 틀림이 없다.

남산골 딸깍발이 극성(屐聲)

조선시대 한양의 양반 집성촌은 크게 두 군데를 들 수 있는데 북촌(北村)과 남산골(南山谷)이다.

북촌은 경복궁과 창덕궁 사이에 있는 마을로 서울 종로구의 가회동, 재동, 삼청동 일대를 아우르는 마을로서 권세와 부를 갖춘 부자동네인데 반해, 남산골은 종로와 청계천의 윗동네에 있으며 몰락한 양반이나 가난한 선비들이 모여 살았는데, 짚신을 신을 형편마저 어려워 날씨가 맑은 날에도, 비 오는 날에나 신는다는 나막신을 신고 다닌다 하여 그들을 '남산골 딸깍발이' 라고 낮추어 불렀다.

'극성' (屐; 나막신 극, 聲; 소리 성)스럽다는 말은 여기서 생긴 말로 나막신 끄는 소리가 짜증스럽게 들린다는 말이다. 그러나 남산골 샌님들은 비록 벼슬은 못하고 빈궁하게 지냈지만 그 기개만큼은 대단했다.

조선 19대 임금인 숙종(肅宗)은 백성들의 사는 모습을 직접 확인하기 위해 사복으로 갈아입고 잠행(潛行)을 자주 한 분으로 유명하다.

하루는 승지(承旨) 한 명만을 데리고 남산골 양반집을 찾았다.

밤늦은 시간인데 어디서 책 읽는 소리가 들리는데 목소리가 맑고 경쾌하다. 홀린 듯 소리가 나는 곳에 다다라 보니 곧 쓰러질 것 같은 집에서 나오는 소리였다.

숙종은 불현듯 집주인을 만나보고 싶어졌다.

인기척을 내고는 안방으로 안내되었다.

동짓달 엄동설한이었지만 냉방이었다.

이것저것 물어보며 대화를 나누어 보니 엄청난 식견을 갖추고 있었다.

숙종은 궁핍하게 사는 선비를 구제해 주고 싶은 마음이 일어났다.

"이런 곳에 대학자가 숨어 사는 줄 몰랐소이다. 과거시험을 봐서 출사(出仕)해 보시면 어떻겠습니까?"

그러자 집주인은 "선비 된 자 배우고 익혀서 남음이 있으면 마땅히 출사하여 임금과 백성을 위해 멸사봉공(滅私奉公)하는 것이 마땅하지만 박복한 탓으로 과거시험에 여덟 번이나 실패하고 세월만 흘러 나이만 오십 줄에 접어들었습니다" 라는 게 아닌가?

숙종은 몸이 닳았다.

"제 집안 아저씨뻘 되는 분이 승정원 관리로 계시는데 내년 봄에 별시(別試: 나라에 경사가 있을 때 임시로 여는 과거시험)가 있다는 말을 들었습니다. 내년 봄에 별시를 한 번 보시지요."

그러고는 굳게 다짐을 받고 숙종은 궁(宮)으로 돌아왔다.

해가 바뀌고 봄이 다가오자 숙종은 전국에 별시(別試) 공고를 내고, 남산골 '윤선비' 를 만날 날을 손꼽아 기다렸다.

그리고 행여 박복한 윤선비가 이번에도 낙방할까 봐 걱정이던 숙종은 다시 윤선비를 찾아가, "승정원에 근무하는 당숙(堂叔)께서 하시는 말씀을 우연히 들었는데, 이번 시험은 경칩(驚蟄)날 보므로 시제(試題)가 경칩(驚蟄)에 관한 것이라 하니 유념해서 준비하시오" 하며 거의 답마저 가르쳐 주었다.

과거시험을 며칠 앞두고는 측근을 시켜 양식과 함께 쇠고기도 듬뿍 보내 주었다. 행여 어려운 살림살이에 굶어 죽을까 봐 걱정이 앞섰던 것이다.

드디어 별시(別試)는 알성시(謁聖試: 임금께서 직접 친전하는 시험)로 이루어졌고 '장원급제자' 의 답안지를 받아본 숙종은 흐뭇하기 그지없었다. 틀림없이 자신이 일러준 대로 작성한 답안지였기 때문이다.

시험관의 호명과 함께 장원급제자가 어사화(御史花)를 받기 위해 단상으로 올라오는데 숙종은 그만 아연실색하고 말았다. 장원급제자는 남산골 윤선비가 아니라 젊디젊은 열아홉 살의 청년이었다.

과유불급(過猶不及)이라 했던가? 궁핍하게 살아가던 윤선비는 빈속에 쇠고기 국을 먹고 토사곽란을 만나 시험당일에는 움직일 수조차 없게 되자 평소 글을 배우러 오던 이웃에 사는 제자에게 별시(別試)의 정답 유형을 가르쳐 준 것이었다. 숙종의 실망과 탄식은 말할 필요도 없다.

하늘이 말리는 일은 임금으로서도 어쩔 수 없는 법이니, 불교에서 말하는 "전생에 닦아놓은 선업(善業)이 없어 사주(四柱)에 관운(官運)이 없다" 라고 치부하기엔 너무나 안타까운 일이다. 이렇듯 박복한 양반들이 살아가던 남산골은 세월이 흘러 일제강점기 시절에는 '조선총독부 통감 관저' 와 '헌병 본부' 가 들어서서 수많은 애국지사들을 압박하더니, 해방 이후 군사정권이 들어서면서 '중앙정보부' 와 이름만 바뀐 '국가안전기획부' 가 터를 잡고 23년 간이나 악명을 떨치던 곳이기도 하다(지금은 국가정보원으로 개칭).

뿐만 아니라 '수도경비사령부' 가 들어서서 정치군인 양성소가 되기도 했지만 1991년 수도경비사령부가 남태령으로 이전하고 '전통문화유산 보전구역' 으로 지정되면서 '남산 타임캡슐 광장' 이 만들어지고, 1998년에는 본격적인 '남산 한옥마을' 이 새롭게 개장되어 '북촌 한옥마을' 보다 더 큰 규모로 지금에 이르고 있다.

민족과 함께 애환을 같이 해온 '남산골' 은 이제는 외국인들에게 대한민국을 알리는 문화체험장으로서, 어린이와 젊은이들에겐 온고지신(溫故知新)을 알리는 교육장으로서 새로운 역사를 열어가고 있다.

빈대떡(貧者餠)

'빈대떡(貧者餠)' 이라고 불리는 녹두전은 철분과 카로틴이 많은 영양식품이다. 녹두를 잘게 갈아서 다진 돼지고기와 김장김치 등을 넣고 지져서 만드는데, 해독작용이 뛰어나고 정신적, 육체적으로 피로가 쌓였을 때 기력을 돋구어주는 음식이기도 하다.

옛날의 민초들은 재료비 감당하기가 쉬운 일이 아니기 때문에 녹두전 한 번 먹어보기가 여간 어려운 일이 아니었다.

이 녹두전이 '빈대떡' 으로 불리게 된 연유는, 조선시대 남산골은 가난하고 몰락한 양반들이 모여 사는 빈민촌이었다. 연말이 되면 돈 깨나 있는 부자나 양반들이 녹두전을 수레에 싣고 와서 "북촌 김○○ 참판댁 보시오!", "종로 최○○ 부자댁 보시오!" 하고는 적선을 하는데, 처음에는 '가난할 빈' (貧), '명칭 자' (者), '떡 병' (餠)으로 '빈자병' 이라 불리다가 나중에 '빈자떡' 으로, 또 다시 가난한 양반들이 기다리던 떡이었으므로, '명칭 자' (者) 대신 '기다릴 대' (待)를 사용함으로써 오늘날의 빈대떡이 되었다.

해방 이전에 한복남이란 가수가 불러서 크게 히트한 대중가요 〈빈대떡 신사〉

란 가사를 보면 "돈 없으면 집에 가서 빈대떡이나 부쳐 먹지"라는 노랫말이 나오는데, 옛날 남산골에서 빈대떡을 기다리던 가난한 양반들이 들었으면 "그 비싼 녹두와 돼지고기는 하늘에서 떨어지냐?"라고 반문할 일이다. 비 오는 날이면 은근히 생각나는 빈대떡 한 장에도 애잔한 역사가 숨어 있다.

보릿고개 맥령(麥嶺)

예로부터 우리 민족이 제일 넘기 어려운 고개는 강원도 대관령(大關嶺)도 아니고, 나는 새도 넘기 어렵다는 문경 새재(鳥嶺)도 아닌 보릿고개였다. 보릿고개는 지도책 어디에도 나오지 않는 고개인데, 작년에 수확한 양식은 바닥이 나고, 보리는 미처 여물지도 않는 양력 5~6월 식량 사정이 매우 어려운 시기를 말한다.

대전광역시에서 공주(公州) '계룡산'을 지나 '대천해수욕장' 방면으로 가다 보면 청양군 대티면 '도립공원 칠갑산'이 나온다. 그 산자락에 홀어머니와 어린 동생 넷과 함께 살아가는 순이가 살고 있었다. 폐병으로 고생하다 빚만 잔뜩 지고 죽은 아버지 대신 죽을힘을 쏟아가며 어머니의 농사일을 도와봤자 빚 탕감은커녕 이자를 갚기에도 힘이 부친다.

오늘도 읍내에서 방앗간을 운영하는 고리대금업자 김영감의 빚 독촉에 순이 어머니는 눈물로 호소했지만 김영감은 손톱도 들어가지 않는다. 그러다 빚을 탕감해 주는 조건으로 순이를 첩실로 내놓으라는 것이다. "죽었으면 죽었지 그건 안 된다"는 순이 어머니의 완강한 발악에 발길을 돌리던 김영감을 순이가 엄마 몰래 불러 세웠다.

불과 열흘도 안 되어 순이 집에는 혼수가 도착하고, 몸져 누운 어머니를 돌보는 순이의 눈덩이도 퉁퉁 부었다.

모처럼 보리밥을 배불리 먹은 막내동생만이 혼자 신이 나서 마당을 가로질러 뛰어놀 뿐, 칠갑산을 감아도는 흰 구름마저 슬픔의 눈물을 한바탕 뿌리고 지나갔다. 드디어 운명의 날은 밝아 가마꾼들이 들이닥쳤다.

나이 육십을 바라보는 늙어빠진 영감탱이에게 피어오르는 꽃봉오리 열여섯 살의 순이가 팔려가는 것이다. 삼년 전 상처(喪妻)하고 홀아비가 된 김영감은 빚 탕감과 함께 보릿고개마다 보리쌀 두 가마씩을 지원해 달라는 순이의 요구를 허락하는 조건으로 순이를 차지하게 되었다.

보릿고개에도 동생들이 배곯지 않고 살 수 있다는 일말의 자위 속에 가마에 오르는 순이 집 마당에는 구경나온 이웃사람들만 가득할 뿐, 짐짓 어머니의 모습은 볼 수가 없었다.

아침 일찍 호미를 들고 콩밭을 매러갔기 때문이다.

> 콩밭 매는 아낙네야 베적삼이 흠뻑 젖는다
> 무슨 설움 그리 많아 포기마다 눈물 심누나
> 홀어머니 두고 시집가는 날 칠갑산 산마루에
> 울어주던 산새소리만 어린 가슴 속을 태웠소

불세출의 가수 주병선이 노래한 〈칠갑산〉의 가사내용이다.

우리 민족에게 있어 보릿고개는 한과 눈물이었다. 얼마나 먹는 것에 한이 맺혔으면 "식사하셨습니까?"라는 인사말이 있었을까?

뿐만 아니라 나이도 먹고 욕마저 먹는데, 인간성을 말할 때에도 '싱거운 놈', '짠 놈', '매운 놈' 했고, 산 속에 살고 있는 토끼의 먹는 것까지 걱정해야 했다. 동요에 보면, "토끼야 토끼야 무얼 먹고 사니/ 겨울이 오면은 무얼 먹고 사느냐"며 먹는 것을 걱정했다. 그리고 할머니의 무릎을 베고 듣던 옛날 이야기가 끝날 때의 고정 멘트는 언제나 "그래서 잘 먹고 잘 살았단다"였다.

혹심한 보릿고개에 사흘을 굶은 '이서방' 은 어쩔 수 없이 다섯 남매 자식들을 아이들 외갓집으로 보냈다. 그리고 이튿날은 마누라를 친정에 보냈다. 그 다음날에는 자신도 처갓집으로 갔다.

그럭저럭 보름이나 경과되었다. 호랑이보다 더 무섭다는 보릿고개를 처갓집이라고 피해갈 수가 있겠는가?

아침부터 청승스럽게 비가 내리고 있었다. 잠자리에서 일어나 대청마루로 나오는 사위를 보고 '장모님' 이 한 마디 툭 던진다.

"아이고, 이서방! 이제 그만 가라고 '가랑비' 가 오네."

아차! 싶은 이서방이 얼른 받는다.

"아이고, 장모님! 좀 더 있으라고, '이슬비' 가 오네요."

옛말에 "이 서러움, 저 서러움 해도 배고픈 서러움에는 못 당한다" 는 말이 있듯이 우리 민족은 모질게도 배곯으며 살아왔다.

그 배고픈 설움이 한(恨)과 눈물이 되었다. 얼마나 한(恨)과 눈물이 많았으면 새도 지저귀는 것이 아니라 울고, 잔칫날 풍악도 울려야 했고, 뱃고동도 울고, 요즘은 자동차 경적마저 울리고 있다.

고도화된 경제산업과 농가소득도 늘어나 이제는 보릿고개는 전설로 남았지만, 새끼들 밥그릇에 자신의 밥을 덜어주시던 어머님은 뚫어진 문풍지 사이로 황소바람이 몰아쳐도 등허리를 내어놓은 채 피곤에 지쳐 잘도 주무셨다.

점심도 굶은 채 수돗물로 배를 채우고 운동장에서 씩씩하게 뛰어 놀던 초등학교 친구 '진덕' 이는 빌딩을 지닌 어엿한 사장님이 되었고, 영양실조로 비실비실하던 '용철' 이는 대형 갈비집 사장이 되어 어릴 적의 소원을 풀었다. 지긋지긋하던 보릿고개는 한(恨)과 눈물 대신 이제는 아련한 추억이 되어 가련한 어머니의 모습으로, 아지랑이 같은 눈물로 다가온다.

국수경(經)과 만두경(饅頭經)

설악산 봉정암(鳳頂庵)은 5대 적멸보궁(寂滅寶宮)으로서 양산 통도사(通度寺), 정선 정암사(淨巖寺), 평창 상원사(上院寺), 영월 법흥사(法興寺)와 함께 신심이 깊은 신도들로 항상 붐빈다.

이 봉정암에서 밤샘 '관세음보살 정근법회'가 있었는데 전라도 지역에서 올라오신 노보살들은 "관시엄보살"로 발음하는데 경상도 지역에서 올라오신 노보살들은 "관셈보살"로 목청을 높이다가 결국은 발음상 문제로 부딪치고 말았다. 좀처럼 결론을 내지 못한 두 지역의 대표들은 다음날 주지스님의 결정에 따르기로 합의를 했다.

한밤중에 전라도 대표 노보살이 '국수'를 삶아서 주지스님을 방문했다.

"그럼요, 관시엄보살이 맞습니다."

주지스님의 망설임 없는 대답에 전라도 대표보살은 힘이 솟았다.

새벽녘이 되자 경상도 대표보살이 '만두'를 쪄서 주지스님을 방문했다.

"아이쿠! 두 말할 필요 없습니다. 관셈보살이 맞습니다."

주지스님은 눈도 깜짝 않건만 옆에서 보고 있던 상좌스님은 등에서 식은 땀이 흐른다.

"아이고! 주지스님께서 뇌물은 받아 자시고 내일 아침에는 어떻게 감당하시려나?"

드디어 날이 밝았고 숨소리마저 들리지 않는 침묵 속에 주지스님이 법좌에 올랐다.

"에~ '국수경'에는 '관시엄보살'로 되어 있고, '만두경'에는 '관셈보살'로 되어 있느니라. 에헴!"

주지스님의 밝은 지혜는 전라도 보살들과 경상도 보살들 모두를 승리자로 만들어 주었다. 아무리 불법(佛法)이 좋아도 그것을 전파시키는 것은 사람이다.

태조 이성계(李成桂)와 무학대사(無學大師)의 풍류

조선(朝鮮)을 건국한 태조 이성계는 건국의 치세가 어느 정도 자리를 잡고 안정이 되자 옛 친구 무학대사를 궁궐로 불러 “여보, 대사! 오늘은 우리가 옛 친구로 돌아가 서로 간에 농담도 하고 흉허물 없이 놀아봅시다” 하고는, “내가 보기에 대사의 머리는 꼭 제사상에 삶아놓은 돼지대가리 같소이다. 하하하” 하고는 재미있다는 듯이 박장대소하였다.

그리고는 “이번엔 대사가 나를 놀려 보시구려” 하였다.

이에 무학대사는, “소승이 보기엔 주상께서는 꼭 부처님 같으십니다” 하고 되받았다.

“에이! 그래서야 어디 농담이 되겠소? 내가 돼지머리라고 놀렸으니 대사도 거기에 상응하는 농담을 해 주셔야 장난이 되는 것 아니겠소?”

그 말이 떨어지기 무섭게 무학대사는, “자고로 돼지 눈에는 돼지만 보이고, 부처 눈에는 부처만 보이는 법입니다.”

이에 태조는 “어이쿠! 역시 대사께서는 나보다 훨씬 더 고수이십니다” 하고는 서로가 눈물을 흘리며 크게 웃었다 한다.

아는 만큼 보인다고 했던가? 군신지간을 떠나 멋진 해학으로 옛 우정을 되살린 이태조와 무학대사는 진정 풍류를 아는 멋진 분들이라 할 수 있다.

세조(世祖)의 풍류

수양대군(首陽大君)은 어린 조카 단종(端宗)의 왕위를 찬탈하고 수많은 충신들을 죽인 피의 군주이면서 부친인 세종의 위업을 계승하여 왕도의 뿌리를 굳건히 다지는 한편 〈경국대전〉 〈석보상절〉 등을 편찬하는 등 치적 군주의 이미지도 함께 가지고 있으며, 누구에게도 뒤지지 않는 풍류를 아는 임금이었다.

단종 복위사건도 끝이 나고 정치적으로도 안정권에 접어든 어느 날 저녁, 세조는 영의정 신숙주(申叔舟)와 갓 우의정에 오른 구치관(具致寬)을 강녕전으로 불렀다.

“오늘은 내가 경(卿)들에게 물음이 있을 터인데 능히 대답이 없다면, 벌을 피하지 못할 것이다.”

이어 두 사람을 번갈아 보다가, “신정승!”하고 부르자 신숙주가 “예, 전하!”하고 대답을 하니, “나는 새로 정승이 된 신(新) 정승을 불렀는데, 경(卿)이 대답을 잘못했으니 벌주로 한 잔!”하며 큰 잔에다 술을 한 잔 내렸다.

그리고 곧이어 “구정승!” 이번에는 구치관이 “예, 전하!”라고 대답하자, “이번에도 틀렸구료, 나는 옛 정승인 구(舊; 옛 구) 정승을 불렀는데 그대가 대답했으니 경(卿)도 벌주 한 잔!”

조금 뒤 다시 “신정승!” 이번에는 새로 정승이 된 구치관이 “예, 전하!” 대답하자 이번에는 “아니, 이번에는 성(姓)을 불렀는데 경(卿)이 대답을 잘못했으니 또 다시 벌주 한 잔!”

글자 그대로 코에 걸면 코걸이요, 귀에 걸면 귀걸이다. 바둑으로 치면 꽃놀이패이다. 땀을 뻘뻘 흘리며 난감해 하고 있는 정승들을 향한 세조는 인정사정이 없다.

“구정승!” 하고 옥음(玉音)이 떨어졌지만 서로가 눈치만 보며 대답을 못하자, “임금이 불렀는데 신하가 대답을 않음은 예가 아니다.”

그러면서 이번에는 두 사람 모두에게 벌주를 내렸다. 이렇게 밤늦도록 벌주에 취한 신하들을 보며 호탕하게 웃고 있는 세조의 의중에는 “너희들이 계유정난(癸酉靖難)의 공신으로서 세상의 온갖 권력을 다 갖고 있는 듯해도, 내 말 한 마디면 벌을 받아야 하는 처지임을 잊지 말라”는 경각심을 심어준 것이다. 조정 최고의 학식을 가진 엘리트들을 쩔쩔매게 만들고 그

것을 혼자서 즐길 줄 아는 세조는 정녕 카리스마와 풍류를 지닌 호방한 임금이라 할 수 있겠다.

세조(世祖)의 팔의론(八醫論)

세조는 말년에 심한 피부병으로 고생하다 그 여파로 생을 마감했다. 꿈속에 단종의 생모 '현덕왕후 권씨'(顯德王后 權氏)가 나타나서 저주하며 침을 뱉었는데 그 자리마다 악창이 돋았다 한다. 악창(惡瘡)을 치료하기 위해 숱한 의원(醫員)들을 만나본 세조는 나름대로의 일가견으로 이 세상에는 여덟 종류의 의원(醫員)들이 있음을 단정하고 있다.

- 식의(食醫) : 환자의 말에 의지해서 약(藥)을 조제
- 약의(藥醫) : 병의 경중을 무시하고 환자의 호소에 의해 조제
- 혼의(昏醫) : 환자가 위급하면 같이 허둥대고, 자면 같이 잠
- 광의(狂醫) : 환자의 엄살만 믿고 강한 약만 비싸게 팖
- 망의(忘醫) : 환자의 의복을 보고 가난하다 싶으면 따돌림
- 사의(詐醫) : 전국을 떠돌며 자기만의 비방이 있다는 등 유언비어를 남발함
- 살의(殺醫) : 엉터리 처방으로 환자를 죽음에 이르게 함
- 심의(心醫) : 환자의 마음을 편하게 하며 환자가 의사의 얼굴만 봐도 안정을 찾을 수 있는 인격을 갖춘 의원

사물의 아름다움이나 핵심을 한눈에 알아보는 것을 심미안(審美眼)이라 한다. 지금에 와서 생각을 해 봐도 세조는 나름대로의 지혜와 더불어 심미안(審美眼)을 가진 임금임에는 틀림이 없었던 것 같다.

세종(世宗)과 양녕대군(讓寧大君)의 풍류

조선(朝鮮) 500년 역사 중에 폐위된 임금(연산군과 광해군)은 두 명이요, 폐위된 세자(世子)는 양녕대군(讓寧大君)이 유일하다(*사도세자는 세자신분으로 사망).

숱한 어려움을 이겨내고 임금이 된 아버지(태종)가 왕권강화라는 핑계로 공신들은 물론 일등공신인 처남(민무구, 민무질) 형제들마저 죽이는 비정한 정치세계를 보면서 회의를 느낀 양녕대군은 스스로 폐세자(廢世子)되기를 원했다.

왈패들과 어울려 온갖 불량한 짓을 저지르고, 심지어 정승(政丞)의 첩(妾) '어리'를 납치하여 궁에서 동거하며 임신을 시키는 등, 물의를 일으키다 아버지 태종으로부터 폐세자로 강등되어 궁(宮)에서 쫓겨난다.

태종(太宗)과 '원경왕후 민씨; 元敬王后 閔氏' 사이에는 네 명의 대군(大君)이 있었으나 막내 성녕대군(成寧大君)은 일찍 병으로 죽고, 양녕(讓寧), 효녕(孝寧), 충녕(忠寧) 삼형제가 되었는데, 양녕은 폐위되고 둘째 효녕은 불교에 귀의하였으므로 자연스럽게 세자(世子) 자리는 셋째 충녕에게 돌아왔으니 그가 바로 우리나라 오천 년 역사에 최고의 성군(聖君)으로 추앙받는 세종대왕(世宗大王)이시다.

우리나라 국보(國寶) 1호인 숭례문(崇禮門) 현판 글씨는 양녕대군이 세자 시절 쓴 것으로서, 글씨가 힘이 넘치고 살찌며 윤택이 피어나는 천하의 명서체(名書體)라 한다. 나라에 경사가 있을 때 잔치를 열었다는 경회루(慶會樓) 현판 역시 양녕대군의 친필이라고 전해져 내려오고 있다.

폐위되어 궁(宮)에서 백여 리 밖으로 쫓겨나서 살고

있던 양녕대군은 호방한 자유인이 되어 거리낌 없는 생활로 일관하다가 아우인 임금으로부터 호출을 받는다.

"이번에 강원도지역에 가뭄피해가 심하다 하니 형님께서 민정을 살펴주시면 고맙겠습니다. 그리고 나선 김에 평양(平壤)에도 들러 평안도(平安道) 민심도 챙겨주셨으면 하는 뜻에서 형님을 모셨습니다."

"어이쿠! 한낱 시골에 묻혀 사는 촌사람에게 과분한 처사입니다. 누구의 명령인데 거역하오리까?"

오랜만에 만난 형제간에 수인사가 끝나자 임금은, "한데 형님께서는 워낙 약주를 좋아하시는지라, 혹 그로인해 일을 그르칠까 염려가 됩니다" 라며 슬쩍 눌러본다.

"주상(主上)! 내 맹세하리다. 이번 일은 나 개인의 유람이 아니라 주상(主上)의 지엄한 명령으로 공무를 띠고 가는 길인 만큼 주색(酒色)에는 일절 눈도 주지 않겠으니 아무런 염려 마시오."

"허허, 그러면 형님께서 너무 적적하실 터인데…."

짐짓 걱정하는 체하자, 양녕은 옷매무새를 다지고는, "장부일언은 중천금이라 했으니, 주상(主上)께서는 더 이상 날 의심치 마시오" 큰 소리 친다.

"어이쿠! 형님의 충직하신 심정을 헤아리지 못한 저를 용서하십시오."

임금은 손수 술을 따르며 모처럼 형제간의 회포를 풀었다.

속 깊은 임금은 시골에서 적적하게 세월을 보내고 있을 형님도 오랜만에 만나볼 겸, 경치 좋은 금강산 유람은 물론 미인들로 유명한 평양에서 회포를 풀 수 있게끔 배려한 것임은 말할 필요가 없다.

그런 아우의 배려를 알 길 없는 양녕대군은 날이 밝자 임금의 배웅을 받으며 강원도를 향해 길을 잡는다. 원주(原州) 감영(監營)에 도착한 양녕대군은 관찰사(觀察使)의 융숭한 대접도 물리치고, 밥상에 술은 물론이요 세 가지 이상의 반찬은 올리지 말라고 엄중히 지시를 내렸다.

그리고 민심 챙기기에 정성을 쏟았다.

양녕대군의 시원시원하면서도 세심한 일처리는 기근에 시달리던 백성들의 칭송으로 이어졌고, 이를 옆에서 지켜보던 강원도 관찰사 역시, "저렇게 훌륭한 능력을 지니신 분이 어쩌다가 폐세자가 되었는지 이해가 가지 않는다" 고 혀를 찼다 한다.

어느 정도 강원도 민심을 안정시킨 양녕대군, 금강산 유람이라도 하고 며칠만 쉬었다 가라는 강원도 관찰사의 호의마저 뿌리치고 이번에는 평양(平壤)으로 길을 잡는다. 강원도 관찰사로부터 보고를 받은 임금은 흐뭇하면서도 형님이신 양녕대군이 측은한 생각이 들었다.

송별연(送別宴) 자리에서 장난삼아, "행여 술 때문에 일을 그르칠세라" 다짐을 받아놓은 것이 못내 후회가 되었던 것이다.

그리하여 몰래 평양감사(平壤監司)에게 파발(擺撥)을 놓아, "양녕대군이 평양에 도착하면 노고를 풀어주게. 몰래 일을 꾸미되, 그 상황을 매일매일 기록하여 하루도 빠짐없이 보고를 하라" 고 명령을 내렸다.

이런 사실도 모른 채 양녕대군은 평양감사가 마련해 준 객사(客舍)에 짐을 풀었다. 밤이 되어 자리에 누웠으나 잠이 오질 않는다.

평양(平壤)은 예로부터 색향(色鄕)으로 유명한 곳인데 천하에 둘째가라면 서러워할 풍류남아(風流男兒)가 한 번 놀아보지도 못하고 객방에 처박혀 방구들이 꺼져라 한숨만 토하는 자신의 모습이 처량스럽기 그지없었다. 자리를 떨치고 툇마루에 앉아 밝은 달을 쳐다보며 청승을 떨고 있는데 어디서 "철퍼덕, 철퍼덕" 물 끼얹는 소리가 들리기에 무심코 그쪽으로 눈길을 돌리던 양녕대군은 심장이 멎을 것만 같았다.

객사(客舍)의 무너진 담 사이로 젊은 여인이 우물가에서 멱을 감고 있는데 달빛에 비치는 모습이 꼭 선녀가 하강한 것 같았다. 넋을 잃고 바라보고 있는데 멱 감기를 마친 여인은 소복(素服)으로 갈아입고 방안으로 들어가는 것이었다.

"아아! 예로부터 평양은 미인이 많다는 소문이 있더니만 청상과부의 모습이 어쩌면 저리도 아름다울 수가 있단 말인가?"

자리에 돌아와서도 도저히 잠이 올 것 같지 않았다.

뒤척이던 양녕대군은 자리를 박차고 일어났다. 개꼬리 삼년을 묵혀도 황소꼬리 되지 않는 법이다. 한밤중 낯선 괴한의 침입에 청상과부는 은장도(銀粧刀)를 꺼내어 자신의 목에다 대고, "가까이 오면 자결하겠노라"고 으름장을 놓는다.

당황한 양녕대군은 손사래를 치며 자신은 "임금의 명령으로 민정을 살피러 온 사신이니만치 제발 은장도는 내려놓고 이야기 좀 하자"고 통사정을 한다.

"보아하니 귀하신 분 같아서 은장도는 거두겠으나 남녀가 유별하고 나는 지아비를 잃고 상중(喪中)에 있는 몸이라 한밤중에 외간남자와 마주할 수 없으니 할 말이 있으면 오늘은 그냥 갔다가 내일 초저녁에 와 주십시오" 하는 것이었다.

비록 나이는 채 스물도 안 된 것 같은 여인이었으나 목소리는 차분하면서도 또렷했고, 어딘지 모르게 기품이 있었다. 그 기세에 눌려 천하의 양녕대군도 "그러겠노라" 한 마디 남기고는 물러날 수밖에 없었다.

객사로 돌아온 양녕대군은 꼬박 뜬눈으로 밤을 새고 말았다.

날이 밝자 평양감사의 안내로 대동강(大同江)에다 배를 띄워 놓고 뱃놀이를 하였으나 감사(監司)에게 "술과 기생은 일절 가까이 하지 않겠다"고 뱉어놓은 말이 있는지라 풍류객 양녕대군으로서는 천하절경 부벽루(浮碧樓)도 을밀대(乙密臺)도 눈에 들어오지 않는다.

머릿속에는 어서 빨리 날이 저물어 초저녁이 왔으면 하는 생각뿐이다. 드디어 해는 지고 날이 으슥해지자, 시중들을 일찍 물리치고 양녕대군은 주위를 살피며 객사(客舍)의 무너진 담장을 넘었다. 이미 그에겐 임금과의 약속 따위는 소용이 없었다. 꽃 본 나비 물불을 가리지 않는 법이다.

청상과부와 마주앉은 양녕대군은 지금 자신의 행동이 평양감사를 통해 일일이 임금에게 보고되고 있다는 사실도 모른 채, 자신의 신분을 밝히고는 "젊은 나이에 혼자 살지 말고 평생 버리지 않겠으니 나와 함께 살자" 고 꼬드겼다. 이에 소복을 입은 여인은, "여자는 한 번 정조를 잃으면 죽은 목숨이나 마찬가지입니다. 평생을 책임질 수 있다면 대군의 명령에 따르겠습니다" 하고는 간단한 주안상(酒案床)을 내어왔다.

여인의 이름은 정향(丁香)이라 했다. 정녕 최고의 향기를 품은 여인 같았다. 그리고는 만리장성(萬里長城)을 쌓았다. 꿈같은 세월이 열흘이나 흘렀다.

그동안 아무 일도 없었노라 부처님 반 토막 같은 위선된 모습으로 능청을 피우는 양녕대군의 모습이나 아무 일도 모르는 체 너스레를 떨며 매일 관기(官妓) 정향(丁香)으로부터 얻은 정보를 보고서로 작성하여 임금에게 보고하는 감사(監司)나 연기력에 있어서는 일류배우를 뺨친다.

"정향아! 오늘밤이 너와 내가 평양에서 보내는 마지막 밤이로구나. 나는 내일 한양(漢陽)으로 돌아가야 하느니라."

양녕대군의 목소리에 힘이 하나도 없다.

좋아라 하며 따라가겠노라고 짐을 싸는 정향을 향해, "나는 궁(宮)을 떠나올 때, 임금과 두터운 약속을 한 바 있으므로 내일 너와 함께 갈 수가 없구나. 내가 짬을 내어 너를 꼭 데리러 올 것이니 염려 말고 기다리거라" 라는 양녕대군을 향해, "내 일찍이 이런 일이 벌어질까 걱정하고 근심하던 일이 현실이 되었습니다. 대군께서는 저를 노리개삼아 짓밟아놓고 가시면 그만이지만 정조를 잃은 저는 갈 곳도 없으니 어떻게 하란 말입니까?" 말을 마치기가 무섭게 은장도를 꺼내든다.

황급히 은장도를 빼앗은 양녕대군은 "꼭 데리러 오겠다" 고 다짐에 다짐을 한다. 무릎에다 얼굴을 묻고 슬프게 울고 있던 정향은 속치마를 벗어 방바닥에 펼쳐놓고 "그렇다면 대군께서 소첩을 버리지 않겠다는 정표(情表)를 글로써 남겨 주십시오" 한다.

이에 양녕대군은 "백 번이라도 그러하겠노라" 며 필묵(筆墨)을 챙겨 일필휘지로 써 내려갔다.

一別音容兩莫逅(일별음용양막후)
楚臺何處覓佳期(초대하처멱가기)
粧成斗屋人誰見(장성두옥인수견)
眉紺深愁鏡獨知(미감심수경독지)
夜月不須窺繡枕(야월불수규수침)
曉風何事捲羅帷(효풍하사권나유)
庭前幸有丁香樹(정전행유정향수)
把春情强不折枝(파춘정강불절지)
別路香雲散(별로향운산)
離亭片月鉤(이정편월구)
可憐輾轉夜(가련전전야)
誰復慰香愁(수부위향수)

한 번의 이별로 음성과 용모 듣고 보지 못하니
초나라의 대(臺) 어느 곳에서 좋은 때를 찾을고
곱게 단장한 얼굴 누가 보리오
수심에 잠긴 붉은 얼굴 거울만이 알리라
새벽달이 수놓은 베개 엿보는 것도 미운데
새벽바람 무슨 맘으로 비단휘장을 걷는고
뜰 앞엔 마음 빼앗은 '정향' 나무 서 있는데
어찌 춘정으로 꺾지 않으리오
이별하는 길엔 향기로운 구름 흩어지고
떠나는 정자 위엔 조각달만 걸렸어라

가련타 잠 못 이뤄 뒤척이는 밤에
누가 있어 그대 '정향' 수심 위로해 줄까?

평양감사가 베푸는 환송연에서도 양녕대군의 머릿속에는 눈물짓던 정향의 모습만이 떠나질 않는다. 평양을 떠난 양녕대군 일행은 한양(漢陽) 도성을 앞두고 미리 마중을 나와 있던 임금과 벽제관(碧蹄關)에서 상봉했다.

"형님께서 먼 길에 노고가 많았습니다. 어디 편찮으신 데는 없으십니까?"

자상한 임금의 안부를 받고 양녕대군은, "주상(主上)의 염려지덕에 무사히 임무를 완수하고 돌아왔습니다. 주상의 성은은 만백성의 홍복(洪福)이올시다" 하며 수인사를 끝내고 두 형제는 가교(駕轎)를 나란히 하여 경복궁으로 돌아왔다. 그리고 문무백관을 대동하고 경회루(慶會樓)에서 성대한 연회를 베풀었다.

"형님께서는 그동안 그토록 좋아하시던 약주도 한 잔 못하시고 얼마나 적적하셨습니까? 오늘은 마음 놓고 크게 한 잔 하시지요."

임금이 직접 따른 술잔을 받아들고 양녕대군은 한 마디 답사를 한다.

"말이 나왔으니 말이지만 그동안 주색(酒色)을 멀리하느라 마음고생을 좀 했지요. 그러나 주상과의 약속도 있고 해서, 허허허!"

그 말을 임금이 또 받는다.

"과연 형님이십니다."

임금의 칭찬에 어깨에 힘이 잔뜩 들어간 양녕대군은 의기양양하게 연거푸 술잔을 비운다. 이윽고 풍악소리와 함께 무희(舞姬)들이 춤을 추기 시작했다. 무희들의 현란한 춤사위와 함께 노랫가락이 흘러나오는데 양녕대군이 들어보니 어디선가 들어본 듯한 노래가사이다.

"한 번의 이별로 음성과 용모 듣고 보지 못하니
초대 어느 곳에서 좋은 때를 찾을고

곱게 단장한 얼굴 누가 보리오
수심에 잠긴 붉은 낮은 거울만이 알리라
…(중략)…
가련타 잠 못 이뤄 뒤척이는 밤에
누가 있어 그대 정향 수심 위로해 줄까."

양녕대군은 술이 확 깼다. 순간, 무희(舞姬) 하나가 생글생글 웃으며 양녕대군에게 추파(秋波)를 던지며 춤을 추는데, 춤을 출 때마다 속치마가 드러나면서 속치마에는 무언가 글씨가 잔뜩 적혀져 있는 것이었다.

그러고 보니 무희(舞姬)의 얼굴도 왠지 낯설지가 않다.

양녕대군은 얼굴이 백지장이 되어 임금 앞에 무릎을 꿇었다.

"주상! 내가 죽으려고 망령이 들어 주상을 기만하였으니 죽여주시오."

임금은 눈이 휘둥그레지며 "아니 형님, 왜 그러십니까?"

짐짓 놀라는 시늉을 한다.

"그저 죽여주시오, 주상!"

양녕대군은 이마를 땅에다 찧었다.

그러자 임금은 재빨리 일어나 양녕대군을 부축해 일으켰다.

"형님! 제가 장난이 좀 지나쳤습니다. 용서는 오히려 제가 구해야 합니다. 형님, 노여움을 푸시고 아우를 용서해 주십시오."

그 자리에 모인 문무백관 모두가 환호하며 박수를 쳤다.

민망해 하는 양녕대군의 손을 맞잡고 자리로 돌아온 임금은,

"거기 무희(舞姬)는 듣거라. 내 보아하니 아까 춤을 추면서 대군께 추파를 던지는 모습에서 사모하는 정을 읽었느니라. 이리 와서 대군께 술 한 잔 올리거라."

옥음(玉音)이 떨어지기가 무섭게 무희(舞姬)는 양녕대군에게 다가와 술을 올린다.

"대군마마! 마마를 꿈에도 그리던 정향의 술 한 잔 받으소서."
임금을 비롯한 문무백관 모두가 경회루 난간이 무너지도록 웃었다.
특히, 영의정 황희(黃喜)는 두 형제분의 아름다운 형제애를 시(詩)를 지어 찬양했다. 연회가 파하고 집으로 돌아가는 양녕대군의 행렬에는 정향을 실은 가마가 뒤따랐음은 두 말할 필요가 없다.
양녕대군의 풍류행각이야 그렇다 치더라도 세종(世宗) 임금의 풍류야말로 최상의 고급풍류라 할 수 있겠다.

평생을 주유천하(周遊天下)하면서 자유분방하게 살아온 양녕대군은 늘그막에, 지금은 출가하여 스님이 된 동생 효녕(孝寧)대군이 보고 싶었다.
행장을 꾸려 길을 나선다. 경기도 양주(楊洲)에 있는 회암사(檜巖寺)로 길을 잡았다. 그곳에는 아우 효녕(孝寧)이 주지(住持)의 소임을 맡고 있었다.
왕자의 난이 일어나고 나서 아드님이신 태종(太宗)에 의해 실각한 태조(太祖)께서 잠시 머물며 수도(修道)했던 곳이기도 한 회암사는 명종(明宗) 20년인 1565년 숭유억불(崇儒抑佛) 정책에 의해 폐사(廢寺)되기 전까지만 해도 경내가 1만여 평에 승려 수가 250여 명이나 되는 큰 사찰이었다.
그 사찰에 난리가 났다. 어떤 부랑자가 왈패들을 한 무리 이끌고 와서는 일주문(一柱門) 아래에서 도살한 개를 구워먹는 것이었다. 스님들과 왈패들 간에 실랑이가 벌어졌고 보고를 받은 주지스님이 헐레벌떡 도착했다.
이 주지스님이 누구인가? 아무리 숭유배불(崇儒排佛)하던 시절이라 해도 임금의 친형님이다. 그런 든든한 빽을 등에 업은 스님들의 기세가 금방이라도 왈패들을 쓸어버릴 것 같다. 왈패들의 기세는 더욱 당당하다.
자신들의 대장은 천하의 양녕대군이요, 임금의 큰 형님이시다.
얼굴이 하얗게 질려서 도착한 주지스님은 까무러칠 뻔했다.
"효녕 아우! 그동안 잘 계셨는가?"
귀에 익은 소리의 주인공은 그토록 보고 싶던 양녕 형님이시다.

"아니! 형님께서 어인 일로 예까지 행차하셨습니까?"

두 형제는 서로를 얼싸안았다. 그리고 정신을 차린 주지스님이, "아니, 형님! 신성한 부처님 집 마당에서 이 무슨 해괴한 짓입니까? 그것도 불가(佛家)에서 제일 금기시하는 개고기를요?"

그러자 천하의 양녕대군은 한바탕 껄껄 웃고 나서, "나는 살아서는 임금의 형이요, 죽어서는 부처의 형님인데 무슨 짓을 한들 구애될 게 뭐가 있겠는가?"

죽을상이 되어 있던 주지도 기가 막혀 "허허" 헛웃음 밖에 나오지 않는다.

오랜만에 만난 형제는 밤새도록 밀린 회포를 풀었다. 언젠가 형님께서 오시면 대접하려고 담가놓은 곡차(穀茶) 단지가 바닥이 났음은 물론이다.

임금이란 거추장스런 옷을 일찌감치 던져버리고 평생을 주유천하(周遊天下) 속에 살다 간 양녕대군은 조선시대 최고의 풍류를 즐긴 풍류호걸(風流豪傑)임에 틀림없다.

성종(成宗)의 풍류와 기생(妓生) 소춘풍(笑春風)

불과 춘추 12세에 왕위에 등극하신 성종(成宗)은 조선 최고의 여걸이라 불리우는 인수대비(仁粹大妃)의 아드님이요, 폐위군주 연산군(燕山君)의 아버지이다. 재위기간은 26년이었으나 38세의 젊은 나이에 요절했고, 업적은 찬란한 문화시대를 연 장본인이기도 하다.

조선의 헌법(憲法)이라 할 수 있는 《경국대전; 經國大典》을 위시하여 《동국통감; 東國通鑑》의 편찬과 함께 《동국여지승람; 東國輿地勝覽》의 편찬도 모두 이 시절에 완성되었다.

한편으로는 술과 여색을 즐긴 풍류를 아는 임금이었다. 38세라는 짧은 인생을 살다 갔지만, 슬하에 28자녀(16남 12녀)를 두었으며 "낮에는 요순

(堯舜)이요, 밤에는 걸주(桀紂)"라는 소리를 들었다. 요(堯)와 순(舜)은 중국 역사상 최고의 이상적인 정치를 했다고 전해지는 전설상의 임금이요, 걸(桀)과 주(紂)는 여색에 빠져 나라를 잃고 마는 폭군을 말한다.

학문과 풍류를 다 함께 좋아했던 임금은 문무백관과 자주 연회를 베풀었다. 그때마다 당대 최고의 기생이라 일컬어지던 소춘풍(笑春風)이란 기생이 불려 나왔는데, 인물은 양귀비요 가무(歌舞)는 물론, 뛰어난 풍자(諷刺)와 해학(諧謔)으로 좌중을 압도하는 매력이 있었기에 임금도 매우 그녀를 총애했다.

그날도 임금은 소춘풍(笑春風)에게 행주(行酒: 임금을 대신하여 술잔을 돌리는 일)를 시켰는데, 소춘풍은 임금의 명을 받아 삼공육경(三公六卿)에게 차례대로 술을 올리며 헌주가(獻酒歌)를 불렀다.

먼저 영의정(領議政)을 필두로 좌의정(左議政)과 우의정(右議政), 삼정승에게 헌주(獻酒)하고, 다음엔 육판서(六判書) 차례인데 서열로는 예조판서(禮曹判書)가 앞이건만 성질이 괄괄한 무관 출신의 병조판서(兵曹判書)가 앞자리에 앉아 버티고 있었다.

순순히 술을 따를 소춘풍이 아니다. 병조를 건너뛰어 예조에게 먼저 잔을 권하며 '헌주가'를 부른다.

"당우(唐虞)를 어제 본 듯, 한당송(漢唐宋)을 오늘 본 듯
통고금(通古今) 달사리(達事理)하는 현철사(賢哲士)를 어디 두고
제 설 자리도 모르는 무부(武夫)를 좇으리까?"

중국의 이상세계(요순시대)와 가장 찬란했던 문화(한, 당, 송나라)가 이 땅에 재현된 태평성대임을 강조하고 이는 고금의 사리를 통달한 현철한 문신들의 업적임을 은연히 노래하면서, 그토록 훌륭한 문신을 옆에 두고, 어찌 제 자리 하나도 못 찾는 무부(武夫)를 따르겠는가 하는 뜻이었으니,

술잔을 건너뛴 것만 해도 열 받을 일인데, '헌주가' 로 또 다시 무시를 당했으니 무인(武人) 출신의 병조판서는 어전(御前)만 아니었으면 크게 폭발했을 일이다. 그러나 험악해진 분위기를 수습하지 못한다면 천하의 소춘풍이 아니다. 병조판서에게 눈웃음치며 잔을 권하고 노래를 부른다.

"전언(前言)은 희지이(戲之耳)라 내 말씀 허물 마소
문무일체(文武一體)인 줄은 나도 아옵거니
두어라 규규무부(赳赳武夫)를 아니 좇고 어이리."

"먼저 한 말은 웃으려고 한 것이니 내 말을 허물치 마소서. 문신과 무신이 모두 한 몸인 줄 나도 압니다. 이토록 헌헌장부인 대감을 어이 따르지 않겠습니까?"하고 병조판서를 치켜세우며 병조판서의 옆자리를 꿰차니 이 번에는 예조판서의 눈썹이 실룩거린다.

이에 두 대감을 동시에 아우르는 소춘풍의 필살기가 나온다.

"예판 대감도 훌륭하고 병판 대감도 훌륭하신데 미천한 소첩이 두 대감 속에 끼었으니 이를 어찌합니까? 모르겠습니다. 어느 님을 모신들 님이 아니겠습니까? 예판 대감도 모시고 병판 대감도 모시겠습니다."

대개가 소춘풍이 하는 짓이 이 정도였으니 긴장했던 연회석에서는 폭소가 터져 나오고 술자리의 분위기는 한껏 고조되었음은 물론이다. 이러한 재치와 해학으로 소춘풍은 임금으로부터 호피(虎皮) 한 장을 상(賞)으로 받았다.

어느 날 소춘풍이 임금의 호출을 받았다. 궁중의 어느 별전(別殿)에 임금은 혼자 술잔을 기울이고 있었다. 다가온 소춘풍에게 술잔을 건네며, "오늘밤은 너와 함께 하고 싶은데 너의 뜻은 어떠냐?"

군왕과 기생 사이에는 오로지 명령과 복종만이 있을 뿐인데 임금은 한낱 기생에게 의견을 구했다. 그만큼 소춘풍을 아꼈고 존중했다.

소춘풍 역시 임금을 흠모했다. 군왕으로서가 아니라 사나이로서도 풍류를 아는 당대의 한량이요 헌헌장부였으며, 미천하고 보잘것없는 한낱 기생에게까지 여인으로 대해 주는 넓은 아량이 좋았다.

그러나 소춘풍은 선뜻 대답을 할 수가 없었다.

임금을 한 번 모시고 나면 평생을 궁궐에서 '임금의 여인'으로만 살아야 했으니 한평생 독수공방의 신세를 어떻게 감당할 수 있단 말인가!

머리만 숙이고 있는데 임금은, "너는 내가 싫으냐?" 하고 채근한다.

"아니옵니다. 쇤네도 마마를 흠모해 왔사옵니다" 하고 소춘풍은 황급히 대답했다.

이에 임금은, "그러면 되지 않았느냐?"

"황공하옵니다."

"무엇이 황공하단 말이냐?"

"성상(聖上)께서는 '일야총 백년한; 一夜寵 百年恨'이란 말씀도 못 들으셨사옵니까?"

"어허, 무슨 말이냐?"

"성상(聖上)의 하룻밤 총애를 입으면 평생 독수공방의 한을 품고 살아야 한다는 말이 궁궐 안팎에 널리 퍼져 있사옵니다."

한낱 기생 따위가 임금의 요청을 거부하고도 살아남을 수 있는 시대가 아니다. 용기를 내어 말했지만 몸은 떨리고 있었다.

묵묵히 술잔을 기울이던 임금은, "인생에 있어서는 네가 제왕(帝王)이로구나!" 하고 빙그레 웃는다.

자신은 임금이면서도 자기 인생을 자기 뜻대로 살지 못하건만 소춘풍은 자기 뜻대로 자유롭게 살려는 의지가 부러웠다.

임금의 따뜻한 전송을 받으며 돌아온 소춘풍도, "그분이 임금만 아니었더라면…" 하는 아쉬움에 못내 아쉬워했다.

그러던 어느 날 밤늦게 누가 대문을 두드린다.

"야밤에 뉘시옵니까?"

"이 집이 천하명기(天下名妓) 소춘풍의 집이 맞는가?"

"천하명기는 아닙니다만, 그러합니다."

"허! 내가 집 하나는 옳게 찾았군. 나는 양주(楊洲) 사는 이서방일세. 명성만 듣고 찾아오는 초행길이라 이렇게 늦었으니 허물 말고 어서 문 좀 열어주게나."

할 수 없이 등불을 밝혀 방안으로 인도하고 보니, 미복잠행(微服潛行)을 한 임금이 아닌가?

소춘풍이 아연실색하여 부복하며, "이 누추한 곳에 성상께서 어인 일이오니까?" 몸둘바를 몰라 했다.

"허허 이 사람, 나 이서방이래도 그러네…."

그날 밤 임금과 소춘풍은 임금과 기생이 아닌, 서로가 사랑하는 남자와 여자로서 신분을 초월한 사랑의 금자탑을 쌓았다. 이후로 궁궐에서 만나면 어엿한 임금과 기생이요, 밖에서 만나면 이서방과 그의 연인(戀人)이었다 한다.

신분고하를 가리지 않고 소춘풍의 기상을 높이 사랑한 풍류제왕 성종!

봄바람을 비웃는다는 소춘풍(笑春風)이란 기명(妓名)으로, 고향이 함경도 영흥이라는 것만 알려졌지 이름도 성도 모르는, 인생을 달관하고 자유분방하게 살다 간 소춘풍! 임금의 어명(御名) 한 마디에 모가지부터 쓰다듬는 고관대작들을 실컷 농락하며 일세를 풍미했던 그는 진정 풍류를 아는 조선시대 최고의 낭만파 기생이었다.

조선 최고의 풍류가객(風流歌客), 임제(林悌)

조선을 통틀어 최고의 풍류가객은 단연 백호(白湖) 임제(林悌)이다.

가는 곳마다 술이 있고, 시(詩)가 있고 여인이 있었다. 피리 솜씨 또한 따를 자가 없었는데, 좁은 세상 통 크게 살다 간 요절시인이요, 최고의 한량이었다.

경기도 광주목사를 지낸 조부 임붕(林鵬)과 무과에 급제해 '훈련원 판관'을 지낸 부친 임택(林擇)으로부터 유전자를 골고루 받아 무인(武人) 기질을 타고난 문인(文人)이었다.

어릴 때 여섯 살부터 열다섯 살까지 10년간 외가댁이 있는 전라도 곡성(谷城) 옥과(玉果)에서 자랐는데 고향 나주(羅州)로 돌아가기 전 합강(合江) 모래밭에서 첫정을 나눈 동갑내기 '아지'와의 애끊는 이별장면을 표현한 〈무어별; 無語別〉이란 시(詩)를 보면, 천재시인의 싹수가 어릴 때부터 보인다고 할 수 있다.

> 십오월계녀(十五月溪女) : 열다섯 어여쁜 아가씨
> 수인무어별(羞人無語別) : 수줍어 말 못하며 님 보내고
> 귀래엄중문(歸來奄中門) : 돌아와 겹겹이 문 걸어 닫고는
> 읍향이화월(泣向梨花月) : 배꽃 밝은 달 보며 눈물 흘리네

고향으로 돌아온 임제는 대사헌(大司憲) 김만균의 딸과 혼인하고, 22세 때 충청도 보은(報恩)에서 스승 '대곡선생; 大谷先生' 성운(成運)을 만나 훈학(訓學)을 받았다.

공부를 하던 와중에도 그의 장난기는 여지없이 발휘되는데, 하루는 머리도 식힐 겸 법주사(法住寺)에 들렀다가 충청감사의 아들이란 자가 법주사에 와서는 나이든 스님들에게, 상전이 종 부리듯이 "해라"를 해대며 거드름을 피우는 것에 비위가 상했다. 의협심이 강한 임제가 그냥 있을 리 없다.

임제는 평소 스님들과 친분이 있었던지라 노승(老僧) 두 분께 부탁하여 절마당에서 잘 보이는 봉우리에서 바둑을 두라고 일러두고 동자승(童子

僧)에게는 푸른 옷을 입혀 그 곁에서 시중들도록 시켰다.

그리고 다른 스님들께는 이리저리 하라고 이른 뒤 자신은 산 중턱에 숨어서 피리를 불기 시작했다. 당대 최고의 솜씨를 가진 임제의 피리소리는 인간세상의 것이 아니었다.

충청감사 아들은 어디선가 들려오는 환상적인 피리소리를 듣고는, "저 피리소리는 어느 곳에서 들려오는고? 매우 품격이 있구먼" 하며 옆의 스님께 물어 보았다.

"아, 예! 이 산에는 옛날부터 이따금 신선이 찾아와 저렇게 피리를 불며 놀다 갑니다만 아무도 그 신선을 본 적은 없습니다요."

"그래? 그렇다면 내 오늘 저 신선을 꼭 한 번 만나보고야 말리라."

감사의 아들이 피리소리를 따라 산으로 갔더니 향(香) 냄새가 진동하는 곳에 과연 신선들이 바둑을 두고 있는 것이었다. 가까이 다가가자 시중을 들던 동자가 신선들에게 아뢰었다.

"여기 속객(俗客)이 왔사옵니다."

"어허! 기특하구나. 그렇다면 이 불로주(不老酒)를 속객에게 주고 속히 마시도록 하라."

감사의 아들은 신선이 내린 불로주를, 감격해 단숨에 다 마셨는데 그것은 사실은 임제가 미리 준비해 뒀던 '말 오줌' 이었다.

대곡선생 성운(成運)에게서 사사(師事)받은 임제는 남북을 종횡하며 한량으로 이름을 떨치다가 29세 되던 해에 과거에 급제하였다. 그러나 조선 최고의 풍류남아에게 있어서 벼슬길은 순탄치 않았다.

언제나 술과 여자가 문제였다. 벼슬살이를 하던 와중에도 감칠맛 나는 풍류일화를 많이 남겼다. 특히 당대 최고의 기생 일지매(一枝梅)와 한우(寒雨)와의 러브스토리는 두고두고 회자되고 있다.

임제는 '평안도 도사; 平安道 都事' 로 부임하는 길에 개성(開城)을 지나다 황진이의 무덤을 찾았다. 황진이는 세상이 다 아는 조선의 대표적인 문인이자 기생이다.

풍류를 알고 자유분방했던 황진이! 그러나 그녀의 재능과 미모는 이미 삼십년 전에 한 줌의 흙으로 돌아갔다. 그러나 희대의 풍류남아 임제에게는 생사를 초월한 풍류만이 있을 뿐, 사대부의 체면 같은 건 안중에도 없었다. 간단한 제수(祭需)를 장만하여 찾아간 황진이의 무덤은 돌보는 이 하나 없는지 황폐하기가 이를 데 없다.

청초(青草) 우거진 곳에 자는가 누웠는가
홍안(紅顔)은 어디 두고 백골(白骨)만 남았는가
잔(盞) 잡아 권할 이 없으니 이를 슬퍼하노라.

이 한글로 된 시조는 훗날 고등학교 교과서에 실릴 정도로 유명해지지만 그 당시에는 숱한 선비들과 조정으로부터 비판을 받게 되는데 사대부가, 그것도 벼슬아치가 한낱 죽은 기생에게 잔 올리고 절을 했다는 것이다.

그만한 비난에 흔들릴 임제는 아니지만 날로 더해가는 동인과 서인으로 갈라진 당파싸움에 회의를 느끼고 있던 차에, 을사사화(乙巳士禍)에 친 형님이 연루되어 화(禍)를 당하자 미련 없이 벼슬을 버리고 고향으로 낙향해 버렸으니 그때 그의 나이 35세 들던 해였다.

비록 낙향은 했으나 소문을 듣고 찾아오는 후학들이 문전성시를 이루었으니, 남명(南冥) 조식(曺植)을 비롯한, 《토정비결》의 저자 토정(土亭) 이지함(李之菡) 등이 그들이었는데, 신진사류들이 학문의 미혹한 부문의 성리학(性理學)을 가지고 찾아오면 임제는 명쾌하게 풀어 의혹을 해결해 주었다 한다. 그러나 풍류남아 임제는 시골에서 여생을 보낼 사람이 아니다.

전에부터 알고 지내던 봉래(蓬萊) 양사언(楊士彦), 허균(許筠)의 친형 허봉(許篈) 등과 어울려 글 짓고 술 마시며 시대를 풍미했다.

하루는 거나하게 취해 주막에서 묵게 되었는데 주모 또한 퇴기(退妓) 출신으로서 풍류를 아는지라 둘은 궁합이 맞았고 밤늦도록 시(詩)로 문답을 하다가 끝내 잠자리마저 같이하게 되었다.

그런데 새벽녘에 멀리 출장갔다던 주모의 기둥서방이란 자가 들이닥쳤다. 눈이 뒤집힌 주모의 기둥서방은 자신의 똘마니들을 시켜 임제를 꽁꽁 묶어 버렸다. 그리고 시퍼런 장도(長刀)를 뽑아들고 "마지막으로 할 말이 있으면 해 보라" 고 한다.

이에 임제는 "한평생 글과 술로 살아온 몸이니 한 잔 술에 시(詩) 한 수만 읊고 죽게 해 달라" 고 했다.

주모의 기둥서방도 글을 아는지 헛웃음을 짓고는 지필묵을 꺼내 놓았다.

단숨에 술 한 잔을 들이 킨 〈임제〉는 붓에다 먹물을 듬뿍 찍어 일필휘지로 써 내려갔다.

작야장안취주래(昨夜長安醉酒來)
도화일지남만개(桃花一枝南漫開)
군하종수번화지(君何種樹繁華地)
종자비야절자비(種者非也折者非)

어젯밤 취해서 이곳을 왔더니
한 가지의 복사꽃이 흐드러지게 피었더라
그대 어찌하여 번화한 곳에 나무를 심었나
심은 자가 그른가 꺾은 자가 그른가?

글을 한동안 들여다보던 기둥서방은 임제의 얼굴을 한참 보더니, "혹시 백호(白湖) 선생이 아니십니까?" 묻는다.

"내가 백호(白湖)란 사람이 맞긴 하오만 나를 아시오?"

백호(白湖)는 임제의 호(號)이다.

"어이구 천하의 백호 선생을 모를 리가 있겠습니까?" 하며 손을 모은다.

천하의 풍류가객은 글 솜씨 하나로 죽을 목숨이 살아났다.

임제에게는 청산(青山)이 병풍(屛風)이요, 초원(草原)이 이불이었다.

묘향산(妙香山)에 들러 휴정(休靜) 서산대사(西山大師)를 만나 '고담준론; 高談峻論'을 펼치기도 하고, 이름난 선비들과도 숱한 교류를 했는데, 서산대사의 제자 처영(處英)이 스승을 찾아뵈러 가다가 임제를 만났던 적이 있었는데, 한 편의 시(詩)로 안부를 물었던 것이 현재에 남아 있다.

제일산풍악(第一山楓岳) : 천하제일의 산은 풍악(楓岳)이고
무쌍석정사(無雙釋靜師) : 서로 견줄 짝이 없는 건 휴정(休靜)이라
상인금원방(上人今遠訪) : 지금 상인(上人)이 먼 길 찾아가니
방초미언귀(芳草未言歸) : 방초 시절에 돌아온다고는 말하지 못하리라
석점담경처(石點談經處) : 설법하는 자리엔 돌도 끄떡이고
용강세발시(龍降洗鉢時) : 바리를 씻을 적엔 용이 내려온다네
은근설이환(慇懃說離幻) : 은근히 '이환'에게 말해 주오
소식막상위(消息莫相違) : 서로 소식이나 끊지 말자고

위 시에 나오는 離幻(이환)은 서산대사의 자(字)이다.

풍류가객 임제는 선비이고, 유학자(儒學者)이면서도 스님들과도 두터운 교류를 맺었다. 그의 행보에는 걸림돌이 없었다. 추운 겨울날 어린 기생과 밤을 새며 부채에다 시(詩)를 적어 선물한 적도 있다.

막괴융동증선장(莫怪隆冬贈扇杖)
이금년소개능지(爾今年少豈能知)
상사반야흉생화(相思半夜胸生火)

독승염증유월시(獨勝炎蒸六月時)

한겨울에 부채 준다고 괴상하게 생각지 마라
넌 아직 나이 어리니 어찌 알 수 있으랴
한밤중 그리움에 가슴 속에 불이 붙으면
늦여름 무더위에 어찌 비할까 보냐.

임제는 풍류가객으로서 시(詩)만 잘 지었던 게 아니라 〈원생몽유록; 元生夢遊錄〉을 비롯하여 〈수성지; 愁城誌〉 〈화사; 花史〉 등 세 편의 한문소설도 남겼는데, 그 중에서도 〈원생몽유록〉은 〈홍길동전〉의 저자 허균이 '천지간의 대작' 이라고 극찬한 작품이다.

풍류가객 백호 임제, 그는 정감어린 시대상을 노래했을 뿐 아니라 남다른 우국충정(憂國衷情)으로 비분강개(悲憤慷慨)하는 시(詩)도 많이 남겼다. 흔해빠진 선비들처럼 음풍농월(吟風弄月)로 허송세월한 사람도 아니었다. 탁월한 문장가였는가 하면 통 큰 걸음으로 천하를 주유하며 진정으로 풍류를 사랑한 멋쟁이였다.

기인(奇人)으로, 때로는 천하를 호령하는 대장부로서 크게 세상을 활보하던 임제는 불과 39세의 짧은 인생을 살고 저세상으로 갔다.

성호(星湖) 이익(李瀷)의 〈성호사설; 星湖僿說〉에 보면, 백호(白湖)는 임종하기 전에 구슬피 우는 자식들에게 이렇게 꾸짖었다 한다.

"이 세상의 모든 나라에서 황제(皇帝)를 칭하지 않는 나라가 없는데 우리나라만 예로부터 그렇게 부르지 못하고 있다. 내가 이처럼 누추한 나라에 태어났는데 죽는다고 무엇이 슬프단 말이냐. 아무도 울지 마라!"

노령산맥(蘆嶺山脈)의 한 줄기 혈(穴)을 맺은 전라남도 나주(羅州)시 다시면 회진리, 신걸산(信傑山)을 병풍삼아 영산강(榮山江)을 마당삼아 2013

년 '백호문학관' 이 들어섰다. 지상 3층의 문학관에는 200여 점의 백호 관련 소장품이 전시되어 있는데, 1층에서는 영화상영과 해마다 '백호글짓기대회' 가 열리고 있으며, 2층에는 '백호문학카페' 가 있어 이 땅에 '백호 임제' 를 사랑하는 사람들이 모여 500여 년의 시공(時空)을 초월한 문학을 논하고 있으니, 임제는 죽어서도 우리들의 가슴 속에 영원히 살아 숨 쉬는 이 땅의 위대한 문학인이요, 풍류가객이다.

역관(譯官) 홍순언(洪純彥)의 풍류

홍순언(洪純言)은 조선시대 통역관(通譯官)이다. 본관은 남양(南洋)이요, 부친 홍겸(洪謙)의 서얼(庶孼)로서 부친 역시 역관(譯官) 출신이었기에 자라면서 자연스럽게 외국어를 접할 수 있었는데 그쪽 방면에 남다른 소질이 있었는지 중국어, 몽골어, 만주어, 일본어 등을 구사할 수 있었다. 그리고 자연스럽게 역관 과거에 급제하여 역관이 될 수 있었다.

당시 역관은 사신(使臣)의 일행으로 통역(通譯)의 임무를 수행하면서 무역(貿易)을 겸했었는데 주로 인삼이나 홍삼 등을 팔아서 비단이나 보석 종류를 국내로 들여와서 판매하는 형식이었다.

한 번은 사신(使臣)을 수행하여 연경(燕京: 지금의 북경)에 도착하여 긴 여정의 회포를 풀기 위해 명(明)나라 관원의 안내로 시내구경을 하다가 홍등가(紅燈街) 앞을 자나가는데 어느 집 대문에 붉은 글씨로 "은(銀) 천 냥이 없으면 들어오지 마시오"라고 쓰여져 있는 것을 보고는 호기심에 들어가 보았다.

주인에게 은(銀) 천 냥을 보여주자 안방으로 안내하고는 조금 있자니 소복(素服)을 입은 아가씨가 간단한 술상을 갖고 들어오는데 화장기 없는 얼굴에 눈물자국이 역력했다.

사연을 물어보니, 처녀의 부친은 절강성(折江省)에서 관리생활을 하다 억울한 누명으로 관직을 박탈당하고 가세가 기울자 새로운 일자리를 구하기 위해 온가족이 이곳 북경(北京)으로 이사를 왔다가 돌림병으로 하루아침에 부모님을 잃고 무남독녀인 자신이 부모님의 시신을 고향으로 모시려 해도 빚으로 인해 부모님의 시신을 길거리에 방치한 채 불효를 저지르고 있으니 몸이라도 팔아서 빚을 갚고 부모님의 시신을 돌려받아 고향으로 돌아가는 여비를 벌기 위해 방(榜)을 써 붙였노라고 했다.

이에 홍순언은 자신의 처지도 잊은 채 장사밑천으로 가지고 있던 은전(銀錢)을 몽땅 내놓으며, "아마 이것이면 천 냥이 넘을 것이니 부모님의 시신을 고향에다 잘 모시라"고 하며 가지고 갔던 인삼(人蔘)마저 덤으로 주고 말았다.

그리고는 미련 없이 방을 나오려는데 처녀는, "이 은혜는 평생 잊지 않겠으니 성함이라도 알려 달라"고 매달렸다.

몇 번을 뿌리치다 "성함을 가르쳐 주지 않으면 이 돈을 받을 수 없다"는 처녀의 완강함에 홍순언은 할 수 없이 조선의 역관 홍가(洪哥)라고만 일러주고 그 집을 나왔다.

한순간에 장사밑천을 송두리째 날린 홍순언을 보고 동료들은 비웃었으나 홍순언은 그저 허허 웃고 말았으니, 실로 담대한 대장부가 아니고서는 누구도 흉내조차 낼 수 없는 굉장한 풍류남아였다고 할 수 있다.

그로부터 십수 년이 흐른 뒤, 또 다시 역관의 임무를 띠고 연경(燕京)에 들른 홍순언은 명(明)나라의 예부시랑(禮部侍郞) 석성(石星)의 호출을 받고 영문도 모른 채 불려가 엎드려 있으니 그의 부인 류씨(柳氏)가 맨발로 뛰어나와 큰 절을 올리는 것이었다.

놀라서 어쩔 줄 모르는 홍순언을 향해 석성은 손수 손을 잡아 일으키며, "지금 올리는 절은 공(公)의 은혜에 보답하는 절이니만치 사양하지 마시라"고 했다.

그러자 절을 마친 부인이, "십수 년 전에 한 여인이, 돈 천 냥의 은혜를 입고 하루도 잊은 날이 없더니 오늘에야 은인을 뵈옵니다" 하는 게 아닌가? 십수 년 전 홍등가에서 만났던 그 아가씨였다.

"내가 부인의 말을 들으니 대인(大人)은 천하의 의로운 선비입니다."

의외로 역관 따위에게 존대를 쓰며 큰 잔치까지 열어주는 것이었다. 홍순언으로부터 받은 은전(銀錢)으로 빚을 청산한 아가씨는 고향에다 부모님 시신을 안장하고는 옛날부터 아버지와 친분이 있던 석성이란 사람의 집에 의지하여 그 부인의 병수발을 들고 있었는데 부인이 죽자 석성의 후처가 되어 부부가 되어 있었다.

부인 류씨는 또 다시 사신들을 초대해 큰 잔치를 열었고, 그 자리에서 나전함 열 개에 오색 비단 열 필을 담아서 선물하며, "이 비단은 제가 대인의 은혜를 생각하면서 짠 것으로 대인께 바칩니다" 하는데, 그 비단에는 금실로 '보은; 報恩' 이라 새겨져 있었다.

여기에 연유해 홍순언이 살던, 지금의 명동 롯데호텔 인근을 보은의 비단을 받은 사람이 사는 곳이라 하여 사람들은 '보은단동; 報恩緞洞' 이라 불렀다 한다.

세월이 흘러 이 땅에 임진왜란이 일어나자 임금은 의주(義州)로 몽진을 가고 명(明)나라에 파병을 요청했으나 거절당하자 다급해진 조정에서는 홍순언에게 병조참판(兵曹參判: 현, 국방부차관)이라는 놀라운 벼슬의 첩(帖)을 내리고, 대사헌 이덕형(李德馨)과 함께 명(明)나라에 사신으로 파견하였으니 이는, 석성이 진급하여 명(明)나라 병부상서(兵部尙書: 현, 국방부장관)의 자리에 있음을 고려한 까닭이었다.

홍순언 일행을 맞이한 석성은 반대가 빗발치는 속에서도 만력황제(萬曆皇帝)를 설득하여 지원군 5만 명을 일차로 파견하는 데 크게 도움을 준다. 이에 홍순언은 그 공을 인정받아 광국공신이등(光國功臣二等)에다, 당릉

부원군(唐綾府院君)을 책봉 받았으며, 68세의 일기로 세상을 마감할 때의 홍순언의 벼슬은 판중추부사(判中樞府事: 종1품)로 정승의 지위였다.

홍순언의 부고(訃告)를 받은 석성은 만력황제에게 아뢰어 은청광록대부(銀青光祿大夫)라는 명나라 벼슬이 증직되었다.

비록 서자(庶子)의 몸으로 태어나 역관(譯官)이라는 천한 신분에 불과했던 홍순언은 멀리 중국 땅에서 의롭고도 호기로운 '장부의 의기' 로 일신의 영달은 물론, 위기의 조선을 구한 구국의 영웅이 되었다.

장부의 풍류는 이 정도는 되어야 한다.

※참고로 여기서 밝혀 둘 일은, 후처(後妻)의 은혜를 자신의 일인 양 보은(報恩)의 의리를 다한 석성은 임진왜란이 끝난 뒤, 새로운 세력으로 부상한 청(淸)나라와의 대결에서 힘이 부친 명(明)나라 조정이 무리해가며 조선에 파병을 주장한 석성의 죄를 물어 처형하기에 이른다.

석성의 유언에 따라 부인 류씨(柳氏)는 두 아들 '담' (潭)과 '천' (洊)을 데리고 조선으로 망명해 왔는데, 황해도 해주(海州)에 정착하였으며 조선 조정에서는 큰 아들 담(潭)에게 수양군(首陽君)에 봉하여 전답과 노비를 하사했다.

그 후, 담(潭)은 '해주석씨; 海州石氏' 의 시조가 되고, 동생 천(洊)은 아래로 내려와 경상도 성주(星州)에 자리를 잡아 '성주석씨' 의 시조가 되었다.

행여 이 글을 읽는 독자 제위께서는 '해주석씨' 나 '성주석씨' 를 만나면, 이러한 역사적 사실에 의거하여 고마움을 표했으면 한다.

연암[燕巖] 박지원(朴趾源)의 풍류

조선 정조(正祖) 임금 때의 일이다.

남산골에 살며 조정에 승지(承旨) 벼슬을 하는 이모(李某)가 남여(藍輿)를 타고 입궐하는데 갑자기 팔척 장신의 늙은이가 정자관(程子冠)을 삐뚤게 쓰고 앞을 가로 막으며 두 팔을 길게 들어 읍(揖)을 하는 것이었다.

당시의 선비사회에서는 상대로부터 읍(揖)을 받으면 답례로 자신도 두 손을 모으고 읍(揖)을 해야 했으므로 바쁜 와중에도 이 승지는 남여에서 내려 답례를 했다.

그러자 노인은 허름한 집을 가리키며, "영감! 이 집이 내 집이오만 잠깐 들어가 한 말씀만 듣고 가시지요" 하는 것이었다.

이 승지는 "제가 마침 오늘이 숙직 번(番)을 도는 날이라 공무의 걸음이니 다음에 찾아뵙겠소이다" 하며 남여(藍輿)에 오르려 하니, 노인은 눈을 크게 뜨고 양팔을 벌려 이 승지의 길을 막으며, "아따! 임금을 옆에서 모시는 몸이라 자세가 대단하구려, 해가 아직 늦지 않았으니 잠시만 들어오시오" 한다.

옷은 비록 남루하나 기품 있는 노인의 위세에 눌려 이 승지는 노인의 집으로 안내되었는데, 저간을 살펴보니 가재도구도 변변히 없는 단출한 방 윗목엔 서책들로 가득했다.

노인이 안문을 향하여 "손님이 오셨으니 술상을 내오너라" 고 하자 헌 누더기 옷을 입은 계집종이 개다리 소반에다 막걸리 두 잔과 김치 두어 조각을 내다놓으며 손님을 기웃기웃 쳐다보며 나간다. 이 승지는 도깨비에게 홀린 듯 들어오기는 하였으나 막걸리가 나오자 크게 불안하였다.

노인은 그 마음을 알기나 한 듯이, "귀한 손님이 안주도 없이 이러한 막걸리를 자실 수야 있나? 내나 마셔야지" 하고는 단숨에 한 잔을 마셔 버리는 것이었다.

그리고 남아 있는 한 잔을 들고는, "이제는 내 차례이니 손님의 말씀 기다릴 필요 있나?" 하면서 또 홀짝 마셔 버린다.

그리고는 안문을 향해 "술상 내어가거라" 한다.

여자아이가 술상을 치운 뒤에 노인은 이 승지에게 다시 한 번 읍을 하고는, "영감, 대단히 미안하오. 오늘 영감이 내 '술 낚시'에 걸렸소. 바쁘실 텐데 어서 가보시오" 한다.

이 승지가 답례를 하며, "도대체 노인은 누구시며 술 낚시라는 것은 무슨 말씀이오?" 하고 물었다.

노인은 껄껄 웃고 나서, "한낱 술 낚시꾼 성명이야 알아 무엇 하겠소?" 하면서, "내 집이 가난하고 술을 좋아하므로 집사람이 반주로 한 잔씩은 준비하여 주나, 다시는 아니 주고, 어쩌다 손님이 오면 딱 두 잔을 더 내어 주니, 오늘도 해는 저물어 가고 술 생각은 간절한데 얻어먹을 방법은 없던 차에, 마침 영감이 지나가시니 내가 영감을 우리 집으로 유인하여 술 낚시를 하였던 바, 나는 이미 목적을 달성하였으니 영감께서는 적선했다 생각하시고 얼른 가 보시오" 하는 것이었다.

그 집에서 나와 대궐로 향하는 이 승지는 방금 자신이 당한 일이 맹랑하기도 하였지만 상당히 불쾌하였으나 어쩔 수 없었다.

입궐하니, 승정원 내시가 나와 "임금께서 입직 승지들을 부르신다" 전했다.

이 승지 일행이 어전으로 입시하니 임금이 하교하되, "오늘 밤은 하도 무료하니 시종들과 한담이나 할까 하여 부른 것이다"고 하고는, "그대들은 한 마디씩 하라"고 하신다.

이에 이 승지가, "오늘 번(番)을 돌기 위해 입궐하던 차에 낭패를 본 일이 있사오나 비루(鄙陋)한 일이오라 감히 아뢰지 못 하겠나이다" 하니, 임금은 "군신의 사이는 흉허물이 없어야 하니 친구에게 말한다 여기고 어서 해 보라" 하신다.

이 승지로부터 이야기를 듣고 난 임금은 빙그레 웃으시며, "그 사람이 누구인지 짐작하겠다" 하신다.

그리고는 이 승지를 향해, "그 사람이 예의에 벗어난 짓을 한 게 아니라 그대가 몰지각하다. 그대는 급제도 하고 벼슬도 하면서 혜안(慧眼)을 갖지 못했으되 그 노인은 미친 사람같이 보이지만 풍류를 즐길 줄 아는 것으로 보아 분명 박지원(朴趾源)일 것이다."

이에 이 승지는 자신의 안목이 짧아, 문장(文章)으로 일세를 풍미하는 '연암선생; 燕巖先生' 박지원(朴趾源)을 못 알아본 것에 무척 부끄럽게 생각하였다 한다.

이에 임금께서는, "내가 연암(燕巖)의 학문의 깊이와 능력은 일찍부터 알아보았으나 정도(正道)를 벗어나 권도(權道)가 심하기에 그 버릇을 징계하려고 버려두었더니 기한(飢寒)이 그 정도인 줄 몰랐도다" 하며 경상도 안의현감(安義縣監)을 제수하시었다.

여기서 권도(權道)라 함은 400여 년 동안 내려오던 성리학을 근거로 한 기존의 사상을 뒤집고 새로운 실학사상의 신봉을 말하는데 소위 연암(燕巖)을 위시하여 박제가, 이덕무 등이 그들로서 이단(異端)으로 취급당하고 있었다.

일찍이 청(淸)나라를 여행하며 중국의 앞선 문명을 몸소 체험한 연암은 조선이 아직도 사대주의 사상에 사로잡혀 중국을 업수이 여기고 있는 정치세력에 맞서 현실주의를 부르짖다 주위로부터 배격당한 불우한 천재였다.

이러한 그의 실학사상은 그의 단편소설 〈양반전; 兩班傳〉에서 매관매직으로 포장된 엉터리 양반들의 행태를 고발하고 풍자하였을 뿐 아니라, 〈열하일기; 熱河日記〉라는 기전체문(記傳體文)을 통하여서도 그의 '실학신봉사상'은 적나라하게 나타나 있다.

그 예로 안의현감(安義縣監)으로 부임한 연암은 청(淸)나라에서 습득한 물레방아 개량을 통하여 농산물 소득증대에 크게 기여했을 뿐 아니라 벽돌 굽는 법을 최초로 시행하여 건축물 발전에도 획기적으로 이바지한다.

비록 배고픔에 시달릴지언정 자신의 초지를 굳건히 지키며 세상과 맞섰던 가난한 풍류객 연암 박지원!

태산같이 큰 덩치로 아내와 몸종의 눈치까지 봐가면서 술 낚시를 해대던 연암을 닮은 오늘날의 불우한 천재는 없는지 눈을 비비고 찾아볼 일이다.

대장부(大丈夫)의 호연지기(浩然之氣)

맹자는 제자들에게 호연지기(浩然之氣)를 기르도록 강조했다.

"하늘과 땅 사이에 넓게 뻗쳐져 있는 의로운 기운을 '호연지기' 라고 하는데 이를 통하여 천하의 가장 넓은 곳에 살며, 가장 바른 지위에 서서 백성들과 더불어 가장 큰 도(道)를 펼치는 사람을 대장부(大丈夫)라 한다."

제자 공손추의 질문에 대한 답이다.

학생들이 수학여행을 가는 목적도, 단조로운 수업에서 벗어나 단체생활의 학습경험을 통해 대자연 속에서 '호연지기' 를 기르기 위함이다.

조선시대 진묵대사(震默大師)는 우리에게 잘 알려진 서산대사(西山大師)의 법통을 물려받은 법제자(法嗣)이다. 대사는 '석가의 화신' 으로 추앙받으며 신통력과 기행뿐 아니라 중생들과 어울려 술도 잘 마셨는데, 술을 곡차(穀茶)라고 부르게 된 연유도 진묵대사로부터 유래했다고 한다.

대사는 선비들과도 잘 어울렸다고 하는데 어느 때 선비들의 시회(詩會)에 초대되어 기개(氣概)를 한껏 펼쳤는데 그 시(詩)를 보고 난 선비들이 감히 붓을 들지 못했다는 일화는 너무나 유명하다.

천금지석산위침(天衾地席山爲枕)
월촉운병해작준(月燭雲屛海作樽)
무변풍월안중안(無邊風月眼中眼)
대취거연잉기무(大醉居然仍起舞)
각혐장수괘곤륜(却嫌長袖掛崑崙)

하늘을 이불삼고 땅을 자리삼아 산을 베개 삼으며
달은 촛불로 하고 구름으로 병풍을 삼고 바닷물로 술을 삼으니
가없는 풍월은 눈 속의 눈이로다
크게 취해 의연하게 춤을 추려 하는데
장삼자락 곤륜산에 걸릴까 걱정이로구나.

호연지기(浩然之氣)하면 당(唐)나라의 시선(詩仙)으로 추앙받는 이태백(李太白)도 빼놓을 수 없다.

五老峯爲筆(오로봉위필) : 오로봉으로 붓을 삼고
三湘作硯池(삼상작연지) : 삼상호수를 벼루에 담아
靑天一張紙(청천일장지) : 푸른 하늘을 종이삼아 펼쳐놓고
寫我腹中詩(사아복중시) : 내 마음 속의 기개를 시(詩)로 쓰리라.

사나이 대장부의 기개(氣槪)가 이 정도는 되어야 한다. 이 땅의 원대한 꿈을 가진 청년들에게 천하를 아우르고도 남을 호연지기(浩然之氣)를 강력하게 권장하는 바이다.

옛 선비들의 공부법, 과골삼천(踝骨三穿)

조선 최고의 지식경영자(知識經營者) 다산(茶山) 정약용(丁若鏞)은 유배시절 복사뼈에 구멍이 세 번이나 나도록 공부와 집필에 전념했다.

이를 일러 과골삼천(踝骨三穿)이라 한다.

평생 좌선(坐禪)을 하는 스님들에게서도 찾아보기 힘든 끈기요, 자신과의 싸움에서 얻은 훈장(勳章)이라 할 수 있다.

"100년도 살지 못하는 인생에서 공부를 하지 않는다면 이 세상 살다 간 보람을 어디에서 찾을 수 있겠는가? 공부를 출세의 수단으로 여긴다면 공부도 잃고 나도 잃는다."

다산의 이 말은 21세기를 사는 현대인들에게도 중요한 의미로 다가온다.

조선의 선비들은 몸과 마음의 수양을 가장 중요한 덕목으로 지향하며 공부하였으며, 재물과 권력에 연연하지 않았고 법도와 예의, 의리를 중요시하였다. 그렇다면 공부로 자신을 완성한 조선의 선비들은 어떤 방법으로 공부를 했을까?

작가 김병완은《옛 선비들의 공부법》이란 저서를 통해 열 명의 조선선비들 공부방법을 제시했는데 눈여겨볼 직하다.

첫째, 책을 읽을 적에는 중요한 부분을 필기한 후 내 것으로 만드는 공부를 하였다.

다산 정약용의 공부방법이 이러했다. 우리나라 오천 년 역사에 최고의 성군이요, 한글창제자인 책벌레 세종도 백 번을 반복하여 읽고 백 번을 쓰는 백독백습법(百讀百習法)으로 공부하였다.

둘째, 깊이 생각하고 궁리하는 공부를 하였다.

남명 조식과 화담 서경덕은 모두 '공부는 사물을 궁구(窮究)하는 것' 이라 했다. 그들은 모두 깊이 생각하고 사색(思索)하는 공부를 한 사람들이다.

셋째, 반복해서 읽고 습득하는 공부를 하였다.

율곡 이이는 스스로를 경계한다는 뜻을 가진 자경문(自警文)을 통해 '마음을 다잡은 뒤 한 권의 책을 이해할 수 있을 때까지 읽고 또 읽는 숙독(熟讀)' 을 강조하였으며, 퇴계 이황은 매일 거울을 닦는 것처럼 하루도 쉬지 않고 반복해서 읽고 꾸준히 쓰기를 통한 연마를 하였다.

넷째, 입으로만 읽는 공부가 아니라 마음으로 읽는 공부를 하였다.

조선시대 최고의 과학저술가인 홍대용은 입이 아닌 마음으로 읽는 책 읽기와 공부를 강조하였으며, 공부를 할 때에는 몸가짐을 바르게 하라고 강조하고 있다. 임진왜란의 반성과 교훈이 담긴 《징비록; 懲毖錄》을 저술한 서애 류성룡 역시 "마음을 수렴하는 본원(本源)을 공부하라" 한다.

다섯째, 언제 어디서든 장소를 불문하고 공부하였다.

명재 윤증은, "사람이 병(病)이 났을 때에도 병(病) 중의 공부가 있고, 말을 탈 때에도 마상(馬上) 공부가 있으며, 심지어 길을 걸을 때에도 그에 합당한 공부가 있다"며, "깨어 있는 동안에는 잠시도 공부를 잊으면 안 된다"고 하였다.

여섯째, 말을 적게 하고 남에게 자랑하기 위한 공부를 경계하였다.

퇴계 이황은, "출세에 연연하기보다는 자신의 인격을 도야하는 공부를 해야 한다"고 했다. 성호 이익도 만심(慢心)을 경계하고 날마다 자신을 새롭게 하는 공부를 하였다.

일곱째, 많이 읽고 많이 쓰는 공부를 하였다.

조선시대 가장 인상에 남는 공부를 실천한 사람은 김득신이다. 그는 남들이 과거시험에 합격하는 나이인 스무 살 무렵에야 겨우 글이나마 지을 정도로 공부 속도가 늦었던 조선 최고의 둔재였지만, 억만 번 책을 읽고 또 읽은 끝에 59세의 나이로 과거에 급제하여 당대를 대표하는 시인(詩人)의 반열에 오를 수 있었다. 그와 함께 쌍벽을 이루는 독서의 대가가 바로 책에 미친 바보 간서치(看書痴)라고 알려진 이덕무이다.

그는 평생 이만 권이 넘는 책을 읽었으며, 책을 읽을 때의 시간과 규칙을 누구보다 철저하게 지켰다. 특히 두보(杜甫)의 오언율시(五言律詩)에 대한 연구가 많았고, 그의 문장은 박지원, 박제가와 함께 청(淸)나라에도 널리 알려졌었다.

여덟째, 진리탐구에 그치지 않고 몸으로 실천하고 공부하였다.

홍대용은 공리공론에 치우친 당시 조선의 성리학 대신 진실한 마음으로 실사(實事)를 공부해야 한다고 강조했다.

남명 조식 역시 공부하여 깨달은 이치를 반드시 인생생활에서 실천해야 한다고 강조했었는데, 그래서 그런지 유달리 그의 제자들 중에서는 임진왜란 때 곽재우, 정인홍 같은 의병장들이 많았다.

아홉째, 세상에 도움을 주고 백성을 편안하게 하는 공부를 하라고 했다.

연암 박지원은 공부한 것을 실제로 이용하지 못하거나 세상에 도움을 주지 못한다면 제대로 된 학문이 아니라고 강조했다.

성호 이익은 공부하는 사람이라면 반드시 자신이 익힌 것을 활용하여 세상을 편안하게 해야 한다고 주장하며, 이를 실천하지 않으면 그저 글자를 익히는 데 불과하다고 하였다.

열 번째, 큰 사람이 되는 공부를 하라고 하였다.

명재 윤증은, "공부는 자신을 큰 사람으로 만들어가는 일"이라고 정의했다. 즉, 공부를 통하여 성인군자가 되는 것이라 했다. 이 말은 자신을 향상하고 키우는 일이며, 성장하는 공부야말로 진짜 공부라는 말이기도 하다.

인성교육은 언감생심(焉敢生心)이요, 마냥 주입식 교육으로 수험을 위한 제품생산 공장으로 변모해 버린 작금의 대한민국 교육정책을 보면서, 경제는 세계 10위권에 들면서도 세계 대학교 평가순위에서는 2019년 현재 우리나라 최고의 대학이라는 서울대학교가 겨우 36위에 턱걸이한 사실이 우리를 슬프게 한다.

"공부를 위한 공부가 아니라 인간의 복리를 위한 공부를 해야 한다"는 옛 선인들의 공부방법을 보면서 대한민국 교육정책 입안자들의 획기적이고도 과감한 미래지향적인 결단을 촉구해 본다.

천자문(千字文)과 만자문(萬字文)

두 젊은이가 금강산에 있는 유명한 스승 밑에서 글을 배우게 되었다.

스승은 두 젊은이에게 천자문(千字文) 책을 주면서 "1년 동안 스스로 공부하라" 고 했다.

한 친구는 꼼짝도 않고 자리에 앉아 책이 해어질 정도로 읽고 외우다 보니, 어느덧 천자문 중에서 무슨 글자는 앞에서 몇 번째, 무슨 글자는 뒤에서 몇 번째 나오는지 손바닥 보듯이 통달하기에 이르렀다.

다른 친구 역시 천자문을 열심히 공부했는데 어느 정도 읽다 보니 더 이상 얻을 것이 없다는 생각이 들자 책을 덮고 금강산 유람길에 나섰다.

길을 가다 보니, 두 아이가 시루떡 한 개를 놓고 한가운데다 막대를 대고는 공평하게 나누기 위해 애쓰는 모습을 보게 되었다. 그 모습을 지켜보던 젊은이는, "아하! 가운데 중(中)자는 저런 의미로구나. 누구나 공평한 것이로구나" 하고 깨우치게 되었다.

또 하루는 논밭 길을 가다 보니 농부들이 새참을 먹고 있었다.

"무더운 날씨에 고생이 많으십니다" 하고 인사를 건네자 그 중의 한 농부가, "우리 같은 남정네들은 그저 머리에 논밭을 이고 사는 사람들이지요" 하고 대답하는 것이었다. 순간 젊은이는, "아하! 사내 남(男)자의 뜻은 이런 거구나" 하는 사실을 깨달았다.

그는 금강산을 유람하면서 이런 식으로 천자문의 의미를 하나하나 익혔다. 그럭저럭 일 년의 세월이 흘러 스승은 두 젊은이를 앉혀놓고 그동안 공부한 것에 대해 물어 보았다.

한 젊은이는 천자문을 달달 외었다.

다른 젊은이는 천자문의 이치를 깨우친 사실을 설명하였다.

그러자 스승은 껄껄 웃으며, "너는 천자문을 배웠지만, 너는 만자문을 익혔구나."

요즘 우리나라 교육정책은, 만자문을 이해시키기보다는 천자문 외우기에만 열중하는 것 같아 안타깝기 그지없다.

사회에 진출하여 배운 바 지식을 십분 발휘하여 인류와 사회에 이바지할 수 있는 바탕 있는 교육이 아니라, 오로지 입시경쟁을 위한 암기위주 교육의 연속이다 보니, 이러한 교육을 받은 젊은이들에게 창작과 응용의 결과를 기대한다는 것 자체가 무리일지도 모른다. 이 땅의 교육 입안자들에겐 천자문 공부가 필요한지 모르지만 글로벌 지구촌에서 경쟁력의 우위를 차지하기 위해서는 만자문 공부를 필요로 하고 있다.

그림으로 읽는 글, 독화법(讀畵法)

독화(讀畵)란 말은 그림을 글로 해석해서 읽는 것을 말한다.

화조도(花鳥圖: 꽃과 새를 그린 그림)와 산수화(山水畵: 자연풍경)는 물론이고, 우리에게 너무나 잘 알려진 신사임당의 화접도(花蝶圖: 꽃과 나비 그림), 조충도(鳥蟲圖: 새와 곤충 그림) 등을 포함한 한국화(韓國畵)를 보면 단순한 것 같지만, 그 속에는 단순한 그림 외에 심오한 뜻을 내장하고 있는 것을 알 수 있다.

이러한 것들은 다분히 중국(中國)의 영향을 받았다 할 수 있는데, 예로부터 중국에서는 서화동원(書畵同源)이라 해서 그림과 글씨는 근원이 같다는 인식이 있어 왔었다. 그려진 사물의 이름을 동음이자(同音異字: 발음은 같지만 글자는 틀림)로 해석하는 원리가 바로 그것인데, 그림 감상뿐만 아니라 한자(漢字) 공부에도 많은 도움이 된다.

- 일로연과도(一鷺蓮科): 해오라기 한 마리가 연 밭에 있는 그림.
  (一路連科): 한 걸음에 향시(鄕試)와 전시(殿試) 등 연속으로 과거에 급제.
- 이갑전려도(二甲傳廬): 게 두 마리가 갈대꽃을 물고 있는 그림.
  (二甲傳臚): 과거에 두 번 장원급제하여 임금이 내리는 음식을 받는다. *갑(甲: 첫째)

• 백록(白鹿): 흰 사슴 그림.
(百祿): 온갖 복록(벼슬에서 얻는 녹봉)을 누린다.
• 공명도(公鳴): 장닭 그림. *장닭이 우는 그림 공계(公鷄)라 함.
(功名): 공을 세워서 이름을 얻음.
• 노안(蘆雁): 갈대밭의 기러기 그림.
(老安): 늙어서 편안함. 편안한 노후.
• 죽석(竹石): 대나무와 바위를 함께 그린 그림.
죽수(祝壽): 장수를 기원함. *중국 발음으로 '竹: 祝' 은 동음(石은 음은 다르지만 수석(壽石)으로 표현)
• 그 외에 박쥐 복(蝠) 그림은 복(福)을 기원한다는 뜻이 담겨져 있는데, '박쥐 복' (蝠)과 '복 복' (福)의 발음이 같기 때문이다.
• 난초(蘭) 그림은 '난초 손' (蓀)과 '손자 손' (孫)의 발음이 같으므로 손자의 출생을 축하, 또는 손자의 과거급제를 축원.

아름다운 그림 속에도 같은 음을 결부시킨 아이디어가 심플하다. 이 정도의 지식만 쌓아도 일요일 낮에 방영하는 KBS '진품명품' 시청에 많은 도움이 되리라 자위해 본다.

글 속에 그림이 있고, 그림 속에 글이 있는 법이다.

공자(孔子)가 희망하는 공부(工夫)

만세의 종사(宗師)이신 공자(孔子)께서는『논어; 論語』「학이편; 學而篇」에서, "나의 제자들은 집에 들어오면 효도하고, 밖에 나가면 공손하여 삼가고 미더우며, 널리 많은 사람을 사랑하며, 어진 이와 친밀히 지내야 한다. 그렇게 실천한 후에 여력이 있으면, 글을 배워라."

또, 학이불사즉강 사이불학즉태(學而不思則罔 思而不學則殆), 풀이하면 "배우기만 하고 사색하지 않으면 아무것도 없다. 사색하기만 하고 배우지 않으면 위태롭다" 고 하였다.

배움을 최고의 덕목으로 삼았던 공자께서는 학문이 전부가 아니라 인간의 본성을 깨우치는 것을 우선시했다.

바꾸어 말하면 학문을 익히기만 하고 효도치 않으며, 함부로 행동하고 남으로부터 신용을 얻지 못하며, 대중들로부터 인정받지 못하면 그 배움의 끝은 없다는 것이다. 가정에서나 학교에서나 인성교육을 배제한 채 입시위주의 공부만을 강요 당해 온 젊은 세대들을 향해, "요즘 젊은 놈들은 버르장머리가 없다" 고 단죄할 수만은 없다.

교육은 백년지계이다. 이 땅의 교육 입안자들에게 다시 한 번 권장한다. 인성교육이야말로 올바른 인간을 존립시킬 뿐 아니라, 세계가 존경하고 세계를 리드하며 대한민국의 초석이 된다는 것을 알아야 한다.

순자(荀子)가 말하는 군자의 학문하는 모습

중국 전국시대(戰國時代) 말기의 사상가이며 '실천유학' 의 창시자 순자(荀子)는, 군자와 소인의 학문하는 모습을 다음과 같이 비교 설명하였다.

군자지학야(君子之學也) : 군자의 공부하는 모습

입호이저호심(入乎耳箸乎心)
포호사체형호동정(布乎四體形乎動靜)
단이언윤이동(端而言蝡而動)
일가이위법칙(一可以爲法則)

군자의 학문은 귀로 들어와서 마음에 붙어서
온몸에 퍼지게 되고 행동으로 나타난다.
단정하게 말하고 조심스럽게 행동하니
모든 사람에게 법칙이 된다.

소인지학야(小人之學也) : 소인의 공부하는 모습

입호이출호구(入乎耳出乎口)
구이지간즉사촌(口耳之間則四寸)
갈족이미칠척지구재(曷足以美七尺之軀哉)

소인의 학문은 귀로 들어와서 입으로 나가니
입과 귀 사이는 불과 네 치일 뿐인데
일곱 자나 되는 몸을 어찌 아름답게 꾸밀 수 있겠는가?

순자 역시 공자에 못지 않게 지식보다는 행동을 중시했으며 지식인으로서의 가벼운 입놀림보다는 중후한 몸가짐의 실천을 강조했다.

예로부터 성인들의 가르침은 자신이 가지고 있는 지식의 돌출보다는 인간내면에 있는 인성의 깨우침에 있다.

공자(孔子)의 군자론(君子論)

공자(孔子)가 지향했던 군자(君子)란 어떤 부류의 인간이었을까?
그의 어록(語錄)을 통하여 알아보자.

- 인불지이불온(人不知而不慍)
  남이 나를 알아주지 않더라도 원망하지 않는다. –논어 학이편–
- 과즉물탄개(過則勿憚改)
  잘못이 있으면 머뭇거리지 말고 고쳐야 한다. –논어 학이편–
- 식무구포 거무구안 민어사이신어언 취유도이전언
  (食無求飽 居無求安 敏於事而愼於言 就有道而正焉)
  먹는 데 배부름을 구하지 않고, 사는 데 안락함을 구하지 않으며, 일에는 부지런하되 말은 신중히 하며, 도덕을 겸비한 사람에게 나아가 자신을 바로 잡는다. –논어 학이편–
- 군자지어천하야 무적지 무막야 의지여차
  (君子之於天下也 無適也 無莫也 義之與此)
  세상일에 대하여 꼭 어떻게 해야 한다는 것도 없고, 절대로 하지 말라는 것도 없다. 다만 의리에 따라 합당하게 행동할 뿐이다.
  –논어 이인편–
- 군자 유어의(君子喩於義)
  이익에 밝은 소인과 달리 군자는 도의에 밝다. –논어 이인편–
- 욕눌어언 이민어행(欲訥於言 而敏於行)
  말은 신중히 하되 행동은 민첩하게 한다. –논어 이인편–
- 불지명 무이위군자야(不知命 無以爲君子也)
  천명을 모르면 군자라 할 수 없다. –논어 이인편–
- 문질빈빈 연후군자(文質彬彬 然後君子)
  지식과 교양을 갖춘 이후라야 군자라 할 수 있다. –논어 옹야편–
- 박학어문 약지이례(博學於文 約之以禮)
  고전을 폭넓게 익히고 예의를 다잡아야 한다. –논어 옹야편–
- 화이부동(和而不同)
  다른 사람과 조화를 이루되 부화뇌동하지 않는다. –논어 자로편–

• 치기언이우기행(恥其言而遇其行)

자신의 직책에서 벗어난 일은 하지 않는다. —논어 헌문편—

• 군자고궁 소인궁람의(君子固窮 小人窮濫矣)

군자는 궁핍함을 견뎌낸다. 소인은 궁핍해지면 못하는 짓이 없다. —논어 위영공편—

• 병무능언 불병인지 불기지야(病無能焉 不病人之 不己知也)

남이 알아줄 만한 능력이 자신에게 없음을 걱정할 뿐, 남이 자신을 알아주지 않는 것에 대해서는 걱정하지 않는다. —논어 위영공편—

• 군자구제기 소인구제인(君子求諸己 小人求諸人)

군자는 책임을 자신에게 돌리고, 소인은 남에게 떠넘긴다. —논어 위영공편—

• 군자병부사왈 욕지이필위지사(君子病夫舍曰 欲之而必爲之辭)

군자는 내심 바라면서도 솔직히 말하지 않고 이리저리 구실을 찾는 것을 싫어한다. —논어 계씨편—

• 악칭이지악자 악거하류산상자 악용이무례자 악과감이질자

(惡稱人之惡者 惡居下流而訕上者 惡勇而無禮者 惡果敢而窒者)

다른 사람의 단점을 떠벌리고 다니는 자, 아랫자리에 있으면서 상관을 헐뜯는 자, 용기만 좋아하면서 예의가 없는 자, 과감하지만 꽉 막힌 자, 이런 자들을 나는 미워한다. —논어 양화편—

• 군자막대호여인위선(君子莫大乎與人爲善)

군자는 다른 사람의 선행을 실천하는 것을 도와주는 것보다 더 큰일은 없다. —맹자 공손추 상—

• 애여불공 군자불유야(隘與不恭 君子不由也)

마음이 좁고 공경스럽지 못한 것을 군자는 따르지 않는다. —맹자 공손추 상—

• 불이천하검기친(不以天下儉其親)

부모를 위한 일에는 돈을 아끼지 않는다. —맹자 공손추 하—

• 불원천 불우인(不怨天 不尤人)

하늘을 원망하지 않고 남을 탓하지도 않는다. —맹자 공손추 하—

• 성문과정 군자치지(聲聞過情 君子恥之)

명성이 실제보다 지나친 것을 군자는 부끄럽게 여긴다. —맹자 이루 하—

• 군자필자반야(君子必自反也)

군자는 반드시 스스로 반성한다. —맹자 이루 하—

• 군자유종신지우 무일조지환야(君子有終身之憂 無一朝之患也)

군자에게는 죽을 때까지 지니고 가는 걱정거리는 있을지언정 일시적인 근심은 없다. —맹자 이루 하—

• 앙불괴어천 부불작어인(仰不愧於天 俯不怍於人)

하늘을 우러러 부끄럽지 않고 굽어봐도 사람들에게 부끄럽지 않다.

—맹자 진심 상—

• 군자계신호기소불도 공구호기소불문

(君子戒愼乎其所不睹 恐懼乎其所不聞)

군자는 아무도 보지 않는 곳에서도 경계하고 신중하며, 아무도 듣지 않는 곳에서도 두려워한다. —중용—

• 군자준도이행 반도이폐 오불능기의

(君子遵道而行 半塗而廢 吾弗能已矣)

군자는 중용의 도를 행함에 있어 도중에 힘이 부치면 의식을 잃고 쓰러질지언정 그만 두지 않는다. —중용—

• 군자유제기이후구제인 무제기이후비제인

(君子有諸己而后求諸人 無諸己而后非諸人)

군자는 먼저 자신이 선행을 한 후에 남에게도 선행을 권하며, 자기가 악행을 하지 않은 다음, 남에게도 악행을 하지 말라고 요구한다.

—대학—

군자는 단순히 글만 많이 알고 있는 융통성 없는 선비가 아니라 자신을 먼저 내세우기보다 다른 사람과의 화합과 공존에 무게를 둔다.

일을 행함에 있어서도 먼저 조심하여 하늘의 도리를 살피고, 매사에 두려워하는 마음가짐으로 행하되 의리에 합당한지를 따져야 한다. 그리고 항상 반성하며 잘못은 즉시 고쳐 나간다. 입만 나불거리는 것이 아니라 선두에서 행동으로 결과를 낸다.

군자는 요즘으로 치자면 사회의 지도자요 리더라 할 수 있다. 지도자 한 사람의 판단과 행동이 뭇 사람들을 에덴동산으로 데려갈 수도 있고, 천 길 나락으로 이끌 수도 있다.

아침에 도(道)를 들으면 저녁에 죽어도 좋다

'조문도 석사가의; 朝聞道 夕死可矣', 『논어』「이인편; 里仁篇」에 나오는 말이다.

"아침에 도(道)를 얻으면 저녁에 죽어도 좋다"라는 이 말은, "도를 깨달았으면 지금 죽어도 좋다"가 아니라 왜 저녁까지 시간이 필요했을까?

논어(論語)는 공자와 제자들의 문답식 '대화집' 으로서 공자의 가르침과 사상이 총집대성된 책이다.

그 첫머리에, "배우고 때때로 익히면 이 또한 기쁘지 아니한가?" (학이시습지 불역열호; 學而時習之 不亦說乎)라고 하였듯이, 공자께서 제자들에게 제일 강조하고 싶었던 가르침이 배워서 익히는 것이었다.

지극한 도(道)를 깨우침에 있어 나 혼자만이 향유할 것이 아니라 사랑하는 제자들에게 전수할 시간이 필요했던 것이다.

성인(聖人)의 마음 씀이 모두 이와 같다.

《열반경; 涅槃經》에도 보면, 석가모니(釋迦牟尼)가 전생에 설산(雪山)에서 구도자로 수행하고 있을 때(그때를 설산동자라 한다) 어디선가, "세상의 모든 것은 무상하니 그것이 생멸의 이치이다"(제행무상 시생멸법; 諸行無常 是生滅法)라는 소리가 들려왔다.

'설산동자'는 희열을 느끼고 다음 게송(偈頌)이 궁금하여 주위를 살펴봤지만 사람의 모습이라고는 그림자도 없었다.

설산동자는, "게송을 읊으신 분이시여! 뉘신지는 모르오나 다음 게송을 마저 읊어 주옵소서" 하며 허공에다 부르짖었다.

그러자 갑자기 험악한 모습의 야차(野叉: 인도의 토속신으로서 초인적인 힘을 가지고 있으며 험상궂은 악신)가 나타나서, "나는 살아 있는 사람의 피만 먹고 사는데 며칠을 굶었더니 너무나 배가 고파서 다음 게송을 말해 줄 수가 없구나"라고 하는 것이 아닌가?

이에 설산동자는, "나는 진리의 도(道)를 깨우치기 위해 수행하고 있습니다. 나머지 게송을 말씀해 주신다면 이 몸을 당신에게 바치겠습니다"라고 약속하였다.

그러자 야차(野叉)는 기뻐하며, "태어남과 사라짐까지 다 소멸하고 난 적멸의 상태가 바로 지극한 즐거움이다(생사멸이 적멸위락; 生死滅已 寂滅爲樂)"라고 나머지 게송을 들려주었다.

이에 설산동자는 크게 희열하며 큰 나무기둥에다 게송을 새겨놓은 다음, 높다란 바위 위에 올라가서 약속한 대로 야차를 향해 몸을 날렸다.

순간, 하늘에선 꽃비가 내리고 건달바(乾達婆)들이 연주하는 황홀한 음악소리가 들리면서 야차의 모습은 제석천(帝釋天)의 모습으로 변해서 설산동자를 가벼이 받아서 땅에 내려놓고는, "나는 도솔천(兜率天)에 사는 제석천(帝釋天)인데 진리의 도(道)를 깨우치고자 수행하는 그대의 원력(願力)을 시험하고자 야차로 변신하여 그런 게송(偈頌)을 읊었노라"라고 고백했다.

여기서 눈여겨봐야 할 점은, 앞에서 언급한 것과 같이 공자도 설산동자도 모두 도(道)를 깨친 후에는 어김없이 뒷사람들과 공유하고자 했다는 점이다. 진리를 깨달음에 있어 나 혼자 수지(受持)하겠다는 에고이즘이 아니라 자신의 생명과도 맞바꾸어가며 다른 사람들과 공유하겠다는 자비심(慈悲心)은 과연 성인(聖人)의 반열에 오른 분이 아니고선 아무나 흉내 낼 수 없을 것 같다.

훌륭하신 스승이 계셨기에 진리의 도(道)는 제자들에게 전승되어 오늘도 이 세상을 밝히고 있다.

중용(中庸)의 도(道)

중용(中庸)이란 어느 한쪽으로 치우치지 않고 균형을 유지하는 것을 말한다. 즉, 마음 다스림의 공부를 말함인데, 이는 선불교(禪佛敎)에서 말하는 견성성불(見性成佛)과도 일맥상통한다.

자사(子思)는 유학(儒學)의 창시자인 공자(孔子)의 친손자이면서 공자의 학통을 이어받은 증자(曾子)의 수제자이며, 맹자(孟子)의 스승이다.

'사서(四書)' 의 하나인 『중용; 中庸』을 저술하여 공자사상의 핵심을 열었을 뿐 아니라 유가철학(儒家哲學)의 기틀을 마련하였다.

중용은 인간이 살아가는 균형 잡힌 삶을 말한다. 균형이 깨지면 모든 우주가 망가진다. 태양과 지구도 적당한 거리를 두고 균형이 잡혀 있기에 관계가 유지되고 있다.

사회전반에 걸쳐서도 법과 질서가 균형을 이룸으로써 인간이 살아갈 수가 있다. 인체도 마찬가지여서 기(氣)가 약하면 기(氣)를 불어 넣어줘야 하고 열(熱)이 많으면 열을 내려줘야 한다.

중용에서의 '중(中)' 은 한쪽으로 치우치지 않고 의지하지 않으며 지나치거나 모자람이 없는 것이며, '용(庸)' 은 일상적이고 평화로운 것을 말한다.

'중(中)' 은 세상의 올바른 도리요, '용(庸)' 은 세상의 정해진 이치이다.

조선의 제 5대 임금 문종(文宗)은 부왕인 세종(世宗)을 능가할 정도의 성군(聖君) 자질이 있었으나 부왕 세종이 붕어(崩御)하자 지나친 슬픔으로 몸을 돌보지 않아 그로 인해 세상을 일찍 하직했을 뿐만 아니라 사후에는 아들인 단종(端宗)이 동생인 수양대군에게 옥좌(玉座)와 더불어 목숨마저 빼앗기는 비극의 단초를 제공하였다.

'중용' 의 도(道)가 무너진 예이다.

그래서 공자는, "슬퍼하되 상심(傷心)하지 말라" 고 했었다.

《삼국사기; 三國史記》를 저술한 김부식(金富軾)도, 백제(百濟)의 온조왕(溫祚王)이 새로 궁궐을 지은 것을 두고, "검이불루(儉而不陋) 화이불치(華而不侈): 검소하되 누추하지 않고, 화려하되 사치스럽지 않다" 라며, 온조왕의 중용지도를 극찬하고 있다.

중용(中庸)은 변화이다.

잘못된 길을 가다가도 아니다 싶으면 중심점을 변화해야 한다. 중용(中庸)은 지속적이어야 한다. 올바르고 균형 잡힌 삶을 통하여 평정심을 이루어야 한다.

중용의 첫 장은, "천명지위성(天命之謂性) 솔성지위도(率性之謂道) 수도지위교(修道之謂教): 하늘이 명한 것을 性(성)이라 하며, 性(성)에 따르는 것을 道(도)라 하고, 道(도)를 닦는 것을 教(교)라 한다" 로 시작된다.

천성(天性)은 타고 난 마음 즉 본성(本性)을 말한다. 본성(本性)은 모든 생명에 내재되어 있다. 그렇다면 우리 인간의 본성은 무엇일까?

그것은 사단(四端) 즉, "측은지심(惻隱之心): 인(仁), 수오지심(羞惡之心): 의(義), 사양지심(辭讓之心): 예(禮), 시비지심(是非之心): 지(智)" 와 이를 어긋남 없이 실천하는 마음: 신(信)으로 곧, 오상(五常) '인(仁) 의(義) 예(禮) 지(智) 신(信)' 이라 할 수 있다.

이 '본성' 이 우리 인간에게 부여된 천명이며 그 본성을 찾아가는 것을 도(道)라 하고, 그 길을 닦는 것을 교(敎)라 한다. 인간이 본성을 따르는 길(道)을 밝혀 주는 것(敎)이 바로 모든 가르침의 으뜸이 되는 가르침 곧, 종교(宗敎)이다. 그것을 배우는 것이 '인성교육' 이다.

그러나 사람들은 종교(宗敎)를 신앙(信仰)으로 잘못 이해하고 있다.

도(道)를 닦는다는 것은 '사는 길' 을 모색하는 것이다. 석존(釋尊)도 발심출가(發心出家)하여, 고행(苦行)도 쾌락(快樂)도 아닌 무의식적인 감정 속에서 영원한 생명의 해탈을 깨달았었다.

모든 사물의 본질을 알아차리고 관습(慣習)에서 벗어나 중도(中道)를 유지하는 것. 중용(中庸)의 도(道)이다.

우리의 삶이 허무하다고 느끼는 것은 자신의 본성을 찾지 못했기 때문이다. 한낱 벌레도 이 세상에 올 적에는 뚜렷한 삶의 목적을 가지고 오는 법인데, 만물의 영장이라 하는 우리 인간이, 자신이 이 세상에 온 목적을 모르고 산대서야 말이 안 된다. 하긴 공자 같은 성인도, 나이 오십이 되어서야 천명을 알았다고 한 것을 보면, 하늘로부터 부여받은 명을 깨닫고 살아가기란 예사로 어려운 일이 아니니다.

지나치지도 않으면서 모자라지도 않게 떳떳하게 살아가는 것이 중용(中庸)의 도(道)이다.

도척(盜跖)의 도(道)

공자(孔子) 재세시에 노(魯)나라에 도척(盜跖)이라는 큰 도둑이 있었다. 그는 9척이 넘는 거구에다 9,000명의 졸개를 거느리고 천하를 종횡하면서 세상을 흔들었다. 그에게는 류하혜(柳下惠)라는 형이 있었는데, 뭇사람들로부터 현인(賢人)으로 추앙받으며 공자와도 교류가 깊은 학자였다.

"아우를 잘 교화시켜 달라"는 류하혜의 부탁을 받은 공자는 도척을 찾아 갔다.

도척이 입을 열었다.

"당신은 그 화려하고 위선적인 말솜씨로 천하를 미혹시켜 부귀와 공명을 자신의 것으로 만드니 도둑치고는 당신보다 더 큰 도둑이 어디 있겠는가?"라고 조소(嘲笑)하며 나무랐다.

그리고는, "우리도 당신보다 더 훌륭한 도(道)와 원칙이 있다"고 큰소리 쳤다.

공자는 더 이상 말상대가 되지 않는다고 판단하고 대꾸도 없이 돌아오고 말았다. 석존(釋尊)도 일천제(一闡提)에 해당되는 자는 구제하지 않았다.

도척이 주장하는 도(道)란 평소 그가 졸개들에게 훈계하는 덕목으로서, 첫째, 털려는 집에 어떠한 물품이 어디에 있는가를 알 수 있는 좌견천리(坐見千里: 앉아서 천리를 봄)의 예지력(豫知力)이 있어야 하는데, 이를 성(聖)이라 하고, 둘째, 털러 갔을 때 그 집의 방범시설 등을 감안하여 성공과 실패를 예측할 수 있는 판단력이 있어야 하는데, 이를 지(智)라 한다. 셋째, 침입을 할 적에는 위험을 무릅쓰고 다른 동료보다 먼저 진입하는데, 이를 용(勇)이라 하며, 넷째, 범행을 마친 후 다른 동료들보다 나중에 나오니, 이를 의(義)라 하고, 다섯째, 털어온 물품을 배분함에 있어 참여자 모두에게 공평하게 나누어주니, 이를 인(仁)이라 한다.

이 글을 잘못 이해하면, 도척이 무슨 뛰어난 성인(聖人)이라도 되는 듯 오해할 수도 있다. 아무리 예쁘게 포장을 해도 도둑은 도둑이다.

도척이 자신의 무리들을 미화한 것에 불과하다.

도척이 순서까지 나열해 가며 들먹인 소위 덕목(德目)이란 것들은 도둑질이 수치스러운 일이란 걸 모르는 무식함에서 오는 것일 뿐이다.

나쁜 짓을 저질러 놓고도 반성할 기미도 보이지 않는 철면피들이나 하는 짓이다.

도둑의 의리(義理)

연암 박지원의《열하일기; 熱河日記》중에서 '황금대기'(黃金臺記)에 나오는 글이다.

도둑 세 명이 어느 무덤을 도굴해서 많은 황금을 훔쳤다.

축배를 들기 위해 그 중 한 명이 술을 사러갔다. 그는 황금을 독차지하기 위해 돌아오는 길에 술에다 독(毒)을 탔다. 그가 도착하자 남아 있던 도둑들이 합심하여 그를 죽여 버렸다. 그들도 황금을 둘이서 나누어 갖기로 합의를 했기 때문이다. 그리고 두 사람은 독(毒)이 든 술을 나누어 마셨으니 세 사람의 도둑은 모두가 공평한 죽음을 맞고 말았다. 도둑에게 의리란 있을 수 없다. 도둑은 애초에 양심이 없는 자이기 때문이다.

도자증기조감: 도둑은 밝은 달을 싫어한다

『명심보감; 明心寶鑑』에서 당(唐)나라 때의 학자 허경종(許敬宗)은 말한다.

춘우여고(春雨如膏) : 봄비는 등잔의 기름과 같아서 유익하지만
행인오기이녕(行人惡其泥濘) : 길 가는 사람은 질퍽거려서 싫어하고
추월양휘(秋月揚輝) : 가을 달은 빛을 발하여 두루 밝게 비추지만
도자증기조감(盜者憎其照鑑) : 도둑은 그 밝음을 싫어한다.

자연의 법칙은 공평한 것 같지만 모두에게 유익하고 도움이 되는 것은 아니다. 성인(聖人)의 가르침을 만백성이 환영하지만 도둑은 그 가르침을 따르지 않는다. 나에게 주어진 풍족한 재물은 힘들고 빈곤하게 살아가는

사람들의 몫을 내가 더 가졌다는 심정으로 역지사지(易地思之) 심정으로 나누며 살아갈 일이다.

조선시대의 수업료, 속수례(束脩禮)

조선시대에도 스승으로부터 수업을 받으려면 절차가 있었으니, 우선 스승의 허락이 있어야 했다.

제자는 스승의 허락을 얻기 위해 처음으로 대면할 적에 정중한 예로 정성이 깃든 예물을 바쳤는데 이를 속수례(束脩禮)라 한다.

'묶을 속'(束), '포 수'(脩), '예도 례'(禮)라는 글자에서 보듯 소량의 육포(肉包) 묶음을 스승에게 올린다는 의미인데, 이러한 의식의 발단은 춘추전국시대 공자(孔子) 재세시까지 올라간다.

공자(孔子)께서도 가르침을 구하는 제자들에게 육포(肉包)를 올려야만 제자로 받아들이는 것을 원칙으로 삼았던 것이다. 조그만 동네의 가난한 민초들의 세계에서는 서당 훈장에게 보리쌀 두 말 정도가 기준이 되기도 했다.

왕실에서도 속수례(束脩禮)의 전통은 예외가 없었다.

왕세자(王世子) 역시 성균관의 선생님에게 가르침을 요청할 적에는 어김없이 속수례(束脩禮)를 행했는데, 성종(成宗) 때 간행된 궁중의식을 기록한《국조오례; 國朝五禮》에 보면, '왕세자'는 요즘으로 치면 학생복이라 할 수 있는 청금포(青衿袍: 푸른 비단으로 만든 옷)을 입고, 묶은 비단 3필, 두되들이 술 1병, 육포 한 묶음을 상(床) 위에다 올려놓고, "바야흐로 스승님께 수업을 받고자 감히 알현을 청합니다"라며 읍(揖)을 하면, 장막 안에 스승으로 지목된 신하가 자신의 학문이 짧음을 이유로 두어 번 사양하고, 이에 왕세자로부터 재차 알현을 요청받은 후, 이를 승낙하는 절차상의 의식을 거쳐 장막 안에서 나오면, 왕세자는 스승을 향해 꿇어앉아 준비한 폐백(幣帛)을 바친 후 두 번 절한다. 이에 스승 역시 두 번의 절로 답례를 한다, 라고 기록되어 있다.

모든 가르침의 시작은 예(禮)로써 시작된다고 여겼던 옛 선조들은 '속수례' 를 통해서 스승에 대한 존경과 더불어 제자에 대한 겸손을 몸소 실천하는 미덕을 보였었다.

아무리 세상이 바뀌었다 해도 스승의 그림자마저 밟지 않았다는 옛말이 무색할 정도로 요즘 학생들 중에는 선생님을 함부로 대하고 막말에다 심지어 폭행까지 저지르는 학생이 있는가 하면, 선생 역시도 학생들에게 자신의 지위를 앞세워 감정적으로 폭력을 행사하거나 해서는 안 되는 부도덕한 행위를 저지르는 경우도 있다.

앞에서 보았듯이, 제자는 스승에게 낮은 몸가짐으로 존경의 예를 다했고, 스승 역시 제자를 향해 겸손한 자세를 다했다.

사람은 평생을 배우다 생을 마감한다. 뿐만 아니라 저승에 가서도 배움은 그칠 수가 없기에 망자(亡者)의 지방(紙榜)에 '현고학생부군; 顯考學生府君' 이라 쓴다. 굳이 학창시절의 선생님만이 스승은 아니다.

남의 장점을 본받고 나의 단점을 비교하여 고칠 수 있는 사람이 있다면 그 사람이 바로 나의 스승이 될 수 있다.

나이와는 상관없이 나의 인생길의 모든 스승들에게 감사한 마음으로 살아가는 인생이기를 축원해 본다.

채찍질의 가르침, 교편(敎鞭)

지금은 상상도 할 수 없는 일이지만 40여 년 전만 하더라도 스승의 날이 되면 대다수의 학부모들이 교사를 찾아뵙고 "우리 아이의 지도편달을 바

랍니다"라고 부탁을 했다.

여기서 지도편달이란, '가리킬 지'(指), '이끌 도'(導), '채찍 편'(鞭), '매질할 달'(撻)로서, "채찍으로 때려서라도 내 자식을 잘 가르쳐 주십사" 라는 말이다.

'채찍 편'(鞭)을 보면, '가죽 혁'(革)에다 '편할 편'(便)이 합쳐진 글자로서 막대기에다 가죽 끈을 달아 이리저리 편하게 휘두르는 채찍을 말한다. 원래는 말이나 소를 길들일 때 사용했던 채찍이 인간의 교육용으로 대체 사용되었던 것이다. 교직생활을 하는 선생님들을 흔히 '교편(敎鞭)을 잡는다' 라고 표현하는데 채찍으로 가르치는 사람을 뜻한다.

학생들에게 간혹 충격요법을 쓰기 위한 매질은 훗날 채찍 대신 회초리로 변하게 되지만 회초리 역시 매질임에는 틀림이 없다.

옛날의 학부모들은 자식이 스승으로부터 첫 수업을 받는 날, 자식들의 등에다 회초리 한 묶음을 지워서 보냈다. 글자 그대로 지도편달(指導鞭撻)을 바라는 학부모의 심정을 전달한 셈이다.

회초리란 말은, '돌 회'(回), '처음 초'(初), '이치 리'(理)가 합쳐진 말로서, 세상에 때 묻지 않은 초심으로 돌려놓는 이치란 뜻이다.

교직(敎職)을 성직(聖職)으로 알고 교편생활을 하고 있는 이 땅의 신세대 선생님들이 교편(敎鞭)이란 어휘가 채찍으로 학생들을 훈육한다는 뜻임을 안다면 그 표정이 어떠할까 자못 궁금하기만 하다.

배달민족의 전통 육아법, 단동십훈(檀童十訓)

우리나라 단군(檀君) 이래 오천 년 역사 속에 전승되어온 전통 육아법(育兒法)이 있었으니 이른바 '단동십훈; 檀童十訓' 이다.

단군왕검(檀君王儉)의 혈통을 물려받은 배달민족(倍達民族)의 아이들이 지녀야 할 열 가지의 가르침을 말하는데, 보통 태어나서 세 살 이전의 말을 배우는 시기의 아기를 어르는 것으로서 우리가 흔히, 의성어(擬聲語)나 의태어(擬態語)로 알고 있는, 도리도리, 짝짜꿍, 건지곤지, 죔죔 등이 그것이다.

원래는 열 가지이지만 몇 가지만 빼고는 퇴색되었는데, 그 중 오늘날에도 살아 있는 몇 가지를 들면,

- 도리도리(道理道理): '길 도' (道), '이치 리' (理)
  천지만물이 하늘의 도리로 생겼으니, 너도 하늘의 도리로 태어났음을 알고, 인간으로서 살아가는 도리를 깨우치라는 뜻이다. 이때는 머리를 좌우로 흔드는데 '도리' 가 아니면 행해서는 안 된다는 교훈과 함께, 목에서 머리로 올라가는 혈관과 근육을 풀어주면서 기(氣)의 순환을 도와주는 한편, 뇌(腦)운동에도 도움을 준다.
- 짝짜꿍(作作宮): '만들 작' (作), '만들 작' (作), '집(우주) 궁' (宮)
  우주의 조화를 깨치고, 운명을 스스로 헤쳐 나가는 창조의식을 함양하면서 손바닥을 마주쳐 전신에 혈액순환을 돕는다. 하늘의 조화를 깨달았으니 기쁘고 즐겁게 즐기자는 뜻 가지고 있다.
- 건지곤지(乾知坤知): '하늘 건' (乾), '알 지' (知), '땅 곤' (坤), '알 지' (知)
  흔히 '곤지곤지' 로 알려져 있지만 '건지곤지' 가 맞는 말이다. 하늘과 땅의 이치를 알고 우주의 무궁한 조화와 법칙을 알아야 한다는 뜻이다. 이때는 오른손 집게손가락을 왼손 바닥에 찧는 흉내를 하는데, 하늘과 땅을 내가 직접 경영한다는 주인의식과 함께 손바닥의 지압(指壓)과 손가락의 혈(穴)을 풀어준다
- 지암지암(持闇持闇): '가질 지' (持), '숨을 알' (闇)
  흔히 '잼잼(죔죔)' 으로 알고 있다. 눈에 보이지 않는 숨어 있는 세상의 흐름을 마음대로 쥐락펴락 하라는 뜻이다. 이때는 손가락을 쥐었다 폈

다 동작을 반복하는데, 쥘 줄을 알면 놓을 줄도 알아야 한다는 깨우침과 함께 손가락의 기(氣)와 혈(穴)을 풀어준다.

• 깍꿍(覺宮): '깨달을 각' (覺), '집(우주) 궁' (宮)

각궁이 '깍꿍' 으로 변했다. 우주는 음(陰)과 양(陽)이 합쳐져 모든 생명이 탄생하니 그것을 그림으로 묘사해 놓은 것이 태극(太極)이다. 태극의 가운데 원(圓)은 우주를 형상화 했고 그 가운데 물결처럼 나뉘는 모습이 음과 양의 경계를 말함이니 그 음양의 법칙을 깨달으라는 뜻이다. 이 때는 눈을 마주보며 하는데, 우주만물의 태극사상을 확실하게 각인(刻印)시키는 의미를 담고 있다.

• 섬마섬마(西摩西摩): '서녘 서, 깃들 서' (西), '연마할 마' (摩)

'섰다섰다' 가 변한 말이다. 몸을 잘 연마(鍊磨)해서 혼자서 세상을 잘 헤쳐 나가는 독립정신을 심어주는 뜻이다. '서다' 의 뜻으로 남에게 의존하지 말고 혼자서 설 수 있는 힘을 키우라는 뜻이다. 걸음마를 가르칠 때 세워놓고 손을 떼는 동작으로서 다리의 근육을 키워줌으로써 홀로 설 수 있게끔 도와주는 효과가 있다. 손바닥 위에 두 발을 올려서 세우는 시늉도 한다.

조상들의 지혜가 돋보이는 육아법을 보면서 선조들의 우주와 인간의 일치된 삶의 경영철학에 절로 고개가 숙여진다.

천(天) 지(地) 인(人)으로 대표되는 삼원사상(三元思想)의 교육을 통해 호연지기(浩然之氣)를 심어주던 지구상에 하나밖에 없는 이 위대하고 탁월한 육아법이 젊은 세대에 잊혀져가는 것만 같아 안타까운 마음 금할 길 없다.

싸가지 없는 놈, 무사단(無四端)

조선을 건국한 태조(太祖) 이성계는 잃어가는 민심의 방향을 돌려놓기 위해 도읍을 개성(開城)에서 한양(漢陽)으로 천도하기로 마음먹었다.

이때 모든 기획과 건설을 삼봉(三峯) 정도전(鄭道傳)이 책임을 맡았는데, 정도전은 유교(儒敎)의 이상향을 새로운 도읍에 실현코자 하였다.

도읍(都邑)을 둘러싼 도성(都城)의 4대문에다 4단(四端-인의예지; 仁義禮智)를 명명한 것이 그것으로서, 동대문(흥인지문; 興仁之門), 서대문(돈의문; 敦義門), 남대문(숭례문; 崇禮門), 북대문(숙정문; 肅靖門)이라 이름 짓고, 사대문을 들락거리는 모든 백성들에게 이 '4단: 인의예지' 정신을 주입시키려 했던 것이다.

이 '4단'은 인간으로서의 갖추어야 할 네 가지 덕목을 말하는데 인(仁: 어짐), 의(義: 의로움), 예(禮: 예의), 지(智: 지혜)를 말함이다.

여기에다 신(信: 믿음)을 추가하면 5상(五常)이 되는데, 동서남북 4대문 중심에다 종각(鐘閣)을 설치하여 보신각(普信閣)이라 하였으며, 매일 아침 저녁으로 종을 울려 백성들에게 4단과 오상 정신을 함양코자 하였다.

우리는 흔히 기본적인 양심에 벗어난 행동을 하는 사람을 일컬어 싸가지가 없다고 말한다. 이 싸가지가 바로 앞에서 언급한 4가지의 덕목 사단(四端)을 말한다.

정도전은 새로운 도성을 지으면서도 인간의 도리를 유교(儒敎)의 관점에서 유토피아 건설을 실현하려 하였다.

오늘도 일부 싸가지 없는 사람들이 아무런 양심의 가책도 없이 4대문을 들락거리고 있다.

발(足)로 글을 쓰는 명필(名筆), 족필선생(足筆先生)

류공권(柳公權)은 중국 당(唐)나라 후기의 이름난 서예가이다.

처음에는 왕희지(王羲之)체를 배우고 후에 제자백가(諸子百家)의 필법을 모두 배웠다. 평소에, "용필(用筆)은 마음에 있고, 마음이 바르면 붓이 바르다"라는 좌우명(座右銘)을 신조로 삼고 글씨공부에 전념을 했다.

특히, 비문(碑文)을 잘 썼으며, 화가(畵家)로서도 이름을 떨쳤다. 그가 서예가로서 한창 이름을 얻고 있을 즈음 무명의 서예가가 장안(長安)에 나타났는데, 사람들은 그를 손 대신 발로 글씨를 쓴다고 하여 족필선생(足筆先生)이라 불렀다. 호기심에 찾아가 보니, 양팔이 없는 족필선생은 발가락에다 붓을 끼워 글씨를 쓰는데 가히 신인(神人)의 솜씨라 할 만했다.

넋을 잃고 구경하던 류공권은 어떻게 하면 그만한 경지에 오를 수 있는지 물어 보았다. 이에 족필선생이란 자는 대답 대신 붓에다 먹을 듬뿍 찍어서 백지 위에다 일필휘지(一筆揮之)로 써내려갔다.

사진팔항수(寫盡八缸水)
연염노지묵(硯染澇池墨)
박취백가장(博取百家長)
여득용봉비(如得龍鳳飛)

글씨 연습에 여덟 항아리의 물을 다하고
벼루 씻은 물이 큰 연못을 검게 물들이고
널리 백가의 장점을 취한다면
비로소 용과 봉황이 나는 듯한 필력을 얻을 수 있으리

천재(天才)는 1%의 영감과 99%의 노력으로 이루어진다고 했던가?

등잔기름 살 형편이 못돼 명주주머니 속에다 반딧불이를 수십 마리 집어 넣어 거기서 나오는 빛으로 책을 비추어 읽은 진(晉)나라의 차윤(車胤)은 상서(尙書)라는 장관에 올랐고, 같은 시대 손강(孫康)이란 소년도 역시 집안이 가난해 등불을 밝힐 기름을 구하지 못하자 궁리 끝에 겨울날 추위를 무릅쓰고 눈(雪)에 반사되는 달빛에 의지해 책을 읽었는데 성장해서 역시 어사대부(御史大夫)라는 장관직에 오를 수 있었다.

이른바 '형설지공; 螢雪之功' 이란 고사성어가 생기게 된 배경이다.

물 위의 오리는 평화롭게 떠 있는 것 같지만 물속에서는 쉼 없이 물갈퀴로 물질을 하고 있다.

무엇이든 우연히 이루어지는 것은 없다. 성공한 사람들을 면면히 살펴보면 남들보다 몇 배나 피눈물 나는 노력으로 자수성가를 이루어냈다는 것을 알 수 있는데, 이것은 동서고금을 막론하고 만고의 진리이다.

오늘날 류공권이 천하의 명필로 이름을 남기게 된 근저에는 말없이 깨우쳐준 족필선생의 교훈이 바탕이 되었다는 것은 말할 필요가 없다.

노 교수(老教授)의 절필(絶筆)

어느 마을에 노 교수(老教授)가 한 분 있었다.

그 노 교수는 학생들에게 사학(史學)을 가르치는 분이었는데 해박한 지식만큼이나 인품이 뛰어나 뭇사람들로부터 존경을 받는 처지였다. 하루는 이웃 간에 언쟁이 벌어졌는데 도저히 우열을 가릴 수 없게 되자 노 교수에게 판단을 의뢰하고 그 판단에 승복하기로 합의를 본 다음 두 사람은 노 교수를 찾아갔다. 두 사람으로부터 자초지종을 듣고 난 노 교수는 두 사람에게 잘잘못을 가려주었고 그들은 승복하며 돌아갔다.

그런데 얼마 지나지 않아 노 교수의 판단이 오판이었음이 드러나고 말았다. 잘잘못의 실체가 뒤집어지고 만 것이었다.

이에 노 교수는 자신의 잘못을 인정하고 자신이 몸담고 있던 학교에 사표를 제출하고 더 이상 글도 쓰지 않겠다며 붓을 꺾고 말았다.

"바로 눈앞에 일어난 사실도 판단하지 못하는 우둔한 내가 어찌 수백, 수천 년 전의 역사를 감히 학생들에게 가르칠 수가 있겠는가?" 라는 게 노 교수의 독백이었다.

『명심보감; 明心寶鑑』에 보면, "若聽面說(약청면설)이면 便見相離別(편견상이별)이니라" 라는 대목이 있다.

우리말로 풀어 보면, "만약 한쪽 말만 들으면 곧 서로 헤어지게 되느니라" 가 되는데, 대인관계뿐만 아니라 모든 사물을 한쪽만 보는 편견은 사람 사이를 멀어지게 할 뿐 아니라 쓸데없는 오해를 불러일으킨다. 보다 객관적이고 합리적인 사고방식을 기르는 연습이 필요한 법이다.

벼루의 대명사, 남포벼루(藍浦硯)

벼루(연; 硯)는 문방사우(文房四友) 중에서도 특히 사대부들의 사랑을 많이 받았다.

우리나라에서는 일찍이 삼국시대부터 벼루를 사용한 기록이 있으며, 고려를 거쳐 조선시대에 오면서 벼루의 인기는 절정을 이루는데 점잖은 선비들 사이에 벼루강탈사건마저 성행할 정도로 벼루의 인기는 대단하였다.

고려 때 문신이요 명문장가인 이규보(李奎報)의 벼루사랑은 남달라서 그의 저서《이상국 전집; 李相國全集》에 보면, 소장용으로 갖고 다니는 작은 벼루를 두고 찬탄하는 〈소연명; 小硯銘〉이란 시(詩)를 지은 것이 있다.

硯乎硯乎(연호연호) 爾麼非爾之恥(이마비이지치)
爾雖一寸窪(이수일촌와) 寫我無盡意(사아무진의)
吾雖六尺長(오수육척장) 事業借汝遂(사업차여수)
硯乎吾與汝同歸(연호오여여동귀) 生由是死由是(생유시사유시)

벼루야, 벼루야, 네가 작다 하여 너의 수치가 아니니다.
너 비록 한 치쯤 된 작은 웅덩이지만 너의 무궁한 뜻을 쓰려 한다
나는 비록 육척 장신인데도 사업이 너를 빌어 이루어진다.
벼루야, 너는 나와 일체가 되어 생사를 함께 하자꾸나.

벼루는 중국의 '단계(端溪) 벼루'를 최고로 쳤었는데, 그에 버금가는 벼루가 바로 충남 보령(保寧)에서 생산되는 '남포벼루; 藍浦硯'이다.

남포면 성주산(聖住山)에서 나는 검은 색이 나는 오석(烏石)으로 만든 남포벼루는 원석에 흰색의 구름모양이 새겨져 있다고 해서 백운상석(白雲上石)이라고도 부르는데 쇠망치로 두들겨 보면 맑고 고운 쇳소리가 난다.

남포벼루는 시간이 지날수록 윤(潤)이 나고 벼루에 물이 잘 스며들지 않으며 '먹'이 잘 갈린다.

조선시대 실학자 성해옹(成海翁)은 남포벼루가 갖고 있는 덕(德)을 일러, "구슬 같고, 한 번 숨을 쉬면 이슬이 맺힌다"고 노래했고, 추사(秋史) 김정희(金正喜) 선생도 지니고 있는 벼루 세 개중 두 개가 남포벼루였다고 한다.

남포벼루의 명성은 멀리 중국에까지 알려졌었는데 중국의 사대부들 사이에서도, "조선의 종이와 벼루는 문방용품(文房用品)으로서 비할 바 없는 금은보화이다"라고 칭송했다.

남포벼루는 세월이 흘러 오늘에 와서도 그 명성을 이어가고 있는데, 필자도 명품 남포벼루 한 점 정도는 소지하고 싶었지만 인연이 닿지 않다가

해마다 단오(端午)를 기점으로 지인들에게 친필로 몇 자 적어 합죽선(合竹扇)을 선물하고 있는데, 생각지도 않게 지인으로부터 답례로, 자신이 소장하고 있던 남포벼루를 선물 받았다.

부채(선; 扇) 한 점으로 꿈에도 그리던 남포벼루를 선물 받았으니 횡재도 이런 횡재가 없다.

장인(匠人)이 만든 명품벼루 한 점을 얻기 위하여 사대부(士大夫)의 체면도 팽개치고 소매 속에 훔쳐 넣고 도망까지 했다는 '보령벼루!'

미인은 자신의 몸치장을 위해 천금으로 화장품값을 치른다지만, 선비는 명품벼루를 소지하기 위해, 만금의 값을 지불하고도 아까워하지 않는다.

남포벼루의 천생배필, 해주매월

아무리 명품 피아노가 있다 해도 일류 피아니스트가 연주를 해줘야 명품 피아노의 가치가 돋보이듯, '보령벼루'가 아무리 명품이라 한들 거기에 짝 할 수 있는 명품 먹(묵; 墨)이 있어야 한다.

먹(묵; 墨)은 본시 후한(後漢)시대부터 사용했다는 기록이 있거니와 우리나라에는 삼국시대를 거치고 고려, 조선시대에 와서는 먹의 황금시대를 이루었다 할 수 있다.

'남포벼루'가 벼루를 대표한다면, 황해도 해주(海州)에서 생산되는 수양매월(首陽梅月)은 먹의 대명사라 할 수 있다.

먹을 만드는 재료는 소나무를 불에 태워 거기서 나오는 그을음으로 만든 송연묵(松烟墨)이 있고, 기름을 불태워 나온 그을음으로 만든 유연묵(油煙墨)이 있는데, 그 중에서도 송연묵(松烟墨)을 최고로 쳤다.

소나무 그을음을 한 데 모아 가는 체로 쳐서 풀로 개어 반죽을 만든 뒤에 절구공이로 다진 후, 불에 적당히 구운 뒤 아름다운 무늬가 새겨진 틀에 넣고 잘 식혀야 비로소 송연묵(松煙墨)이 탄생한다.

황해도 해주(海州) 먹(墨) 중에서도 수양산(首陽山)에서 나는 소나무를 태워서 만든 먹을 명품으로 쳤는데, 그 중에서도 달 아래 매화그림이 새겨진 일명 수양매월(首陽梅月)이란 풍치 있는 이름을 지닌 먹이 단연 최고 인기였었는데, 그 '수양매월'을 두고 웃지 못할 에피소드가 있어 소개한다.

장씨(張氏) 성을 가진 황해도 감사(監司)가 임기를 마치고 한양으로 돌아가면서 '수양매월'을 자그마치 30장이나 사서 돌아갔다.

그는 수양매월을 얼마나 아꼈는지 조카가 한 장만 달라고 애걸하여도 끝내 주지 않았다. 이에 조카는 앙심을 품고는 숙부를 골탕 먹일 작정으로 숙모에게 거짓으로 고자질을 해 바쳤다.

"숙모님, 숙부께서 황해도 감사로 가 계실 때에 수양매월이라는 기생에게 반해 정을 통해 오다가 한양으로 오실 때 그 기생을 잊을 수가 없어 그 기생의 이름을 30장이나 되는 먹 속에 새겨서 돌아오셨답니다. 숙부님은 그 먹을 문갑 속에 소중히 간직하고 계신다 하니, 숙모님께서는 사랑방 문갑을 한 번 뒤져보도록 하십시오. 만약 문갑 속에서 '수양매화'란 먹이 나오면 숙부님은 아직도 그 기생을 오매불망 잊지 못하는 것이 분명합니다."

부인은 그 길로 사랑방으로 달려가 문갑을 뒤져보니 과연 문갑 속에서는 '수양매월'이라고 새겨진 먹이 잔뜩 나오는 것이 아닌가?

"이놈의 영감탱이가!"

화가 머리끝까지 치민 부인은 즉석에서 마치 기생년을 두들겨 패듯이 장도리로 그 귀한 먹을 모조리 가루로 만들고 말았다.

그날 밤, 장모(張某) 대감은 부부싸움에서 부인으로부터 큰 낭패를 당한 것은 두 말할 필요가 없다.

풍치 있는 이름을 가진 '수양매월'은 풍치가 너무 넘쳐 기생이름으로 곡해를 받아 공중분해되는 수난을 당했다.

조카에게까지 인색했던 장모(張某) 대감은 한 장의 먹을 아끼려다 30장이나 되는 '해주매월'을 몽땅 잃고 마는 소탐대실(小貪大失)의 우(愚)를 범하고 말았다.

백조시(百鳥詩)

중국 북송(北宋) 때의 문인이요, 정치가인 소식(蘇軾)은, 호(號)가 동파(東坡)인데 이름보다 '소동파; 蘇東坡'로 더 잘 알려져 있다.

영예스럽게도 부친 소순(蘇洵)과 동생 소철(蘇轍)과 함께 삼부자(三父子)가 함께 '당송팔대가; 唐宋八大家'에 이름을 올려 중국 최고의 명문으로 뭇사람들의 부러움을 샀다.

그의 문장은 다분히 철학적이면서 새로운 경계의 문학세계를 오르내렸다. 소동파의 최고의 대표작이라 할 수 있는 〈적벽부; 赤壁賦〉는 불후의 명작으로 애창되고 있으며 현재에도 병풍(屛風)에다 새겨 널리 사랑받고 있다.

또한 그는 그림에도 대단한 소질이 있어, 자연을 소재로 그린 작품이 몇 점 남아 있는데 그 중에서도 백 마리의 새가 둥지로 돌아가는 장면을 그린 '백조귀소도; 百鳥歸巢圖'라는 유명한 작품이 있다.

운필도 뛰어날 뿐 아니라 하도 명작이라 귀중하게 다루어졌는데 400여 년이 지난 뒤 명(明)나라 때 윤문서(倫文敍)라는 학자가 '백조귀속도'에다 그림의 제목으로 〈화제시; 畵題詩〉를 적었는데, 훗날 사람들은 〈백조시; 百鳥詩〉라 불렀다.

天生一隻又一隻 三四五六七八隻
(천생일척우일척 삼사오륙칠팔척)

鳳凰何小鳥何多 啄盡人間千萬石
(봉황하소조하다 탁진인간천만석)

하늘에 새 한 마리 또 한 마리
셋 넷 다섯 여섯 일곱 여덟 마리
봉황은 없고 새는 얼마나 많은지
인간 천만 석을 다 쪼아대는구나

이 시(詩)는 현실정치를 예리하게 풍자한 작품으로 평가받고 있는데, 문제는 앞에 열거한 수수께끼 같은 숫자에 있다.

천생일척우일척은 1+1=2가 되고, 삼사오륙칠팔척은 둘씩 구분하여, 3×4=12, 5×6=30, 7×8=56, 모두 합하면 100이 되는 묘한 숫자의 이치가 이 시(詩) 속에 있는 것이다.

그리하여 소동파의 명작 그림에다 윤문서의 기발한 '화제시' 까지 합쳐져 천하의 명작이 탄생되었다.

아름다운 비단 위에 예쁜 꽃그림을 더한 것을 '금상첨화; 錦上添花' 라 한다. 이 백조시야말로 시대를 초월한 천재(天才)와 천재(天才)가 만나 이루어 놓은 금상첨화이다. 더 이상의 찬사는 사족(蛇足)일 뿐이다.

매미의 5덕(五德)

이 세상에 매미(선; 蟬)처럼 불쌍한 일생을 찾아보기도 힘들다.

성충(成蟲) 암컷 매미는 나무껍질에다 알을 낳는데 이 알은 나무껍질 속에서 약 1년간 있다가 다음해 여름에 부화(孵化)해서 바로 땅속으로 들어가 나무뿌리의 즙을 빨아먹으며 10여 년을 살다가 다시 세상에 나와 짝짓기를 한 후 생을 마감하는데, 그 짧은 삶을 보상받기라도 하듯, '군자(君子)의 덕목' 으로 살아남아 중국은 물론, 우리나라 고려와 조선시대 임금과 신하들의 관모(官帽)의 상징이 되었다.

임금과 관료들의 모자에까지 매미의 날개를 달아놓은 것은 늘 곁에 두고 매미의 덕을 본받으라는 의미이다.

임금이 쓰는 익선관(翼善冠)은 제주도 조랑말의 고운 말총으로 섬세하게 만들었기에 일명 익선관(翼蟬冠)이라고도 했었는데, 조선시대 왕과 왕세자가 국가의 대소의례 때 곤룡포(袞龍袍)와 함께 사용하였다.

익선관 형태는 신하들이 쓰는 사모(紗帽)와 비슷한데, 양쪽에 달려 있는 깃의 모양을 흡사 매미날개처럼 만들어 위로 향하게 만들어 부착하였다. 이는 하늘을 의미하며, 관료들의 관모(官帽)는 양 옆으로 붙여 땅을 향하게 하여 군신(君臣)을 구분하였다.

관모의 매미날개 모양의 양쪽 깃을 관리들이 서로 쳐다볼 때마다 매미의 덕목을 떠올리며 정사를 잘 베풀라는 교훈으로 삼았다 하니 매미의 덕을 살펴보기로 하자.

중국 서진(西晉)시대 육운(陸雲)이란 시인은 늦가을의 매미를 주제로 〈한선부; 寒蟬賦〉라는 글을 지었는데 그 서문(序文)에 매미는 지극한 덕을 갖춘 곤충이라고 표현하면서 매미에게는 군자가 지녀야 할 다섯 가지의 덕(五德)이 있다고 했다.

첫째, 문덕(文德)이 있다고 했다.

"두상유유즉기문야(頭上有緌則其文也)" : 매미의 곧게 뻗은 입은, 길게 늘어진 선비의 갓끈 같아서 학문에 뜻을 둔 선비와 같다. 또한 매미의 반복적인 울음소리는 선비들의 글 읽는 소리로 들린다.

둘째, 청덕(淸德)이 있다고 했다.

"함기음로즉기청야(唅氣飮露則其淸也)" : 매미는 오로지 맑은 이슬과 수액(樹液)만 먹고 사니 청렴하다.

셋째, 염덕(廉德)이 있다.

"서직불향즉기염야(黍稷不享則其廉也)": 농민이 애써 일군 곡식을 탐하지 않으니 염치가 있다.

넷째, 검덕(儉德)이 있다.

"처불소거즉기검야(處不巢居則其儉也)": 매미는 여느 벌레들과는 달리 집조차 짓지 않고 그냥 밖에서 생활하니 욕심이 없고 검소하다.

다섯째, 신덕(信德)이 있다.

"응시수절이명(應時守節而鳴)": 매미는 철에 맞춰서 열심히 울며, 물러날 때를 알고 지키는 신의(信義)가 있다.

지금 돌이켜 음미를 해 봐도 글쓴이의 관찰력에 감탄할 뿐이다.

조선 중기의 성리학자 이행(李荇)이란 분도 〈매미(蟬)〉란 시에서, "너의 천성이 자못 높고 깨끗하니, 누가 감히 하찮은 벌레라 하겠는가? (爾性頗高潔 誰言蟲類微; 이성파고결 수언충류미)"라고 매미의 덕을 노래했다.

매미가 울어대는 것은 단순히 짝짓기 대상을 찾기 위해서만이 아니다.

무의미하게 하루하루를 살아가는 인간들에게, 짧은 자신의 삶을 통해 허송세월하지 말라는 경각심을 심어주기 위해서이다.

하루하루를 뚜렷한 목적의식도 없이 헛되이 일평생을 살다가 죽음을 앞둔 말년에 회한의 눈물을 흘리지 말라고 하는 경고의 메시지인 것이다.

오늘도 불볕더위 속에서 인간들을 일깨워주기 위해 목이 쉬도록 울어대는 매미에게 존경의 마음을 담아본다.

부채의 8덕(八德)

부채(선; 扇)라는 말은 손으로 부쳐서 바람을 일으킨다는 '부'와 도구라는 뜻의 '채' 가 합쳐져 이루어진 순수한 우리말로서 '손으로 부쳐서 바람을 일으키는 채' 라는 뜻이다.

부채의 역사를 살펴보면, 초기에는 잎이 넓은 파초 잎을 말려서 사용했으며, 시간이 지나면서 새의 깃털을 사용하다가 비단의 발명이 있은 후에는 비단으로 대신하였다가 종이의 발명과 함께 지금의 부채로 자리를 잡았다는 것이 정설이다.

부채는 일반적으로 둥근 모양에 자루가 달린 '방구부채' 와 부채의 면을 접었다 폈다 할 수 있는 '접부채' 로 구분한다.

접부채는 휴대가 간편하여 일명 '쥘부채' 라고도 한다.

역사의 인물 중에 가장 부채를 사랑한 사람은 단연코 후한(後漢)시대 제갈량(諸葛亮)이라 할 수 있다. 우리에게 제갈공명으로 더 잘 알려진 제갈량은 사시사철 날씨와 관계없이 잠시도 학우선(鶴羽扇)을 손에서 놓는 법이 없었는데 이는 그의 부인 황씨의 권유에 의해서라 한다.

유비현덕(劉備玄德)의 삼고초려(三顧草廬)를 받은 제갈량이 출사(出仕)의 뜻을 굳히자 황씨부인은 남편인 제갈량에게 정색을 하고, "당신의 재주는 하늘과 땅을 덮을 만합니다. 기어이 출사를 하시겠다면, 부채를 손에서 놓지 마십시오. 낭군님께서는 표정관리가 잘 되지 않는 단점이 있으니, 이를 부채로 가리셔야만 합니다."

스승 황승언(黃承彦)의 따님이요, 현명한 아내의 충고를 받아들인 제갈량은 죽을 때까지 잠시도 학우선(鶴羽扇)을 손에서 놓지 않았다.

임진왜란 때 동래부사(東萊府使) 송상현(宋象賢) 공의 '부채 시(詩)' 도 빼놓을 수 없다.

임진왜란이 발발하자 부산진성(釜山鎭城)은 이미 함락이 되고 송상현 부사를 위시한 동래(東萊)의 관민(官民)이 필사적으로 싸웠으나 중과부적(衆寡不敵)으로 북대문(北大門)이 함락되자 그는 조복(朝服)으로 갈아입고, 임금이 계신 북쪽을 향해 네 번 절하고 왜장(倭將)의 칼을 장렬히 받았는데, 그에 앞서 노복(奴僕)편에, 부채에다 유묵(遺墨)을 남겨 고향에 계신 부모님에게 보냈으니, 후세 사람들은 이를 〈부채시; 扇詩〉라 불렀다.

고성월운(孤城月暈) : 외로운 성은 달무리지고
열진고침(列陳高枕) : 주위의 진들은 구해줄 여력이 없습니다
군신의중(君臣義重) : 임금과 신하의 의리가 중하기에
부자은경(父子恩輕) : 부자간의 은혜는 가벼울 뿐입니다.

조선의 시대상황으로서는 부모보다 먼저 죽는다는 것은 큰 불효이다.

그러나 송상현 부사는 나라의 녹을 먹는 관리로서 효(孝)보다는 충(忠)이 더 중요했다. 충을 기반으로 한 효야말로 참된 효란 것을 알았기 때문이다. 송상현 부사는 죽음으로써 영원히 사는 길을 택한 것이다.

부채(扇)는 자신의 심정을 전하는 편지로서의 역할도 했다.

고려시대 삼은(三隱)의 한 사람인 목은(牧隱) 이색(李穡) 선생이 지인에게 대나무 부채를 보내며 부채에다 써 준, 〈군상억(君相憶): 그대를 생각하며〉란 시(詩)를 감상해 보자.

억군무소증(憶君無所贈) : 그대를 생각하다가 줄 것이 없어
증차일편죽(贈次一片竹) : 한 조각 대나무 부채 한 점 드립니다
죽간생청풍(竹間生淸風) : 대나무 사이에서 맑은 바람 일어날 테니
풍래군상억(風來君相憶) : 바람이 일 때마다 서로를 생각합시다.

한낱 부채 한 점으로 이렇게 속 깊은 정을 나누는 것을 보면 옛 선비들의 마음 씀이 한없이 멋스럽다. 필자 또한 그 멋스러움이 부러워 매년 단오절

(端午節)을 기점으로 수십 점의 부채에다 졸필(拙筆)의 마음을 담아 지인들에게 선물하고 있다.

풍류를 아는 선비들은 부채에도 여덟 가지의 덕(德)이 있다 하여 팔덕선(八德扇)이라 칭했었는데, 사람들마다 조금씩의 차이는 있으나 다음과 같다.

첫째 덕목으로, 바람을 일으키고(기풍; 起風)

둘째로는, 따가운 햇볕을 막아주고(차양; 遮陽)

세 번째로, 야외(野外)에선 방석이 되어주고(방석; 方席)

네 번째는, 야외에서 밥상 역할이 되고(반상; 飯床)

다섯 번째, 파리나 모기를 막아주고(방충; 防蟲)

여섯 번째, 물건(금전)을 나르고(이물; 移物)

일곱 번째, 호신용으로 사용하고(호신; 護身)

여덟 번째, 빚쟁이나 진상을 만났을 때 외면할 수 있다(외면; 外面).

여기에 '판소리' 하는 소리꾼들에게는 한 가지를 더 추가하여 '구덕선; 九德扇' 이라 했는데, 소리를 하다가 막히는 부분은 미리 메모를 해뒀다가 커닝을 할 수 있는 덕목이 보태진다.

어릴 적 밤이면 마당에다 멍석을 깔고는 어머니 무릎을 베개 삼아 별을 헤이며 더위를 쫓았다. 모깃불 연기로 콜록거리면 어머니는 어김없이 커다란 '방구부채' 로 연기를 쫓아주셨다.

어머니의 무릎을 베고 잠이 들던 소년은 세월이 흘러 할아버지가 되었지만, 고도화된 산업의 영향으로 선풍기, 에어컨 바람이 아무리 인간의 마음을 빼앗는다손 치더라도, 그 옛날 어머니가 부쳐주시던 부채바람을 잊을 리가 없다.

부채에는 어머니의 사랑이 있고 임금에 대한 충절이 있으며, 서로 간에 마음을 알아주는 살갑고 아름다운 인간의 정(情)이 담겨져 있다.

성삼문(成三問)과 채미가(採薇歌)

성삼문(成三問)은 조선 최고의 '절의지사(節義志士)' 이다.

세종과 문종 2대의 임금으로부터 고명(顧命)을 받고, 어린 단종을 복위시키려다 실패하여 효수(梟首)되고 거열형(車裂刑)에 처해졌지만, 그의 지조만은 사육신(死六臣)이라는 불멸의 금자탑으로 살아남아 청사(靑史)에 빛나고 있다.

1418년 충청도 홍성(洪城)에서 태어난 그는 과거시험에서 장원으로 급제한 천재로서 세종의 절대적인 신임을 받으며 한글창제에 깊숙이 관여했다. 학문적으로 쌍벽을 이루던 신숙주(申叔舟)와 함께 명(明)나라의 한림학사 황찬(黃瓚)을 13회나 찾아가 왕래하며 그로부터 정확한 음운(音韻)과 언어연구를 배워왔을 뿐 아니라, 명(明)나라 사신을 따라 명나라에 가서 뜻글자 한자(漢字)와 소리글자 한글을 비교, 원리를 파악하여 1446년 '훈민정음; 訓民正音' 반포에 크게 이바지하였다.

계유정난(癸酉靖難) 이후 단종(端宗)은 본인의 뜻과는 상관없이 껍데기뿐인 상왕(上王)에 추대되고 수양대군이 조선의 제 7대 임금으로 즉위하자 뜻있는 동지들과 단종 복위를 모의하였다.

그때 지은 시조(時調) 〈수양산(首陽山)을 바라보며〉를 보면, 그의 피 끓는 절의(節義)를 느낄 수 있다.

> 수양산(首陽山) 바라보며 〈백이〉와 〈숙제〉를 한하노라
> 차라리 굶어죽을지언정 고사리를 캐어 먹었단 말인가
> 비록 푸성귀일지라도 그것이 누구의 땅에서 생겨난 것인가?

백이(伯夷)와 숙제(叔齊)는 옛날 중국의 고죽국(孤竹國)의 왕자들이었는데 부친이 죽은 뒤 서로가 후계자 되기를 사양하다가 끝내 둘 다 나라를 떠

났고 남아 있던 동생이 왕위를 이었다.

두 형제는 주(周)나라 무왕(武王)이 어질다는 소문을 듣고 찾아갔으나 천자국(天子國)인 은(殷)나라 주왕(紂王)의 학정을 견디지 못한 무왕(武王)이 쿠데타를 일으키자 "신하된 자가 천자(天子)를 토벌하는 것은 인의(仁義)가 아니다"고 만류했지만 무시당하고, 결국 무왕(武王)은 쿠데타에 성공하여 주(周) 왕조를 세우자, 두 형제는 주(周)나라 곡식을 먹는 것을 거부하고 수양산(首陽山)에 들어가 평생을 고사리를 캐 먹다가 죽었다.

등피서산혜 채기미의(登彼西山兮 采其薇矣)
이포역포혜 부지기비의(以暴易暴兮 不知其非矣)
신농우하 홀언몰혜(神農虞夏 忽焉沒兮)
아안적귀의 우차조혜(我岸適歸矣 于嗟徂兮)
명지쇠의(命之衰矣)

오늘도 수양산에 올라 고사리를 캐노라
폭력을 폭력으로 갚고도 그릇됨을 모르는구나
신농 우 임금의 좋은 시절 홀연히 사라졌도다
이제 우린 어디로 가야 하나
아아! 가자 죽음의 길로
쇠잔한 나의 운명이여.

이 시(詩)가 그 유명한 〈채미가; 采薇歌〉이다.

자타가 공인하는 충절의 표본이었기에 『사기; 史記』를 저술한 사마천(司馬遷)은 「인물열전; 人物列傳」 제일 첫 머리에 '백이 숙제전'을 올려놓았다.

만고충신 성삼문의 절의는 중국이 자랑하는 백이, 숙제의 충절을 훨씬 뛰어넘은 것으로서 비교조차 되지 않는다.

그리고 자신이 읊어 두었던 시조처럼 절개를 지켰다.

시조(時調) 〈수양산 바라보며〉는 지명 수양산(首陽山)과, 조카의 임금 자리를 찬탈한 수양대군(首陽大君)의 수양(首陽)을 중의법(重意法)으로 사용함으로써 읽는 사람들의 심금을 더욱 울리고 있다.

그의 재주가 너무 아까워, 잘못을 시인만 하면 무조건 살려주겠노라는 세조의 회유를 뿌리치고, 벌겋게 달군 인두가 살과 뼈를 파고드는 고통 속에서도 성삼문의 일편단심(一片丹心)은 변함이 없다.

> 이 몸이 죽어가서 무엇이 될고 하니
> 봉래산(蓬萊山) 제일봉에 낙락장송(落落長松) 되었다가
> 백설(白雪)이 만건곤(滿乾坤)할 제 독야청청(獨也靑靑)하리라.

여기서 잠깐, 성삼문과 같이 거사에 실패하고 모진 고문 속에서도 임금에게 끝까지 '수양(首陽) 나으리' 라고 불러대며 지조 속에 죽어간 사육신(死六臣)의 한 사람인 박팽년(朴彭年)의 〈절명시조; 絶命詩調〉도 소개해 둔다.

> 아무리 금생여수(金生麗水)라 한들 물마다 금이 나며
> 아무리 옥출곤강(玉出崑岡)이라 한들 산마다 옥이 나며
> 아무리 여필종부(女必從夫)라 한들 님마다 다 좇으랴

온갖 협박과 회유를 뿌리친 성삼문은 삼족(三族)이 멸문지화(滅門之禍)를 당하고, 아내와 딸자식들은 계유정난 공신들의 노비(奴婢)가 되는 아픔을 뒤로 한 채, 새남터의 형장에 죽음과 마주 앉았다.

북소리는 둥둥둥 사람의 목숨을 재촉하는데
고개 돌려 바라보니 해는 서산에 기우는구나
저승길에는 주막도 없다는데
오늘밤은 어디서 쉬었다 갈꼬….

중국의 사마천(司馬遷)이 훗날, 조선 땅에 성삼문이 태어나서, 〈채미가; 采薇歌〉를 비웃을 줄 알았더라면, 감히 『사기; 史記』의 「인물편」 첫머리에 '백이 숙제' 를 올릴 엄두는 내지 못했을 것이다.

이 작은 조선의 땅에서 태어나, 대국(大國)이라 우쭐대는 중국인의 자존심을 여지없이 뭉개버리는 성삼문의 기개(氣槪)야말로, "산이 높다고 해서 명산(名山)이 아니라, 신선이 살고 있으면 명산이요, 물이 깊다고 해서 신령(神靈)스러운 것이 아니라, 용(龍)이 살고 있으면 신비스럽다" 고 노래한 중당(中唐) 시인 유우석(劉禹錫)의 〈누실명; 陋室銘〉과 같이 성삼문의 절의는 오늘도 내일도 봉래산(蓬萊山)의 낙락장송(落落長松)이 되어 오늘날 우리의 가슴 속에 영원히 살아 숨 쉬고 있다.

신숙주(申叔舟), 변절자인가 공신인가?

신숙주(申叔舟)의 본관은 고령(高靈)이요, 공조참판(工曹參判) 신장(申檣)의 아들로서, 5개 국어를 구사하는 외교관으로서도 이름을 날렸으며, 세종(世宗)의 신임을 한 몸에 받으며 한글창제에도 혁혁한 공을 세웠을 뿐만 아니라, 집현전 부수찬(副修撰)으로 근무할 당시 밤늦도록 책을 보다 엎드려 잠이 들었을 때, 세종께서 친히 납시어 손수 용포(龍袍)를 덮어주었다는 일화는 너무나 유명하다.

또한 성삼문과 더불어 세종으로부터 어린 세손(世孫: 훗날의 단종)을 잘

보살펴 달라는 고명(顧命)을 받은 신하이다.

한살 아래 성삼문과는 쌍벽을 이루는 학문적 친구이자 동지였으나 조선의 제 5대 임금 문종(文宗)께서 일찍 승하(昇遐)함에 따라 정치적인 소용돌이 속에서 어린 단종(端宗)보다는 야심가 수양대군(首陽大君) 편에 줄을 서면서 후세 사람들로부터 변절가라는 오명을 덮어쓴 주인공이 되고 말았다.

천재 신숙주는 고민하였다. 기존의 집현전 동료들과 함께 어린 임금을 모시며 충성을 다 할 것인가, 아니면 무한한 능력과 야심을 갖춘 수양대군을 통하여 자신의 이상적인 정치를 확고하게 실현할 것인가?

그는 먼저 손을 내민 수양대군을 통하여, 자신의 능력을 인정해 주던 선왕 세종의 모습을 보았다.

절개(節槪)를 버리고 영달(榮達)을 선택한 변절자라는 작은 오욕(汚辱)보다는 자신의 능력을 십분 발휘할 수 있는 새로운 정치세계를 선택했다.

훗날 1487년 6월 22일《성종실록; 成宗實錄》에는, "신숙주는 천품(天品)이 고매(高邁)하고 관후(寬厚)하면서 활달하였으며, 경사(經史)에 두루 미치고 의논(議論)에 항상 대체(大體)를 지녀서 까다롭거나 자질구레하지 않았으며 대의(大義)를 결단함에 있어 강하(江河)를 터놓은 것과 같이 막힘이 없어서 조야(朝野)가 의지하고 중히 여겼다"라고 기록되어 있는 것만 보더라도 그의 성품과 정치적인 역량을 가늠할 수 있다.

그리하여 훗날 세조(世祖)라는 시호(諡號)를 받는 수양대군, 새로운 임금의 신임을 한 몸에 받으며 선대(先代) 세종의 정책을 이어나가는 데 앞장을 선다.

세종 때 만들어지기만 하고 대대적으로 시행하지 못한 공법(貢法: 토지에 대한 세금제도)을 적극적으로 확대시키는 한편 평안도와 함경도 지역에 걸쳐 대립하고 있던 여진족(女眞族)을 몰아내어 북방정책을 계승해 나갈 뿐 아니라, 조선시대 법전(法典)인《경국대전; 經國大典》의 편찬을 시작하였으며, 민심을 안정시키고 태평성대의 기틀을 마련하였다.

그의 능력은 불과 40세의 젊은 나이에 정승(政丞)의 반열인 우의정(右議政)에 올랐고, 5년 뒤 45세에는 일인지하 만인지상(一人之下 萬人之上)이라는 영의정(領議政)에 올랐다. 세조(世祖) 사후 예종(睿宗)마저 급서(急逝)하면서 어린 임금(훗날 성종)이 불과 12세의 나이로 등극하자 또 다시 영의정에 제수되어 4년에 걸쳐 국정을 안정시키는 정치력을 발휘한다.

단종(端宗) 복위사건에 연루되어 절의를 지키다 순절(殉節)한 사육신(死六臣)과 대비되며 맛이 잘 변하는 '녹두나물'을 '숙주나물'이라 빈정대는 세간의 비아냥을 온몸으로 받으며 역사 앞에 우뚝 선 희대의 천재 정치가 신숙주! 그는 지극한 현실주의자였으며, 세상이 달라졌음을 받아들이고 새 군왕 밑에서 올바른 정치를 해 나간 천재 지식인이었으며, 자신을 죽임으로써 청사를 빛낸 역사의 희생물이었다.

임금의 묘호(廟號) 조(祖)와 종(宗)의 차이

고려시대부터 조선시대에 이르기까지 임금이 죽으면 그 업적에 따라 묘호(廟號)를 지어 종묘사당(宗廟祠堂)에 올리는데, 이때 조(祖)와 종(宗)으로 구분한다.

고려(高麗)는 건국시조 왕건(王建)만이 유일하게 태조(太祖)라고 시호(諡號)를 받은 반면, 조선(朝鮮)은 건국시조인 태조 이성계(太祖 李成桂)를 포함하여 무려 일곱 분이나 조(祖)를 받음으로써 뚜렷한 대조를 보이고 있다.

여기서 조선시대의 조(祖)와 종(宗)의 구별을 살펴보기로 하자.

먼저 조(祖)는 나라를 세운 건국시조나 국난을 극복하여 종묘사직을 온전하게 지킨 임금을 말하며, 종(宗)은 덕으로 나라를 다스렸으며 문물(文

物)을 융성케 한 임금을 말한다. 한 마디로 국가의 운영이나 위기에 공(功)이 있는 임금을 조(祖)라고 일컫고, 덕(德)이 있는 일반 임금을 종(宗)이라 했는데 이를 일컬어 '조공종덕; 祖功宗德' 이라 한다.

그런가 하면 군왕으로서 자신을 지키지 못하고 부도덕한 행위로 퇴출당한 임금은 군(君)으로 칭했는데 연산군(燕山君)과 광해군(光海君)이 있다.

조(祖)에 치적된 일곱 임금의 치적을 보면,

- 태조(太祖): 건국의 시조(始祖)
- 세조(世祖): 계유정난(癸酉靖難), 이시애(李施愛)의 난을 극복
- 선조(宣祖): 임진왜란(壬辰倭亂) 극복
- 인조(仁祖): 이괄(李适)의 난을 극복
- 영조(英祖): 이인좌(李麟佐)의 난을 극복
- 정조(正祖): 시파격파(時派擊破), 무장(武將)들의 난 극복
- 순조(純祖): 홍경래(洪景來)의 난 극복

  퇴출된 두 명의 군(君)을 제외하고 나머지 열여덟 분의 임금들은 모두가 덕(德)을 지닌 임금으로 분류되었다.

이상에서 살펴본 바와 같이 조(祖)가 종(宗)보다는 훨씬 영예롭다 하더라도 떳떳하게 종묘(宗廟)에 이름을 올린 임금이 몇이나 될까 가늠해 본다.

감사(監司)와 강아지

감사(監司)는 관찰사(觀察使)의 다른 이름으로 요즘으로 치자면 도지사(道知事)에 해당되는 관직이다.

아침 밥상머리에서 별것 아닌 일로 부인으로부터 심한 잔소리를 들은 감

사는 감영(監營)에 출근을 해서도 공무(公務)가 손에 잡히질 않는다.

괜히 죄 없는 관원(官員)들에게 화풀이를 해댄다. 아무런 잘못도 없이 윈종일 곤욕을 치른 관원들 역시 기분이 좋을 리가 없다.

퇴근해 와서 애꿎은 마누라에게 분풀이를 해댄다.

마누란들 기분이 좋겠는가?

만만한 며느리를 개잡듯 잡는다. 하소연할 곳 없는 며느리는 부엌에서 얼렁거리는 강아지 배때기를 후려 찬다.

감사(監司) 마님의 욱하는 성질이 돌고 돌아 국토세간(國土世間)의 뭇 생명들은 물론 축생계의 생명에까지 영향을 미친다.

가족 간의 불화(不和)는 대화단절에서 오는 오해의 경우가 대부분이다.

아무리 바빠도 차(茶)라도 한 잔 마시면서 가족 간의 대화를 나누는 습관을 들여야 한다. 특히 부부간에는 말해 무엇하랴? 형식적이 아닌 상호간에 존중과 신뢰가 밑바탕이 된 사랑만이 부부간의 애정을 증가시킨다.

『명심보감; 明心寶鑑』에서도, "부불우심곤자효(父不憂心困子孝) 부무번뇌시처현(夫無煩惱是妻賢)"이라 하여, "아버지가 마음에 근심이 없음은, 자식이 효도하기 때문이고, 남편이 번뇌가 없는 것은, 아내가 어질기 때문이다"라고 했다.

꼭, 어진 아내뿐만이 아니다. 포용력 있는 남편의 넓은 가슴도 필요하다.

부부는 서로가 믿고 존중하며 아끼고 사랑하는 가운데 행복이라는 열매를 얻을 수 있기 때문이다.

한자상식(漢字相識)으로 알아보는 각종 직책

직책이나 직업 뒤에 붙는 '사'의 사용범위를 놓고 헷갈리는 수가 허다하다. 직책별 '사' 를 논해 보기로 한다.

- 사(事): 일정한 임무를 맡은 선출직이나 임명직에 쓰인다.
  판사(判事), 검사(檢事), 도지사(道知事), 이사(理事)
- 사(使): 국가에서 파견하는 고위관직에 쓰인다.
  대사(大使), 공사(公使), 어사(御使)
- 사(士): 전문적인 능력을 갖추고 자격시험에 합격한 전문직.
  변호사(辯護士), 회계사(會計士), 중개사(仲介士), 박사(博士), 기사(技士)
- 사(師): 전문적인 자격증으로 업무를 수행하며 남을 가르치는 특수직에 종사. 의사(醫師), 약사(藥師), 교사(敎師), 요리사(料理師), 간호사(看護), 사육사(飼育師), 마술사(魔術師)

세간의 속된 표현으로 한때, "'사' 자 달린 사위를 보려면 열쇠가 세 개는 있어야 된다"는 말이 유행했던 시절이 있었는데 나열해 놓고 보니 꼭 그렇지만은 않은 것 같다. 신성하고 고귀한 직업에 차별된 등급이란 있을 수 없다.

세계의 문화유산, 아리랑

'아리랑' 은 지역과 이데올로기를 뛰어넘어 민족의 공동의식을 대변하는 민초들의 소리이다. 서당이나 학교에서 배운 적도 없고, 가르치는 선생이 따로 있는 것도 아니다.

할머니의 무릎에서 어머니가 물려받았고, 어머니의 젖가슴에서 우리가 익히고 따라 불렀다.

아리랑고개는 보릿고개와 함께 몸서리치도록 가난했던 민초들의 배고픈 한(恨)과 눈물이었으며, 가진 자에게 착취당하고 살아야만 했던 민초들의 탄식이었고, 힘없이 살아가야만 했던 민초들이 스스로를 자위하는 쓴웃음이고 자장가였다.

민초들의 아리는 삶이 '아리랑' 이었고, 쓰리는 삶이 '쓰리랑' 이었다.

그래서 아리랑은 아리랑 자체가 민족의 삶이요, 숨결이었다.

슬퍼도 아리랑이고 기뻐도 아리랑이었다.

개화기 때 어떤 외국인 선교사는, "조선 사람이 있는 곳엔 반드시 아리랑이 있다"고 자국에 소개한 것만 보더라도 아리랑은 우리 민족과는 뗄래야 뗄 수 없는 필수불가결의 숙명이요 생활이다.

지역마다 특색을 지닌 아리랑이 존재하는데, 농경지대 농민들의 삶을 노래한 '밀양아리랑' 과 남편과 자식을 바다에 묻고 사는 해안가 여인네들의 한(恨)과 슬픔을 담은 '진도아리랑', 그리고 산골에 사는 순박한 민초들의 삶을 노래한 '정선아리랑' 이 아리랑을 대표하는 '삼대 아리랑' 으로 꼽는데, 이를 제외하고도 대충 밝혀진 것만 해도 60여 종에 5,000여 곡에 이른다고 한다.

만주벌판에서 잃어버린 나라를 되찾겠다는 일념으로 일본군과 싸워온 독립군들에게도 '광복군 아리랑' 은 빠질 수 없었고, 러시아에 주둔해 있다가 해방 후 중앙아시아로 강제 이주당한 교포들에게도, 중국에서 돌아오지 못한 채 흑룡강성과 길림성 등에 정착해 살고 있는 교포들에게도 아리랑은 희망이고 생존의 끄나풀이었다.

일본군에 강제 동원된 징용 노동자들도, 위안부들도 모두가 힘들고 고통스러울 때엔 아리랑을 부르며 고향을 그리워했다.

지금도 미국으로 이민 가서 살고 있는 100만 명의 미국 교포들을 위시해서 80만 명의 일본 재일동포, 유럽, 남미, 중동은 물론, 멀리 아프리카까지 대충 잡아 500만 명은 족히 되고도 남을 교포들은 모두가 하나같이 '아리랑' 이라는 매개체 아래 뭉쳐서 살아가고 있다.

아리랑은 시대적 생활상을 반영하는 '대중가요' 속에서도 나타나는데 1931년 불려진 '아리랑 낭랑' 을 시작으로 지금까지 100여 곡이 넘게 발표되었고, 가요뿐만이 아니라 '영화' 라는 활동사진을 통해서도 1926년 개봉된 나운규의 '아리랑' 을 필두로 수십 편이 상영되었으며, 연극, 드라마, 소설 등 실로 전 예술분야에 미치지 않은 영역이 없을 정도이다.

뿐만 아니라 외국인들도 우리의 아리랑을 사랑하며 동경하였으므로 이승만 대통령은 6.25 한국전쟁 때 참전하여 우리나라를 구해준 공로로 미제 7사단의 사단가(師團歌)로 아리랑을 선물하기도 했다.

농촌의 들녘에서도 농민들의 아리랑은 언제나 함께였고, 바닷가 해녀들의 몰아쉬는 거친 숨소리에도 아리랑은 몸에 배여 있으며, 벌목하는 삼판(森阪)에서도 아리랑은 빠질 수가 없었다.

군사정권 시절 대통령이 외국 순방길에 오르면 TV로 생중계를 했었는데 그때에도 아리랑은 어김없이 삼군 군악대 소리에 맞춰 연주됐었고, 1980년대 민주화운동의 길목에서 최루탄에 맞아 사망한 고(故) 이한열 군의 장례식에서도 아리랑은 장송곡이 되어 수많은 국민들의 눈시울을 적셨다.

2000년 시드니 올림픽 때, 최초로 '남 · 북 단일팀' 이 공동입장을 하면서 불렀던 노래도 아리랑이었으며, 2002년 월드컵 한 · 일 공동개최 때에도 국가대표팀을 응원하는 '붉은 악마' 의 공식 응원가 역시 아리랑이었다.

이렇듯 아리랑은 한민족을 하나로 묶고 소통을 가능케 할 뿐 아니라, 지극히 단순한 곡조로 이루어져 있어서 외국인들도 한 번만 들으면 즉석에서 따라 부를 수 있게끔 매력적인 구조로 되어 있다.

한국전쟁 때 참석했던 외국의 참전용사들이 70년이 지난 오늘에도 아리랑을 외우고 부를 수 있다는 것이 이를 증명한다.

자타가 공인하는 대한민국의 제 2의 국가(國歌)가 '아리랑' 이다.

오랜 세월에 걸쳐 사랑과 이별, 시집살이의 애환, 외세에 맞선 투쟁, 삶의 현장에서 느끼는 희로애락 자체가 아리랑이었기에 국가에서는 소리꾼들 중에서 '무형문화재 예능보유자'를 지정하여 살아 숨 쉬는 문화유산으로서 발전 전승시키고 있다.

뿐만 아니라 2012년에는 '유네스코 무형문화재'에 등재됨으로써 대한민국을 넘어 명실공히 '세계의 문화유산'으로서 인정을 받게 되었다.

세계적인 열풍을 일으키고 있는 K-POP도, BTS 방탄소년단도, 근저에는 아리랑의 핏줄이 흐르고 있다는 것을 알아야 한다.

지극히 한국스러운 것이 세계적인 것이다.

순수 우리말로 혼동(混同)하기 쉬운 한자음(漢字音)

- 가령(假令) : 거짓 가(假), 헤아릴 영(令)－가정하여. 예를 들어서.
- 과연(果然) : 열매 과(果), 그럴 연(然)－아닌 게 아니라. 정말로.
- 괘씸(掛心) : 걸 괘(掛), 마음 심(心)－마음에 두고 걱정하거나 잊지 아니함.
- 근근(僅僅)이 : 겨우 근(僅)－어렵사리. 겨우.
- 급기야(及其也) : 미칠 급(及), 그 기(其), 어조사 야(也)－마지막에 가서는.
- 기왕(旣往) : 이미 기(旣), 갈 왕(往)－이미 지나간. 이전.
- 나사(螺絲) : 소라 라(螺), 실 사(絲)－소라 알맹이처럼 빙빙 돌리어 고랑이 진 못.
- 내지(乃至) : 이에 내(乃), 이를 지(至)－얼마에서 얼마까지. 그렇지 않으면.
- 단지(但只) : 다만 단(但), 다만 지(只)－다른 것이 아니라. 오로지.
- 당나귀(唐懶歸) : 당나라 당(唐), 게으를 나(懶), 돌아갈 귀(歸)－말(馬)과의 포유류로서 보통 '나귀' 라고 하는데 중국 당(唐)나라에서 왔다고 '당나귀' 라 함.
- 당분간(當分間) : 마땅할 당(當), 나눌 분(分), 사이 간(間)－앞으로 얼마간. 잠시 동안.
- 대관절(大關節) : 큰 대(大), 빗장 관(關), 마디 절(節)－여러 말할 것 없이. 요점만 말하건대.
- 도대체(都大體) : 모두 도(都), 큰 대(大), 몸 체(體)－전혀 알지 못하거나 궁금함.
- 도무지(塗貌紙) : 진흙 도(塗), 얼굴 모(貌), 종이 지(紙)－조선시대의 형벌 중 사형(死刑)의 일종. 처형당하는 사람이 움직이지 못하게 몸을 꽁꽁 묶은 상태에서 얼굴에다 물에 젖은 한지(韓紙)를 겹겹이 바르면 코와 입에 달라붙어 질식하여 숨을 거두는데 종이를 떼어내면 사인(死因)을 알 수 없음.
- 도저(到底)히 : 이를 도(到), 밑 저(底)－아무리 하여도.

• 두부(豆腐) : 콩 두(豆), 썩을 부(腐)—물에 불린 콩을 간 뒤 비지를 걸러낸 다음 '간수'를 넣어 엉기게 하여 만든 식품.

• 따따부따(妥妥否妥) : 온당할 타(妥), 아닐 부(否)—딱딱한 말씨로 따지고 다툼.

• 마감(磨勘) : 갈 마(磨), 헤아릴 감(勘)—하던 일을 마무리하여 끝냄.

• 마음(魔陰) : 마귀 마(魔), 어두울 음(陰)—사람의 생각이나 감정, 기억 등을 느끼거나 일으키는 작용이나 태도. 불교용어로서 생명오저에서 본능적으로 발생하는 '마구니'의 이기적이며 악한 생명의 본질.

• 막무가내(莫無可奈) : 말 막(莫), 없을 무(無), 옳을 가(可), 어찌 내(奈)—고집이 너무 세거나 무조건 자기주장만 내세움.

• 막심(莫甚) : 말 막(莫), 심할 심(甚)—더할 나위 없이 심함.

• 만약(萬若) : 일만 만(萬), 같을 약(若)—혹시 있을지도 모를 뜻밖의 일. 만에 하나라도.

• 맹랑(孟浪) : 맏 맹/사나울 맹(孟), 물결 랑(浪)—하는 짓이 만만치 않게 똘똘하고 깜찍함.

• 무려(無慮) : 없을 무(無), 생각할 려(慮)—그 수가 생각보다 상당히 많음.

• 무안(無顔) : 없을 무(無), 얼굴 안(眼)—수줍거나 창피를 당하여 낯이 없음.

• 무탈(無頉) : 없을 무(無), 탈날 탈(頉)—뜻밖에 일어나 걱정할 정도의 사고가 없음.

• 물론(勿論) : 말 물(勿), 논할 논(論)—말할 것도 없이.

• 미안(未安) : 아닐 미(未), 편안할 안(安)—남에 대하여 마음이 편치 못한 부끄러움.

• 배낭(背囊) : 등 배(背), 주머니 낭(囊)—물건을 넣어 등에 질 수 있는 가방.

• 벼락(霹靂) : 벽력 벽(霹), 벽력 력(靂)—공중의 전기와 전기 따위가 흐르는 물체 사이에 생겨나는 방전현상. 벽력이 변하여 벼락이 됨.

• 별반(別般) : 나뉠 별(別), 일반 반(般)—보통과 다름.

• 별안간(瞥眼間) : 언뜻 볼 별(瞥), 눈 안(眼), 사이 간(間)—갑작스럽고 아주

짧은 시간.

• 분위기(雰圍氣) : 눈 날릴 분(雰), 에워쌀 위(圍), 기운 기(氣)—주위를 둘러 싸고 있는 상황이나 환경.

• 비단(非但) : 아닐 비(非), 다만 단(但)—부정하는 말 앞에 쓰는 '다만', '오직' 의 뜻으로 사용.

• 사냥(山行) : 뫼 산(山), 행할 행(行)—산에 사냥하러 가는 길. '산행' 이 '사냥' 으로 변함.

• 사과(沙果) : 모래 사(沙), 과실 과(果)—사과나무의 열매.

• 사탕(砂糖) : 모래 사(砂), 엿 탕/엿 당(糖)—사탕수수에서 채취한 당분을 끓였다가 식혀서 만든 결정체.

• 설령(設令) : 베풀 설(設), 하여금 령(令)—가정해서 말하여(부정적 문장).

• 설탕(雪糖) : 눈 설(雪), 엿 탕(糖)—사탕수수에서 채취한 당분의 흰 결정체.

• 삽시간(霎時間) : 가랑비 삽(霎), 때 시(時), 사이 간(間)—매우 짧은 시간.

• 소박(疏薄) : 성길 소(疏), 엷을 박(薄)—처(妻)나 첩(妾)을 박대함.

• 수월(秀越) : 빼어날 수(秀), 넘을 월(越)—까다롭거나 힘들지 않아 하기가 쉬움.

• 시방(時方) : 때 시(時), 본뜰 방(方)—말하는 이때.

• 식겁(食怯) : 먹을 식(食), 겁낼 겁(怯)—뜻밖에 놀라 겁을 먹음.

• 신음(呻吟) : 끙끙거릴 신(呻), 읊을 음(吟)—고통이나 괴로움으로 내는 소리.

• 심지어(甚至於) : 심할 심(甚), 이를 지(至), 어조사 어(於)—더욱 심하다 못해 나중에는.

• 아량(雅量) : 본디 아/클 아(雅), 헤아릴 량(量)—너그럽고 속이 깊은 마음씨.

• 아사리(阿闍梨) : 언덕 아(阿), 사리 사(闍), 배 리(利)—제자를 바르게 가르치고 행위를 지도하여 모든 언행에서 모범이 될 수 있는 승려.

• 알선(斡旋) : 돌 알/관리할 알(斡), 돌 선(旋)—남의 일이 잘 되도록 돌아보고 주선함.

• 약간(若干) : 만약 약/얼마 약(若), 방패 간(干)—얼마 되지 않음. 작은 것으

로 막아줌.

- 어언(於焉) : 어찌 어/어조사 어(於), 어찌 언(焉)－알지 못하는 동안. 어느덧.
- 어중간(於中間) : 어조사 어(於), 가운데 중(中), 사이 간(間)－거의 중간쯤 되는 곳이나 상태.
- 어차피(於此彼) : 어조사 어(於), 이 차(此), 저 피(彼)－이렇게 하든지 저렇게 하든지.
- 억울(抑鬱) : 누를 억(抑), 답답할 울(鬱)－아무 잘못 없이 꾸중을 듣거나 죄를 뒤집어쓰든지 배상을 해야 하는 분하고 답답한 마음.
- 여간(如干) : 같을 여(如), 방패 간(干)－보통이 아니고 대단함.
- 역시(亦是) : 또 역(亦), 이 시(是)－어떤 일을 전제로 하는 그것과의 관계.
- 오밀조밀(奧密稠密) : 속 오(奧), 빽빽할 밀(密), 빽빽할 조(稠)－솜씨나 재간이 정교하고 세밀함.
- 우선(于先) : 어조사 우(于), 먼저 선(先)－어떤 일에 앞서서.
- 유독(猶獨) : 오히려 유(猶), 홀로 독(獨)－많은 것 가운데 홀로 두드러짐.
- 잠깐(暫間) : 잠시 잠(暫), 사이 간(間)－얼마 되지 않는 잠깐 동안. 잠간(暫間)이 변함.
- 잠잠(潛潛) : 잠길 잠(潛)－분위기나 활동 따위가 소란하지 않고 조용하다. 사물이나 물체가 물속에 잠기다.
- 점점(漸漸) : 적실 점(漸)－조금씩 더하거나 덜하여지는 모양.
- 잡동사니(雜同散異) : 섞일 잡(雜), 같을 동(同), 흩어질 산(散), 다를 이(異)－잡다한 것들을 함께 뒤섞은 것. 조선시대 실학자 '안정복; 安鼎福' 이 쓴 '잡동산이; 雜同散異' 라는 책 이름.
- 장난(作亂) : 만들 작(作), 어지러울 난(亂)－심심풀이 삼아서 하는 짓이나 짓궂은 못된 짓. 주로 어린 아이들이 재미로 하는 짓.
- 재미(滋味) : 불어날 자(滋), 맛 미(味)－아기자기하게 즐거운 기분이나 느낌. 영양분이 많고 맛있는 음식. '자미(滋味)의 어원.
- 정구지(精久持) : 정기 정(精), 오랠 구(久), 가질 지(持)－오랫동안 남자의

정기를 유지한다는 '채소' 이름. 부추.

- 정녕(丁寧) : 장정 정/세찰 정(丁), 편안할 녕(寧)－조금도 흔들림 없이. 꼭.
- 조만간(早晩間) : 새벽 조(早), 저물 만(晩), 사이 간(間)－머지않아 곧.
- 종종(從從) : 종종걸음칠 종(從)－발걸음을 자주 떼며 빨리 걷는 모양. 자주 자주.
- 좌우간(左右間) : 왼 좌(左), 오른 우(右), 사이 간(間)－이렇든 저렇든 간에.
- 주전자(酒煎子) : 술 주(酒), 다릴 전(煎), 아들 자(子)－물이나 술 따위를 데우거나 담아서 따를 수 있게 만든 손잡이가 있는 그릇.
- 즉시(卽時) : 곧 즉(卽), 때 시(時)－어떤 일이 행하여지는 바로 그 때.
- 즐비(櫛比) : 머리빗 즐(櫛), 견줄 비(比)－빗살처럼 빽빽하게 늘어서 있는 모양.
- 창피(猖披) : 미쳐 날뛸 창(猖), 헤칠 피(披)－체면이 깎이거나 아니꼬운 일을 당하여 부끄러움. 이성을 잃고 길길이 날뛰다 아랫도리옷이 흘러내림.
- 천렵(川獵) : 내 천(川), 사냥 엽(獵)－냇물에서 물고기를 잡는 일.
- 침채(沈菜) : 가라앉을 침(沈), 채소 채(菜)－김치의 원어(原語). 침채 → 딤채 → 짐채 → 김치.
- 팽팽(彭膨) : 부풀 팽(膨)－줄 따위가 늘어지지 않고 힘 있게 펴져서 튀기는 힘.
- 하여간(何如間) : 어찌 하(何), 같을 여(如), 사이 간(間)－어찌 하든 간에.
- 하필(何必) : 어찌 하(何), 반드시 필(必)－다른 방도를 취하지 않고. 어찌하여. 꼭.
- 혹시(或是) : 혹시 혹(或), 이 시(是)－그럴 리가 없지만 만일에. 어쩌면. 우연히.
- 희한(稀罕) : 드물 희(稀), 드물 한(罕)－매우 드물거나 신기함.
- 회초리(回初理) : 돌 회(回), 처음 초(初), 이치 리(理)－잘못을 저지른 어린 자식이나 학생들에게 가느다란 나뭇가지로 종아리를 때리는 벌칙. (세상에 때 묻지 않은 순수한 생명상태로 돌려놓는다는 이치)

엉터리 선비의

횡설수설

•

지은이 / 박인희
발행인 / 김영란
발행처 / 한누리미디어
디자인 / 지선숙

•

08303, 서울시 구로구 구로중앙로18길 40, 2층(구로동)
전화 / (02)379-4514, 379-4519
Fax / (02)379-4516
E-mail/hannury2003@hanmail.net

•

신고번호 / 제 25100-2016-000025호
신고연월일 / 2016. 4. 11
등록일 / 1993. 11. 4

•

초판발행일 / 2022년 11월 1일

•

•

값 20,000원

•

•

ISBN 978-89-7969-861-9 03810